Clube dos Cavaleiros vol. 1

Duque da MEIA-NOITE

TESSA DARE

Clube dos Cavaleiros vol. 1

Duque da Meia-Noite

Tradução: Bárbara Morais

Copyright ©2010 Eve Ortega
Copyright desta edição ©2023 Editora Gutenberg

Essa tradução foi publicada mediante acordo com a Ballantine Books, um selo da Random House, uma divisão da Penguin Random House LLC.

Título original: *One Dance with a Duke*

Todos os direitos reservados pela Editora Gutenberg. Nenhuma parte desta publicação poderá ser reproduzida, seja por meios mecânicos, eletrônicos, seja via cópia xerográfica, sem a autorização prévia da Editora.

EDITORA RESPONSÁVEL
Flavia Lago

EDITORAS ASSISTENTES
Natália Chagas Máximo
Samira Vilela

PREPARAÇÃO DE TEXTO
Natália Chagas Máximo

REVISÃO
Claudia Vilas Gomes

CAPA
Larissa Carvalho Mazzoni
(sobre imagem de Lee Avison / Arcangel)

DIAGRAMAÇÃO
Larissa Carvalho Mazzoni

Dados Internacionais de Catalogação na Publicação (CIP)
Câmara Brasileira do Livro, SP, Brasil

Dare, Tessa

Duque da Meia-Noite / Tessa Dare ; tradução Bárbara Morais. -- 1. ed. -- São Paulo: Gutenberg, 2023. -- (Clube dos Cavaleiros, v. 1)

Título original: *One Dance with a Duke*

ISBN 978-85-8235-704-0

1. Romance norte-americano I. Título. II. Série.

23-154582   CDD-813.5

Índices para catálogo sistemático:
1. Romances : Literatura norte-americana 813.5

Aline Graziele Benitez - Bibliotecária - CRB-1/3129

A **GUTENBERG** É UMA EDITORA DO **GRUPO AUTÊNTICA**

São Paulo
Av. Paulista, 2.073 . Conjunto Nacional
Horsa I . Sala 309 . Bela Vista
01311-940 . São Paulo . SP
Tel.: (55 11) 3034 4468

Belo Horizonte
Rua Carlos Turner, 420
Silveira . 31140-520
Belo Horizonte . MG
Tel.: (55 31) 3465 4500

www.editoragutenberg.com.br
SAC: atendimentoleitor@grupoautentica.com.br

Para minha incrível família.

*Com muita gratidão para minha agente,
Helen Breitwieser, minha editora, Kate Collins,
e todos no time da Ballantine.
Também sou profundamente grata a Courtney Milan,
Amy Baldwin, Jennifer Haymore, Lindsey Faber, Elyssa Papa,
Laura Drake e Janga Brannon pela ajuda com o manuscrito, e
a Kim Castillo por sua excelente ajuda com todo o resto.
Sr. Dare... como sempre, eu amo você!*

Capítulo 1

Londres, junho de 1817

Molho de amora.

Amelia d'Orsay mordeu a parte interna de suas bochechas para impossibilitar uma comemoração. Mesmo num alvoroço como aquele, um grito vindo de uma dama bem-nascida chamaria atenção, e ela não queria ter que se explicar para as outras damas ao seu redor. Ainda mais quando o motivo de seu deleite não era um triunfo no jogo de cartas nem um pedido de casamento, mas sim o cardápio do jantar.

Ela podia até imaginar. "Oh, Lady Amelia...", diria uma das moças, "só você para pensar em comida numa situação como essa."

Bom, não era como se ela tivesse *planejado* ficar plantada no salão de baile, fantasiando sobre o menu das férias de verão da sua família. Mas, por semanas, Amelia havia debatido consigo mesma a respeito de um novo molho para o faisão assado, como substituição para a usual redução de sidra. Algo doce, mas também ácido; surpreendente, embora familiar; criativo, mas sóbrio. Enfim a resposta havia lhe ocorrido. Molho de amora. Peneirado, é claro. Ou talvez com um toque de cravo.

A anotação em seu caderno de receitas ficaria para mais tarde, assim ela deixou o prato imaginário de lado e abrandou seu sorriso largo. Agora sim, o verão em Briarbank seria oficialmente perfeito.

A Srta. Bunscombe passou por ela como um rebuliço trajando seda vermelha.

– São 23h30 – a anfitriã cantarolou. – Quase meia-noite.

Quase meia-noite. Aquele pensamento jogava um balde de água fria em seu devaneio.

Uma debutante angelical envolta em tule agarrou o punho de Amelia.

– Vai ser a qualquer momento. Como você pode estar tão calma? Se ele me escolher hoje, vou desmaiar.

Amelia suspirou. E então teve início! Como acontecia em todos os bailes quando o ponteiro do relógio passava das 23h30.

– Não se preocupe em puxar conversa – disse uma jovem dama, vestida em cetim verde. – Ele mal fala uma palavra.

– Sequer sabemos se ele fala inglês? Ele não foi criado na Abissínia ou algo assim?

– Não, não, ele foi criado no baixo Canadá. É claro que fala inglês. Meu irmão joga cartas com ele. – A segunda garota abaixou o tom. – Mas há algo certamente *primitivo* a seu respeito, não acha? Penso que é o modo como ele anda.

– Eu acho que é a fofoca que você está espalhando – Amelia disse com sensatez.

– Ele valsa como se tivesse saído de um sonho – adicionou uma terceira moça. – Quando dancei com ele, meus pés mal tocavam o chão. E de perto é ainda mais bonito.

– É mesmo? – Amelia lhe lançou um sorriso paciente.

Na abertura da temporada, o recluso Duque de Morland, que era tão rico que chegava a ser obsceno, enfim se inseriu na sociedade. Algumas semanas depois, Londres inteira já dançava conforme a sua música. Ele chegava a cada baile no soar da meia-noite. Selecionava apenas uma parceira dentre as damas disponíveis. Ao final de cada dança, ele acompanhava a dama para a ceia e então... desaparecia.

Antes mesmo de a segunda semana terminar, os jornais já o apelidaram de "Duque da Meia-Noite", e todas as anfitriãs londrinas estavam se estapeando para convidar Vossa Graça para um baile. Moças solteiras nem sequer cogitavam prometer a dança antes da ceia para qualquer outro cavalheiro, por medo de perder uma chance com o duque. Para adicionar ainda mais drama, as anfitriãs colocavam relógios à plena vista e instruíam a orquestra a começar a música assim que ele marcasse meia-noite. E não é preciso nem mencionar que aquele bloco de dança terminaria com uma valsa lenta e romântica.

O espetáculo noturno mantinha toda a sociedade roendo as unhas em completo estado de fascínio. Em todo baile, a atmosfera se adensava com perfume e especulação conforme a hora avançava. Era como assistir a cavaleiros medievais tentando retirar a Excalibur da pedra. Os fofoqueiros especulavam que, fatalmente, em uma dessas noites, uma jovem ingênua e tola domaria o coração daquele solteirão convicto... e então uma lenda nasceria.

Uma lenda de fato. Não havia limites para as histórias a respeito do duque. Havia histórias por todos os lugares nos quais um homem de sua posição e fortuna estava envolvido.

– Soube que ele foi criado como pagão e descalço na vastidão do Canadá – disse a primeira moça.

– Soube que ele mal era civilizado quando seu tio o acolheu – contou a segunda. – E que o seu comportamento desregrado causou um derrame no velho duque.

– Meu irmão me disse que foi um *incidente* em Eton. Algum tipo de briga ou discussão... não sei dizer ao certo. Mas um garoto quase morreu, e Morland foi expulso. Se expulsaram o herdeiro de um duque, deve ter sido algo terrível – murmurou a dama de verde.

– Vocês não vão acreditar no que eu ouvi – disse Amelia, arregalando os olhos. As damas se empertigaram, se inclinando em sua direção. Ela sussurrou: – Soube que na luz da lua cheia, Vossa Graça se transforma num selvagem porco-espinho.

Quando suas companheiras terminaram de rir, Amelia disse em voz alta:

– Honestamente, eu não consigo acreditar que ele seja interessante o suficiente para merecer tanta atenção.

– Você não diria isso se *dançasse* com ele.

Ela balançou a cabeça. Assistira àquela cena repetidas vezes nas últimas semanas, com certa diversão. Mas nunca esperou – nem sequer desejou – estar no centro dela. Não era inveja, de fato não era. Amelia julgava um melodrama autoindulgente o que as outras damas viam como algo intrigante e romântico. Ora! Um duque solteiro, rico e bonitão que precisava chamar ainda *mais* atenção feminina? Francamente, ele devia ser um homem vaidoso e insuportável.

E as damas que escolhia – todas saltitantes, insípidas na primeira ou na segunda temporada. Todas pequenas, todas bonitas. Nenhuma delas era como Amelia.

Ah, talvez houvesse um pouco de amargura ali, afinal.

Mas, quando uma dama estava à beira do penhasco da "idade para se casar", assim como Amelia, a sociedade deveria permitir uma jornada silenciosa e sem turbulências, no caminho para se tornar uma solteirona. Na verdade, causava-lhe irritação sentir o peso dos anos de rejeição sendo revisitados noite após noite enquanto o infame duque adentrava o salão ao soar da meia-noite e um minuto depois botava os olhos em algum ponto além dela, mirando alguma garota emperiquitada com mais beleza do que cérebro.

Não que ele tivesse algum motivo para notá-la. Seu dote mal chegava ao patamar de "respeitável", e até em sua primeira temporada não fora uma grande beleza. Seus olhos eram um tanto pálidos demais, e ela ficava corada com certa facilidade. E, aos 26 anos, a dama já havia aceitado que sempre seria um pouco gorda demais.

As garotas subitamente se dissiparam, como as coisas volúveis que eram.

– Você está deslumbrante, Amelia. – Ouviu um sussurro vindo de suas costas.

Com um suspiro, ela se virou para encarar quem a elogiara.

– Jack. O que é que você quer?

– E eu preciso querer algo? Um rapaz não pode elogiar sua amada irmã sem parecer suspeito? – Ele levou uma mão à sua lapela, com uma expressão ofendida.

– Não quando o rapaz em questão é você. E não é um elogio ser chamada de "amada irmã". Eu sou a sua única irmã! Se você quer o meu dinheiro, deve arrumar algo melhor do que isso – ela o provocou.

Porém esperava que, ao contrário de todas as evidências, ele fosse protestar: *Não, Amelia. Desta vez, não estou atrás de seu dinheiro. Eu parei de apostar e beber e me livrei daqueles imprestáveis a quem chamava de amigos. Estou voltando para a universidade, vou me ordenar como prometi para a nossa mãe em seu leito de morte. E você realmente está deslumbrante hoje.*

– Só alguns trocados. É só o que preciso – ele abaixou a voz, o olhar desviando para a multidão.

Amelia suspirou. Não era nem meia-noite e os olhos dele já estavam descontrolados daquela maneira, iluminados com o fervor induzido pela bebida que indicava que seu irmão estava prestes a realizar algo espetacularmente tolo.

Guiando-o pelo ombro, ela deixou as jovens damas fofocando entre si e o levou pela dupla de portas mais próxima. Pararam ao lado de uma janela basculante, iluminados pela luz amarela que ela filtrava. O ar da noite os rodeava, pesado e úmido.

– Eu não tenho nada – Amelia mentiu.

– Alguns xelins para a carruagem, Amelia. – Ele tentou pegar a retícula que estava pendurada do pulso da irmã. – Nós vamos ao teatro, eu e meus amigos.

Para o teatro uma ova, provavelmente iriam para algum cassino. A jovem dama segurou os cordões da retícula contra o peito.

– E como eu vou para casa, então?

– Ah, Morland pode levá-la. – Ele lhe lançou uma piscadela. – Logo depois de dançar. Apostei duas libras em você hoje.

Incrível! Outras duas libras que ela teria que tirar de sua mesada.

– Com probabilidades altíssimas, tenho certeza.

– Não fale assim. – Jack encostou em seu braço. Sua expressão tornou-se súbita e inesperadamente sincera. – Ele vai tirar a sorte grande se a escolher, Amelia. Não há dama como você naquele recinto.

Os olhos dela se encheram de lágrimas. Desde que Hugh, irmão deles, morrera em Waterloo, Jack havia mudado e não para melhor. Mas, em raros momentos, aquele irmão querido e razoável que ela amava surgia. Amelia queria abraçá-lo e apertá-lo por semanas, meses... o quanto fosse necessário para tirar o antigo Jack de baixo daquela casca grossa.

– Por favor. Seja uma boa irmã e me empreste uma coroa ou duas. Eu mando um recado para Laurent e ele lhe enviará aquele landau novo e chamativo. Você será levada de volta para casa da forma mais elegante que a herdeira do cobre dele consegue pagar.

– O nome dela é Winifred e agora ela é a Condessa de Beauvale. Você deveria falar dela com mais respeito. É a fortuna dela que comprou o cargo de oficial para Michael e que sustenta o jovem William na escola. É graças a ela que Laurent e eu temos uma moradia.

– E eu sou o ingrato imprestável que só traz desgraça para a família. Eu sei, eu sei... – Seu olhar impiedoso contrastava com o sorriso forçado. – Vale gastar algumas moedas para se livrar de mim, não?

– Você não consegue entender? Não quero me livrar de você! Eu te amo, seu idiota. – Ela arrumou a mecha incorrigível de cabelo que sempre cacheava na testa do irmão. – Por que não me deixa te ajudar, Jack?

– Mas claro que deixo! Se você pudesse começar com um xelim ou dois.

De forma atrapalhada, ela afrouxou os cordões de sua retícula.

– Vou lhe dar tudo o que eu tenho sob uma única condição.

– Que seria?

– Você deve me prometer que vai conosco para Briarbank no verão.

Os d'Orsay sempre passavam os verões em Briarbank – uma casa de campo feita de pedras desiguais que dava para o Rio Wye, abaixo da colina em que ficavam as ruínas do Castelo Beauvale. Amelia planejara aquela temporada por meses, até o tecido adamascado mais adequado para as toalhas de mesa ou a molheira ideal para a geleia de groselha. Briarbank era a resposta para tudo, ela sabia. Tinha que ser.

A morte de Hugh fora desoladora para toda a família, mas, para Jack, ainda mais. De todos os seus irmãos, os dois eram os mais próximos. Hugh era só um ano mais velho do que Jack, mas muitos anos mais sábio, e sua propensão à seriedade sempre equilibrara o espírito bravio de Jack. Amelia tinha medo de que o luto e o descuido estivessem conspirando para o desastre sem o contraponto para a natureza impulsiva do irmão.

Ele precisava de amor e de tempo para se curar. Tempo longe da cidade grande, próximo à família e à sua casa – o que sobrara de ambos. Ali, em Londres, Jack estava cercado pela tentação, pressionado constantemente para manter-se no patamar dos nobres que gastavam a torto e a direito. Em Briarbank, ele certamente iria retornar à sua essência bem-humorada. O jovem William viria nas férias da escola. Michael ainda estaria embarcado, é claro, mas Laurent e Winifred poderiam se juntar a eles por uma semana ou duas.

E ela seria a anfitriã perfeita, assim como sua mãe fora. Amelia preencheria os cômodos com vasos de flores, organizaria pantomimas e jogos de salão e serviria faisão assado com molho de amora.

Deixaria todos felizes na pura força de vontade. Ou por chantagem, se fosse necessário.

– Eu tenho uma coroa e três xelins aqui – disse ela, tirando as moedas de sua bolsa. – E mais seis libras guardadas em casa. – Guardadas, economizadas raspando um centavo por vez. – É tudo seu, cada moeda, mas deve me prometer que vai passar o mês de agosto em Briarbank.

– Ele não te falou nada? – Jack fez um som de desaprovação.

– Quem? Quem não me falou nada?

– Laurent. Não usaremos a casa de campo neste verão, decidiram esta semana. Nós vamos alugá-la.

– Alugá-la...? – Amelia sentiu como se todo o sangue tivesse saído de seu corpo. Subitamente tonta, ela agarrou o braço do irmão. – Alugar Briarbank? Para desconhecidos?

– Bem, não para desconhecidos. Nós falamos sobre essa possibilidade em alguns clubes e esperamos que várias boas famílias demonstrem interesse. É uma casa de campo muito boa, sabe.

– Sim – ela falou rispidamente. – Sim, eu sei. É tão boa que a família d'Orsay passou seus verões lá por séculos. Séculos, Jack! Por que iríamos sequer sonhar em alugá-la?

– Não estamos velhos demais para *pall mall* e chá das cinco? É completamente entediante lá. Quase na Irlanda, pelo amor de Deus!

– Entediante? O que quer dizer com isso? Você vivia pelos verões que passávamos lá, para pescar no rio e... – Amelia finalmente entendeu, ficando atordoada. – Ah, não. – Ela afundou os dedos no braço dele. – Quanto você perdeu? Quanto está devendo?

O olhar de seu irmão lhe indicou que ele havia desistido de fingir.

– Quatrocentas libras.

– Quatrocentas! Para quem?

– Morland.

– O Duque da meia... – Amelia se impediu de falar o apelido absurdo. Ela se recusava a incentivar a notoriedade do homem. – Mas ele nem chegou. Como conseguiu perder quatrocentas libras para ele se ele nem sequer está aqui?

– Não foi hoje. Já faz alguns dias. E é por isso que eu preciso ir embora. Ele vai chegar a qualquer instante e não posso encontrá-lo até pagar minha dívida.

Amelia só conseguiu encará-lo.

– Não me olhe desse jeito, eu não aguento. Estava me garantindo até que Faraday colocou sua ficha para jogo. Foi isso que trouxe Morland para a mesa e elevou as apostas. Ele queria conseguir todas as dez, sabe.

– Dez do quê? Dez *fichas*?

– Óbvio. As fichas são tudo. – Jack fez um gesto amplo. – Vamos lá, Amelia, você não pode estar tão fora de circulação *assim*. É só o maior clube de elite de cavalheiros de Londres.

Quando ela só piscou, ele ofereceu:

– Harcliffe. Osiris. Um garanhão, dez fichas de bronze. Você já ouviu falar do clube, eu sei que sim.

– Sinto muito, mas não tenho ideia do que você está falando. Parece que apostou nossa casa de campo *ancestral* para conseguir uma ficha de bronze. E perdeu.

– Eu já havia apostado algumas centenas, não podia dar para trás. E minhas cartas... Amelia, eu te juro, elas eram invencíveis.

– Só que não eram.

Ele deu de ombros de forma fatalista.

– O que passou. Se eu tivesse alguma outra forma de conseguir os recursos, o faria. Sinto muito que está decepcionada, mas sempre há o próximo ano.

– Sim, mas... – Mas o próximo ano demoraria um ano inteiro para chegar. Só Deus sabia em que tipo de encrenca Jack iria se meter naquele meio-tempo. – Deve ter outro jeito. Peça o dinheiro a Laurent.

– Você sabe que ele não pode me dar.

É claro que ele estava certo. O irmão mais velho havia casado de forma prudente, quase como um sacrifício. A família estava desesperada por fundos na época, e Winifred havia entrado na vida deles com sacos de dinheiro de seu pai, magnata da mineração. O problema era que os sacos de dinheiro vinham amarrados com cordões apertados, e apenas o sogro de Laurent os abria. O velho nunca iria autorizar o uso de quatrocentas libras para pagar uma dívida de jogo.

– Preciso partir antes de Morland chegar – ele disse. – Você sabe.

Jack desprendeu a bolsa do pulso fraco de Amelia, e ela não brigou enquanto ele sacudia as moedas na palma de sua mão. Mesmo se nada restasse da fortuna deles, ainda restava o orgulho aos d'Orsay.

– Você pelo menos aprendeu sua lição agora? – ela perguntou baixinho.

Ele saltou pela grade do terraço. Sacudindo as moedas em sua mão, Jack se afastou para o jardim.

– Sabe, Amelia, eu nunca fui bom com as minhas lições. Eu só copiava tudo do Hugh.

Enquanto assistia ao irmão desaparecer nas sombras, Amelia se abraçou.

Que tipo de reviravolta cruel do destino era essa? Briarbank alugada no verão! Toda a felicidade que aquele chão de paralelepípedos, lareiras rústicas e montes de lavanda que pendiam das vigas do teto para nada. Sem aquela casa de verão, a família d'Orsay não tinha um porto seguro. Seu irmão não teria lugar para se recuperar do luto.

E, de alguma forma, pior do que tudo isso: ela não pertencia a lugar algum.

Aceitar que seria solteirona não tinha sido fácil para a jovem dama. Mas Amelia conseguia se resignar à solidão e à decepção desde que tivesse os verões na casa de campo arejada, era o que dizia a si mesma. Aqueles poucos meses tornavam o resto do ano tolerável. Enquanto suas amigas colecionavam rendas e linhos para o enxoval, ela se contentava em bordar coberturas para as cadeiras de Briarbank. Ao mesmo tempo em que outras damas recebiam visitas de pretendentes, ela recebia visões das begônias no canteiro abaixo da janela. Quando ela – uma dama inteligente, pensativa e de boa família – era trocada noite após noite por damas mais jovens, mais bonitas e menos espertas, Amelia conseguia se enganar e até ficar feliz pensando em molho de amora.

Deus, a ironia! Ela não era tão diferente assim de Jack. De forma impulsiva, apostara todos os seus sonhos em um monte de xisto e argamassa. E agora ela perdera.

Sozinha no terraço, Amelia começou a tremer. O destino colidira contra suas esperanças, derrubando-as uma de cada vez.

Em algum lugar dentro do salão, o relógio bateu meia-noite.

– Vossa Graça, o Duque de Morland.

O anúncio do mordomo coincidiu com a última badalada das doze horas.

Do topo da escadaria, Spencer observava a multidão de convidados se dividir como se estivessem coreografados, como duas metades de um pêssego maduro. E, ali, no centro, as jovens solteiras se reuniam – imóveis como estátuas, murchando sob seu olhar.

De forma geral, Spencer odiava multidões. Particularmente quando vestidas com exagero e se achando importantes demais. E essa cena ficava cada vez mais absurda a cada noite: a nata da sociedade londrina encarando-o com uma fascinação explícita.

Não sabemos te decifrar, diziam os olhares.

Justíssimo. Era algo útil, muitas vezes lucrativo, ser indecifrável. Ele passou anos cultivando essa habilidade.

Não confiamos em você. Isso ele entendia dos sussurros e da maneira com a qual cavalheiros guardavam as paredes e as mãos das damas iam instintivamente para as joias em seus pescoços. Não importava. Também era útil, às vezes, ser temido.

Mas era a última parte que o fazia rir consigo mesmo. A forma silenciosa com que imploravam, que ficava cada vez mais alta todas as vezes que ele entrava em um baile.

Aqui, tome uma de nossas filhas.

Meu Deus! Ele era obrigado?

Ao descer a escadaria de mármore, Spencer se preparou para mais uma desagradável metade de hora. Dada sua preferência, ele se enfurnaria no campo e nunca mais iria a um baile na vida. Mas, morando na cidade, não podia recusar *todos* os convites. Se quisesse que a menina da qual era tutor, Claudia, se casasse bem daqui a alguns anos, deveria pavimentar o caminho para quando ela fosse debutar. E de vez em quando havia alguns jogos com apostas altas nos cômodos dos fundos de eventos como aquele, bem longe das matronas empoadas que jogavam uíste.

Então ele fazia sua aparição nos seus termos. Uma dança, nada mais. O mínimo de conversa possível. E se toda a cidade estivesse determinada a jogar suas virgens de sacrifício aos seus pés... ele iria fazer a escolha.

Ele queria uma dama quieta naquela noite.

Em geral, o duque preferia que fossem jovens e insípidas, mais interessadas em se exibir para a multidão do que chamar sua atenção. Porém, no baile Pryce-Foster, ele teve a má sorte de segurar a mão de uma tal de senhorita Francine Waterford. Muito bonita, sua sobrancelha formava um arco vivaz e seus lábios eram cheios e rosados. O problema era que aqueles lábios perderam o encanto assim que ela os colocou em movimento. Francine tagarelou a dança inteira. Pior ainda, ela esperava por respostas. Na maioria das vezes, as mulheres preenchiam os dois lados da conversa avidamente, mas a senhorita Waterford não ficava satisfeita com seu repertório de acenos de cabeça bruscos e limpezas de garganta mal articuladas. Spencer havia sido forçado a falar pelo menos uma dúzia de palavras para ela, e sem grunhir.

Era o que recebia por ser indulgente às suas preferências estéticas. Já bastava das bonitas. Para aquela noite, ele queria uma dama invisível, silenciosa e dócil. Ela não precisava ser bonita, nem mesmo mediana. Ela só precisava ficar quieta.

Ao se aproximar do grupo de moças, viu uma dama desvalida parada às margens do grupo, parecendo abatida com um vestido de cetim cor de melão. Quando ele foi em sua direção, a jovem se encolheu nas sombras de sua vizinha. Ela se recusava a encará-lo. *Perfeita.*

Mas assim que o duque estendeu a mão em convite, foi assolado por uma série de sons inesperados. O tilintar das janelas de vidro. Uma porta batendo. Saltos batendo contra o mármore num *staccato* vívido.

Spencer se encolheu institivamente. Uma mulher mais ou menos nova vestida de azul atravessou o cômodo como uma bola de bilhar, parando abruptamente à sua frente. A mão dele permanecia estendida, fruto de sua abordagem malsucedida com a senhorita Cetim-Melão, e essa dama recém-chegada a segurou firmemente.

Abaixando-se em uma curta reverência, ela disse:

– Muito obrigada, Vossa Graça. A honra seria imensa.

Depois de uma pausa perplexa, quase dolorosa, a música se iniciou.

A aglomeração de damas decepcionadas se dispersou em busca de novos parceiros, resmungando enquanto partiam. E, pela primeira vez em toda a temporada, Spencer se viu com uma parceria que ele não havia escolhido. *Ela o* escolhera.

Que surpreendente.

Que desagradável.

Ainda assim, não havia o que fazer. A mulher impertinente havia se alinhado à sua frente para a quadrilha. Ele sequer conhecia aquela dama?

Enquanto os outros dançarinos se colocaram em posição, ele aproveitou para estudá-la e encontrou pouco para admirar. Qualquer medida de pose aristocrática que a mulher poderia tomar para si era inútil se comparada com a forma com a qual atravessara o salão. Fios de cabelo flutuavam ao redor do rosto dela, sua respiração pesada com o cansaço. Esse estado de agitação não favorecia sua tez, mas ressaltava a curva de seu amplo busto. Ela era ampla em todos os lugares, na verdade. Curvas generosas embrulhadas na seda azul de seu vestido.

– Me perdoe – ele disse enquanto rodeavam um ao outro. – Nós já fomos apresentados?

– Anos atrás, uma vez. Não espero que você se lembre. Sou Lady Amelia d'Orsay.

Os passos da dança os separaram, e Spencer teve algum tempo para assimilar o nome: Lady Amelia d'Orsay. Seu falecido pai fora o sétimo conde de Beauvale. Seu irmão mais velho, Laurent, era o oitavo.

E seu irmão mais novo, Jack, era um patife esbanjador que lhe devia quatrocentas libras.

Amelia deve ter percebido o momento de sua epifania, pois, na próxima vez em que seguraram as mãos um do outro, ela disse:

– Não precisamos falar sobre isso agora. Podemos aguardar a valsa.

Spencer grunhiu discretamente. Seria uma dança longa. Se tivesse se movido mais rapidamente para pegar a mão daquela desvalida... Agora que a manobra ousada de Lady Amelia havia sido bem-sucedida, apenas Deus sabia que tipo de presepada as damas – ou melhor, suas mães – iriam tentar agora. Talvez ele devesse combinar com as participantes antes do evento. Mas, para isso, precisaria fazer visitas e o duque se recusava a fazê-las. Talvez pudesse pedir para seu secretário enviar bilhetes? Toda a situação era exaustiva.

A quadrilha acabou, e a valsa teve início. E o duque foi forçado a tomá-la em seus braços, a mulher que havia complicado consideravelmente sua vida.

Pelo menos ela não gastou tempo algum com adulações.

– Vossa Graça, deixe-me ir direto ao ponto. Meu irmão lhe deve muito dinheiro.

– Ele me deve quatrocentas libras.

– Você não considera isso muito dinheiro?

– Eu vejo como dinheiro que me é devido. A quantidade é irrelevante.

– Não é irrelevante para mim. Não consigo imaginar que não saiba disso, mas o nome d'Orsay é sinônimo de nobreza empobrecida. Para nós, quatrocentas libras é uma grande quantidade de dinheiro. Não podemos gastá-la assim.

– E o que você propõe? Quer oferecer favores no lugar do pagamento? – Ele respondeu à expressão chocada de Amelia com uma observação calculista: – Não estou interessado.

Era uma pequena mentira. Ele era um homem. E ela era uma mulher que preenchia muito bem seu vestido justo. Havia partes dele que achavam algumas partes dela vagamente interessantes. Os olhos dele, por exemplo, continuavam desviando para o decote dela, belamente emoldurado pela seda azul e a renda cor de marfim. De sua altura, o duque conseguia ver a pinta que adornava a curva interna do seio esquerdo dela, e, vez após outra, percebia que seu olhar se detinha na pequena imperfeição.

– Que sugestão repugnante – ela repreendeu. – É do seu costume solicitar tais ofertas de mulheres transtornadas que são parentes de quem lhe deve?

Ele deu de ombros. Não era seu costume, mas a jovem estava livre para acreditar no que quisesse. Spencer não tinha o costume de ser simpático com ninguém.

– Como se eu fosse trocar meus favores por quatrocentas libras.

– Achei que tinha chamado de vasta soma de dinheiro.

Muito acima da taxa normal para tais serviços, ele se segurou para não dizer.

– Há coisas que não têm preço.

Spencer considerou fazer um argumento acadêmico contrário, mas decidiu que era melhor não. Era óbvio que Lady Amelia não tinha noção suficiente para entender a lógica, o que só foi comprovado pelo seu próximo comentário:

– Eu lhe peço para perdoar a dívida de Jack.

– Me recuso.

– Você não pode recusar!

– Eu acabei de recusar.

– Quatrocentas libras não são nada para você. Por favor, nem sequer estava atrás do dinheiro de Jack. Ele só ficou no meio do caminho enquanto você aumentava as apostas. Você só queria a ficha do Sr. Faraday e já a tem. Deixe a aposta do meu irmão de lado.

– Não.

Amelia bufou impaciente e todo o seu corpo pareceu emanar exasperação. Ela exalava frustração de cada poro, e, com ela, seu aroma único. Ela cheirava bem, na verdade. Sem perfumes sufocantes – Spencer acreditava que não tinha dinheiro para pagá-los. Apenas os odores comuns de sabão e pele limpa, e uma leve sugestão de que guardava suas roupas de baixo com galhos de lavanda.

– Por que não? – Os olhos azuis dela o encararam.

Spencer controlou seu próprio suspiro exasperado. Poderia explicar que perdoar a dívida seria um grande desserviço a ela e a sua família. Eles deveriam um favor de gratidão muito maior e muito mais trabalhoso do que qualquer dívida em ouro, impossível de pagar. Pior ainda, Jack não teria incentivo algum para evitar a repetição daquele erro. Em questão de semanas, o jovem iria contrair uma dívida ainda maior, talvez na casa dos milhares. Spencer não duvidava que quatrocentas libras era uma grande soma para a família d'Orsay, mas não seria debilitante. E, se fosse o preço a pagar para colocar alguma razão no irmão de Lady Amelia, seriam quatrocentas libras bem gastas.

Poderia ter explicado tudo isso. Mas ele era o Duque de Morland. E, apesar das coisas das quais ele não gostava que acompanhavam seu título, havia algumas vantagens. Ele não precisava se explicar.

– Porque não – ele falou com simplicidade.

Ela cerrou os dentes.

– Entendo. E não há nada que eu possa dizer para convencê-lo do contrário?

– Não.

Lady Amelia estremeceu. Ele sentiu o tremor sob sua palma, onde sua mão estava contra as costas dela. Com medo de que a dama começasse a chorar – e não seria *aquela* a cereja do bolo para aquele momento genuíno de constrangimento – Spencer a apertou contra si e a levou em uma série de piruetas.

Apesar de seus melhores esforços, Amelia apenas estremeceu mais violentamente. Sons baixinhos, algo entre um soluço, uma tosse e um ganir, saíram da garganta da mulher. Contra seu bom senso, ele se afastou para olhar para o rosto dela.

A mulher estava gargalhando.

O coração de Spencer se acelerou. *Vai com calma, rapaz.*

– É verdade o que as outras damas dizem. Você realmente valsa como se fosse um sonho. – Ela estudou o rosto dele, se demorando em sua testa, na mandíbula e finalmente parando em seus lábios, o interesse claro. – E você realmente é muito bonito de perto.

– Espera me comover com bajulações? Isso não vai funcionar.

– Não, não. – Ela sorriu e uma covinha apareceu em sua bochecha direita, mas não na esquerda. – Percebo agora que você é um cavalheiro definitivamente imutável, uma verdadeira pedra de determinação, e qualquer tentativa de minha parte de tentar mudar sua opinião seria em vão.

– Por que está rindo, então?

Por que você perguntou?, ele se repreendeu, irritado. Por que não permitiu que a conversa morresse de forma graciosa? E por que estava se perguntando se havia uma covinha na bochecha esquerda de Lady Amelia? Se ela sorria de forma mais genuína, mais livre em situações que não envolviam se humilhar por causa de grandes dívidas, ou se a única covinha era mais uma de suas imperfeições intrínsecas, como a pinta solitária em seu seio?

– Porque a ansiedade e a melancolia são cansativas – ela respondeu. – Você deixou claro que não vai perdoar a dívida. Posso passar as próximas músicas choramingando ou posso me divertir.

– Se *divertir*.

– Estou vendo que a ideia o choca. Sei que há algumas pessoas – e, neste momento, ela o varreu com um olhar aguçado, – que julgam ser uma marca de sua superioridade sempre parecer insatisfeito com a companhia disponível. Antes mesmo de se juntarem a um evento, já decidiram que irão achar tudo desagradável. É tão impensável que eu possa escolher fazer o contrário? Escolher a felicidade, mesmo enfrentando uma grave decepção pessoal e a completa ruína financeira?

– Parece insincero.

– Insincero? – Ela gargalhou novamente. – Me perdoe, mas você não é o Duque de Morland? O roteirista deste pequeno melodrama que se desenrola toda meia-noite em casas lotadas há semanas? Essa cena inteira é construída na premissa de que nós, damas solteiras, estamos desesperadas para captar sua atenção. Que uma dança nos braços do Duque da Meia-Noite é o maior sonho de qualquer garota. E agora você me chama de insincera quando digo que estou aproveitando minha oportunidade?

Ela levantou o queixo e olhou para o salão de baile.

– Não tenho ilusão alguma quanto a mim mesma. Sou uma dama empobrecida, duas estações ficando para titia, e não fui bela nem sequer quando estava na flor da juventude. Não sou o centro das atenções com frequência, Vossa Graça. Quando esta valsa terminar, eu não sei quando, se é que acontecerá, estarei nesta situação novamente. Então estou decidida a aproveitar enquanto ela durar. – Amelia sorriu de forma impetuosa, como um desafio. – E você não pode me impedir.

Spencer concluiu que aquele era o conjunto de músicas mais longo em toda a história da dança. Ao virar a cabeça, ele obedientemente a conduziu, esforçando-se para ignorar como cada par de olhos do salão os acompanhava. Bem movimentada, aquela noite.

Quando arriscou olhar para baixo, para ela, o rosto de Lady Amelia permanecia levantado na direção dele.

– Será que consigo te convencer a parar de me encarar?

– Ah, não. – O sorriso dela nem sequer fraquejou.

Ah, não, de fato.

– Veja bem – ela sussurrou com uma voz rouca, que se viesse de outra mulher ele interpretaria como uma investida sensual –, não é sempre que uma solteirona como eu tem a oportunidade de aproveitar um espécime tão primoroso de virilidade e vigor tão de perto. Esses seus penetrantes olhos cor de mel, e todo esse cabelo escuro, encaracolado... que dificuldade é não o tocar.

Ele fez um som para ela ficar quieta.

– Você está criando uma cena.

– Ah, você criou a cena – ela murmurou timidamente. – Eu só a roubei. Será que aquela valsa nunca terminaria?

– Você quer trocar de assunto? – Lady Amelia perguntou. – Talvez devêssemos falar de teatro.

– Eu não frequento o teatro.

– Livros, então. Que tal livros?

– Depois – ele rebateu.

E, no mesmo instante, ele se perguntou o que havia lhe possuído para que dissesse *aquilo*. O mais estranho era que apesar de ter muitos atributos desagradáveis, Lady Amelia claramente tinha alguma inteligência e humor. Ele não conseguia não pensar que, em algum outro momento, em outro lugar, ele poderia se divertir ao discutir livros com ela. Mas não poderia fazer aquilo ali, num baile lotado, com sua concentração se desfazendo a cada pirueta.

Seu controle da cena estava se perdendo.

E isso o fez franzir o rosto.

– Ohhh, esse é um olhar perigoso – ela disse. – E seu rosto está ficando num tom impressionante de vermelho. É o suficiente para me fazer acreditar em todos aqueles rumores horríveis sobre você. Minha nossa, está fazendo os pelos da minha nuca ficarem arrepiados.

– Pare com isso.

– Estou sendo completamente honesta – Amelia protestou. – Veja você mesmo.

Ela se esticou e virou a cabeça para o lado, alongando seu pescoço suave e pálido. Sem sardas ali, apenas uma curva sedutora de pele feminina macia e cheirosa.

Então o coração de Spencer se acelerou, batendo forte contra suas costelas. O duque não sabia o que mais desejava: torcer aquele pescoço ou lambê-lo. Uma mordida parecia um excelente meio-termo. Uma ação que misturava prazer e punição.

Porque ela merecia ser punida, a mulher atrevida e impertinente que Amelia era. Após aceitar a futilidade que era continuar em sua primeira argumentação, ela decidira lutar uma batalha diferente. Uma rebelião de alegria. A dama poderia não tirar um centavo dele, mas iria conseguir cada gota de diversão às suas custas.

Essa era a mesma atitude responsável pela dívida de seu irmão. Jack não saíra da mesa de jogo mesmo quando não tinha mais esperanças de ganhar de volta o que havia perdido. Ele continuou ali e arriscou o que não tinha, tudo porque queria ganhar só mais uma vez. Era exatamente o temperamento que se esperaria de uma família como os d'Orsay – uma linhagem rica com séculos de orgulho e valor, perpetuamente necessitada de ouro.

Lady Amelia queria ser melhor do que ele de alguma forma. Queria vê-lo de joelhos. E, sem nenhuma habilidade particular ou perspectiva própria, Amelia estava perigosamente perto de conseguir.

Spencer parou abruptamente. De forma implausível, o cômodo continuou girando ao seu redor. Maldição, isso não poderia estar acontecendo. Não ali, não naquele momento.

Mas os sinais eram inconfundíveis. Conseguia ouvir a pulsação em seus ouvidos, uma onda de calor tomava seu corpo. O ar subitamente estava tão denso quanto melaço e com um gosto tão ruim quanto.

Diabo, maldição, desgraça! Ele precisava sair daquele lugar imediatamente.

– Por que paramos? – perguntou ela. – A valsa não terminou.

A voz dela soava como se estivesse vindo da distância, abafada por um algodão.

– Acabou para mim. – Spencer olhou ao redor do recinto. Um par de portas abertas à sua esquerda parecia promissor. Ele tentou soltá-la, mas ela o segurou nos ombros com força. – Pelo amor de Deus, me deixe...

– Deixá-lo o quê? – Ela olhou de soslaio para a porta e falou baixinho: – Deixá-lo partir? Deixar você me abandonar aqui no meio da dança, para minha humilhação total e completa? De tudo o que é menos cavalheiresco, indecente e imperdoável... – Quando ela não conseguiu mais encontrar palavras para descrever, ela lhe lançou um olhar de acusação que implicava outras mil. – Eu não vou aceitar.

– Muito bem, pois não aceite.

Ele deslizou as mãos para a cintura dela, a segurou firmemente e levantou Lady Amelia d'Orsay – 5, 10... 15 centímetros do chão, até estarem os dois olho a olho, as sapatilhas dela penduradas no ar.

Ele se permitiu aproveitar a forma como a indignação e o choque arregalaram os olhos azul-claros por um breve momento.

E então a carregou para a noite.

Capítulo 2

Antes que Amelia conseguisse recuperar o fôlego, o duque já a havia levado pelas portas. Saíram no mesmo local do terraço em que ela discutira com Jack, menos de meia hora antes. Os jardins dos Bunscombe estavam sendo bem utilizados naquela noite.

Soltando-a no chão com rapidez, Morland dispensou sua reclamação com uma mão aberta.

– Você que pediu. – E então se recostou contra uma pilastra de mármore, mexendo em sua gravata. – Que inferno, como está quente aqui.

Amelia cambaleou, ao mesmo tempo enfurecida e achando graça da forma com a qual ele a levantara com tanta facilidade e a carregara para fora do cômodo. Ela não era exatamente uma mulher pequena. Mas, por mais robusta que fosse, o duque era mais. E, enquanto ele a levantara, ela sentira os músculos densos de seus ombros se tensionando sob suas mãos.

Ah, sim. Ele de fato tinha um feitio poderoso.

Bem, e daí? Amelia sabia que estava navegando por águas desconhecidas com sua provocação desavergonhada. No entanto, estava com humor para tomar riscos. Ela já havia perdido Briarbank e Jack, e provavelmente perdera qualquer perspectiva de casamento que poderia lhe restar depois de atravessar de forma feroz o salão de baile e tomar a mão de Sua Graça. A moça não tinha reputação ou fortuna para proteger; por que não se divertir um pouco? Ele era um homem atraente, enigmático e poderoso. Havia sido intoxicante testar as barreiras da propriedade como nunca ousara antes, sem saber o tipo de resposta que provocaria.

De todas as respostas que esperava, nenhuma fora *aquela*. Abduzida do salão de baile? Ah. Que aquelas debutantes rissem dela agora.

– E pensar que eu o defendi contra aqueles rumores de barbaridade – ela disse, pensativa.

– Você me defendeu? – Ele fez um som grosseiro com a garganta. – Espero que tenha aprendido uma lição. Não me teste novamente. No final, eu sempre saio na frente, seja nas cartas ou nas negociações, em tudo.

Ela gargalhou.

– Ah, é mesmo?

– Sim. – Spencer correu a mão pelo cabelo. – Porque eu tenho o tipo de racionalidade que ninguém na sua família parece ter.

– E poderia me dizer qual é, por obséquio?

– Eu sei quando ir embora.

Amelia o encarou. A luz do salão de baile iluminava o perfil aristocrático dele, quase esculpido. Com seus cachos e o mármore atrás de si, ele poderia ser parte de um friso greco-romano. Belo como um imortal.

E pálido como a morte.

– Você está se sentindo bem? – indagou.

– Quatrocentas libras.

– Quê?

Ele fechou os olhos.

– Quatrocentas libras se você me deixar neste instante. Você terá a nota bancária pela manhã.

Atordoada, Amelia piscou e olhou para o calçamento. Quatrocentas libras. Quatrocentas libras e tudo o que ela precisava era dar meia-volta e partir? A dívida de Jack paga. O seu verão em Briarbank restaurado.

– Vire a sorte dos d'Orsay a seu favor, Lady Amelia. Aprenda a ir embora.

Deus do céu, ele estava falando sério! Ela se permitiu ter um breve e irônico momento de autodepreciação, notando que, apesar de não estar disposto a pagar quatrocentas libras pelos favores dela, o duque ansiava por pagar a mesma quantia para se livrar dela. Homem terrível.

Ah, mas o rosto dele havia ficado de uma cor bem particular. No salão, suas bochechas haviam ficado escarlates com sua raiva, mas agora sua compleição estava acinzentada. Ela conseguia ouvir o ar se arrastando para dentro e para fora de seus pulmões. E era um truque da luz da lua ou a mão dele estava tremendo, só um pouquinho, quando repousou na balaustrada?

Se ele *estivesse* passando mal, apenas abandoná-lo... seria como abandonar cada princípio que seus pais lhe ensinaram. Amelia estaria vendendo sua consciência e sua linhagem por quatrocentas libras.

E havia coisas para as quais não se dava um preço.

Ela deu um passo na direção dele.

– Sinceramente, você parece estar passando mal. Por que não me deixa lhe trazer um pouco...

– Não, estou perfeitamente bem. – Ele se afastou da pilastra de mármore e atravessou o terraço, sorvendo profundamente grandes quantidades do ar noturno. – Minha única aflição é uma pestinha vestida em seda azul.

– Não precisa ser grosseiro. Estou tentando ajudá-lo.

– Não preciso de sua ajuda. – Ele passou a mão impacientemente na testa encharcada, enxugando-a com sua manga. – Não estou passando mal.

– Então por que está tão pálido? – Amelia balançou a cabeça. – Por qual razão um homem prefere engolir um prego a aceitar a ajuda de uma dama? E, por favor, um duque não consegue comprar lenços?

Ela abriu a retícula que estava presa em seu punho. Agora sem as moedas, ela estava tão leve que a Amelia quase havia esquecido de sua existência. Ela soltou os cordões e tirou o único item que restava: um lenço bordado meticulosamente.

Ela tomou um momento para admirar os pontos que terminara alguns dias antes. Suas iniciais, escritas num roxo escuro. Ao redor das letras e nos espaços vazios, Amelia bordara trepadeiras e, em um verde mais claro, algumas samambaias. Um toque de puro capricho havia lhe compelido a adicionar uma pequena abelhinha em preto e dourado, flutuando perto do topo do A.

Era, talvez, seu melhor trabalho até ali. E agora esse lenço querido no qual tanto trabalhara iria limpar a testa nobre de Sua Graça? Ao que mais ela seria forçada a abrir mão naquele terraço? Seu irmão, sua casa e sua última pequena conquista. O que sobrava? Ela quase esperava que Napoleão pulasse das sebes e exigisse sua aliança.

– Morland – uma voz grave falou com grosseria, vinda das sombras.

Amelia deu um salto.

– Morland, é você aí? – a voz falou novamente, áspera e grave. Para a satisfação dela, definitivamente inglesa.

O ruído das plantas se movendo indicava que o estranho se aproximava. De forma impetuosa, Amelia parou ao lado do duque e pressionou seu lenço na mão dele. Ele olhou dela para o pedaço de pano, e depois para ela outra vez.

Amelia deu de ombros. Talvez fosse bobo, mas... era só que ele era um dos maiores homens da Inglaterra, e ela vinha de uma das maiores famílias da Inglaterra, pelo menos historicamente, e não podia permitir que o duque se deparasse com um desafio desconhecido parecendo que estava morrendo de malária. Não quando ela segurava um lenço perfeitamente limpo.

– Obrigado – ele disse, limpando sua testa com pressa e enfiando o lenço no bolso de seu terno ao mesmo tempo em que não apenas um, mas *dois* homens saíram da sebe e saltaram o corrimão do terraço.

O duque se colocou entre ela e os desconhecidos. Era um gesto cavalheiresco, tranquilizador. Ela não se arrependia do lenço agora.

Os estranhos pararam longe do semicírculo de luz em que estavam, então Amelia não conseguiu identificá-los. Viu apenas duas silhuetas: uma na última moda e a outra, assustadora.

– Morland, é Bellamy – o homem vestido na última moda falou. – E sei que você já conheceu Ashworth – disse ele, indicando o gigante ao seu lado.

O duque ficou tenso.

– Certamente. Nós somos amigos de longa data, não somos, Rhys?

Não houve resposta vinda da sombra gigante.

– Estávamos esperando você dar a sua escapada – disse Bellamy –, mas não podemos adiar mais. Precisa vir logo conosco.

– Ir com vocês? Por quê?

– Contaremos na carruagem.

– Me diga agora e devo decidir se me juntarei a vocês numa carruagem.

– Assuntos do clube – disse Bellamy.

Ele avançou para a luz, e Amelia o encarou. Ah, agora ela compreendia por que achara seu nome conhecido. O rosto dele também era conhecido. E não havia como se enganar quando se tratava de seu penteado arrumado meticulosamente. Ele era aquele baderneiro infame, o líder daquele grupo de jovens esbanjadores para o qual Jack daria um fígado para participar. O grupo pelo qual perdera quatrocentas libras na tentativa de acompanhá-los. Bellamy também estava envolvido naquela besteira da ficha?

– Assuntos do clube? – Morland disse. – Você quer dizer o Clube do Garanhão?

Amelia mal conseguiu segurar uma gargalhada completamente inapropriada para uma dama. Clube do Garanhão, realmente! Homens e suas sociedades ridículas.

– Sim, estamos convocando uma reunião urgente – disse Bellamy. – E, agora que você está a sete décimos de se tornar membro, é exigido que participe.

– É o Osiris? – o duque perguntou, sua voz subitamente grave. – Se algo aconteceu com o cavalo, eu...

A montanha de nome Ashworth quebrou o silêncio:

– Não é o cavalo, Harcliffe morreu.

Amelia sentiu o estômago se revirar.

– Pelo amor de Deus, Ashworth – disse Bellamy. – Há uma dama presente.

– Harcliffe? – ela repetiu. – Morto? Como Leopold Chatwick, o marquês de Harcliffe? – Ou seja, o garoto que havia sido criado a meio dia de viagem do Castelo Beauvale e frequentado a escola com seus irmãos mais velhos? O rapaz loiro, de feições finas e bom humor, admirado universalmente e que tinha sido gentil ao ponto de dançar com ela em seu baile de debutante? Não apenas uma vez, como ditava a obrigação de amizade, mas dois *sets* inteiros? – Tem certeza mesmo de que está falando de Leo?

Bellamy deu um passo à frente, batendo a sua bengala com ponteira de ouro nas pedras do pavimento conforme andava.

– Sinto muito.

Amelia levou as mãos à boca.

– Ah, pobre Lily.

– Você conhece a irmã dele?

– Um pouquinho. – Ela assentiu.

O duque pareceu relembrar seu dever social como o único presente que conhecia a todos.

– Lady Amelia d'Orsay, este é o Sr. Julian Bellamy. – Sua voz pareceu ficar um pouco mais sombria quando apresentou o homem mais alto: – E aquele é Rhys St. Maur, Lorde Ashworth.

– Sob qualquer outra circunstância, seria um prazer. – Amelia acenou com a cabeça. – Se me permitem a pergunta, como Lily está lidando com o luto?

– Ela ainda não foi informada do falecimento de Leo – disse Bellamy. – E é por isso que viemos até você, Morland. Como os membros restantes do Clube do Garanhão, temos uma obrigação para com ela.

– Temos?

– Sim, nós temos.

– Que tipo de obrigação? Imposta por quem?

– Está no código. O Código de Boas Linhagens do Clube do Garanhão. Como seu interesse está puramente no cavalo e não no espírito de fraternidade do clube, suponho que não tenha tomado tempo para se familiarizar com ele.

– Eu nunca nem ouvi falar desse negócio – disse Morland. Ele olhou para Ashworth. – Você ouviu?

O homem mais alto permaneceu envolto nas sombras, mas Amelia conseguiu ver que ele balançou a cabeça negativamente.

– *Existe* um código – Bellamy disse com impaciência. – E vocês dois estão sujeitos a ele. A alternativa é abrir mão do seu interesse no clube inteiramente. Agora vamos lá, vocês dois. Precisamos avisar à Lily do falecimento de seu irmão.

– Espera – disse Amelia. – Eu vou com vocês.

– Não – disseram os três homens em uníssono. Eles olharam um para o outro, como se surpresos em concordarem com alguma coisa.

– Sim – ela retrucou. – Eu vou, sim. Os pais de Lily não estão mais vivos e Leo era o seu último parente vivo, certo?

– Certo – disse Bellamy. – Infelizmente.

– Bem, vocês, cavalheiros, podem ter seus clubes, fichas e códigos de honra, mas nós, damas, temos nossa irmandade. E eu não vou permitir que os três pisem nos sentimentos de Lily como elefantes. Hoje, ela vai descobrir que o seu único irmão faleceu e que está sozinha no mundo. Ela vai precisar de compreensão, de conforto e de um ombro para chorar. E me recuso a deixar que sofra isso tudo sozinha, enquanto vocês, cabeças-ocas, ficam por aí discutindo sobre os detalhes estúpidos de seu clube estúpido.

Houve um silêncio prolongado em que Amelia começou a se arrepender de algumas de suas palavras, como "cabeça-oca", usado para dois membros da realeza. E a repetição pouco inspirada de "estúpido". Mas ela não pediria desculpas pelo sentimento e não iria ser deixada para trás. Sabia o que era perder um irmão. Sabia muito bem como era caminhar aquele inferno específico sozinha. O que ela não teria dado para ter a presença de sua mãe no dia que vieram contar sobre Hugh.

– Nós vamos na minha carruagem. Está pronta e eu tenho o melhor conjunto de cavalos – o duque falou por fim.

– Meus baios já estão aquecidos – disse Bellamy.

Morland firmou o maxilar.

– Eu tenho o melhor conjunto de cavalos de qualquer lugar.

Um silêncio complacente se seguiu. Não havia sido sequer um comando, mas, com aquelas poucas palavras, ele havia controlado completamente a situação. Se estava se sentindo mal, agora parecia completamente recuperado.

Melhor do que nunca, na visão de Amelia.

– Que assim seja – disse Bellamy. – Nós podemos cortar caminho pelo jardim? Até conversarmos com Lily, odiaria chamar atenção pública.

Mais uma vez, os três homens olharam para Amelia.

A dama parou por um instante. Era óbvio que não escaparia à atenção dos convidados que ela e o Duque de Morland desapareceram no meio da noite. Mas tudo seria explicado quando a morte de Leo virasse conhecimento público. E não era como se estivessem sozinhos.

– Tudo bem – Amelia balançou a cabeça afirmativamente.

Bellamy e Ashworth pularam do corrimão com facilidade. As botas atingiram o canteiro de flores suavemente antes de darem a volta na sebe e desaparecer pelo mesmo caminho que vieram. Morland os seguiu, passando pelo corrimão uma perna longa de cada vez.

Ele orientou Amelia para se sentar na balaustrada e então passar as pernas para o outro lado. Ela obedeceu, desajeitada. Uma dobra de seu vestido se prendeu no fecho de sua sapatilha, e isso a atrasou alguns segundos. Depois que ficou livre, a dama se preparou para deslizar do corrimão, não era mais do que alguns centímetros do chão.

O duque a impediu.

– Se me permite – ele disse, apoiando suas mãos na cintura de Amelia. – Está tudo enlameado deste lado.

Amelia acenou afirmativamente com a cabeça e logo se viu naqueles braços poderosos pela segunda vez naquela noite. Foi levantada sem esforço algum da balaustrada, passando pelo canteiro de flores até ser depositada no caminho de cascalho. Gentilmente, desta vez. Com certeza, ela estava lendo muito mais do que a verdade naquilo tudo, mas não conseguia não imaginar que aquilo fosse uma tentativa de compensá-la. Um pedido de desculpas silencioso pelo seu comportamento bruto no salão de baile.

– Ah, muito obrigada – ela disse, cambaleando um pouco quando ele a soltou.

– Eu que agradeço – ele respondeu, colocando uma mão no bolso de seu terno onde guardara o lenço. – Por antes.

– Não precisamos falar daquilo. Você está bem?

– Sim.

Juntos, eles seguiram o caminho que os outros homens tomaram, caminhando um ao lado do outro. Morland não lhe ofereceu o braço. No entanto, apontou para um sapo no caminho no momento em que ela teria pisado nele.

Conforme deram a volta na casa e se aproximaram da entrada pavimentada onde as carruagens e os cocheiros esperavam sentados, ele falou mais uma vez:

– O que significa o C?

– Desculpa?

– A sua inicial. – Ele deu um tapinha no bolso novamente.

– Ah! Claire – ela falou, compreendendo o que ele queria. – Significa Claire. Amelia Claire.

Ele assentiu e continuou andando.

Amelia diminuiu o passo.

Sua boba. Eles passaram por uma estátua de bronze, e Amelia quis bater sua cabeça contra ela. O quanto era tola. Ele lhe fizera uma única pergunta e ela respondera *três* vezes? *Claire*, ela imitou silenciosamente, adotando a voz de um papagaio. *Significa Claire. Amelia Claire.*

Ela reconheceu e odiou a sensação vertiginosa que havia surgido em sua barriga: paixonite. Não poderia ter acontecido num momento pior. Nada bom viria daquilo. E, de todos os cavalheiros de Londres, justo esse? Ela não havia exagerado no baile quando dissera que ele dançava divinamente e era sem dúvida bonito. Nem quando confessou um desejo nada casto de tocar o cabelo cacheado e escuro de Morland. E ele realmente arrepiava os pelos da nuca dela. Verdade, tudo aquilo era verdade.

Ele é horrendo, ela falou silenciosamente para si mesma. *Grosseiro, arrogante e insuportável! Ele se recusara a liberar Jack de sua dívida. Ele a insultou. Ele a removeu de um salão de baile e então ofereceu dinheiro para que ela fosse embora! E, pelo amor de Deus, você está a caminho de contar para Lily Chatwick da morte de seu irmão gêmeo. Você é uma mulher depravada e perturbada, Amelia Claire-Claire-Claire d'Orsay!*

Era só que... havia algo naqueles poucos momentos não ensaiados, quando um estranho saindo de uma cerca viva os fez esquecer da dívida e dos insultos e agir apenas com base no instinto. Ela havia ido para o seu lado com seu amado lenço, e ele colocara o corpo entre ela e o desconhecido. Ela não conseguia evitar o sentimento de que haviam formado uma aliança não dita e agora agiam como um time.

Morland levou a mão ao casaco de seu terno novamente. Ele continuava fazendo aquele gesto e, cada vez que o fazia, Amelia sentia seus joelhos fraquejarem.

Ai, meu Deus!

Eles alcançaram a carruagem. Era um veículo impressionante. Preto como a noite, reluzente, com o brasão ducal de Morland, levado por um time de quatro cavalos pretos que combinavam perfeitamente.

O duque a ajudou a entrar, uma das mãos encontrando os dedos de Amelia enquanto a outra a apoiava pelas costas. Bellamy e Ashworth já estavam acomodados nos assentos virados para trás, então só restava a eles dividirem o que era virado para frente.

Nada naquela situação deveria empolgá-la. Era algo terrível, a forma como o comando autoritário de Morland a fez sentir calor até nos dedões no pé. Era imperdoável como ela se sentara no centro do assento e permitiu que seu corpo caísse contra o dele conforme a carruagem se movimentava.

– Como foi que Harcliffe morreu? – perguntou o duque.

Obrigada, Amelia disse silenciosamente, se afastando dele até abraçar a lateral do assento. *Obrigada por me lembrar da gravidade de nossa situação e como meus pensamentos são inapropriados.*
– Foram ladrões – disse Bellamy. – Ele foi espancado até a morte na rua, em Whitechapel. Parece que foi um ataque aleatório.
– Meu Deus do céu.
Estava escuro demais para Amelia discernir a expressão de qualquer um na carruagem. Ela deduziu, então, que estava escuro demais para que vissem a dela. Então se permitiu chorar lágrimas quentes e silenciosas.
Aquilo não estava certo. Waterloo havia acabado; a guerra, chegado ao fim. Homens jovens e belos no auge de sua vitalidade deveriam parar de morrer. Apenas algumas semanas antes, ela espiara Leo no teatro. Ele havia pegado um camarote com alguns amigos. Eles eram barulhentos e inconvenientes da forma que só os amigos de Leo conseguiam ser, porque Leo sempre perdoava tudo. Todo mundo o amava tanto.
Amelia estremeceu. Espancado até a morte por ladrões. Se algo assim podia acontecer com Leo... poderia facilmente ter sido Jack.
– Poderia ser sido eu – disse Bellamy. – Meu Deus, *deveria* ter sido eu. Havia combinado de sair com ele hoje, mas desisti. – A voz grave dele falhou. – Que maldito desperdício. Se eu estivesse lá, poderia ter prevenido.
– Ou você também teria morrido.
– Melhor eu do que ele. Leo tinha um título, responsabilidades, uma irmã para proteger. – Ele xingou violentamente. – O que vai ser de Lily agora? É tudo culpa minha. A partida de boxe foi minha ideia, para início de conversa, e eu desisti. Desisti para passar a noite com aquela rameira da Carnelia. – Bellamy se inclinou para a frente, escondendo o rosto nas mãos.
Amelia supunha que ele se referia à Lady Carnelia Hightower, uma mulher cercada de escândalos e definitivamente *casada*. Apesar de sua mente estar a mil, ela permaneceu em silêncio. A última coisa que queria era lembrar aos homens que havia uma dama na carruagem e fazê-los controlar suas observações. Para o bem de Lily, Amelia queria reunir todas as informações que podia. Pelo menos uma vez, a qualidade de ser invisível para os homens havia funcionado a seu favor.
O duque limpou a garganta.
– Você falou que foi um ataque aleatório... bem, aleatório é aleatório. Poderia ter sido qualquer um.
– Não poderia ter sido eu. – A frase veio de Ashworth, o gigante taciturno sentado à frente de Amelia. – Eu não posso morrer.

— Por que você diria algo assim? — Amelia perguntou, abandonando sua intenção de permanecer em silêncio. Era uma declaração tão chocante a se fazer e algo na aspereza grave da voz dele indicava que não falava com arrogância.

— Porque eu tentei, várias vezes. E, como vê, falhei em cada uma das ocasiões.

Ela não tinha resposta para aquilo.

— Pergunte ao seu amigo Morland — ele continuou. — Eu sou uma desgraça para derrubar.

Ao lado dela, o duque ficou tenso. Era claro que os dois homens tinham um histórico de inimizade.

— Já chega. — O Sr. Bellamy levantou a cabeça, esfregando os olhos com a palma da mão. — Não temos tempo para isso. Leo se foi. É sobre Lily que precisamos discutir. Como Leo morreu sem herdeiro, o título dos Harcliffe e suas propriedades, incluindo a mansão da cidade, irão passar para algum primo distante. Ela provavelmente tem algum tipo de dote devido a ela, mas, considerando sua condição, Lily não pode viver de forma independente na cidade.

Não, ela não poderia, Amelia concordou silenciosamente. Coitada da Lily. Amelia precisava arrumar um modo de ajudá-la.

— E o que propõe, Sr. Bellamy?

O homem olhou de Ashworth para Morland.

— Milorde, Vossa Graça... um de vocês precisa se casar com ela.

— Casar com ela? — Spencer piscou. — Você acabou de dizer que um de nós deve se casar com ela?

— Sim.

Suspirando profundamente, Spencer levou uma das mãos às têmporas. Sem ofensa para o falecido ou para Lily Chatwick e sua "condição" misteriosa. Era só que essa situação exigiria uma quantidade considerável de discussão e ele já havia gastado sua cota de educação para a noite inteira.

O que o duque queria fazer era voltar para casa, virar dois dedos de conhaque e se prostrar no chão da biblioteca — bem, no carpete; o chão era de carvalho implacável e ele não era um monge ascético, afinal — até que o maldito clamor em sua cabeça fosse embora. De manhã, ele levaria Juno para um passeio lento, provavelmente percorrendo metade do caminho até Dover e retornando. Ela ficava inquieta na cidade, sem costume com as multidões e o barulho. Uma grande cavalgada pelo campo endireitaria os dois. Depois, ele mesmo cuidaria da égua. Ela era melindrosa com os cavalariços londrinos, e eles nunca conseguiam fazer um bom trabalho. Depois disso tudo... talvez um jantar antes de ir atrás de um jogo de cartas.

Isso era o que queria fazer. Mas, como acontecia com tanta frequência, o que Spencer queria e o que requeriam dele eram coisas completamente diferentes.

– O código do Clube do Garanhão diz que, na ocasião da morte inesperada de um membro, a irmandade é obrigada, por honra, a cuidar de seus dependentes. Uma vez que seu irmão faleceu, Lily irá precisar de um protetor. Ela precisa se casar.

– Então por que não casa com ela? – perguntou Ashworth. – Você claramente a conhece bem. Você não era amigo de Harcliffe?

– Amigos muito próximos, sim. Que é justamente o motivo de eu não poder me casar com ela. Lady Lily Chatwick é a irmã de um marquês. Uma vez Leo comentou comigo que ela é a décima terceira na fila para a coroa. Eu sou... – Bellamy pressionou um punho fechado contra o assento. – Eu não sou ninguém.

Bem, naquele ponto Spencer concordava completamente com ele. Desprezava o arrivista vaidoso. Do que ouvira nas mesas, Bellamy havia chegado do nada três anos antes. Apesar das origens vagas do homem, até o maior dos esnobes o convidava para cada festa e cada jogo de carta, apenas pelo entretenimento que ele fornecia. Era um mímico com habilidades quase sobrenaturais.

Spencer uma vez assistira do batente de uma porta enquanto Bellamy presenteava uma audiência com suas imitações indecentes de Byron e Lady Caroline Lamb. Achava que o homem era um palhaço patético, mas os jovens da cidade o idolatravam. Eles imitavam o mímico; imitavam seu estilo de vestir, sua forma de andar e suas observações espirituosas. Alguns chegavam ao extremo de pedir para que seus valetes aplicassem uma mistura de cinzas e clara de ovo em seu couro cabeludo para tentar imitar seu cabelo preto e bagunçado.

Spencer não tinha interesse algum no cabelo ou na moda do homem, e nada além de desprezo para o humor baixo do rapaz. Mas ele tinha muito interesse em uma coisa de Bellamy: a ficha de bronze que o tornava membro do Clube do Garanhão.

– Terá que ser Morland – disse Ashworth. – Não vou me casar com ela.

– Você tiraria a sorte grande se casasse com ela – disse Bellamy. – Ela é uma dama adorável e inteligente.

– Eu tenho certeza de que é. Mas a última coisa que faria com uma mulher que admiro é me casar com ela.

Spencer não conseguiu resistir:

– Ah, agora você encontrou a decência? De onde veio, eu me pergunto? Talvez a tenha encontrado largada por aí no campo de batalha.

– Talvez sim – o homem respondeu, impassível. – E sei que você eu não encontrei por lá.

Spencer o olhou com ameaça. Era típico do bastardo dar um golpe baixo daqueles. Quando jovem, não havia nada que Spencer quisera mais do que seguir o exemplo paterno e comprar uma patente no exército. Mas, quando seu pai faleceu, o rapaz se tornou o herdeiro do duque. Subitamente, ganhara títulos, deveres e responsabilidades. Estaria arriscando centenas de vidas na batalha, não apenas sua própria. Adeus, visões de glória.

– Por que você não pode se casar com ela, Ashworth? – Bellamy indagou. – Você é um lorde, não é?

– Eu acabei de herdar um baronato. Consiste numa charneca inútil em Devonshire e uma casa que queimou completamente há quatorze anos. Precisei vender minha patente só para pagar as dívidas.

– Com licença – disse Lady Amelia. – Eu sinto muito interromper.

Dar licença? Spencer a agradeceria, profundamente. Uma mudança nos rumos da conversa era mais do que bem-vinda.

– Sabia que o seu nome era conhecido – ela continuou, falando para Ashworth. – E então mencionou sua patente... por acaso você é o Tenente-Coronel St. Maur?

– Sim. E, sim, conheci o seu irmão.

– Achei que sim. Ele contou sobre você nas cartas dele, sempre pontuando sua coragem. Você esteve... – A voz dela enfraqueceu. – Esteve com ele em Waterloo?

– Não, não no final. Ele serviu num batalhão diferente. Mas posso lhe dizer que era um homem primoroso e um oficial excelente. Admirado por seus subordinados e respeitado pelos seus superiores. Uma bênção para sua família e para o país.

– Obrigada.

Lady Amelia pareceu satisfeita, mas, para os ouvidos de Spencer, o discurso era vazio, pouco convincente. Ensaiado. Como se Ashworth já tivesse dito aquelas palavras inúmeras vezes. Provavelmente era verdade. Talvez, para ele, a tarefa daquela noite – avisar uma jovem dama da morte inesperada de seu irmão – fosse nada além de rotina. Explicaria essa gravidade em sua aparência. Spencer não se lembrava de vê-lo tão solene em nenhuma outra ocasião.

Não que eles tivessem passado muito tempo conversando em Eton. Era difícil conversar enquanto dava socos.

– Onde está o corpo? – Lady Amelia perguntou subitamente. – De Leo, no caso.

– Na minha casa – Bellamy respondeu. – Meus homens estão vigiando até que ele possa ser levado ao mortuário.

– Lily vai querer vê-lo.

– Não, milady. Ela não vai.

– Ela vai, eu garanto. Não importa quais sejam os ferimentos, eu... – a voz dela falhou. – Eu daria tudo pela chance de me despedir de Hugh. Penso que seria mais fácil aceitar sua morte.

Naquele momento, Spencer se tornou extremamente *ciente* de Lady Amelia d'Orsay, na ausência de uma palavra melhor. Seus cavalos viraram para a esquerda, levando a carruagem ao redor de uma esquina abrupta, e ela deslizou em sua direção. Macia e quente. O cheiro de lavanda mais intenso do que antes. Enquanto a dama se ajeitava, algo úmido caiu na extensão de pele entre a manga e a luva dele.

Ela estava aos prantos.

Aos prantos, no silêncio mais absoluto, orgulhosa demais para pedir seu lenço de volta depois de tê-lo entregado para Spencer nos jardins. Levou a mão ao seu bolso lateral, onde seus pontos precisos, e felizes, secretamente decoravam o tecido de cetim. Era culpa dela não o ter mais – ele sequer queria o objeto para início de conversa.

Mas agora, perversamente, o duque não queria devolver.

– Está decidido, então – disse Bellamy. – Morland irá se casar com ela.

– Eu me recuso – disse Spencer.

– Você não pode recusar.

– Mas acabei de fazer isso.

– É o código do Clube do Garanhão. – Bellamy se inclinou para frente. – Nem eu nem Ashworth somos pretendentes aceitáveis, como acabou de ouvir. Se você não tivesse reduzido de forma tão metódica a quantidade de membros nas últimas semanas, talvez existissem outros candidatos. Mas você o fez. E agora corresponde a sete décimos do clube, e o peso da responsabilidade cabe a você.

– Eu não entendi – disse Lady Amelia. – Como um homem pode ser sete décimos de um clube?

– São as fichas, milady – respondeu Bellamy. – Veja, Leo comprou um garanhão excepcional alguns anos atrás. Osiris era um dos melhores cavalos de corrida da Inglaterra. Ele é velho demais para correr, mas ainda é valioso como reprodutor. Vários cavalheiros estavam solicitando o favor dos direitos de reprodução, e Leo desenhou o esquema do Clube do Garanhão como uma brincadeira. Se você conhece Leo, sabe que ele amava uma boa piada.

— Ah, sim — ela assentiu. — Quando meu irmão e ele eram crianças, roubaram o badalo do sino da igreja apenas para que os dois pudessem dormir até mais tarde no domingo de manhã.

Bellamy sorriu.

— Ah, isso é a cara do Leo. Qual dos seus irmãos foi? Lorde Beauvale? Ou Jack? — Quando ela não respondeu de imediato, o homem adicionou: — Ou... Céus, sinto muito. Não foi o que faleceu na Bélgica?

— Não, não foi Hugh. Nenhum desses, na verdade. Foi Michael, meu irmão que é um oficial da Marinha agora.

— Meu Deus, quantos vocês são? — Spencer se arrependeu da pergunta no mesmo instante. O que o possuíra para perguntar? Por que diabos ele se importava?

Quanto mais Lady Amelia demorava para responder, mais o silêncio acusatório se espalhava na carruagem: *Péssimo, Morland. Péssimo.* Ele *era* capaz de ter uma conversa educada, de verdade. Só não em qualquer momento antes, durante ou por longas horas após um baile.

Enfim ela respondeu:

— Éramos seis. Agora somos apenas cinco. Sou a única mulher. — Ela parou um instante, esperando para ouvir a próxima pergunta grosseira que seria jogada em sua direção. Quando nenhuma apareceu, ela falou: — Por favor, continue, Sr. Bellamy.

— Certo. Leo tinha dez fichas feitas de bronze e as distribuiu para seus amigos próximos. A posse de uma ficha permitia que um homem mandasse éguas para cruzarem com Osiris. Mas, pelo código do clube, as fichas nunca poderiam ser vendidas, compradas ou dadas. Elas só poderiam ser ganhas na sorte.

— Nas cartas — Amelia disse.

— Cartas, dados, qualquer tipo de aposta. O conjunto de fichas de bronze amassadas se tornou a moeda mais cobiçada de Londres. Todos queriam um pouquinho de Osiris, é claro. Mas, mais do que isso, eles queriam ser parte do clube. A fraternidade, a camaradagem... há uma certa distinção, agora, entre cavalheiros de nosso meio, em se dizer membro do Clube do Garanhão. Não são todos os clubes que conseguem ser tão exclusivos ao ponto de permitir apenas dez membros, e ganhar uma ficha significa que a sorte ou a espertesa, ou os dois, estavam com você. — Bellamy lançou um olhar mordaz na direção de

Spencer. – E então Morland apareceu e estragou toda a diversão. Ele já conseguiu sete das dez fichas agora. As últimas três pertencem a mim, a Ashworth e a Leo, é claro.

A almofada do assento se reajustou enquanto Lady Amelia se virou na direção de Spencer.

– Mas por que ele faria isso?

– Se importaria em responder a dama, Vossa Graça? – questionou Bellamy.

– Não é óbvio? – Spencer olhou para fora da janela da carruagem. – Eu quero o cavalo.

– Mas o Sr. Bellamy disse que uma ficha apenas é o suficiente para assegurar os direitos de usá-lo na reprodução. Por que insistir em ter todas elas? Por que tanta avareza?

Spencer percebeu a acusação em sua voz. Ela culpava sua "avareza" pela dívida do irmão.

– Quando se trata de Osiris, não estou interessado em usá-lo na reprodução. Eu quero tê-lo. Não gosto de dividir.

Bellamy balançou a cabeça.

– Aí está, Lady Amelia. Vossa Graça não tem interesse em irmandade, amizade, ou na preservação de sua imagem como uma referência na sociedade londrina. Ele se importa apenas com o animal envolvido. Eu vou falar uma coisa, Morland, você pode até não gostar, mas precisará dividir. Você só vai pegar a minha ficha passando por cima do meu cadáver. O Clube do Garanhão foi criação de Leo, e eu não vou permitir quer você destrua seu legado.

– Mas você quer que eu me case com a irmã dele.

– *Não*. Er, sim. – Bellamy grunhiu em frustração. – O que quero dizer é que não desejo isso. Como gostaria que houvesse alguém, qualquer um, que não fosse você. Mas não há.

Lady Amelia emitiu um som estranho, inarticulado. Ele passava desalento? Frustração? Diversão? Pelo menos ela não estava mais chorando.

Bellamy claramente não conseguiu traduzir a reação melhor do que Spencer. Inclinando a cabeça, ele observou ambos com cuidado.

– Isto é, a menos que você já esteja noivo. Nós interrompemos algo no terraço, ainda agora?

– Ah, não – ela falou rapidamente, com uma risada. – Seja lá o que você interrompeu, era tudo menos *isso*.

– Então, Vossa Graça, a honra o obriga a pedir a mão de Lily em casamento.

– Com licença – disse Lady Amelia. – Mas exatamente o que há de honrado em decidir o futuro de uma mulher sem sequer pedir sua opinião? Se Lily quisesse se casar, ela já o teria feito anos atrás. Não estamos vivendo na Idade das Trevas, senhores. O consentimento de uma dama é, em geral, um pré-requisito antes de qualquer plano de casamento.

– Sim, mas, mesmo nestes tempos modernos, às vezes as circunstâncias, como um falecimento ou a pobreza iminente, podem tomar a decisão pela dama.

– Não posso falar por Lily, Sr. Bellamy. Mas posso lhe afirmar, tendo eu mesma enfrentado tais circunstâncias, que elas jamais tomaram decisões por mim.

Então, Spencer pensou consigo mesmo, Lady Amelia já havia recebido pedidos de casamento. E havia recusado. Ele estava se perguntando se a solteirice dela era uma condição na qual ela havia chegado por escolha própria ou por falta de alternativas.

Maldição, por que ele estava pensando nela? Por que sentia essa necessidade de saber tudo a respeito daquela mulher impertinente, mandona e nada bonita? Mas ele estava pensando. Ah, o duque não queria se envolver em nada tão canhestro ou arriscado como fazer perguntas. Ele apenas queria uma referência – um códex completo de todas as coisas a respeito de Amelia Claire d'Orsay. Uma árvore genealógica de sua família até os invasores normandos. Um catálogo de todos os livros que já leu. Um mapa topográfico indicando o local preciso de cada uma de suas sardas.

– Chegamos – disse Ashworth.

A carruagem parou na frente da Mansão Harcliffe. Enquanto esperavam o valete abrir a porta, Bellamy se inclinou para a frente e falou diretamente a Spencer:

– Lily pode ser surda, mas ela não é estúpida. Ela lê lábios e fala com uma dicção tão aristocrática quanto a sua. Olhe para ela quando falar, é o que basta. Não levante a voz nem fale em termos simples, como se a moça fosse uma tia-avó idosa. Não a trate como nada menos do que uma igual intelectual e social.

– Por que você está me dando esse sermão? – Spencer ficou arrepiado.

– Porque antes de esta noite acabar, você terá uma reunião privativa com ela. Você vai pedir Lily em casamento, Morland. Ah, vai, ou, por Deus, eu vou desafiá-lo.

Capítulo 3

— Um duelo?! – Amelia exclamou. – Por qual motivo? Para termos duas mortes em vez de uma nesta noite?

— Apenas tente, Bellamy – o duque falou em um tom gélido, ignorando-a. – Eu terei prazer em arrancar a ficha das mãos do seu cadáver.

Sinceramente, esses homens eram impossíveis!

Quando a porta da carruagem abriu, Amelia se levantou do assento e se apressou para ficar entre Bellamy e Morland, que estavam trocando olhares homicidas. Depois que saiu da carruagem, os homens a seguiram.

Ela andou rapidamente para tomar o primeiro degrau e parou na frente da porta, bloqueando o caminho, se dirigindo a eles no mesmo tom que usava para falar com seus irmãos quando brigavam. Se esses homens crescidos iriam se comportar como garotos brigando por bolas de gude, alguém com juízo precisava tomar a frente. Pelo bem de Lily.

— Esperem um momento, por favor. Antes de entrarmos, eu preciso falar algo.

Os três homens a encararam, e a confiança de Amelia começou a fraquejar. Eles podiam estar se comportando como crianças, mas eram, todos os três, bem largos, poderosos e intimidantes. Um duque, um guerreiro e um canalha. Não estava acostumada a ter a atenção de homens como aqueles. Bem, ela não estava acostumada a ter a atenção de *qualquer* homem que não fosse seu irmão. Sua barriga ainda dava cambalhotas todas as vezes que ela sequer *pensava* em olhar para o duque. E, graças ao brilho esfumaçado e amarelo da lamparina da carruagem, Amelia finalmente conseguiu ver com clareza Lorde Ashworth e Sr. Bellamy.

O que viu não a acalmou nem um pouco.

Ashworth era imenso em todos os aspectos – alto, largo e imponente. Uma cicatriz dramática atravessava de sua testa até sua bochecha. O golpe que a causou poderia ter-lhe arrancado o olho. Mas, mesmo com a aparência de um pirata saqueador, Ashworth ainda a fazia se sentir mais segura do que Bellamy. Apesar do cabelo bagunçado deliberadamente, as roupas e os modos do Sr. Bellamy eram polidos – tão polidos que pareciam escorregadios. Existia, sim, um homem bonito demais para passar confiança.

Ela inspirou profundamente, tentando se acalmar.

– É isto o que vai acontecer: nós vamos pedir aos serviçais para que acordem Lily e recomendem que ela se apronte. Quando Lily descer, ela já vai estar preparada para o pior, eu lhes garanto.

Qualquer mulher que fosse despertada no meio da noite se preparava para o pior. Quantas vezes Amelia não havia cambaleado até o andar de baixo, tropeçando em pés dormentes de preocupação, certa de que o desastre havia visitado outro ente querido? Apenas para descobrir Jack rastejando após uma noite de farra com os "amigos".

– Quando ela descer – Amelia continuou –, eu conversarei com Lily a sós. Vocês, cavalheiros, aguardem no escritório de Lorde Harcliffe e eu irei informá-la do falecimento do irmão.

– Lady Amelia...

Ela levantou uma mão para silenciar Bellamy.

– Não é uma tarefa que aprecio, senhor. Mas eu não deixarei que vocês façam isso. Me perdoem pela franqueza, mas depois da conversa da última meia hora, eu não me convenci de que algum dos três tenha juízo ou sensibilidade para dar a notícia de qualquer forma respeitável.

– Milady, eu insisto...

– Não, você precisa ouvir! – A voz dela ficou aguda e ela levou a mão à barriga. – Precisa entender que vivi a mesma experiência que Lily está prestes a viver. E os três juntos são assustadores. Nem sei como estou conseguindo estar aqui na frente de vocês sem desaparecer na névoa... só que esta tem sido uma noite extremamente não convencional e eu não tenho muita certeza de mais nada.

Deus do céu, agora Amelia estava tagarelando e eles a encaravam com aquela mistura estranha de pena e pânico com o qual os homens encaravam as mulheres que estavam à beira da histeria.

Aprume-se, Amelia.

– Por favor – ela pediu. – O que peço é só que me deixem dar a notícia com delicadeza. Se Lily sequer olhar para vocês, ela vai saber instantaneamente...

E, com um som baixinho, a porta se abriu atrás dela.

Amelia se virou, encarando não um serviçal, como havia esperado, mas sim Lily Chatwick em carne e osso. Pela primeira vez em... oh, quase dois anos. Desde o funeral de Hugh, provavelmente. As duas eram amigas quando meninas – não as mais próximas, uma vez que Lily era alguns anos mais velha. Mas, depois da febre que deixou Lily sem audição, elas se viram cada vez menos. Ela não saía na sociedade com frequência.

– Amelia? – Lily tirou uma mecha de cabelo do rosto. Com a outra mão, ela fechou a gola de sua camisola. – Ora, Amelia d'Orsay, o que você está fazendo aqui a esta h...

Seu olhar sonolento e escuro se virou para os homens.

Amelia apertou as mãos em punhos. Lily não teria ouvido suas observações, ela se lembrou. Talvez não fosse tarde demais para dar a notícia com gentileza.

– Ah, meu Deus. – Lily levou a mão à garganta. – Leo está morto.

– Eu sabia – Lily disse algum tempo depois, encarando de forma vazia suas mãos dobradas. Eles estavam sentados na sala de estar. Uma xícara de chá salpicado de *conhaque* repousava na mesa, intocado e há muito tempo frio. – De alguma forma, eu sabia, mesmo antes de vocês chegarem. Eu fui repousar mais cedo. Estava tão cansada ontem à noite. Mas então acordei sobressaltada menos de uma hora depois e não consegui dormir desde então. Apenas sabia que ele se fora.

Amelia moveu a cadeira mais para perto de sua amiga.

– Meus sentimentos. – Que palavras inúteis e fracas. Mas, sinceramente, naquela situação não havia nada útil a ser dito.

– Eu não seria capaz de acreditar se não tivesse sentido no meu coração. Agora, estou me acostumando com a ideia há várias horas. Nós sempre soubemos quando o outro estava em perigo. Nossa conexão sempre foi próxima. Durante minha doença, ele pegou a carruagem dos correios de volta para casa em Oxford, apesar de ninguém ter escrito para ele. Eu não sei como eu... – Lily inclinou a cabeça para suas mãos dobradas. – É tão difícil imaginar existir sem ele, quando nunca aconteceu antes.

Os ombros magros de Lily estremeceram enquanto ela chorava, e Amelia ajeitou o cabelo preto que caía pelas costas da mulher. Quem visse de longe nunca imaginaria que ela e Leo eram gêmeos. A aparência deles não poderia ser mais distinta: Leo tinha cabelo dourado, pele bronzeada e uma aura de energia e saúde que emanava dele. Em contraste, Lily era pálida e morena, com uma disposição serena e contemplativa. A lua para o sol que era seu irmão. Amelia ouvira a fofoca de que o nascimento dos gêmeos era uma grande sorte para a reputação da mãe –, pois ninguém acreditaria que Leo e Lily fossem filhos do mesmo pai se não tivessem saído do útero com poucos minutos de distância um do outro.

Amelia apertou o ombro da amiga levemente até Lily levantar o olhar.

– É tão difícil imaginar que Leo não está mais entre nós, até para mim. Mais do que qualquer outro conhecido meu, ele sempre parecia tão... tão vivo. Sentiremos muito a falta dele. – Ela suavizou seu toque, acariciando a outra mulher para tranquilizá-la. – Mas não precisa ficar ansiosa. Porque haverá tantas pessoas dispostas a ajudá-la quanto existem pessoas que amavam Leo, do jeito que precisar. – Amelia lançou um olhar de soslaio para as portas que conectavam a sala em que estavam e a biblioteca. – Só no cômodo ao lado você tem três dos homens mais poderosos da Inglaterra, cada um deles pronto para atravessar o Canal da Mancha a nado se você pedir.

– O Sr. Bellamy é o responsável pela presença dos outros dois, tenho certeza. – Os cantos dos lábios de Lily se curvaram. – Às vezes acho que esse homem vai me sufocar com suas boas intenções.

Ela provavelmente percebera a rápida expressão de ceticismo de Amelia, pois disse:

– Ah, não se engane com ele. Julian é um exímio ator. Seu papel favorito, e mais bem-sucedido, é o do canalha incorrigível. Mas ele sempre foi um amigo fiel para Leo e sem dúvida vê como seu dever me proteger como um irmão agora.

– Você tem certeza de que o interesse dele é apenas como um irmão? – Amelia se lembrou do comportamento do Sr. Bellamy na carruagem e sua defesa apaixonada contra qualquer observação que pudesse ser feita para depreciar Lily.

– Ah, sim – respondeu Lily. – Nesse aspecto, eu tenho certeza absoluta.

– Sinto que devo lhe informar que, no nosso caminho até aqui, os três estavam discutindo quem... quem iria ter a sorte de se casar com você.

– *Casar* comigo? Eu nunca pensei nem sequer em me casar.

— Eu disse que você precisaria de tempo para absorver essa notícia, tempo de luto. Tentei convencê-los a não apresentarem tais decisões hoje, mas não sei se tive sucesso.

Mais precisamente, ela não sabia se as ameaças do Sr. Bellamy haviam sido bem-sucedidas em remover a relutância de Morland. Ela esperava que não. E não só porque sentiria ciúmes. Não, inveja não tinha nada a ver com aquilo. Seja lá o que fosse sua atração física pelo duque, Amelia era sábia o suficiente para não a confundir com estima por sua personalidade. Só naquela noite, ela testemunhara mais de uma vez as atitudes insensíveis do cavalheiro em relação a dívidas, mortes, sociedade, amizade e casamento, o bastante para saber que não desejaria vê-lo como marido de nenhuma mulher que considerasse sua amiga.

— Minha nossa — Lily disse fracamente. A cabeça dela afundou na mesa mais uma vez. — Não me diga nada. Isso tem a ver com aquele clube absurdo que Leo começou, com o cavalo.

— Sim.

— Que nome ridículo deram a ele! O Clube do Garanhão! Eu disse a Leo que deveria ter pedido minha ajuda. Consigo pensar em uma dúzia de nomes melhores! O que tem de errado com A Sociedade do Cavalo Inteiro?

Amelia segurou uma gargalhada e então abaixou a cabeça para captar a atenção de Lily.

— Se desejar, eu posso mandá-los embora. Já me impus para eles uma vez hoje e não tenho medo de fazê-lo novamente. — O orgulho encorpou sua voz enquanto dizia aquilo.

E por que não deveria? Em algum momento daquela noite, entre dar seus últimos centavos para Jack e tomar a mão do Duque de Morland, Amelia havia saído para fora de si mesma de alguma forma. Ou saído da casca silenciosa, modesta e apropriada que habitava em toda a sua vida. Dar uma bronca em um trio de homens intimidadores era só parte daquilo. Ela confrontara um duque, até flertara com ele durante uma valsa sensual. Sem sucesso, mas ainda assim, era muito mais do que ousara fazer antes. Além disso, ela partira do baile em circunstâncias misteriosas e, naquele mesmo instante, os fofoqueiros deviam estar debatendo quando foi que aquela garota tão bem-nascida dos d'Orsay se tornara uma ousada aventureira.

Mas era claro: no soar da meia-noite. Aquele foi o momento em que Amelia deixara de ser uma abóbora. E, não importava o que aquela noite trouxesse, ela estava orgulhosa de si mesma por aquilo.

— Eu vou expulsá-los agora — ela disse, se afastando da mesa.

— Não — pediu Lily. — Eu vou falar com eles. Sei que também estão de luto e que têm boas intenções. Homens têm essa necessidade incurável de tentar consertar coisas, mesmo as que não podem ser arrumadas.

— Eu disse a eles que você gostaria de ver o Leo.

— Obrigada. Sim, eu gostaria. — A voz dela era educada e distante. Amelia sabia que Lily havia entrado naquele vácuo surreal que acompanha um grande choque. Por mais que insistisse que havia sentido o que acontecera horas antes e se acostumara com a ideia naquele meio-tempo, Amelia sabia que a morte de Leo não se tornaria real por algum tempo. E, quando se tornasse, a dor seria quase insuportável.

Ela não iria pressionar Lily a confrontar o luto naquele instante. Que ela flutuasse naquele vazio escuro enquanto pudesse.

— Devo subir com você e te ajudar a se vestir?

— Não, obrigada. Está tudo certo, minha criada está acordada.

— Então aguardarei com os cavalheiros até que esteja pronta. Posso pedir para seu cozinheiro nos enviar um jantar gelado? As feras podem se provar mais dóceis após serem alimentadas. E, se conseguir, você também deveria comer.

— Sim, é claro. Peça o que achar melhor para os serviçais. — Colocando as duas mãos abertas na mesa, Lily afastou a cadeira e se levantou lentamente. — Estou muito grata que esteja aqui, Amelia. Você é tão boa.

Uma hora depois, a miríade de carnes frias e queijos expostos num carrinho de serviço permaneciam em sua maioria intocados. O duque estava sentado em uma poltrona no canto mais distante da biblioteca, folheando impacientemente um livro. Se tivesse olhado para cima uma vez na última hora, Amelia não havia percebido. E, para sua frustração, ela se pegou o observando demais.

O único dos cavalheiros que comeu algo foi Lorde Ashworth e agora ele estava reclinado no divã com os olhos fechados e as botas imensas apoiadas na otomana de couro. No entanto, sua atitude tranquila não pareceu um desrespeito para ela. Amelia poderia ter descrito como prudente. Um traço militar, ela achava. Ashworth era claramente um homem que não permitia que a morte interferisse com o trabalho incessante que era viver. Ele não desperdiçaria uma oportunidade de comer, beber ou descansar quando ela se apresentasse.

De forma contrastante, o Sr. Bellamy não havia parado de se mover desde que Amelia entrara no recinto. Atravessou o cômodo tantas vezes que ela temeu que ele fizesse um buraco no piso de *parquet*. Quando a campainha soou, o homem correu para abri-la ele mesmo. O visitante era um detetive, Amelia havia entendido dos pedaços de conversa que entreouvira, responsável por encontrar os bandidos que assassinaram Leo.

– Alguma notícia? – o duque perguntou quando Bellamy retornou.

– Não, nada que já não saibamos. Ele foi atacado num beco em algum lugar de Whitechapel. O motivo parece ter sido roubo. Alguns garotos de rua ali perto ouviram uma briga e gritos, mas estavam assustados demais para investigar. Foi uma prostituta que encontrou o corpo e chamou uma carruagem, mas desde então ela também desapareceu.

– Como sabiam que deveriam levá-lo até você?

– Quando ela o encontrou, ele ainda estava vivo, mas por pouco. Aparentemente, ele deu a ela meu endereço. Uma sorte, também, ou sabe-se lá o que teria acontecido com o corpo. Talvez fosse vendido para estudantes de Medicina. Estou surpreso que a prostituta não pensou nisso. Ela provavelmente estava esperando uma recompensa, salvando a vida de um nobre.

– Ou talvez ela apenas tivesse uma consciência e um bom coração – disse Amelia.

Bellamy fez um som de descrença.

– Bom, não importa quão puras sejam as intenções dela, não foram o suficiente para salvá-lo. Ele morreu no caminho.

– Você estava em casa quando o levaram?

– Não. – Ele xingou baixinho. – Não, eles tiveram que me chamar. Maldição, se eu estivesse com ele, nada disso teria acontecido.

Com um arroubo súbito e impetuoso de força, ele socou uma estante. Amelia se sobressaltou e Lorde Ashworth abriu os olhos.

– Você não percebe? – Bellamy indagou. – Tudo isso é minha culpa. Eu não posso corrigir, mas farei o que precisar... levar os assassinos de Leo para a justiça e deixar Lily bem de vida.

– É improvável que alcance qualquer uma das metas hoje – disse o duque.

Bellamy se precipitou na direção de Spencer.

– Você vai pedir a mão dela, Morland. Nem que eu tenha que segurar uma faca contra as suas bo...

– Por favor – Amelia disse, ficando em pé subitamente, impedindo o caminho de Bellamy. – Por favor, se você se importa com Lily...

– Eu me importo – ele a interrompeu, impacientemente. – Como me importaria com minha própria irmã, se tivesse uma.

– Então eu lhe imploro, deixe-a vivenciar seu luto mais um pouco. O irmão dela morreu. Se Leo partiu de forma violenta ou em paz, esperada ou não... o que importa é que ele não existe mais na vida dela, e isso tudo é uma tragédia. Se você se importa com ela, ofereça conforto e compreensão, não promessas de vingança ou pedidos de casamento.

– Muito bem. – Bellamy soltou o ar. – Eu não vou mais falar em assassinato e retaliação. Mas ele... – O homem apontou na direção do duque. – É melhor que faça seu dever com Lily. Se quiser manter sua cota de Osiris, não tem outra escolha.

– Não tenho escolha? – Morland colocou o livro de lado. – Eu sou um duque. Sempre tenho uma escolha. E não respondo bem às ameaças.

– Ah, eu não estou te ameaçando – disse Bellamy. – Estou apenas o lembrando do código do Clube do Garanhão. Qualquer membro que falhe em aderir ao Código de Boas Linhagens deve abrir mão de seu interesse no cavalo.

Um pensamento passou pela mente de Amelia.

– Mas Leo morreu. O cavalo dele não passa para seu herdeiro, da mesma forma que suas outras posses?

Bellamy deu um sorriso gélido para o duque antes de se virar para Amelia.

– Não, milady. Leo desenhou o clube de forma muito inteligente, fez seu advogado redigir todos os termos. Osiris é mantido num contrato fiduciário e qualquer direito reprodutor está sujeito a duas condições: posse de uma ficha e aderência ao código. Se Vossa Graça não conseguir cumprir suas obrigações, ele abre mão de qualquer direito ao cavalo.

– Isso é absurdo – Morland disse.

Amelia pensou que tudo aquilo era absurdo. Estava se cansando de ouvir sobre esse Clube do Garanhão e seu código vago.

– Esse seu código... – o duque continuou. – Na carruagem, você disse que membros devem prover os dependentes dos falecidos. Não me lembro de nenhuma menção a casamento.

– Não consigo ver de que outra forma você *poderia* provê-la. Lily vai perder essa casa e tudo nela. Mesmo com qualquer renda que possa ter, ela não pode viver de forma independente. Isso seria uma realidade para qualquer mulher de berço nobre, mas quando se leva em consideração a condição dela... – Ele balançou a cabeça. – Não existem alternativas.

– Mas é claro que existem! – Amelia exclamou, cada vez mais desesperada para salvar Lily desse plano malfeito, que se provava nada além do fruto da consciência pesada do Sr. Bellamy e a ganância do Duque de

Morland por cavalos. – Vai demorar até que o testamento seja inventariado. Lily não corre o risco de ser despejada na rua amanhã. E damas vivem, *sim*, de forma independente. Não consigo ver por que a surdez de Lily possa ser um empecilho, se esse for o desejo dela. Lily sempre pode ter os serviços de uma dama de companhia. Alguma viúva ou dama solteira de bom berço, mas pouca fortuna, para acompanhá-la e auxiliá-la na administração da casa. Tais arranjos são feitos constantemente.

– Uma dama de companhia assalariada – o duque falou pensativo. Seus olhos cor de mel se fixaram em Amelia. – Isso resolveria a questão muito bem se a candidata certa se apresentasse.

Inclinando a cabeça um pouquinho, ele levantou uma sobrancelha e continuou a encará-la com aquele olhar intenso e observador. Um olhar significativo.

Ah, não. Você não fez isso.

Como ele ousava sugerir, mesmo de forma tácita, que Amelia seria uma acompanhante assalariada adequada? Tais posições eram para viúvas paupérrimas e solteironas sem esperança. Mulheres sem nenhum prospecto sequer e sem família ou fortuna própria. Ela não era nada daquilo!

Pelo menos não ainda.

Mas lá estava ele, sentado de forma presunçosa, tão bonito. Ela podia praticamente ouvir as palavras arrogantes ecoando em sua cabeça: *Eu sou um duque. Sempre tenho uma escolha. E você pode muito bem abandonar todos os seus sonhos para o futuro e se tornar uma dama de companhia assalariada, porque um homem como eu nunca iria escolher uma mulher como você.*

Sim, bem. Ela já entendera aquilo, não entendera? Dezenas de esnobadas à meia-noite lhe ensinaram aquela lição. Mas mais cedo naquela noite, quando tomara a mão *dele*, o forçara a ouvir e dera suas opiniões a ele – sem mencionar o lenço –, Amelia sentira que tinha aberto um caminho para uma igualdade com o homem.

Mas era evidente que não. Rapidamente, com certeza, e com uma economia brutal de palavras e olhos devastadores, o duque a tinha colocado de volta em seu lugar. O que era que esse homem tinha que a fazia reagir tão intensamente? Apesar de sua aparência refinada e sua inteligência óbvia – ou talvez por causa delas –, ele, mais do que qualquer outro homem de sua convivência, tinha o poder de fazê-la se sentir vulnerável, insuficiente e decididamente *indesejada*.

Amelia não queria quebrar o contato visual com o Duque de Morland. Era algo de que ela *precisava*, como um ato de pura autopreservação.

Pelo amor de Deus, por que ela não conseguia?

– Obrigada a todos por aguardarem, estou pronta agora. – Da porta, Lily limpou a garganta.

Grata, Amelia deu as costas ao duque e encarou a amiga. A trança no cabelo longo e preto de Lily havia sido refeita e ela trajava um vestido diurno azul-escuro que era elegante em sua simplicidade. Ou talvez fosse elegante apenas porque Lily o usava. Perto dos 30 anos, ela ainda tinha a figura delgada de sua juventude e os mesmos olhos escuros e atraentes que Amelia sempre invejara. Mesmo no luto, Lily era estonteante. E, se não fosse tão contrária à ideia de sua amiga se casar com qualquer cavalheiro daquele cômodo, Amelia teria tomado ofensa em nome de Lily, e de todas as outras mulheres, com a ideia de que qualquer homem teria um momento sequer de hesitação quando se tratava de desposá-la.

Com sua entrada, tanto Lorde Ashworth quanto o duque ficaram em pé, como a etiqueta ditava. Mas então, para a surpresa de Amelia – para a surpresa de todos eles – o Duque de Morland fez mais do que ficar em pé.

Ele se adiantou.

– Lady Lily – ele começou. – Gostaria de expressar meus mais profundos sentimentos por sua perda.

Os "mais profundos sentimentos"? Amelia suspeitava que os sentimentos mais profundos daquele homem não encheriam um dedal.

– Deixe-me garantir que, como um amigo de Harcliffe, um companheiro aristocrata e um associado do clube dele, minha honra como cavalheiro me compele a oferecer qualquer assistência de que necessite – Morland continuou.

– Obrigada, Vossa Graça – Lily respondeu. Ela lançou um olhar incomodado na direção de Amelia quando ficou claro que o duque não terminara de falar.

– Além disso, é minha intenção lhe fazer uma proposta – ele disse.

O cômodo inteiro segurou a respiração.

– Gostaria de fazer uma oferta substancial pela participação de seu irmão na posse de Osiris.

Suas palavras ficaram suspensas no silêncio. E então despencaram com um coro vindo de todos os cantos do cômodo:

– O quê!?

– Eu quero comprar a ficha dele – disse o duque.

As botas de Ashworth bateram no chão.

– Você não pode comprar a ficha dele. Elas só podem ser conquistadas na sorte.

— Essa não foi uma morte aleatória? Má sorte em sua forma mais pura — Morland disse friamente.

E foi aquilo que cimentou a impressão do Duque de Morland para Amelia. Não só cimentou, mas a moldou em bronze. Ele era o homem mais arrogante, egocêntrico e insensível que ela já tivera o desprazer de valsar, sem competição.

— Era para você a pedir em casamento — Bellamy grunhiu.

— Eu tenho o dever de oferecer ajuda. E foi o que fiz. — Ele se virou para Lily novamente. — Madame, amanhã eu vou instruir meu secretário para visitá-la. Ele estará a seu dispor para o que precisar, seja fazer arranjos para o funeral ou arrumar uma nova moradia. Ele também trará uma proposta com minha oferta para a participação de Leo no Clube do Garanhão, que você pode analisar e aceitar ou recusar conforme seu desejo.

— Seu canalha! — bradou Bellamy. — Esta é uma questão de honra e a única coisa em que consegue pensar é no maldito cavalo!

— A única coisa em que qualquer um de vocês consegue pensar é no maldito cavalo! — Amelia parou ao lado de Lily. — O futuro de Lily é dela para decidir. Parem de estufar o peito e brincar dessa imitação infantil de cavalheirismo. Toda essa conversa sobre honra e dever... vocês têm participações de um *animal*, pelo amor de Deus. Não são os Cavaleiros da Távola Redonda. Por sua própria admissão, Leo desenhou esse clube como uma piada. Vocês não têm deveres de verdade para supervisionar ou relações humanas reais que valham seu esforço e atenção? Ou é isso tudo o que têm na vida, um jogo de faz de conta centrado num cavalo?

Os três ficaram em silêncio, desviando o olhar para os detalhes da decoração do cômodo — tachas, franjas, bandejas em laca que provavelmente nunca tiveram tanta atenção masculina. Talvez esses homens realmente não tivessem nada na vida que valesse a pena além desse cavalo e do clube. Certamente explicaria o silêncio patético.

Era realmente... triste.

— Está tudo bem, Amelia — interveio Lily. Ela respirou fundo e falou com os homens: — Vossa Graça, milorde... — Ela se virou para Bellamy. — Julian. Sei que estão todos agindo com motivos muito honrados e realmente valorizo a preocupação. Leo ficaria comovido em ver tal prova de amizade.

Ao som do nome de Leo, saindo dos lábios dela de forma trêmula, os homens se suavizaram em postura e expressão.

— A morte dele me deixa desolada e em luto, mas não desprovida. Eu tenho recursos e amigos próprios. — Ela apertou a mão de Amelia. — Mesmo se desejasse me casar, eu preciso completar um ano de luto.

– Essas regras não se aplicam – disse Bellamy. – Não em uma situação crítica como essa...

Lily balançou a cabeça.

– Não há nada crítico na minha situação além do meu imenso choque. Leo é... *era* tão jovem.

– Jovem demais. Todos os homens que morrem cedo são os homens errados – Ashworth xingou e chutou a otomana. – Diabos imprestáveis como eu? Nós somos quase indestrutíveis.

– Não – disse Lily. – Ninguém é imortal, é a lição que se tira disso. Se deseja honrar a memória de Leo, deixe sua morte ser a guardiã contra a complacência. Amelia está certa. Tenho certeza de que cada um de vocês tem responsabilidades mais importantes do que a participação no clube de Leo. Lorde Ashworth, você não tem uma família e propriedades?

– Um pedaço de uma charneca queimada em Devonshire. – O homem xingou, passando a mão em seu cabelo cortado rente à cabeça. – Eu não vejo o lugar há quatorze anos.

– Talvez seja hora de ir visitá-la – Lily apontou. Quando Bellamy pareceu protestar, ela acrescentou: – E tenho certeza de que Vossa Graça tem deveres e obrigações suficientes para ocupá-lo sem tomar conta de mim.

– Eu tenho uma tutelada. – O duque se virou para Lily. – Minha prima, apesar de que acho que ela foi criada mais como uma irmã para mim.

Amelia não sabia por que essa admissão tão abrupta a emocionaria. E não a emocionou, não de verdade. Apenas a tomou de surpresa. Certamente, outras damas deveriam saber que Morland era guardião de sua prima. Ela deveria ser a única mulher de Londres que não tinha passado os últimos meses sondando a letra M do catálogo de personalidades da *Debrett's Peerage*.

Mas havia algo quase... *humano* em suas feições quando Morland a mencionou. Uma leve dobra no canto do olho, uma pitada de incerteza na ruga da testa.

Amelia desviou o olhar. Gastara tempo demais olhando para o duque naquela noite e não aguentaria vê-lo humanizado ainda mais. Era mais seguro se manter na versão demonizada: arrogante, frio e maluco por cavalos. Fácil de detestar.

Bellamy cobriu a sala em três passos rápidos para confrontar Lily a uma distância de centímetros.

– Você sabe que não tenho irmã nem irmão. Não tenho propriedade em Devonshire ou em nenhum outro lugar. – A voz dele era rouca e intensa.

– Eu sei. – Lily segurou as mãos dele. – Mas nós o considerávamos família, Leo e eu.

– Então você não pode me negar o direito de cuidar de você. – Bellamy fechou os olhos, engolindo em seco.

– Eu nunca ousaria.

Parada ao lado de Lily, Amelia começou a sentir que estava se intrometendo numa conversa íntima. No entanto, parecia impossível partir sem chamar mais atenção para ela mesma. A moça se contentou em desviar o olhar e ficar completamente parada. Sob sua mão, o ombro de Lily começou a tremer.

– Eu prometo uma coisa a você – Bellamy disse numa voz grave, cheia de emoção. – Eu vou encontrar os homens que mataram Leo. Vou caçá-los. Não importa o quanto corram, não importa onde se escondam. E eu vou me certificar de que sejam enforcados.

Lily começou a chorar.

– Minha querida Lily. – Bellamy segurou os dedos dela e os levou aos lábios. – Me diga o que fazer, me fale como fazer doer menos.

– Só me leve até ele – ela disse. – E deixe que eu me despeça.

Capítulo 4

O dia estava amanhecendo, mas Spencer ainda não encontrara o conforto do carpete de sua biblioteca, embora já tivesse virado uma quantidade razoável de conhaque. A tontura em sua cabeça também havia melhorado. Ele passara grande parte da noite em silêncio, o que havia ajudado. Apesar de ele e Ashworth terem se retirado para o jardim de Bellamy enquanto Lily pranteava o corpo espancado do irmão, por um acordo tácito não houve conversa. Ele ficara o caminho todo até ali numa contemplação silenciosa, como os outros.

Spencer olhou para fora da janela da carruagem, observando o amanhecer cinzento. As ruas de Londres estavam lotadas de vendedores de frutas e peixeiros, serviçais e trabalhadores a caminho do trabalho. A confusão matinal diminuiu o avanço da carruagem consideravelmente.

Entretanto, ele não estava com pressa. Os outros homens e a irmã enlutada de Leo já tinham sido entregues na Mansão Harcliffe. Lady Amelia e ele eram os únicos passageiros restantes, e o cocheiro estava livre para demorar o quanto quisesse. Desta vez, Spencer não estava ansioso para ficar sozinho.

— Esta foi uma noite muito extraordinária — ele disse suavemente, quase para si mesmo.

— De fato — respondeu ela.

A fadiga, somada à inacreditável natureza dos eventos noturnos, o havia deixado num estado estranho. Ele tinha levado o pedido de Lily a sério. De fato, a morte de Harcliffe era muito efetiva como um *memento mori*, para copiar a expressão medieval. *Lembre-se de que vai morrer.* Se algo acontecesse com ele, o duque não queria que Claudia se encontrasse na mesma situação que Lily. Felizmente, havia ações concretas que poderia tomar para evitar tal resultado, e ele pretendia executá-las prontamente.

Naquela mesma manhã, na verdade.

– Foi um grande choque – ele disse. – Mas parece que Lily até que aceitou bem.

– Pode parecer para você. Mas eu sei que não. A morte de Leo só está se tornando real para ela agora. Quando o choque passar, Lily estará desolada com o luto. Eu vou visitá-la novamente esta tarde, talvez me ofereça para ficar com ela por alguns dias. – Ela lhe lançou um olhar, seus olhos azuis refletindo a janela. – Pelo menos até que os devidos arranjos sejam feitos.

Spencer tentou compreender a raiva no tom dela e falhou. Estava se tornando um hábito enlouquecedor tentar compreendê-la.

– Vossa Graça, se me permite a sinceridade...

– Eu ainda não consegui nem a impedir.

– Sua "oferta" para Lily na noite passada foi inconcebível. Eu nunca encontrei uma pessoa tão vaidosa, arrogante, presunçosa, egoísta e completamente sem coração.

As acusações surpreenderam Spencer, mas não o machucaram. Quando listadas em um tom tão conturbado e irracional, era fácil se desviar das palavras – como pequenas pastoras de porcelana lançadas no meio de um ataque de raiva.

– Todas as evidências apontam que você se importa mais com os cavalos do que com as pessoas – ela continuou.

– Essa é uma conclusão equivocada.

– Ah, uma conclusão equivocada? – ela repetiu, caçoando do tom profundo que ele usara. – De que maneira?

– É verdade que acredito que um cavalo mediano é uma companhia mais agradável do que uma pessoa. A maioria dos verdadeiros amantes equinos concordaria com isso. Mas não implica que valorizo mais os cavalos do que as pessoas. E não quero a posse de Osiris só porque ele é *um* cavalo, mas sim porque é *o* cavalo que estou determinado a ter, a qualquer custo.

– Exatamente – ela murmurou. – A qualquer custo, incluindo a amizade, a dignidade e a honra.

Spencer balançou a cabeça. Seria inútil explicar os motivos que o faziam desejar o cavalo. Ela não os compreenderia nem se tentasse.

A carruagem estremeceu, e os cotovelos dos dois se encostaram. Ambos estavam sentados virados para frente. Spencer supunha que deveria ter trocado de assento tão logo os outros partiram, seria o apropriado. Mas ele não queria se mover. Lady Amelia estava encostada nele, só um pouquinho – sem dúvida cansada e com frio. E, mais uma vez, o duque se viu gostando do peso suave do corpo dela contra o seu.

Quando o prazer se juntou e se espalhou, sua curiosidade incontrolável também cresceu. Spencer não conseguia se livrar dela, esse desejo de continuar falando com Amelia, de ouvir o que ela falava, de descobrir, conhecer e *entender*.

– Você desdenha da importância que dou aos cavalos – ele disse.

– Sim. Com todo o respeito aos cavalos.

– O que, então, é o mais importante para você?

– Minha família – ela respondeu instantaneamente. – E minha casa.

– A casa na Bryanston Square? – Spencer não conseguiu esconder a surpresa. Pelo endereço que a dama lhe dera, ele sabia que deveria ser uma daquelas casas novas, que se pareciam com uma caixa. Não o tipo de moradia cheia de histórias e gasta pelo tempo em que ele imaginava Lady Amelia d'Orsay.

– Não, não essa casa. Essa é a casa de Laurent, construída para agradar a esposa dele. Eu me refiro à nossa casa ancestral em Gloucestershire. O Castelo Beauvale está em ruínas, mas temos uma casa de campo onde passamos o verão. Se chama Briarbank, pela posição olhando diretamente para o Rio Wye.

– Parece agradável.

– É mesmo. Não acredito que eu já tenha visto uma casa mais bem localizada. Mamãe e eu costumávamos caminhar todas as manhãs para recolher lavanda e... – Ela fungou. – Todas as minhas memórias mais amadas são de Briarbank.

– Você vai deixar a cidade em breve, para passar o verão lá?

– Não neste ano. – Amelia ficou tensa. – Neste ano, meus irmãos pretendem alugar a casa. Entenda, Vossa Graça, que meu irmão Jack tem uma dívida a pagar.

– Entendo – ele respondeu após uma pausa. – Então essa é a fonte de sua raiva, minha recusa de perdoar a dívida de seu irmão. Não minha oferta para Lily.

– Bem, a fonte de minha raiva já se desdobrou em várias camadas de irritação, e a forma como tratou Lily é uma delas. Mas sim. – Levantando o queixo, Amelia se virou para olhar para fora da janela.

Spencer não conseguia julgá-la por sua persistência. Durante sua vida, se havia um traço comum entre as poucas pessoas que admirava sem reservas, era a lealdade. Mas, neste caso, o sentimento estava aplicado de forma severamente equivocada. Pois aquele irmão dela estava no caminho de arruinar toda a família.

– Eu não consigo ver como...

– Vossa Graça – ela o interrompeu com um gesto impaciente. – Pelas minhas contas, nós já gastamos aproximadamente sete horas na companhia um do outro. E você falou mais palavras nesses últimos minutos do que nas últimas seis horas e pouquinho. É sempre tão tagarela pela manhã?

Tagarela? Spencer havia sido chamado de várias coisas desagradáveis em sua vida, mas ninguém nunca o acusara de ser *tagarela*. Era impressionante.

– Não – ele falou, pensativo. – Não sou, não. Você é sempre tão inclemente?

Ela suspirou demoradamente.

– Não. Mas como Vossa Graça mesmo disse, foi uma noite extraordinária. Mesmo antes de você chegar ao baile Bunscombe.

A observação de Amelia o colocara de volta àquele terraço obscurecido e o fez buscar mentalmente o lenço dela em seu bolso. Ele não gostaria de perdê-lo. A dama obviamente havia investido muito tempo e cuidado no desenho e na criação. Mas, ao contrário de outras jovens que exibiam suas bolsas tricotadas e bandejas de chá pintadas como uma forma de demonstrar seus "dons", Lady Amelia havia bordado aquele lenço para ser apreciado apenas por si mesma.

Isso o intrigava.

Assim como o fato de que, apesar de todas as palavras rudes que o declaravam como sendo um inimigo, o corpo dela parecia ter formado uma amizade rápida com o dele. Amelia ainda estava recostada no duque.

– Você não se sente intimidada por mim – ele observou.

– Não – ela disse, contemplativa. – Honestamente, eu não estou. Ah, é provável que ontem, nesta mesma hora, eu estivesse. Mas, como Lily disse, a noite passada me ensinou que ninguém é imortal. É uma percepção difícil em vários aspectos, mas acho que também é um pouco libertadora. A impertinência começa a ter algum charme. Preciso tomar cuidado ou corro o risco de me tornar uma megera. – Ela gargalhou suavemente para si mesma. – Ontem, a esta hora, eu o veria como o Duque de Morland, impossível de se aproximar e imponente, e você sequer teria me visto.

Sem dúvida o educado seria contestar. Dizer *Oh, certamente eu a teria notado. Eu a notaria em uma multidão de damas.* Mas seria uma mentira. Ela devia ter razão. Se eles se cruzassem na rua na manhã do dia anterior, ele nem a olharia duas vezes. E seria algo infeliz, porque Amelia era uma mulher que melhorava muito na segunda olhada. Naquele momento, Spencer estava descobrindo que a luz morna e uniforme do amanhecer favorecia as feições dela muito mais do que as sombras agudas que as velas e o carvão projetavam. Ela parecia quase adorável pela manhã.

Amelia encostou os dedos no vidro da janela.

– Hoje eu sei que somos apenas humanos. Dois mortais cheios de falhas, imperfeitos, cujos ossos um dia irão virar pó. Apenas uma mulher e um homem.

Com as palavras dela, o espaço dentro da carruagem pareceu desaparecer. Não de uma forma sufocante e opressiva; mas de uma maneira que evocava os aspectos mais agradáveis da proximidade humana: o prazer físico e a intimidade emocional. Havia algum tempo – um tempo imprudentemente longo, em retrospecto – desde que desfrutara o primeiro. E o duque havia passado grande parte de sua vida adulta evitando o segundo. Certamente, a natureza extraordinária dos eventos da noite passada eram os culpados, pois ele percebeu subitamente que estava sedento por ambos.

Spencer mal havia pensado aquilo, e ela se aproximou ainda mais. Amelia estava buscando conforto? Ou oferecendo?

Apenas uma mulher e um homem.

Devagar e deliberadamente, ele levantou uma mão enluvada de seu colo e a encostou na perna dela, alguns centímetros acima dos joelhos.

A perna de Amelia tensionou sob o toque dele. Spencer não se moveu e fingiu não notar a surpresa dela. Apenas ficou ali, se deleitando com a forma como a curva volumosa das coxas dela preenchia sua mão.

Por razões práticas, ele dava preferência às damas insípidas num salão de baile, mas, quando se tratava do quarto, Spencer preferia algo com substância, nos múltiplos sentidos da palavra. O duque gostava de uma mulher com conteúdo, tanto fisicamente quanto intelectualmente. Lady Amelia preenchia os dois requisitos.

Era verdade que ela não era uma beleza exuberante, mas tinha um apelo inegável. A boca dela, em particular, era muito atraente. Os lábios eram cheios e voluptuosos, como o restante do corpo dela, num adorável tom de rosa-coral. E havia aquela sarda solitária, obstinada, na curva do seio esquerdo. A pequena marca que só chamava atenção para a perfeição cor de creme que era o seu colo.

E depois da noite passada, onde navegaram pelas sombras da Morte, era natural que um homem desejasse... bem, tivesse desejos.

Em resumo, o duque a queria. Com muita intensidade.

Spencer subiu a mão pela coxa dela – alguns centímetros, apenas. Passando pelo cume escondido de sua liga. A respiração de Amelia passou de incerta para descompassada quando o duque começou a acariciá-la com o dedão, para cima e para baixo num ritmo lento e contínuo. Ele aplicou pressão o suficiente para arrastar o tecido em vez de deslizar por cima dele, permitindo que ambos aproveitassem a sensação da seda e do linho deslizando por aquela pele nua. A anágua que ela usava estava deliciosamente fina, gasta e maleável após muitas lavagens. Abaixo do tecido, a pele dela tinha a melhor textura para o toque, rígida e suave, perfeita para apertar, acariciar e moldar com as mãos.

Imagens eróticas preencheram a mente dele, a luxúria acelerando o coração. Ele queria puxá-la para o seu colo e envolver todas as curvas cremosas e abundantes daquela mulher ao redor de seu corpo. Afundaria o rosto nos seios magníficos dela e seguraria seu traseiro com ambas as mãos enquanto a possuía ali mesmo, na carruagem, deixando que o movimento do veículo os levasse cada vez mais perto do clímax...

Sim, ela poderia oferecer a ele toda sorte de confortos – se Amelia fosse o tipo de mulher que favorece homens daquela forma. Ela ser solteira não significava que nunca havia sido tocada. Na verdade, algumas alterações na última condição poderiam explicar a primeira.

Havia uma forma de tentar descobrir.

Espalhando os seus dedos, o duque apertou a coxa dela de forma suave, apreciativa.

Com uma exclamação assustada, ela puxou as saias mediante a ousadia dele e se afastou. Empoleirando-se no canto oposto da cabine, Amelia olhou para fora da janela com muita intensidade e o ignorou consistentemente.

Bem, aquilo tinha esclarecido tudo.

E agora o próprio Spencer encarava o vidro ao seu lado, desejando que um trânsito inesperado tornasse impossível de atravessar o fluxo. Estavam se aproximando da Bryanston Square e, graças à sua imaginação vívida, ele não estava em condições de ser visto em público.

Mas, quando a carruagem parou de forma abrupta na frente de uma edificação ostensivamente rococó, seu desejo havia se esvaído. Um pouco. O suficiente para fazer sua silhueta voltar à respeitabilidade. Spencer desceu primeiro e parou com uma mão esticada para auxiliar Lady Amelia a sair da carruagem.

A dama ignorou a mão do duque e teria passado direto caso ele não tivesse a segurado pelo ombro.

Amelia se virou para encará-lo.

– Vossa Graça, agradeço por me trazer para casa. Eu não vou ocupá-lo mais. – Quando ele não a soltou, Amelia adicionou entre dentes: – Você já pode ir.

– Bobagem – ele respondeu, guiando-a pelas escadas para a porta da frente, que já fora aberta por um valete. A libré rosa terminou de matar qualquer impulso carnal que ainda lhe restava. – Eu vou acompanhá-la. Preciso conversar com seu irmão.

– Jack não vai estar aqui. Ele tem sua própria acomodação em Piccadilly.

– Não ele. Quis dizer Lorde Beauvale.

Lado a lado, os dois adentraram a casa. Apenas uma das portas havia sido aberta para eles, forçando-os a se espremer por um momento enquanto atravessavam a soleira. Deus, a sensação do corpo dela contra o dele era boa demais.

– Não posso imaginar o que você gostaria de conversar com Laurent.

– Não pode?

– Ele não vai honrar a dívida de Jack, se é o que você deseja.

Ela claramente não estava raciocinando direito, mas Spencer decidiu não ficar chocado com aquilo porque fora uma noite longa e cansativa, afinal de contas.

– Aos olhos de todos, parece que eu a sequestrei de um baile e a prendi por toda a noite. Seu irmão certamente vai gostar de algumas explicações ou garantias.

Spencer tirou um cartão do bolso de seu peitoral e o colocou na bandeja do mordomo.

– Nós vamos aguardar o conde em seu escritório.

Lá, Spencer esperava sentir-se livre das conchas brilhantes de alvenaria que se grudavam ao teto como cracas.

Depois de serem levados para o escritório com painéis de madeira de Beauvale, livre de qualquer concha, ambos ficaram parados de forma desconfortável no centro do cômodo. Como um cavalheiro, não poderia sentar-se até que ela o fizesse – e a ideia de sentar-se não havia ocorrido para Amelia. O penteado dela estava desfeito pela metade, conferindo-lhe uma aparência desigual. A seda azul que envolvera de forma tão íntima as curvas dela na noite anterior agora dava claros sinais de fadiga.

Amelia arregalou os olhos com a forma tão ousada com a qual o duque apreciava seu corpo.

— Esse vestido já cumpriu seu tempo de serviço e mais um pouco. Tem direito a aposentadoria, eu deveria dizer. — Spencer deu de ombros, sem remorso algum.

O rubor cobriu a pele dela da garganta à testa, e Amelia abriu e fechou a boca algumas vezes.

— Você já terminou de me insultar?

— Eu não a insultei. É esse vestido que a insulta.

— Você... — Ela fez um gesto, exasperada. — Você, meu senhor, não tem compreensão alguma de como as mulheres funcionam. Nenhuma.

— E algum homem tem?

— Sim!

— Me cite um. — Spencer inclinou a cabeça.

O Conde de Beauvale adentrou o cômodo naquele momento. Seu cabelo estava molhado e dividido há pouco, e suas mangas continuavam desabotoadas. Ele claramente havia se vestido às pressas.

O homem fez uma reverência para Spencer. Lady Amelia prontamente cruzou na direção de seu irmão e se jogou nos braços dele.

— Amelia, pelo amor de Deus, onde você estava? — Beauvale se afastou do abraço e estudou a irmã. — O que aconteceu com você?

— Leo morreu — ela respondeu, afundando o rosto no paletó do irmão.

— Harcliffe? — o conde dirigiu a pergunta para Spencer, que assentiu.

— Atacado por bandidos na noite passada. Nós passamos a noite auxiliando a irmã. Ela estava... e continua em choque.

— Sim, pobre Lily — o conde murmurou, acariciando os braços da irmã. — Coitado de Leo. Não consigo acreditar.

— Eu também não — Amelia disse. — Ele era tão jovem, tão vívido e querido! Era... — Os olhos dela se encontraram com os de Spencer. — Leo era a resposta para sua pergunta, Vossa Graça. Um homem de verdadeira compreensão. Durante o tempo em que o conheci, ele nunca falou uma palavra que não fosse gentil para mim.

— Sim, bem. Nem todos nós podemos ser como Leo, podemos?

Aquela observação amarga e mal concebida foi recebida com um silêncio gélido, como merecia. Até Spencer percebeu que foi insensível dizer aquilo, motivado apenas pela inveja.

Inveja por um homem que havia morrido, além de tudo. Não fazia sentido.

Nada na noite passada fazia sentido, desde o momento em que Amelia atravessara o salão de baile e segurara a mão dele com firmeza. Spencer dançara com ela, discutira, a removera da pista de dança como se fosse um homem das cavernas, e então haviam passado a noite inteira juntos numa vigília improvisada. Em uma manhã em que ele deveria estar taciturno e arisco, aquela dama o fizera ser *tagarela*. Agora ele se via fazendo comentários atravessados sobre um defunto que havia sido elogiado por ela. Tudo isso levava a uma conclusão impossível de fugir: ele estava gostando de Amelia Claire d'Orsay. Talvez fosse irracional, e com certeza inesperado. Mas ali estava o sentimento.

– Obrigado por trazê-la de volta para casa, Vossa Graça – o conde falou por cima do ombro da irmã.

Estava claramente sendo dispensado, tal qual a versão menos eloquente que Amelia dissera na escadaria lá fora: *Você já pode ir*. Mas Spencer permanecia implacável. Era o Duque de Morland e não seria enxotado. E, uma vez que colocava algo – ou alguém – na sua cabeça, não descansava até tomá-lo para si.

– Eu devo avisá-lo, Beauvale, que, ao ouvir sobre essa tragédia, nós dois deixamos a Mansão Bunscombe juntos furtivamente. Os demais presentes podem ter julgado como um encontro ilícito.

– Entendo. – O conde franziu a testa. – Mas nada aconteceu.

Spencer olhou para Lady Amelia.

– Amelia? – Beauvale questionou. – Nada aconteceu, não é?

– Ah, não. *Não*. Definitivamente não. – A intensidade com a qual ela corou não deu muita veracidade à declaração.

– Entendo. – Beauvale lançou um olhar para Spencer. – As pessoas vão comentar?

– Sim, vão. Não dá para evitar. Na verdade, a fofoca provavelmente vai aumentar com o anúncio do noivado. É bom que o noivado seja curto.

Silêncio.

Os dois irmãos encararam o duque boquiabertos, em choque. Spencer balançou nos próprios calcanhares, aguardando.

Lady Amelia deixou seu irmão e se acomodou na cadeira mais próxima. Finalmente havia se lembrado de sentar-se.

– Perdoe-me, Vossa Graça – ela começou. – A noite passa foi extremamente inacreditável. E abriu caminho para uma manhã decididamente apócrifa. Eu julguei tê-lo ouvido se referir a um noivado.

– Exatamente. O nosso.

Um novo silêncio perplexo.

– Não é meu objetivo soar misterioso. Deixe-me esclarecer as minhas intenções. Beauvale, estou me oferecendo para me casar com sua irmã.

– Você quer dizer *pedindo* a honra de ter a mão dela em casamento? – O conde levantou uma sobrancelha.

– Não foi isso que acabei de dizer?

– Não – Lady Amelia disse com uma risada estranha. – Não, definitivamente não. – Analisando Spencer, ela acrescentou: – Laurent, você poderia nos deixar a sós?

– Sim – disse o irmão dela, arrastando a palavra. – Relutantemente. Aguardarei na sala de estar.

– Obrigada – ela falou com frieza. – Não vamos demorar.

Capítulo 5

Amelia o encarou. Ele parecia saudável, a expressão estava contida e sua aparência extremamente ducal, quase de realeza. O duque parecia ótimo, na verdade. Ainda assim, a pergunta escapuliu:

– Você enlouqueceu?

– Não – ele respondeu prontamente. – Não, estou de completa posse de minhas faculdades mentais e em excelente saúde física. Se quer mais certeza quanto a isso antes do casamento, eu posso encaminhá-la ao meu médico particular.

Deus do céu, ele estava falando sério?

A sua expressão branda lhe indicava que sim.

– Não será necessário. Permita-me refazer a questão: o que diabos você está pensando ao sugerir nosso casamento?

– Não é óbvio? – Ele se sentou de forma casual no canto da mesa de Laurent. – Sua reputação está em risco.

– Apenas porque você a colocou em risco! Nada aconteceu entre nós. Por que você levou meu irmão a acreditar no contrário?

– Foi você que fez isso, gaguejando e corando. Eu apenas estou sendo honrado ao não a contradizer.

– *Honrado*? Bem, essa é uma novidade. Você estava sendo honrado quando me apalpou na carruagem?

– Aquilo foi... um experimento.

– Um experimento – ela repetiu, descrente. – Me diga então, o que foi que descobriu?

– Duas coisas. Primeiro, me certifiquei de sua virtude.
– Minha virtude? Você... – Ah, não valia a pena medir as palavras agora. – Você foi capaz de antever minha virgindade tocando na minha perna?
– Sim.

Amelia cobriu os olhos com uma mão e então traçou a sobrancelha esquerda com um dedo.

– Perdoe-me, Vossa Graça. Está sugerindo que uma mulher é algum tipo de... fruta para você? Basta apertar uma vez para saber se está madura?

– Não. – Spencer deu uma gargalhada suave, baixa e curta. Amelia ficou surpresa porque nunca pensou que ele tivesse senso de humor. – Não foi o *que* eu apertei que me convenceu, mas a sua reação ao ser apalpada.

O rosto de Amelia queimou quando se lembrou do suspiro de surpresa e o ímpeto com o qual ela buscou o canto mais afastado da carruagem. Mesmo aquela distância não fora longe o suficiente. O calor do toque dele ficara em sua coxa, e então se derreteu e se espalhou por todo o seu corpo. Sua mente estava uma bagunça, seu pulso batendo como um tambor.

Mesmo naquele instante, ela ainda não tinha certeza se havia se recuperado.

– Você disse que seu experimento lhe trouxe duas conclusões, Vossa Graça. – Ela respirou profundamente. – Ouso perguntar, qual foi a segunda?

O duque lhe lançou um olhar ousado e ardente.

– Que não seria um fardo levá-la para a cama.

Minha nossa!

O que, pelo amor de Deus, seria uma resposta apropriada para *aquilo*? Seu próprio corpo não conseguia entrar em consenso quanto ao assunto. Suas bochechas queimavam e seu estômago se revirava, o sangue fluindo animadamente em suas veias.

Não reaja como se estivesse lisonjeada, disse severamente para si mesma. *Não sinta a animação perversa com o fato de que o Duque de Morland havia pensado em te levar para a cama e talvez até imaginado cada detalhe do ato. Não – nunca! – sonhe em imaginar a cena!*

Tarde demais, tarde demais...

Amelia afastou as imagens carnais que vieram à sua mente e lutou para controlar qualquer sensação que pudesse transformar-se em animação. O duque não tinha dito que ela era desejável. Apenas havia declarado que era uma opção, de uma forma bem ofensiva, a propósito. Sem dúvida, ele falaria o mesmo para qualquer serviçal.

– Eu não acredito nisso – ela disse finalmente.

– Você acha que estou sendo falso?

– Acho que está sendo inconsistente. Se oferece para casar comigo agora. No entanto, menos de sete horas atrás você estava pronto para duelar com o Sr. Bellamy em vez de pedir a mão de Lily em casamento. E, eu preciso acrescentar, ela tem direito a muito mais honra vinda de você do que eu.

Além de ser mais bonita. Mais graciosa. E mais rica.

– Eu não desejo me casar com Lily.

A nuca de Amelia se arrepiou, contra todas as suas tentativas de lembrar a si mesma que a declaração do duque não era um elogio.

– Lady Amelia – ele continuou. – Em todas as nossas conversas, você me deu a honra de uma honestidade impiedosa. Será que posso ser completamente honesto com você também?

Ela assentiu, convidativa.

– Como Lily aconselhou, eu considerei a morte de Leo como um lembrete de minha própria mortalidade e um sinal para acordar. Tenho uma tutelada, vários anos mais nova. Ainda faltam dois anos para ela debutar, e mais ainda para que esteja pronta para se casar. E, se algo desafortunado acontecesse comigo nesse meio-tempo, o título e as propriedades passariam para parentes distantes e o destino dela recairia na mão de desconhecidos. Não posso arriscar nada disso. Assim, decidi me casar e produzir um herdeiro.

– E você decidiu tudo isso, assim, nesta manhã?

– Isso mesmo.

– E por que eu e não Lily? Por que não uma das damas que testou ao longo dessas dezenas de bailes?

– Testou? – Ele pareceu surpreso. – É isso o que as pessoas pensam, que eu estava em busca de uma noiva? Um teste pela valsa?

– Sim, é claro.

O duque voltou a gargalhar. Duas vezes numa única manhã, isso era incrível. E, desta vez, sua risada tinha algo aveludado e profundo, que encheu Amelia de calor da cabeça aos pés.

– Não, esse nunca foi o meu objetivo, posso garantir a você. Mas vou respondê-la com honestidade. Desejo produzir um herdeiro o mais rápido possível. E não estou propenso a cortejar, elogiar ou seduzir de outra forma uma jovem tola que mal tem metade da minha idade. Tampouco tenho paciência para noivar com uma mulher que estará enlutada pelo próximo ano. Dotes não me importam. Apenas preciso de uma dama razoável e de uma linhagem adequada, com constituição robusta e um temperamento bom, com quem criarei algumas crianças.

Amelia o encarou horrorizada.

– Você quer uma égua reprodutora!

– Quando faz essa comparação, você diminui a nós dois – ele falou num tom uniforme. – Eu tenho várias éguas excelentes em meus estábulos, mas não permitiria que nenhuma delas fosse mãe dos meus filhos ou administrasse minha casa, muito menos que fosse responsável por apresentar minha prima à sociedade. Não, eu não quero uma égua reprodutora, desejo uma esposa. Uma duquesa.

Naquele momento, Amelia percebeu a magnitude da oferta com toda a intensidade. Sorte a dela que ainda estava sentada. Esse homem iria transformá-la na Duquesa de Morland. Se o aceitasse como marido – a criatura bárbara e insensível que ele era –, ela se tornaria uma das damas de mais alta estatura na Inglaterra e uma das mais ricas. Amelia daria grandes festas, teria acesso aos ciclos da mais alta elite da sociedade. E, finalmente... oh, o coração dela se revirava com o pensamento.

– Eu seria dona da minha própria casa – ela sussurrou.

– Na verdade, você seria dona de seis. Mas eu quase não vou à da Escócia.

Amelia apertou o braço da poltrona com força, como se fosse escorregar e cair direto no casamento se ela não se segurasse firmemente. Deus do céu, seis propriedades! E com certeza uma delas precisaria de um pároco. Ela poderia convencer Jack a retomar seus estudos e se ordenar, então acomodá-lo numa paróquia campestre bem longe de seus amigos baderneiros...

Não, não, não... Havia milhares de motivos pelos quais ela deveria recusar o duque. Deveria ter. Mas Amelia não conseguia pensar em nenhum deles naquele instante.

– Mas... – Ela gaguejou. – Mas nós mal nos conhecemos.

– Nas últimas horas, eu a observei num evento social, testemunhei sua compostura durante uma situação difícil e conversei sobre assuntos que passavam longe das banalidades normais. Tenho conhecimento da sua ancestralidade e sei que você vem de uma família cheia de filhos, o que é promissor para meu propósito de arrumar um herdeiro. De minha parte, estou satisfeito. Mas, se assim deseja, você pode me perguntar o que quiser. – Ele levantou uma sobrancelha em antecipação.

Amelia engoliu em seco.

– Quantos anos você tem?

– Trinta e um.

– Você tem algum outro familiar próximo além da prima?

– Não.

– Ela tem um nome?

– É claro. É Lady Claudia, de 15 anos.

– Ela está aqui com você, na cidade?

– Não. Ela passou os últimos meses em York, visitando parentes de sua mãe.

Amelia parou, incerta de que rumo tomar dali. Que tipo de perguntas alguém fazia para um cavalheiro daquela estatura? Seria absurdo perguntar a cor favorita de um duque ou o seu alfaiate predileto. Finalmente ela deixou escapar:

– Você tem algo contra gatos?

– Apenas no princípio. – Ele deu um meio-sorriso.

– Eu gostaria de ter gatos. – Amelia se empertigou, triunfante. Ali estava, uma rota de escape daquele pedido bizarro.

– Se conseguir mantê-los fora do meu caminho, eu suponho que seu desejo pode ser cumprido. – O duque bateu um dedo no tampo da mesa.

Esquece, não havia escapatória por ali.

– Qual foi o último livro que você leu? – Ela tentou novamente.

– *Uma reivindicação pelo direito das mulheres*, de Mary Wollstonecraft.

– Você está brincando comigo.

– Sim, estou. – Um canto dos lábios dele se curvou de uma forma sedutora e astuta. – Na verdade, li esse livro alguns anos atrás.

– De verdade? E o que você achou?

– Eu achei... – Ele afastou a cadeira e se levantou, encarando-a com um desafio gélido no olhar. – Eu acho que você está enrolando, Lady Amelia.

O pulso dela parou por um momento. E então voltou a correr com violência, pulsando em sua garganta. Por que Deus não distribuiu boa aparência para quem tinha uma personalidade boa? Um homem terrível deveria ser horroroso. Ele nunca deveria ter sido abençoado com cachos escuros e bons de tocar; nem as bochechas esculpidas que eram dignas de um deus romano. Ele não deveria ter profundos olhos cor de mel e uma boca larga e sensual, que era quase devastadora em repouso, mas ficava melhor ainda quando exibia um sorriso cúmplice.

Era o momento de medidas desesperadas.

– Se eu me casar com você, perdoará a dívida de Jack?

Diga que não, ela desejou em silêncio. *Por favor, diga que não ou eu não serei responsável pelas minhas ações. Se disser sim, eu posso ser compelida a abraçá-lo. Ou pior, concordar com o casamento.*

– Não – disse ele.

Ondas de alívio e decepção colidiram com Amelia, deixando-a à deriva. Mas o seu caminho estava claro agora.

– Neste caso, Vossa Graça, temo que não posso...

– Eu irei, é claro, alocar uma quantia substancial para você como parte dos contratos de casamento. Vinte mil, acredito, e algumas propriedades. Adicionalmente, receberia uma quantia generosa para seus gastos pessoais. Algumas centenas de libras.

– Algumas centenas de libras? Anualmente?

– Não seja absurda, trimestralmente.

A mente de Amelia ficou em branco. Nos últimos anos, ela se tornou uma especialista em contar pequenas quantias, até o último centavo. Dois xelins, dez centavos na mercearia e assim por diante. Mas quantias tão largas quanto aquelas... simplesmente não faziam parte de sua aritmética.

– A renda será sua para gastar como desejar, mas eu recomendo que não desperdice com seu irmão. Mesmo se pagar a dívida dele, você não vai passar o verão em sua casa de campo. Virá para a minha propriedade em Cambridgeshire.

– Braxton Hall.

O duque assentiu.

Amelia conhecia bem a reputação do lugar. Apesar do duque atual nunca receber convidados, seus tios o faziam e as matronas mais velhas da sociedade muitas vezes rememoravam com nostalgia o esplendor épico de Braxton Hall. Diziam que era a maior e mais luxuosa casa na East Anglia, cercada por belos parques e jardins.

Ela se permitiu dar um suspiro silencioso de lamento pelos jardins.

– Não tenha dúvidas de que irei prover tudo para o seu conforto material. Em troca, peço apenas que continue a receber minhas atenções até um filho nascer. E, é claro, exijo sua fidelidade.

Ela lembrou das palavras concisas da noite anterior, quando o duque falara do maldito garanhão: *Não estou interessado em usá-lo na reprodução. Eu quero tê-lo. Não gosto de dividir.* Tais palavras, com aquele tom, com aquela atitude convencida – elas eram repugnantes em referência a um cavalo. Mas eram extremamente degradantes quando aplicadas a uma mulher. Degradantes e humilhantes e... Deus a ajudasse, também excitantes.

– Entendo – ela disse, lutando para manter a tranquilidade. – E posso esperar sua fidelidade de volta?

– Aquela maldita Wollstonecraft. Pois bem, até que me dê um filho, você pode ter certeza da minha fidelidade. Nessa ocasião, nós podemos rever nosso arranjo. Se desejar, não precisamos sequer viver na mesma propriedade.

Só ficava pior. Então ela não era nem para ser possuída, era para ser *alugada*.

Percebendo o silêncio da dama, ele adicionou:

– Isso não é igualitário?

– Igualitário, sim. Mas também frio, conveniente e sem coração.

– Bem, você não pode estar esperando uma declaração romântica. Ela seria claramente falsa e um insulto a nós dois.

Amelia se levantou e disse com calma:

– Eu de fato me sinto insultada o suficiente para uma manhã.

– Minha paciência também está por um fio. – Ele a encontrou no centro do cômodo. – Eu lhe fiz um pedido de casamento. Tenho certeza de que é a oferta mais generosa e benevolente que irá receber, provavelmente a última que receberá. Respondi todas as suas perguntas impertinentes e lhe fiz promessas muito generosas. Agora, madame, posso ter sua resposta?

Ah, sim, ela daria uma resposta.

Mas antes Amelia tiraria alguma satisfação dele.

– Uma última questão, Vossa Graça. Você disse hoje mais cedo que não seria um fardo me levar para a cama. Como eu posso ter certeza do mesmo? Talvez eu julgue um fardo levar *você* para a minha cama.

Ele deu um passo para trás, como se precisasse da distância apropriada para encará-la. Ou talvez porque suspeitasse de que ela carregava algum tipo de doença infecciosa que afetava o cérebro.

– Não fique tão surpreso, Vossa Graça. – Ela sorriu, aproveitando a sensação triunfante que vinha por deixá-lo no limite. – Eu não tenho a intenção de apertar a sua coxa.

Naquele momento, Amelia cometeu o erro de olhar para as referidas coxas, que eram grossas, musculosas e pareciam tão palpáveis quanto granito.

– Não?

Ela ergueu o olhar de volta para o rosto dele.

– Não. Veja, quando se trata de tais assuntos, mulheres gostam de um pouco mais de fineza.

O duque deu uma gargalhada zombeteira, mas – ela imaginava – também defensiva.

– Eu posso ser virgem, Vossa Graça, mas não sou ignorante.

– Não me diga. Mais leitura subversiva?

Ela ignorou a fraca tentativa de provocação.

– Antes de responder a seu pedido, gostaria de executar um experimento eu mesma.

Pânico surgiu nos olhos dele. Ou talvez aquela chama cor de âmbar era desejo?

Não seja ridícula, ela se repreendeu. Era pânico, com certeza era pânico, e Amelia aproveitaria cada segundo dele.

– Que tipo de experimento você tem em mente?

– Um beijo.

– Só isso? – Ele deu um passo à frente, inclinando a cabeça como se pensasse que daria um beijo casto na bochecha dela.

– Nos lábios, por favor. – Amelia estendeu uma mão entre eles. – E faça direito.

– Direito. – Havia descrença no tom dele.

O olhar do duque percorreu a face de Amelia, e ela se encolheu internamente enquanto imaginava-se vista pelos olhos dele. As bochechas gordas estavam escarlates de vergonha. Os olhos inchados, com as olheiras que apareceram naquela manhã certamente não fazendo muito para melhorá-los. O cabelo loiro bagunçado, com algumas mechas soltas pendendo por seu pescoço. O que ela estava pensando, provocando-o daquela forma? Por que não recusava o pedido e acabava com tudo aquilo?

Era porque desejava aquilo, admitiu para si mesma. Ela queria o beijo. Queria se sentir *desejada*. Honestamente, uma parte depravada dela desejava voltar para a carruagem e fazer tudo de uma forma diferente e descobrir o que teria acontecido se não tivesse se assustado e se afastado. Se permitisse que ele continuasse acariciando e apertando sua coxa. Talvez subir os dedos cada vez mais, para o lugar quente e úmido entre suas pernas...

Só de pensar, Amelia se sentia fraca.

O olhar dele repousou nos lábios dela.

Ela prendeu a respiração e se preparou, se esticando em antecipação.

E então o duque deu dois passos para trás.

Ah, meu Deus. Ele a rejeitara. Numa carruagem escura, ela era boa o suficiente para ser apalpada, mas, com um olhar franco à luz do dia, o duque decidira que Amelia não valia a pena.

– Se for para eu fazer direito... – Ele limpou a garganta.

Com a mão esquerda, ele começou a abrir a luva da direita. Primeiro desfez o pequeno fecho no punho e então puxou o dedo mindinho e continuou puxando a pelica preta justa com gestos firmes e confiantes. Depois de tirar o dedão de sua prisão de couro, ele levou a mão à boca. Um arrepio tomou Amelia por inteiro quando o duque prendeu o dedo do meio da luva entre os dentes e... puxou.

Ah, a mão dele era linda. Amelia não conseguia desviar o olhar dos dedos enquanto eles se moviam. Eram longos e habilidosos, graciosos, porém fortes. Assim que afrouxou a segunda luva e a olhou nos olhos e pegou o pedaço de couro nos dentes, puxando lentamente até libertar sua mão... a dama não conseguiu evitar.

Ela suspirou audivelmente.

De uma vez, compreendeu por que homens jogavam tanto dinheiro aos pés de dançarinas da ópera. Ela se perguntou por que estabelecimentos semelhantes não existiam para mulheres. Talvez existissem, e Amelia só não os conhecia. Havia uma animação poderosa e ilícita em ver um homem se despir – mesmo em partes tão inocentes – para seu prazer.

Jogando as luvas em cima da mesa de Laurent, o duque venceu a distância entre eles. Levantou as mãos – não para o rosto dela, mas para seu cabelo. Os dedos longos e ágeis puxaram os grampos de seu penteado desarrumado. Estava próximo a ela enquanto trabalhava, quase como se estivesse abraçando-a. A pose deu a Amelia uma visão íntima da linha forte de sua mandíbula e expôs a curva da garganta abaixo dela, onde o início de uma barba áspera pintava sua pele. Ele cheirava a conhaque, couro e goma; e abaixo de todos esses cheiros tão comuns fervilhava o almíscar único de sua pele. Amelia respirou profundamente.

Quando o duque soltou o último grampo, o cabelo dela despencou ao redor de seus ombros. Os dedos dele acariciaram deliciosamente sua cabeça enquanto rearrumava os cachos conforme sua vontade.

– Aqui está – ele disse. Suas mãos quentes e fortes envolveram o rosto dela e a curvaram na direção dele. – Agora nós podemos fazer isso de forma apropriada.

Uma onda de excitação arrastou cada centímetro do seu corpo. E não vinha do calor da respiração do duque em seus lábios ou da pressão firme de suas mãos envolvendo seu rosto. A origem era aquela palavrinha: "nós". *Agora nós podemos fazer isso de forma apropriada.*

Não era *ele* que *a* beijaria. *Eles* se beijariam.

Os lábios do duque roçaram nos dela lenta e sensualmente. E, numa explosão abrupta, quase vulcânica, o mundo de Amelia d'Orsay ganhou todo um novo continente.

Ela havia sofrido por alguns beijos do Sr. Poste quando ele a cortejara. Fazia dez anos desde aquilo? Aqueles beijos horríveis ainda assombravam sua memória: molhados, com abraços incessantes que a faziam se sentir envergonhada e desamparada.

Mas aquilo era diferente. Bem diferente. O Duque de Morland gastara grande parte das últimas horas atacando os sentimentos dela com uma observação grossa após a outra. O homem não tinha noção nenhuma de como ser educado.

Mas aquele beijo... aquele beijo era uma *conversa*. Ele pressionava os lábios contra os dela e depois se afastava, convidando Amelia a retribuir, vez após outra. E, vez após outra, ela retribuía com um prazer descarado.

– Isso... – ele sussurrou quando ela apoiou cuidadosamente as mãos nos ombros dele. – Isso, é desse jeito.

Com o encorajamento, Amelia moveu as mãos mais para cima, segurando-o pelo pescoço. As mãos dele deslizaram para trás para segurá-la pelo cabelo e ela o copiou, finalmente entrelaçando os dedos naqueles cachos tão macios. Ah, por que não removera suas luvas? Ela daria tudo para sentir o cabelo dele deslizando entre a pele sensível de seus dedos. Mas a dama ganhou coragem com o gemido baixinho que ele deu quando os dedos enluvados dela deslizaram por sua nuca. Cetim tinha algumas vantagens.

Ele parou para recuperar o fôlego.

Ah, não pare. Não pare.

Amelia acariciou a nuca dele outra vez e o duque recomeçou o beijo com ainda mais vigor. O corpo dela pareceu derreter. Os lábios dele eram insistentes e exigentes. Mas o que Spencer exigia não era que ela se entregasse, e sim que o respondesse na mesma intensidade.

Amelia não sabia que beijos poderiam ser assim: não uma conquista, mas uma troca. Uma troca constante de carícias, lambidas e mordidas. Ela nunca soubera como o canto de sua boca era tão sensível até o duque tocá-lo com a língua.

Isso era perigoso. Delicioso, mas perigoso.

Spencer não estava apenas ensinando-a, ele estava dando poder a ela. E a forçando a revelar muito mais dela mesma do que Amelia gostaria. Como o duque poderia não perceber o desejo que ela sentia por ele, quando estava praticamente ronronando? Quando ela puxava o lábio inferior dele para sua boca para imitar a forma gentil com a qual ele chupara o seu lábio superior? E – minha nossa – uma vez que as línguas deles haviam feito uma coisa *daquelas*, como a dama poderia usar a mesma boca para recusá-lo?

E então ela finalmente parou de pensar e se entregou às sensações. Aos sentimentos incríveis que a consumiam por inteira. Seu corpo cantou, estremeceu e desejou. Ela precisava de mais. Precisava sentir a mão dele em seu corpo, em algum lugar abaixo do pescoço. Em todo o lugar abaixo do pescoço.

Entrelaçando os dedos abaixo da gola da camisa do duque, Amelia se inclinou para frente. Os seios dela encontraram a resistência bem-vinda do peito rígido dele. E o duque a recompensou deslizando a mão dos ombros dela até suas costas, por cima da curva de seus quadris até seu traseiro, que ele envolveu com firmeza em ambas as mãos. Spencer a puxou, trazendo os quadris dela vigorosamente contra os dele. Um prazer agudo e intenso estremeceu por ela.

— Amelia... — ele gemeu.

Aqui estava o gesto que a dama não podia retribuir, porque não se lembrava do primeiro nome dele e chamá-lo apenas de "Morland" parecia errado. Amelia certamente não poderia chamá-lo de "Vossa Graça" – não com as mãos dele onde estavam.

Então a língua do duque estava na boca dela novamente e a dama não conseguiria chamá-lo de nada.

Depois de algum tempo – que poderiam ser minutos, horas ou uma eternidade, na percepção de Amelia; esse beijo a deixara um tanto insensível para assuntos tão frívolos como a passagem de tempo –, ele se afastou gentilmente. Sem vergonha alguma, Amelia o buscou, puxando seu rosto e beijando-o uma última vez no canto dos lábios.

Ele riu, uma gargalhada rouca, sem fôlego e excitante.

— Então... — ele disse. — Creio que definitivamente não é um fardo.

— Não é mesmo.

O duque a encarou mais de perto, levantando uma sobrancelha.

— Essa não foi sua resposta, foi?

— Não – ela falou de forma apressada. – Ou... eu não sei. Minha resposta para o quê?

— Estou confuso.

— Eu também.

Amelia tirou as mãos dele de seu pescoço e as segurou na frente de si. Oh, que erro de cálculo fora aquele. Ela que pedira o beijo. Esperava que fosse bom, mas não que alterasse sua compreensão do mundo. Como é que diria "Não, não, mil vezes não! Pegue sua proposta insultante e saia daqui" quando cada parte de seu corpo berrava "Sim, sim! Por favor, Vossa Graça, será que posso ter mais"?

— Talvez devêssemos recomeçar. — Ele cobriu os dedos dela com os seus. — Lady Amelia, você me daria a honra, *et cetera*.

— Você acabou de falar *et cetera* num pedido de casamento?

— Não, eu acredito que eu disse *et cetera* repetindo meu pedido de casamento. Você já chegou a uma resposta? Eu acho que voltou a me enrolar.

— Eu não estou enrolando.

Ele tamborilou os dedos em cima dos dela, deixando claro para ambos que Amelia estava, de fato, enrolando.

— Nós não nos damos bem de jeito nenhum — ela respondeu desesperadamente.

— Isso não é verdade. Nós estamos nos dando bem há algum tempo até agora.

Sim, ele estavam. Estavam!

Sabendo que era uma mentirosa horrível, Amelia optou por ser honesta:

— Estou enamorada por você, não posso negar. Falando fisicamente, você é um homem muito atraente. Mas não gosto de Vossa Graça na maioria das vezes. Até o presente momento, o que percebi é que se comporta de forma horrenda em público e é só marginalmente melhor em particular. Julgo que você é remotamente tolerável quando me beija.

— Mesmo com essa descrição mesquinha, nós teríamos um fundamento para o casamento melhor do que a média dos casais. — Ele lhe lançou um olhar de reprovação.

— Sim, mas ainda não chega aos pés do casamento que sonhei em ter.

— Bem. — O duque soltou as mãos dela e se afastou. — Você parece ter uma escolha. Os sonhos ou eu?

— Nenhuma mulher deveria ter que fazer tal escolha.

Mas Amelia sabia que mulheres a faziam o tempo todo. A cada momento, de cada dia, em algum lugar, uma mulher abria mão de suas fantasias de felicidade para viver a cruel realidade do mundo. Anos antes, a moça conseguira atrasar o inevitável, mas agora ela sabia que o dia e a hora dela tinham chegado. Era seu momento de abandonar fantasias românticas e agarrar o que podia: a segurança, a oportunidade de ajudar os irmãos e algo inegavelmente tentador — a chance de explorar a paixão física. Quanto ao amor... bem, haveria crianças. E Amelia iria amar aquelas crianças como nenhuma mãe fizera antes. Nenhuma além da dela, é claro.

Amelia sabia o que precisava fazer; o que ela *faria*.

Ainda assim, lhe faltavam as palavras.

— Não faça a escolha, então — ele disse. — Venha cá.

Não era um pedido, era uma ordem. E ela obedeceu, grata. A confiança dele a atraía, como se o duque a puxasse por uma linha. A moça parou a alguns centímetros dele, virando o pescoço para encarar o rosto bonito do homem.

— Me beije.

Outra ordem. Outra que fora obedecida com tanta facilidade, por ser exatamente o que ela desejava fazer. Ele se inclinou e Amelia pressionou um beijo quente e sem pressa nos lábios dele. Ela conheceria uma vida inteira desses beijos. Saberia como era ver este homem formidável sem roupas e vulnerável, sentiria o peso do seu corpo nu em cima do dela.

O beijo se encerrou.

– Agora – ele falou. – Diga que sim.

Amelia seria uma duquesa. Seria a dona de seis casas. Ela se casaria na St. George, na Hanover Square, na frente de toda a cidade, usando um vestido bordado divinamente com o brocado cor de marfim que vira na semana anterior na Bond Street. Serviria um bolo branco no café da manhã do casamento, com três recheios diferentes e um *fondant* cortado no formato de flores – orquídeas, não rosas. Porque todo mundo tinha rosas. Ela teria orquídeas de verdade em seu buquê e visitaria a estufa naquela mesma semana para encomendá-las.

Alguns de seus sonhos ainda iriam se realizar.

– Diga que sim, Amelia.

– Sim – ela falou. E, como saiu com mais facilidade do que esperava, ela repetiu: – Sim.

– Boa garota.

O duque lhe lançou um sorriso – discreto, mas devastador – e naquele pequeno movimento dos lábios Amelia impulsivamente prendeu suas esperanças e sonhos. Para o melhor ou para o pior.

– Vou conversar com seu irmão. – Ele recolheu as luvas da mesa.

– Por favor, dê meu nome ao seu secretário – ela disse, se rendendo à uma onda de animação casamenteira. – Nós podemos começar a juntar a lista de convidados e fazer os arranjos.

– Nada disso será necessário – ele disse. – Nós nos casaremos aqui, neste mesmo cômodo. Amanhã.

Capítulo 6

Menos de trinta horas depois, Amelia estava sentada na sala de estar rosê – na verdade, em uma das duas salas rosê que a Mansão Beauvale tinha, graças à predileção de Winifred pelo cor-de-rosa. Com um suspiro nervoso, ela apertou a mão de Lily Chatwick e perguntou pela décima quinta vez:

– Tem certeza de que não se importa?

– Eu não me importo – Lily respondeu.

– É que não me parece certo tê-la aqui. – Amelia mordiscou o lábio.

Tudo parecia errado, ponto-final. Um casamento antes mesmo de Lorde Harcliffe ser enterrado? Era de mau gosto e arbitrário... e com uma triste ausência de coberturas e de orquídeas. Mas era evidente que o Duque de Morland considerava o "sim" sussurrado por Amelia como a última palavra que ela teria sobre o assunto. O plano para as núpcias antecipadas havia corrido em velocidade galopante, a moça querendo ou não. Na tarde do dia anterior, uma abundância de mensageiros apareceu na soleira de Beauvale para entregar a papelada legal, a licença especial obtida do arcebispo, as malas com o brasão dos Morland nas quais ela deveria guardar seus pertences... Mas, mesmo antes de tudo isso, uma *modista* havia se apresentado, acompanhada por duas costureiras e armada até os dentes com alfinetes. Ao que parece, o duque tinha falado sério quando disse que aposentaria o vestido azul de seda que Amelia havia usado.

Por grande parte da hora, as três mulheres tinham orbitado ao redor dela, tirando medidas e estalando a língua de forma séria, como se fossem as três Moiras da mitologia grega, enviadas para mensurar a forma exata do destino de Amelia.

E, mais cedo naquela manhã, um valete tinha marchado pelo longo caminho até o pequeno quarto de Amelia nos fundos da casa carregando uma torre de caixas. O pacote mais largo continha nuvens de anáguas brancas e um *chemise* fino como uma névoa; a menor embalagem de todas abrigava um colar de pérolas barrocas que combinavam umas com as outras. E uma das caixas centrais revelara um vestido de bom gosto e estiloso num cetim acinzentado. Amelia correu os dedos levemente pela saia, torcendo-a sob a luz do sol para exibir o brilho lilás do tecido.

– É um belo vestido – Lily elogiou.

Amelia fechou as mãos em um punho, envergonhada por ter chamado a atenção para sua própria vaidade. Deveria se recusar a vesti-lo e colocar um vestido preto, simples e de bombazina. Mas a jovem tinha uma fraqueza imensa por tecidos finos.

– Você merece – incentivou Lily, como se compreendesse os pensamentos da amiga. – E não deve se sentir culpada no dia de seu casamento. Estou grata por estar aqui, de verdade. O que mais eu deveria fazer? Sentar-me em casa e chorar? Eu tive tempo demais para isso ontem e o amanhã trará uma nova leva de horas vazias para preencher. Hoje fico grata pela distração. E, sendo bem honesta, também estou um pouco aliviada.

– Aliviada por não ter que se casar com ele? – Amelia riu secamente.

– Sim, eu entendo. Melhor eu do que você.

– Não quis dizer dessa maneira. Sei que Vossa Graça será um bom marido.

– Você acha? Gostaria de poder dizer o mesmo.

– Amelia, você não vai acreditar no que ele mandou para minha casa ontem. – Lily cruzou o olhar com o dela.

– Não uma costureira, espero?

– Não, não. Uma nota bancária.

– Aquele maldito cavalo novamente... – Amelia afundou o rosto nas mãos para esconder sua reação nada apropriada para uma dama.

– Não é tão ruim quanto você suspeita. Eu fiquei surpresa em ver o...

Bang.

A porta da sala de estar se escancarou com tanta força que as dobradiças estremeceram. Assustada, Amelia ficou em pé e Lily a seguiu logo depois, com um pouco mais de graça.

O Duque de Morland preenchia a soleira da porta. Alto, moreno e bonito. Irado.

Nem mesmo os cachos castanho-escuros na testa dele tiveram a ousadia de se rebelar naquela manhã; eles pareciam ter sido incansavelmente domados com um pente e uma pomada. Suas botas e seu impecável sobretudo preto combinavam com sua expressão sombria. O duque parecia irritado, mandão e arrogante – e tão atraente que doía olhá-lo no rosto. Amelia sentia como se tivesse engolido todas as três hábeis costureirinhas e elas estivessem costurando o seu estômago em pregas.

– Peço perdão, eu tentei impedi-lo. – Laurent fez uma expressão de desgosto de onde estava, atrás da figura imponente do duque.

– Deus do céu, o que foi? – Em um movimento defensivo, Amelia cruzou os braços. E então os descruzou de forma impulsiva, segurando as mãos trêmulas nas costas. Ele era apenas um homem, a dama se lembrou. Um homem mortal e imperfeito. Amelia não permitiria que ele a intimidasse, nem naquele momento nem nunca.

– Lady Amelia – ele falou num tom acusatório. – Você está... – Ele a olhou dos pés à cabeça e, embaixo da seda perolada, parecia que sua pele estava coberta por centenas de alfinetes. – Você está atrasada.

– Atrasada... – ela repetiu, descrente.

– Oito minutos atrasada. – Adentrando o cômodo com passos largos, ele tirou o relógio do bolso de seu colete. – O casamento deveria se iniciar às 10h30. Agora são dez e trinta... – Ele levantou uma sobrancelha e pausou de forma dramática. – E nove. Nove minutos atrasada.

Amelia lutou para se acalmar e avançou para encontrá-lo no centro do cômodo.

– Vossa Graça – ela murmurou. – Você me concedeu um noivado de exatamente 27 horas. Vinte e sete horas nas quais eu precisei reorganizar minha vida de mulher solteira para a de uma duquesa. Agora se ressente de um atraso de nove minutos?

– Sim. – Ele lançou um olhar carrancudo.

Laurent avançou até ficar ao lado dela e apoiou uma mão em seu ombro, afastando-a.

– Amelia – ele falou baixinho. – Não é tarde demais. Você não precisa fazer nada disso, você sabe.

Com a preocupação cálida na voz do irmão, a determinação de Amelia quase desapareceu. Pelas 26 horas anteriores, Laurent havia pedido que ela reconsiderasse toda essa empreitada. Se dissesse que não, mesmo no último momento, Amelia sabia que o irmão apoiaria a sua decisão. Ele fizera o mesmo dez anos antes, quando fora incapaz de aturar o casamento com o horrível Sr. Poste. *Esqueça o dinheiro*, ele insistira. *Sua felicidade vale mais do que ouro.*

Quando recebera aquele indulto, Amelia não sentira nada além de alívio. Aos 16 anos, ela nunca teria imaginado que as dívidas do pai iriam crescer de forma tão catastrófica, nem que a corte de um viúvo do campo seria a última que teria.

– Esta é uma oportunidade, Laurent. Uma oportunidade para *nós*. Uma vez que me tornar duquesa, eu poderei ajudar nossos irmãos de formas que mesmo você não poderia. A união irá aprimorar as chances de Michael de se casar bem. Talvez até possa garantir um cargo para Jack, tirá-lo de Londres e de perto dos seus amigos desagradáveis. – Amelia abaixou a voz para um sussurro.

– Eu temo que Jack seja uma causa perdida. – Seu irmão balançou a cabeça.

– Não fale isso. O que mamãe diria se dissesse isso para ela?

– Se mamãe estivesse aqui, você iria se casar com esse homem? Ela não ia querer isso para você. Ela queria que seus filhos se casassem por amor.

– E, ainda assim, você a desafiou – ela falou gentilmente.

Depois da morte do pai, as dívidas subiram cada vez mais. Laurent havia feito o sacrifício do qual Amelia desistira: ele se casara, com razão e sem afeto, para garantir o futuro da família d'Orsay. Ela o amava por aquilo e com frequência se odiava por não ter deixado outra opção para o irmão.

– Não posso choramingar desta vez, Laurent. Não é só para a família. Eu quero minha própria casa e meus próprios filhos. Esta pode ser minha última chance. Não tenho mais 16 anos.

Não, ela era mais velha e mais sábia – e definitivamente mais solitária. E, por mais desagradável que fosse a atitude daquele homem, se comparado ao Sr. Poste, o Duque de Morland parecia melhor. Ele não era trinta anos mais velho do que ela. Tinha dentes retos. E não fedia a sebo e suor. Aquele homem sabia como beijar.

E ele era um duque. Um duque com seis propriedades, que daria vinte mil libras para ela e algumas propriedades além disso. Em sua juventude míope e egoísta, Amelia deixara escapar uma chance de ajudar sua família. Se aquele homem achava certo lhe oferecer segurança e filhos, a moça supunha que poderia prometer pontualidade em retorno.

– Tem certeza absoluta? – Laurent lançou um olhar desconfiado para o duque. – Eu não teria remorso algum em jogá-lo na sarjeta, caso deseje.

– Não, não. Você é muito bom, mas eu estou decidida. – Ela acreditava piamente no sentimento que expressara ao duque na outra noite, durante a valsa. Contentamento era apenas uma questão de escolha individual. – Eu estou decidida e serei feliz.

Spencer estava descontente. Extremamente descontente. Doze minutos agora. Ele já poderia estar casado, talvez pedindo que sua carruagem viesse buscá-los. Em vez disso, estava parado de forma desajeitada no centro do cômodo, observando sua noiva conversar com o irmão em sussurros acalorados.

Maldição, ele odiava casamentos! Não se lembrava de ter ido a outro, mas tinha certeza de que aquele seria o último.

E pensar que, menos de uma hora antes, o duque estava se parabenizando pela esperteza. Ele precisava de uma esposa e ali estava a chance de conseguir uma sem o incômodo do cortejo. Quando um homem de sua riqueza e estatura pedia em casamento uma lady da estatura da dela... os dois sabiam que a dama não poderia recusar.

Mas aquela mulher não tinha problema algum em deixá-lo esperando. Spencer não gostava de esperar. A espera o deixava ansioso e ele odiava se sentir ansioso.

Era por isso que insistira numa cerimônia pequena, privada, na casa dela. Se não houvesse multidão, música e fanfarra, Spencer pensou, ele ficaria perfeitamente calmo e controlado. Só que agora um atraso de dez minutos o deixara inquieto como um garotinho. E aquele fato o fez se ressentir ainda mais de Amelia, porque o duque era inteligente o suficiente para perceber que a tempestade que se assomava dentro dele significava *alguma coisa*. Algo a respeito dele, algo a respeito dela... algo a respeito *deles*, talvez? Ele não sabia. Só queria se casar com a mulher, levá-la para casa e resolver tudo na cama.

– Vossa Graça?

Ele ergueu a cabeça. Lady Amelia estava parada à sua frente. E o preço exorbitante que ele pagara por aquele vestido estava longe de ser o suficiente.

Parada com as mãos nas costas, Amelia exibia sua silhueta de forma muito vantajosa. A cintura era fina e bem-marcada, seus quadris pareciam feitos para as mãos dele e seu colo era um deleite. A seda cobria aquelas curvas avantajadas, se prendendo nos lugares certos. O tom prateado, iridescente, o lembrava de orvalho em cima de urzes, ou da barriga de uma truta; e contrastava de forma agradável com a textura leitosa e quente da pele dela. A dama era pura maciez e suavidade, e o olhar dele a devorou com facilidade mesmo enquanto seus pensamentos ficavam presos. Spencer lutou para fazer sentido, para defini-la, para compreender o que Amelia significava para ele e por quê. Não conseguiria dizer se ela parecia elegante ou estonteante ou bonita.

Refrescante. A aparência dela era refrescante como água gélida em um dia quente de verão. E ele a tomaria com gratidão.

– Peço perdão pelo meu atraso, Vossa Graça. – Ela acenou em deferência. – Estou pronta. Seu padrinho chegou?

Spencer a encarou.

– Você... você tem um padrinho para ficar ao seu lado? Alguém para assinar como testemunha?

Ele negou com a cabeça. Nem sequer havia pensado naquilo.

– Beauvale não serve?

– Laurent? – Ela franziu a testa. – Suponho que sim, mas odiaria pedir. Eu já estou fazendo isso contra a vontade dele. E, infelizmente, ele é o único dos meus irmãos aqui. Michael está embarcado, é claro, e Jack... bem, Jack está evitando você. – Amelia lançou um olhar pelo cômodo, finalmente parando no mordomo. – Eu acho que podemos usar Wycke. Mas você provavelmente não quer um serviçal?

Se aquilo significasse que ele poderia se casar nos próximos 25 minutos, Spencer teria aberto a porta e arrastado o primeiro rufião que achasse na rua com felicidade.

– Ele serve. – Fez um breve gesto para o mordomo. – Chame o pároco. Podemos aproveitar e já resolver o problema aqui mesmo.

Na entrada do clérigo, Spencer convocou o homem para seu lado com apenas um olhar e uma sobrancelha levantada.

– Sim, Vossa Graça? – O pároco inclinou sua cabeça calva.

– Há uma doação generosa no futuro de sua paróquia se você for rápido. Dez minutos no máximo.

– Há um ritual estabelecido, Vossa Graça. – O homem franziu a testa, lutando para abrir sua liturgia. – Deve-se adentrar o casamento com solenidade e consideração. Não sei se posso apressar...

– Dez minutos. Mil guinéus.

A liturgia foi fechada com um estalo.

– Mas, então, o que é que alguns minutos extras significam para um Deus eterno? – Ele convocou Amelia com uma mão com uma pele fina como um papel. – Se apresse, minha filha. Você está prestes a se casar.

Spencer mal escutou a torrente fervorosa de palavras que compuseram seu casamento. Em princípio, o duque concordava com o pároco. O casamento deveria ser algo solene, sagrado, e o tempo que Spencer demorava para tomar uma decisão não tinha correlação com o tempo que ele passava considerando as alternativas. Não era algo que considerava levianamente, ou ele já teria se casado anos antes. Em algum momento, entre murmurar seus "Eu aceito" e repetir os votos, o duque conseguiu montar uma petição breve e silenciosa por alguns filhos e outras bênçãos que Deus achasse bom dar para eles. Não era muito, mas teria que ser o suficiente.

Seguindo as ordens do pároco, eles trocaram as simples alianças de ouro. Todas as joias de sua tia estavam em Braxton Hall, Amelia teria sua seleção de anéis de brilhantes lá. Os dedos de sua noiva estavam gelados e uma raiva irracional o tomou. Por que a moça estava com frio? A modista não tinha enviado luvas?

– Eu vos declaro marido e mulher.

Pronto, estava feito.

Ele se virou para sua noiva encarando-a nos olhos pela primeira vez desde o início da cerimônia. E Spencer se castigou mentalmente, porque teria sido muito mais agradável tê-la olhado o tempo todo. Os olhos dela eram bem bonitos – largos, inteligentes e expressivos. E num tom azulado que transmitia paciência e razoabilidade.

Ele queria muito beijá-la naquele momento.

E, como se Amelia ouvisse seu pensamento – Deus, ele esperava não ter falado em voz alta –, ela balançou a cabeça um pouquinho e sussurrou:

– Ainda não.

Com um estampido, o pároco abriu o registro paroquial em uma mesa lateral e o virou para a página correta. Uma vez que os nomes e a data foram registrados, Spencer pegou a pena e assinou seu nome. Era um nome imenso, e demorou um bocado. Depois que terminou, o duque afundou a pena na tinta novamente antes de passá-la a Amelia.

Ela parou, olhando para o registro.

Conforme o momento se alongava, o coração de Spencer se descompassou. *Ah, vamos lá.*

Antes que Amelia pudesse colocar a pena no pergaminho, uma comoção no corredor atrapalhou a cena. Julian Bellamy entrou intempestivamente na sala de estar, seguido por Ashworth. Spencer grunhiu quando os dois homens avançaram em sua direção.

– O que diabos significa isso? – Bellamy exigiu saber.

– Significa que estou me casando.

– Eu sei disso, seu canalha desprezível. – Com desdém, Bellamy enfiou um pedaço de papel no rosto de Spencer. – Isso aqui. O que significa isso?

Era a nota bancária que ele enviara na manhã anterior, conforme havia prometido.

– É como já disse, eu estou oferecendo uma compensação adequada a Lady Lily em troca da ficha do irmão dela.

– Na quantia de vinte mil libras?

Ao lado dele, Amelia arfou.

– Vinte mil libras – disse Ashworth. – Não há cavalo no mundo que custe isso, muito menos um que foi aposentado para virar garanhão.

– Não baseei minha oferta no valor de mercado do cavalo. Ofereci o quanto a ficha vale para mim. – Spencer se virou para Bellamy. – E é Lady Lily que deve aceitar ou recusar. Não você.

– Eu sou muito grata, Vossa Graça, mas sabe que eu não posso aceitar. – A mulher longilínea e morena deu um passo à frente.

– Se julga que a minha oferta não foi o suficiente, nós podemos discutir algo mais generoso...

– Não é isso – disse Lily. – Sua oferta é mais do que generosa. É caridade, e não posso aceitá-la com a consciência limpa.

– Ela não pode aceitar porque a ficha de Leo sumiu. – Bellamy interrompeu.

– Sumiu? – Amelia disse. – Mas para onde?

– É exatamente o que eu gostaria de saber. – Bellamy lançou um olhar assassino para Spencer. – Poderia nos contar, Morland?

– Como eu saberia para onde foi? Não estava com os pertences de Harcliffe?

Ashworth negou com a cabeça.

– Nós verificamos tudo duas vezes. Também não estava no corpo dele. Deve ter sido roubada pelos atacantes.

– Um mero assalto, então – disse Spencer. – Ou talvez ele já a tivesse perdido numa aposta.

– Nunca – disse Bellamy. – Leo nunca arriscaria aquela ficha, e você sabe muito bem disso. E sabe que não teria outra forma de consegui-la.

– O que diabos está sugerindo? – Um peso gélido, como chumbo, se acomodou no estômago de Spencer. – Não está insinuando que tive algum envolvimento na morte de Harcliffe, está?

Bellamy apenas arqueou as sobrancelhas.

– Certamente você não está insinuando isso – Spencer repetiu com frieza. – Porque se difamasse meu caráter de forma tão ultrajante e infundada, eu teria que exigir satisfação.

– Para que também consiga a minha ficha? Para arrancá-la do meu cadáver?

– Por que os dois estão tão determinados a se matar? – Amelia se colocou entre eles. – Sr. Bellamy, com todo o respeito e simpatia, suas acusações não fazem sentido. Se Vossa Graça já tivesse a ficha, por que ele ofereceria vinte mil libras para Lily em troca dela?

Felizmente, alguém no cômodo tinha algum resquício de razão. E, ainda melhor, era a mulher com a qual Spencer estava se casando.

– Culpa. Dinheiro sujo, para aliviar a consciência. – Bellamy lançou um olhar gélido para o duque. – Eu me lembrei de algo, Morland. Você estava no carteado na outra noite, quando Leo e eu fizemos os planos para ir à partida de boxe.

Estava? Spencer supunha que poderia ter estado lá, mas certamente não tinha prestado a atenção em Harcliffe e Bellamy. Seu único foco era ganhar a ficha de Faraday.

– E daí que eu estava lá? Também tinha uma dezena de outros cavalheiros.

– Nenhum deles com motivos para matar Leo. Você já destruiu fortunas em busca de Osiris. Por que eu deveria acreditar que a violência é seu limite? Sabia exatamente onde Leo estaria naquela noite. E sabia que eu estaria com ele. Estava esperando matar dois coelhos numa cajadada só?

– Você enlouqueceu.

– Você é doente – disse Bellamy. – Meu estômago se revira ao pensar que eu quase permiti que se casasse com Lily. E faz muito sentido você ter recusado. Imagine se sentar diariamente na frente dela à mesa pelo resto da sua vida sabendo que foi o responsável pela morte de seu irmão. Tendo sua culpa condenatória como companhia.

– Pare com isso – Lily repreendeu. – Julian, você não sabe o que está dizendo. Isso não faz sentido. Não temos motivo algum para acreditar que a ficha desaparecida tem algo a ver com a morte de Leo. E só porque Vossa Graça se recusou a...

– Não conseguiu aguentar nem pensar no assunto, não é? – Bellamy a ignorou. – Não, era melhor pagar para Lily. – Ele apontou com um queixo na direção de Amelia. – E se prender à primeira mulher disponível apenas para resolver o assunto.

Quatorze anos tinham se passado desde que Spencer perdera o controle e atacara um sujeito num momento de fúria –, mas ele não tinha se esquecido de como dar um soco. Seus punhos fizeram um estampido satisfatório quando alcançaram a mandíbula de Bellamy, jogando o homem pelo cômodo. A nota bancária flutuou até o carpete enquanto Bellamy tentava ficar em pé outra vez.

Spencer puxou o punho de volta para dar outro soco, mas antes que pudesse continuar, Beauvale pulou para segurar seu braço.

– Está vendo? – Bellamy acusou, esfregando a mandíbula. – Ele é perigoso. E quer me matar também!
– Agora eu quero – Spencer grunhiu e se desvencilhou de Beauvale.
– E precisamos adivinhar quem será o próximo? Todo mundo sabe o que você fez com Ashworth em Eton.
– Ah, eles sabem? – Spencer se virou para o soldado. – E o que foi que *eu* fiz para Ashworth em Eton exatamente?

Maldição, ele tinha sido enviado para aquela briga. Aceitara toda a culpa de forma tácita. Era bom que o canalha não o entregasse em seu próprio casamento.

– Obviamente algo um pouco abaixo de me matar. – Ashworth deu de ombros.

– Julian, por favor. – Lily ficou ao lado de Bellamy. Ela tocou um dedo no canto da boca dele, onde o sangue escorria de seus lábios cortados. – Sei que está sofrendo e com raiva. Eu sei que você quer um culpado, alguma forma de se vingar pela morte de Leo. Mas certamente está equivocado.

– Será?

O cômodo ficou em silêncio, de forma desconfortável, e todos os olhos para Spencer. Ele sentiu o escrutínio intenso de cada pessoa na sala: Bellamy, Lily, Ashworth, Beauvale, o pároco... Amelia.

– Você está equivocado, Sr. Bellamy. – Ela falou primeiro. – Eu estava lá quando o duque soube da morte de Leo, tomou Vossa Graça completamente de surpresa.

Bellamy limpou o sangue de seus lábios com as costas da mão.

– Perdoe-me, mas suas garantias não valem muito.

O patife! Spencer queria enrolá-lo no revoltante tapete cor-de-rosa no qual estava em pé e jogar os dois lixos na rua. Mas ele não iria desperdiçar sua energia. Havia maneiras mais efetivas de ferir um homem. Julian Bellamy viera do nada. Aos olhos da sociedade, ele não *era* nada. E não havia ninguém em melhor posição para lembrá-lo daquilo do que o quarto Duque de Morland.

– Você vai parar – ele disse com uma dicção clara e aristocrática – de se dirigir à minha esposa de forma tão íntima. Vai parar de falar com ela, a menos que você lhe dê o respeito e a deferência que sua posição superior demanda. Reconheça seus superiores.

Um lampejo de ódio enciumado passou pelo rosto de Bellamy, e Spencer soube que sua observação o ferira profundamente. Era óbvio que o homem nutria uma mistura venenosa de inveja e ódio pela elite social.

Alguém deveria informá-lo que tal atitude era uma fraqueza grave, pronta para ser explorada. Mas quem faria aquilo não seria Spencer.

– E, quanto ao valor das garantias de Lady Amelia – ele continuou num tom baixo, apenas para Bellamy ouvi-lo –, garanto a você de que valem muito mais para mim do que sua vida miserável. Desrespeite minha esposa novamente e você se verá na ponta de uma faca.

– Falou como um assassino – Bellamy grunhiu.

Com uma aparência cuidadosa de descuido, Spencer se curvou para pegar a nota bancária do tapete.

– Se a ficha de Harcliffe desapareceu, eu também estou interessado em encontrar seus assassinos. Em uma hora, me encontre nos estábulos onde Osiris está. Nós vamos discutir o assunto com mais profundidade. Mas por enquanto... – Ele guardou cuidadosamente a nota no bolso e enfim teve a satisfação de falar as palavras que desejara dizer desde que Bellamy adentrara o cômodo: – Saia daqui.

– Não, espere. – Amelia segurou uma mão na outra. – Não vá embora. Nós precisamos de um padrinho.

Inacreditável. Spencer piscou na direção dela.

– Você está realmente sugerindo que esse... esse *vira-lata* seja testemunha de nosso casamento?

– Depois de tudo que ouviu e viu, você ainda está planejando seriamente se casar com esse vilão? – Bellamy adicionou.

– Eu tenho escolha? – Amelia virou o rosto para Spencer e o estudou silenciosamente.

– Ainda não é oficial – ele se obrigou a dizer. – Você ainda não assinou. Eu a libero, caso você dê algum crédito às acusações do Sr. Bellamy.

Após um breve momento de hesitação, Amelia esticou a mão e tocou a do duque. O leve toque dissolveu a tensão em seu pulso, e os dedos dele se abriram. Spencer sequer percebera que estava com a mão fechada, em um punho.

Sem palavra alguma, Amelia se inclinou no registro e escreveu seu nome com traços cuidadosos e deliberados. Depois de assoprar levemente em sua assinatura e devolver a pena para seu tinteiro, ela se endireitou e disse simplesmente:

– Pronto.

Era necessário muito para rebaixar Spencer, mas sua noiva – sua *esposa* – acabara de fazê-lo.

Lily veio a seguir. Pegou a pena e assinou em um dos espaços marcados como "Testemunha" antes de entregar a pena para Bellamy.

– Eu acho que deveria assinar, Julian. Você sabe o tipo amigável que Leo era. Quando meu irmão pensou no Clube do Garanhão... – Ela parou. – Me perdoem, eu ainda não consigo falar esse nome sem querer rir. De qualquer forma, quando ele começou o clube, foi com o objetivo de fazer novos amigos. É por isso que decretou que os membros só poderiam entrar por sorte. Ele queria juntar pessoas de diferentes classes sociais e formar alianças improváveis. Não deixe que a morte dele destrua isso. – Lily empurrou a pena para Bellamy. – Por favor. Faça por Leo. Se não por ele, então...

– Não peça, Lily. – Bellamy xingou e bagunçou o cabelo.

– Então faça por mim.

Com um gemido fraco, ele tomou a pena da mão dela e se inclinou como se fosse assinar. No último momento, no entanto, o homem jogou a pena para o lado.

– Não posso fazer isso. Mesmo se eu acreditasse... – Ele xingou. – Não consigo.

– Pelo amor de Deus, eu assino – disse Ashworth. O guerreiro cheio de cicatrizes acotovelou Spencer para fora do caminho. – Aqui está sua aliança improvável, milady.

Improvável de fato.

– Você não acha que sou um assassino, então? – Spencer perguntou. Estranho que Ashworth fosse ser seu defensor. Em sua vida inteira, Spencer só chegara perto de matar um único homem e esse homem era Ashworth.

– Não. – Quando ele se inclinou para escrever seu nome na página do registro, Ashworth lhe lançou um olhar críptico. – Você não tem a capacidade.

O tom de sua observação estava longe de ser um apoio empolgado a respeito do caráter de Spencer. No entanto, o duque não se importava.

– Me encontrem nos estábulos – ele falou para os homens. – Em uma hora.

Capítulo 7

— Isso é uma patifaria! — Spencer praguejou baixinho na névoa matinal à medida que se aproximava dos estábulos.

O estábulo de Osiris, o maior cavalo de corrida de uma geração – campeão em Newmarket, Doncaster e Epsom Downs –, era ali em meio a cavalos comuns de carruagem?

O celeiro estava tão escuro e úmido quanto uma caverna. E uma tempestade de poeira girava em torno do solitário fiapo de luz que penetrava a escuridão. As baias dos cavalos estavam lotadas, como era comum na cidade. Spencer torceu o nariz para uma tina de água parada e fétida. Em Cambridgeshire, seus cavalariços tiravam água fresca duas vezes por dia do riacho.

Sob suas ordens, o cavalariço abriu a porta da baia e soltou o garanhão no pequeno pátio. Osiris se sacudiu, abrindo as narinas e balançando a cabeça de um lado para o outro. O cavalariço puxou grosseiramente as rédeas e Spencer contraiu o queixo com raiva. Se o homem fosse seu empregado, o movimento teria lhe custado o emprego.

— Como é a rotina de exercícios dele?

— Soltamos ele duas vezes no dia. Tem vez que é pra uma volta no pátio com a guia. Esse aqui não gosta mais de ser selado. Muito sensível com os cuidados.

— Então você deixa que ele te diga o que fazer, em vez do contrário?

Com um som de reprovação, Spencer circulou o animal. A pelagem do cavalo baio precisava muito de uma escovação com uma raspadeira, pelos acinzentados se misturavam aos escuros e davam a impressão de que havia uma geada em cima dele, um sinal da idade avançada do garanhão. Ele tinha uma parte despelada no flanco direito, provavelmente por se esfregar contra a porta do estábulo. Apesar dos cuidados deploráveis, Osiris ainda era um cavalo impressionante. Suas ancas eram altas e firmes e seu pescoço longo e arqueado demonstrava a herança árabe.

Spencer voltou para a frente, parando quase ao lado do cavalo, permitindo ao animal espaço o suficiente para ver o duque e reconhecer seu cheiro com várias respirações resfolegantes. O olhar que percebeu nos olhos largos e com cílios escuros o agradou, assim como o lançar de cabeça que desequilibrou o cavalariço. Havia algum espírito ali e uma arrogância ardente. Um olhar que dizia: *Eu sou melhor do que isso.*

– Certamente – Spencer concordou. O cavalo era mimado como o diabo e precisaria de uma boa quantidade de treinamento com um cuidador experiente, mas pelo menos o seu espírito não fora quebrado.

O duque removeu as luvas e as colocou embaixo do braço, murmurando com gentileza conforme se aproximava. Depois de estender a mão, com as palmas viradas para baixo para que o garanhão pudesse cheirá-lo e inspecioná-lo, ele a repousou nas cernelhas do cavalo.

– Muito melhor do que isso – disse ele, esfregando o cavalo rapidamente. O garanhão se virou e encostou nele com o nariz, mostrando a faixa de pelo branco que acompanhava aquela parte de seu corpo no formato de um raio.

Spencer se sentiu tentado a selar o animal e cavalgar para fora dali. Mas, naquela situação, já bastava ser acusado de homicídio. Adicionar roubo de cavalo, um crime digno da forca, na lista de suspeitas de Julian Bellamy não parecia inteligente.

– Minha nossa!

O olhar de Spencer se dirigiu à entrada.

Ashworth entrou a passos largos no celeiro, perseguindo a névoa que era sua respiração com um assovio de admiração.

– Esse é um animal magnífico.

A opinião de Spencer quanto ao homem aumentou um pouquinho favoravelmente. Não importava a história da juventude de ambos, ali estava um homem que reconhecia um cavalo de qualidade quando o via. Ou então um homem que sabia reconhecer uma acusação infundada quando ouvia uma.

– Isso ele é – disse Spencer, a voz cheia de orgulho. – O avô dele era Eclipse; a linhagem materna remonta ao Godolphin Arabian, com vários campeões entre eles. Não há *pedigree* melhor em todos os cavalos da Inglaterra.

– Eu tive um capão da linhagem Darley. Castanho-avermelhado com marcas brancas, rápido como o diabo, e com um temperamento combinando – Ashworth contou, inclinando a cabeça para analisar Osiris com mais detalhes. – Devo ter enfiado esse cavalo em todos os charcos de Devonshire. A montaria perfeita para um jovem raivoso e grande demais.

– O que aconteceu com ele? – Spencer não teria perguntado em voz alta, mas também havia gastado mais horas da sua juventude numa sela do que na sala de aula.

– Morto.

– Em batalha?

– Não.

Ashworth andou preguiçosamente até os fundos do pátio e Spencer sentiu que o homem não queria falar sobre o assunto. Estranho que pudesse discutir com tanta facilidade a morte de seus companheiros soldados, mas ficar sem palavras quando o morto era um cavalo capão.

Ou talvez não fosse tão estranho.

– Por que estamos aqui? – indagou Ashworth.

– Estava me perguntando a mesma coisa – Julian Bellamy adentrou o pátio de forma arrogante, em um terno amassado de veludo cobalto, parecendo que tinha acabado de acordar. Ou *sequer tinha dormido*. Seu cabelo sempre dava aquela impressão, não era surpresa alguma. Spencer nunca entendera por que o homem se esforçava tão meticulosamente para parecer desleixado, mas, até aí, ele tampouco poderia imaginar o motivo de alguém abrigar um inestimável cavalo de corrida num lugar como aquele.

– Estamos aqui para discutir a investigação do assassinato de Harcliffe – respondeu Spencer. – Mas, primeiro, esses alojamentos são inaceitáveis.

– O que tem de errado com eles?

– Água fedorenta. Feno apodrecendo. – Spencer foi levantando os dedos enquanto listava. – Má ventilação. Baias lotadas. E nem comecei a mencionar a falta de exercícios apropri...

– Chega! – Bellamy levantou uma mão. – A meu ver, não há diferença nenhuma dos estábulos dos cavalheiros de Mayfair.

– Osiris não é um cavalo de carruagens nem um capão para dar uma volta casual pela Rotten Row. É um antigo cavalo de corrida, de uma das linhagens mais nobres. – Spencer lhe lançou um olhar cortante. – Mas não espero que um homem como você compreenda.

As bochechas de Julian Bellamy adquiriram um tom escarlate que deixou o duque satisfeito. E o vermelho contrastava de forma agradável com o hematoma roxo em sua mandíbula. O homem era fácil demais de provocar, uma vez que se descobria aquele ciúme cru, sensível e amargo.

– Compreendo – Bellamy disse, com fervor. – Apenas o nobre de linhagem pura pode compreender o cavalo de linhagem pura, é isso?

Spencer deu de ombros. Sua própria linhagem não tinha nada a ver com aquilo, mas ele definitivamente sabia o que era melhor para aquele cavalo.

– O devido zelo a um cavalo como este não é um assunto leviano. Ele foi treinado para correr desde o nascimento. Assim que virou campeão, foi mimado com atenção e um cuidado permissivo. Para piorar, é um macho não castrado e com uma vontade natural de cruzar muito forte. Isso tudo gera um garanhão com uma arrogância imensa e entediado demais. Sem exercício apropriado e oportunidades para cruzar, toda essa energia agressiva inflama. Ele fica temperamental, intratável, recluso e destrutivo.

– Sou só eu ou esta conversa está se tornando pessoal num nível desconfortável? – Ashworth levantou uma sobrancelha para Bellamy.

– Eu não estou falando sobre mim mesmo, seu estúpido. – Spencer exasperou-se.

Os olhos de Ashworth subitamente se arregalaram, numa inocência fingida.

– Claro que não, Vossa Graça. Mas explicaria uma ou duas coisas – ele acrescentou, com astúcia.

– Certamente – concordou Bellamy e indicou a sua mandíbula roxa. – Como isso aqui.

– Estava pensando mais no casamento apressado de Vossa Graça – disse Ashworth. – Por essa lógica, o temperamento dele vai melhorar notadamente amanhã de manhã.

– Chega. – A mandíbula de Spencer tensionou com o esforço de conter-se. – Faça a graça que quiser, mas não vai achar tão engraçado assim quando Osiris morrer prematuramente.

Isso sim chamou a atenção dos homens.

– Você é bem violento, hein? – Bellamy deu um assovio grave, entre os dentes.

– Pelo amor de Deus, não era uma ameaça – Spencer respondeu, com impaciência. – Deixando de lado todos os problemas de treinamento e cruzamento, esse cavalo requer uma acomodação superior meramente por seu valor. Não deixaria nem um cavalo de carga aqui e muito menos um precioso cavalo de corrida. O risco é alto demais.

– Ele é mantido na baia mais segura – disse Bellamy. – Os cavalariços o vigiam em turnos, e o portão é fechado com uma corrente e fica trancado o tempo todo.

– As trancas são parte do problema. Olhe a condição deste celeiro. – Spencer fez um gesto amplo na direção das vigas cheias de teias de aranha. – Poeira por todos os lados e o mezanino lotado de feno seco. É o cenário perfeito para um incêndio. Uma faísca transformaria essa estrutura inteira num inferno, e todas as correntes e trancas simplesmente selariam o destino do cavalo.

– Nesse aspecto ele está certo – assentiu Ashworth, o humor desaparecendo de sua voz. – Incêndios em estábulos são horrorosos. – Ele olhou para Spencer. – Se vocês querem movê-lo, eu não vejo problemas.

– Você teria interesse em me vender a sua cota? – perguntou Spencer. – Eu seria generoso.

Ashworth ficou em silêncio, como se considerasse seriamente a oferta. Excelente. Se tinha sido forçado a vender seu cargo como oficial para pagar as dívidas de uma propriedade, o homem devia estar sem fundos.

– Ele não pode vender a cota dele! – Bellamy protestou. – As fichas só podem ser ganhas ou perdidas num jogo de azar.

– Podemos arranjar algo nesse sentido – Spencer disse. – Que tal uma partida de cartas, Ashworth?

O homem começou a responder, mas Bellamy o interrompeu com um intenso:

– Não!

O garanhão ergueu a cabeça abruptamente, e Spencer ajustou suas mãos nas rédeas, murmurando uma litania de xingamentos num tom suave e delicado, e que Bellamy era muito bem-vindo para ouvir.

– Eu não permito – disse Bellamy. – Leo desenhou esse clube. Ele criou as regras para os membros e o código de conduta. Agora ele está morto. E o mínimo que podemos fazer para honrar sua memória é respeitar o espírito de fraternidade que o clube representa.

– Que espírito de fraternidade é esse – contestou Spencer – que interrompe o casamento de um homem com acusações infundadas de assassinato? Escutem, vocês dois! Eu abro mão de todo o meu interesse nas fichas restantes sob uma condição: que Osiris fique em minha propriedade de Cambridgeshire.

Bellamy balançou a cabeça vigorosamente.

– Só me escute – Spencer pediu. – As regras permanecem as mesmas. Qualquer membro do clube pode enviar éguas para cruzar...

– Até Cambridgeshire? – Bellamy bufou.

– Meus estábulos são os melhores do país, e incluo os estábulos reais na conta. Baias largas e um pasto fechado. Meu cavalariço-chefe e seus subordinados são os mais capazes que pude encontrar, em qualquer lugar. Também mantenho um veterinário especialista em minha equipe. Em Braxton Hall, esse garanhão estará entre iguais em linhagem e habilidade. Alimentado, exercitado e cruzando apropriadamente. – Ele levantou uma mão para arrumar a crina de Osiris. – O lugar deste cavalo é comigo.

– Você quer dizer que esse cavalo é *seu*. – Bellamy cuspiu na palha, mal virando a cabeça. – Acredita que tem direito a esse animal, assim como você acredita que tem direito a todo o resto. O que te faz tão melhor do que nós dois? Seu título? Sua conquista impressionante por ter nascido de uma mulher nobre em vez da criada favorita de seu pai?

Agora Spencer estava completamente irritado. Apesar das brigas que tivera com ele em sua adolescência, seu pai era um homem decente e honrado.

– Só porque você não sabe nada sobre o seu pai, não finja que sabe algo a respeito do meu – ele avisou.

– Não é nada além de sorte. – O ódio brilhava nos olhos de Bellamy. – Apenas sorte, cega e pura, de sangue azul que separa um homem como você de um homem como eu. Leo compreendia isso. Nunca se achou melhor do que ninguém e foi por isso que criou o clube e fez com que a participação fosse condicionada ao tipo de sorte que vem *depois* do nascimento, e não antes. – Seu olhar fulminante alternava entre Spencer e Ashworth. – Prefiro morrer a deixar os dois destruírem isso. Eu vou brigar até minha última respiração se tentar tirar esse cavalo de Londres.

– Você vai perder – Spencer estreitou os olhos. – Escreva minhas palavras, essas fichas serão minhas no tempo certo. Esse cavalo também será meu, no tempo certo. E se acha que tudo o que nos separa é a sorte cega... – Ele balançou a cabeça, em desdém. – É de se considerar por que gasta tanto tempo e esforço cultivando o favor de pessoas que diz desprezar.

Antes que Bellamy pudesse se recuperar, Spencer mudou o assunto:

– O que sabemos sobre a morte de Leo?

– Acho que sou eu quem deveria te perguntar isso.

Spencer deu de ombros, ignorando a acusação

– A prostituta já foi encontrada? O cocheiro do cabriolé?

– Passei a noite toda vasculhando aquele buraco infestado de piolhos que é Whitechapel. Voltarei para lá assim que terminarmos por aqui. Creio que Vossa Graça queira vir junto?

– Não particularmente. – Spencer acenou com a cabeça para o cavalariço e então entregou as rédeas do cavalo a ele. Buscou um envelope selado com o brasão dos Morland do bolso e o entregou para Bellamy.

– O que é isso? – O homem encarou o papel com ressentimento.

– O motivo pelo qual você veio até aqui. – O duque empurrou o envelope nas mãos de Bellamy. – Guarde bem. Aí dentro, você encontrará a nota bancária de vinte mil libras.

Bellamy encarou a carta, o escárnio diminuindo.

– Use para contratar cada detetive e cada investigador em Londres. Busque em toda taverna suspeita e espelunca ensebada, questione prostitutas e trombadinhas. Talvez descubra alguns parentes perdidos no processo, mas não encontrará nada que possa me conectar à morte de Harcliffe.

– Veremos. – Bellamy segurou um canto do envelope e o puxou.

– Quando os assassinos forem encontrados, o restante vai para a Lily. – Spencer continuou segurando o outro lado do envelope. – A ficha vem para mim.

Ele soltou o papel, e Bellamy aceitou o envelope com um aceno de cabeça contrariado.

– Eu não tenho essa quantidade de dinheiro, mas, quando precisar de força bruta, mande me buscar – Ashworth se pronunciou. – Se é um julgamento que você quer, no entanto... – Ele estralou o pescoço de forma ameaçadora. – Não posso prometer que haverá algo além de sobras para ficar em pé na frente do juiz.

– Devidamente entendido – Bellamy falou, cauteloso. – Eu achei que você mal conhecia Leo. Você mataria por ele?

– Eu já matei por menos. – O soldado deu de ombros.

Certo. Impaciente para acabar com aquele assunto, Spencer disse:

– Se você se recusa a me permitir transportar Osiris, eu insisto em enviar um dos meus próprios cavalariços para tratar dele. Irei para Cambridgeshire amanhã. Deixe-me informado de qualquer atualização que tiver. Por essa quantia, espero missivas diárias.

– Fugindo da cidade meio rápido, não acha? – Bellamy perguntou.

– Eu não estou fugindo de nada, tenho assuntos a tratar em minhas propriedades.

– Eu aposto que é um assunto chamado lua de mel – falou Ashworth. – Uma série de encontros urgentes com o colchão ducal?

Enquanto os dois outros homens trocavam olhares, Spencer bufou, impaciente. Talvez tivessem razão. Talvez ele realmente só precisasse de uma boa noitada. Mais motivo ainda para encerrar aquela reunião e voltar para casa, para Amelia, que tinha tanto o bom senso de desconsiderar essas acusações ridículas quanto o corpo voluptuoso que o faria se esquecer delas completamente.

– Ainda digo que é suspeito – Bellamy falou. – Tudo isso. O casamento apressado e você saindo da cidade tão rapidamente.

Aquela foi a gota d'água para Spencer.

– E, se eu continuasse na cidade, você iria me acusar de intervir na investigação e impedir a justiça. Nada do que eu diga vai convencê-lo sobre a minha inocência, porque tudo o que consegue ver é sua própria culpa. Você deveria estar com seu amigo naquela noite, mas, em vez disso, estava na putaria. Agora a culpa o consome vivo e, até que os assassinos de Leo sejam encontrados, você vai fazer da minha vida um inferno. Isso tudo está muito claro. – Ele puxou suas luvas. – Eu não me importo com o que diabos pensa de mim. Apenas encontre os assassinos. Quero que eles sejam levados à justiça tanto quanto você.

E desejo essa ficha mais do que você conseguiria entender.

– Encontre-os – ele repetiu, olhando Bellamy de cima para baixo. – Encontre a ficha. E então nós nos encontraremos para discutir o futuro do clube.

Uma risada grave dispersou a tensão da raiva que permeava o ar.

– Sinto muito – Ashworth disse, ainda rindo. – É só engraçado, não acha? Nós três, como membros de qualquer clube.

– É absurdo, isso sim. – Julian fez uma careta.

– Sim, bem. – Spencer limpou a poeira de suas mangas e fez um gesto para um cavalariço trazer sua montaria. – Você disse que Leo gostava de uma boa piada. Essa aqui parece ser às nossas custas.

Capítulo 8

Amelia começava a questionar se o marido tinha a intenção de se deitar com ela.

Encarar as paredes cor de lavanda da sua suíte de duquesa estava passando do tédio à loucura, então a dama deu um suspiro frustrado e se recostou na cabeceira da cama encarando o dossel roxo sobre ela. Parecia que o haviam bordado com pássaros. Pássaros esquisitos, sem alegria alguma e com as asas abertas em ângulos estranhos. Talvez fossem grous? Para ela, pareciam perdizes mortas, prontas para serem depenadas. Com certeza não era uma visão inspiradora para quando estivesse performando seus deveres de esposa. Ela esperava que o duque preferisse a escuridão quando viesse consumar o casamento.

Se ele viesse consumar o casamento.

O casal havia deixado a Mansão Beauvale um pouco depois daquela pantomima que havia sido a cerimônia. Uma viagem longa, tensa e silenciosa os levou até a residência de Morland. Na porta, ele a entregou para a governanta com uma declaração concisa:

— Tripp irá mostrar seus aposentos. Descanse.

Amelia não o vira desde então.

Ela descansara. Bebera chá. Pensou em passar a tarde desfazendo as malas e se acostumando com a casa, mas sua nova criada a informara que não haveria necessidade, já que Vossa Graça decretara que eles partiriam para Braxton Hall no dia seguinte.

No dia seguinte?

Com essa informação inquietante, Amelia foi buscar refúgio num banho quente. Depois, se vestiu com muito cuidado para um jantar que fez sozinha. E, quando finalmente juntou coragem para perguntar sobre o paradeiro do marido, a informaram de que o duque tinha saído para cavalgar.

Ah! Trocada por um cavalo no dia do casamento.

Agora, horas após o jantar solitário, Amelia estava recostada na cabeceira vestindo uma camisola de musselina transparente, brincando com os ilhós do seu decote e se perguntando se cometera um grande erro. Seus pensamentos voltavam repetidamente para a manhã e para as acusações do Sr. Bellamy. Naquela hora, ela rejeitara a ideia de forma instintiva. O Duque de Morland poderia ser insuportável, arrogante e frio, mas não acreditava que ele fosse capaz de um assassinato.

Mas então lembrou-se daquela nota bancária. Vinte mil libras. Ele estava disposto a pagar vinte mil libras por um décimo da participação da posse de um cavalo de corrida – a mesma quantia que separara para Amelia, que viera por inteiro. Independentemente de qualquer calúnia feita contra o duque, aquelas quantias indicavam de forma eloquente as prioridades do homem.

E então havia aquele soco violento, de tirar o fôlego, no queixo de Bellamy.

Sem dúvida alguma, uma outra dama teria achado aquele momento empolgante, quando seu noivo enfiara o punho no rosto de alguém para defender sua honra. Mas Amelia crescera com cinco irmãos, e cada um deles tinha dado socos em sua defesa, e ela sabia exatamente o que era. Homens se batiam porque queriam se bater, e a parte da 'honra da bela dama' geralmente era apenas uma desculpa conveniente.

Se o duque havia jogado Bellamy no chão por insultar Amelia... o que ele seria capaz de fazer se o que estivesse em jogo fosse algo pelo qual realmente se importava?

Não, não, não. Ela estivera com ele naquela noite, no baile. De fato, quando o duque chegara, Leo já estava morto, mas... seu comportamento não foi o de um assassino. Foi? Amelia tinha que ser honesta, ela não tinha ideia de como um homem iria agir depois de cometer um crime. Será que ele mostraria seu rosto em público para desviar as suspeitas? Ficaria pálido e doente quando desafiado e talvez até fugisse para um terraço mais reservado? Daria quantias obscenas para a família da vítima, se casaria com a outra testemunha de seu comportamento suspeito e faria arranjos apressados para partir da cidade?

Ela colocou o punho sobre seus olhos. Oh, céus! O que ele fizera?

O que *ela* fizera?

Amelia se sentou abruptamente na cama. Talvez não fosse tarde demais, o casamento ainda não fora consumado. Se pudesse escapar daquela casa e voltar para a casa de Laurent, ela poderia pedir uma anulação. Amelia se levantou, colocou uma echarpe sobre os ombros e abriu a janela. Estava muito frio para uma noite do início de verão. Mas, se ela pudesse se vestir sozinha, fugir dos serviçais, descer na rua de alguma forma e achar um cabriolé...

Não, era muito perigoso fugir furtivamente, e Amelia não era estúpida. Não importava o que Morland fizera, ela duvidava que ele representasse algum risco à sua vida. Ela não podia dizer o mesmo sobre os canalhas que vagavam pelas noites escuras de Londres.

Talvez pudesse apenas enviar um bilhete ao irmão e ele viria buscá-la. É, era aquilo. Amelia subornaria um valete para entregá-lo sem que o duque soubesse. Ou, se tudo o mais falhasse, ela poderia fingir que estava doente e exigir a atenção de um médico. Não era nem tarde demais para aquilo. Acabara de dar... ela olhou para o relógio acima da lareira...

Meia-noite.

O som de um trinco se abrindo a fez pular de susto.

O duque entrou pela porta que conectava os quartos e Amelia levou uma mão à boca para suprimir a onda de risos fúteis. Que boba ela fora ao esperar que ele chegasse antes daquela hora.

Afinal, aquele era o Duque da Meia-Noite.

Mesmo Amelia tinha que admitir que ele correspondera à alcunha romântica naquela noite. Parado na soleira da porta, vestido apenas com uma camisa e calças folgadas, o duque a encarava com um propósito intransigente, enervante. Estava claro que ele acabara de sair do banho, com o cabelo ainda molhado. Seus cachos escuros e bagunçados refletiam a luz morna da lareira. O olhar da moça pulava de uma nova parte dele para a próxima – seus antebraços vigorosos, o pedaço de peito exposto pela gola aberta da camisa e os pés descalços. Ele era um pecado de tão atraente e poderia ser o próprio Diabo.

– Você está bem? – ele perguntou, franzindo a testa. Talvez não esperasse abrir a porta e encontrá-la parada na frente de uma janela aberta, com uma mão pressionada contra a boca.

Amelia considerou fingir um desmaio. Segurar a barriga, se jogar no chão e se contorcer em agonia até um médico ou seu irmão chegar para salvá-la. Com um suspiro pesaroso, decidiu o contrário. Desde a infância, ela sempre fora uma péssima mentirosa.

– Estou bem – respondeu vagarosamente. – Apenas perturbada pelos meus pensamentos. E pelos pássaros.

– Os pássaros? – Ele inclinou a cabeça e olhou pela janela.

– No dossel – ela explicou.

O duque foi até a cama e se jogou nela, rolando até ficar virado para cima. O colchão protestou com um som alto.

– Ah, sim, entendo – ele murmurou, entrelaçando os dedos atrás da cabeça e olhando para cima. – Perturbadores. São urubus?

– Acho que eram para ser grous.

– Grous? – Ele virou a cabeça para ter um ângulo diferente.

Amelia desviou o olhar. Parecia indecente, de alguma maneira, continuar a encará-lo enquanto o marido se deitava na cama, com seus membros esguios espalhados de forma tão masculina. No mínimo aquela vista levava sua mente para lugares indecentes.

– Não importa o que são – ele disse. – Da próxima vez que viermos para cá, eles não existirão mais. Não podemos ter tal afronta em seu quarto.

– Não sei se chamaria isso de afronta. Talvez apenas para os grous.

– Não, isso é uma afronta para qualquer um com olhos. Mas especialmente para você.

– Por que para mim?

– Você é muito habilidosa com uma agulha, não é?

– Acho que sim. – Confusa, Amelia cruzou as mãos na altura de sua barriga. Ela era orgulhosa de sua habilidade de bordar, mas como ele saberia daquilo?

Ah, sim. O lenço. Ela se perguntou o que acontecera com ele. Então se questionou brevemente sobre o que tinha acontecido à sua inteligência. Ele poderia ficar com aquele lenço bobo e era melhor que fosse assim. Amelia tinha que sair daquele cômodo, daquele casamento.

– Por hoje... – Ele falou, se virando de lado e se apoiando num cotovelo. – Vou só apagar a luz.

– Não – a palavra escapuliu da boca de Amelia.

– Não? – O duque se sentou. – Então vamos nos aproximar da lareira, está um pouco frio aqui.

Amelia, em silêncio, observou o duque se levantar da cama e fechar a janela. Então ele recolheu os travesseiros e cobertores da cama e os organizou numa pilha em frente à lareira. Pegou os atiçadores e colocou mais carvão, aumentando a chama até que ela pudesse sentir o calor delas do meio do cômodo.

Esse era o mesmo homem arrogante e mal-educado com o qual se casara naquela manhã? Duques não fechavam as próprias janelas ou arrumavam seus travesseiros, nem faziam o próprio fogo. E, ainda assim, ele realizava aquelas tarefas com uma força masculina e natural, que ao mesmo tempo a confortava e a deixava excitada. Ali estava aquele vislumbre de humanidade novamente. Ele certamente não parecia um assassino de sangue-frio.

Conforme a luz e o calor da lareira aumentavam, as suspeitas sombrias iam se afastando, e ela até sentiu-se um pouco boba por tê-las considerado. Instantes antes, ela realmente estava parada na frente da janela considerando escalar o cano de escoamento para escapar do marido?

Francamente, Amelia. Isso não é um romance gótico, sabia?

Em seu coração, Amelia era incapaz de acreditar que aquele homem pudesse matar alguém. Mas também sabia que ela era uma alma que confiava fácil – às vezes em detrimento próprio. Entretanto, se quisesse alguma garantia da inocência do duque, não havia nada que a impedisse de pedi-la.

– Pronto – ele disse, limpando a poeira de carvão das mãos e as limpando nas calças. – Sem os pássaros perturbadores. E quanto aos pensamentos? Há algo que eu possa fazer para exorcizá-los? – O duque se sentou na frente do fogo e fez um gesto para que ela se juntasse a ele.

– Talvez – Amelia se arrumou cuidadosamente em cima de um travesseiro e puxou uma coberta para o seu colo. – Onde você estava? O mordomo me disse que você havia saído para cavalgar.

– Eu cavalguei mesmo, por um tempo. Estava resolvendo vários assuntos para preparar nossa partida. Nós vamos amanhã para Cambridgeshire.

– Foi o que disse minha aia. – Embaixo do cobertor, Amelia cruzou as pernas. – Mas por que tão rápido? – ela perguntou, tentando não soar desanimada.

Será que ele sequer tinha considerado se a esposa desejava deixar Londres para trás amanhã? Amelia não teria a oportunidade de se despedir de seus irmãos. E qual era a graça de ser uma duquesa se suas antigas amigas não podiam visitá-la e repetir "Vossa Graça" até que sucumbissem em risadas infantis?

– Minha protegida, Claudia, irá retornar de York em breve, e estou ansioso para vê-la novamente e para que ela conheça você. Além disso, não tenho mais nenhum assunto em Londres no presente momento.

– Por que agora é casado?

– Eu pretendia ganhar Osiris de forma justa, mas agora a competição está num impasse. Uma das fichas está em mãos desconhecidas, e nem Bellamy nem Ashworth vão arriscar suas partes. Não há razão para me manter em Londres. E eu odeio esta cidade.

– Entendi – ela murmurou, tentando se reconciliar com o fato de que a situação dela na vida do duque era como um tipo de prêmio de consolação, mal sendo considerada para fazer planos. — Se não veio para Londres por uma esposa, me diga novamente por que é que se casou comigo?

Ele ficou em silêncio por muito tempo.

— Eu prefiro te mostrar.

O coração dela perdeu o compasso. Com os travesseiros, o fogo crepitante e todo esse assunto desagradável de assassinato... ela quase se esquecera do motivo por trás da visita dele ao seu quarto.

Era evidente que ele não tinha feito o mesmo.

O sangue de Amelia se esquentou quando o marido a varreu com um olhar possessivo. Ela sentiu um calor subir pelo pescoço e pela garganta. Abaixo do tecido transparente de sua camisola, seus mamilos ficaram tensos. Ela estava certa de que o duque os tinha visto e julgou que ele deu um pequeno sorriso.

O duque segurou a barra da camisola que aparecia embaixo do cobertor. Amelia encarou os dedos do marido enquanto ele brincava com o pedaço de tecido, deslizando a musselina para frente e para trás com o dedão. Ele nem a tocava, mas os nervos dela não pareceram compreender. A respiração dela se acelerou audivelmente, e ele sorriu ainda mais. Tinha o sentimento de que o duque estava brincando com ela, assim como brincava com aquele canto da camisola, demonstrando que mesmo a menor das ações dele tinha muito poder sobre ela. O brilho feroz no olhar dele dizia, que, com certeza, antes que a noite findasse ele a conquistaria por completo.

Amelia engoliu em seco.

— Você assassinou Leo Chatwick? — ela indagou.

Puff.

Ele se afastou, se recostando nos travesseiros, como se a esposa o estivesse chutando no peito.

Amelia aproveitou a vantagem daquela distância para respirar fundo. Obrigada, céus! Agora ela o colocara na defensiva.

— O que você acabou de me perguntar?

— Você assassinou Leo Chatwick?

— Você me pergunta isso agora? — As bochechas dele ficaram pálidas. — Você parecia ter certeza da minha inocência esta manhã.

— Sim. Mas então você me deixou sozinha o dia inteiro, com meus pensamentos e esses grous horrendos como única companhia. E, agora que relembro a cena, eu percebo... você nunca respondeu à pergunta.

— Eu não achei que *havia* uma pergunta. Ninguém que me conhece daria algum crédito à acusação de Bellamy.

— Mas essa é a questão. Eu não o conheço, não muito bem.

– Conhece bem o suficiente para concordar em casar comigo.

Amelia puxou o cobertor, cobrindo os seios, e o prendendo firmemente junto ao corpo.

– Eu concordei com um noivado. E normalmente eles duram mais do que um dia.

O duque arqueou uma sobrancelha para ela.

Amelia retrucou o gesto sarcástico arqueando a própria sobrancelha. Talvez fosse inapropriado seguir por aquela linha interrogatória, mas era verdade que ele nunca concordara nem negara as acusações do Sr. Bellamy. Nem naquela manhã nem naquele momento. O duque parecia achar que aquilo não merecia seu esforço, e Amelia não gostava de se sentir daquela forma. Um homem deveria estar disposto a ganhar a confiança da própria esposa.

– Onde você estava antes de chegar ao baile dos Bunscombes naquela noite?

– Estava aqui.

– Sozinho?

– Sim. – Ele franziu a testa. – Os serviçais iriam testemunhar isso, se questionados.

– Se eles são serviçais leais e que valorizam o emprego, eu tenho certeza de que testemunhariam a favor de qualquer coisa que seu contratante dissesse.

O queixo dele de tensionou em raiva.

– Veja só. Esta manhã eu dei para aquele zé-ninguém do Bellamy vinte mil libras para financiar a investigação sobre a morte de Harcliffe. Por que eu sugeriria algo assim se fosse culpado?

– Não faço ideia – Amelia respondeu. – O que sei é que vinte mil libras é uma quantia que você dá a torto e a direito. Parece que é a taxa média de preço para tudo o que compra... esposas, participações em cavalos... e por que não sua inocência?

O duque a encarou por um longo momento, seus olhos cor de mel queimando contra a pele dela. Então se levantou e saiu do quarto, batendo a porta atrás de si.

Amelia se encolheu. Era aquilo, então. Ela seria jogada na rua da amargura? Ou será que ele seria caridoso o suficiente para chamar a carruagem de Laurent?

A porta se escancarou outra vez, e o duque entrou, carregando uma pequena caixa embaixo do braço e um chaveiro na outra mão. Ele se abaixou ao lado dela, colocando a caixa no chão e escolhendo uma chave.

Uma vez que abriu a caixa forrada por veludo, ele a posicionou para que Amelia observasse o seu conteúdo.

– Aqui – ele falou. – Conte.

Amelia encarou os discos de bronze que representavam as participações no Clube do Garanhão. Cada ficha estava marcada com uma cabeça de cavalo de um lado e, logicamente, um rabo de cavalo do outro. Tão irreverente, tão infantil e tão a cara de Leo. Como alguém poderia pensar que essas moedas malfeitas valiam uma vida?

– Não preciso contá-las. Sei que são sete.

– Então você acredita em mim.

– Eu acredito que você é inteligente demais para colocar a ficha de Leo com as outras, se você a tivesse.

O duque bufou e abriu os braços, numa postura de martírio.

– Busque pela casa inteira então, se quiser.

– Isso provavelmente demoraria uma semana. E esta é apenas uma de suas seis casas, e, além delas, com certeza tem vários cofres em bancos.

– Você não pode estar realmente suspeitando que eu sou um assassino. Pensei que você fosse uma mulher razoável.

– Então me trate como uma! Você não me deu oportunidade nenhuma para conhecê-lo, nem chance de me permitir julgar seu caráter sozinha. Tudo o que tenho são minhas próprias observações e o que eu vejo é um homem com riqueza e influência imensas e pouquíssimo respeito pelos sentimentos dos outros, que organizou sua vida ao redor de conseguir um cavalo de corrida, sem se importar com as vidas que arruinaria no processo. De um ponto de vista racional, eu tenho mais motivos para suspeitar de você do que confiar.

Sussurrando uma blasfêmia, ele passou uma mão pelo cabelo.

– Amelia...

– Sim, Spencer?

Ele piscou, obviamente surpreso com o uso do seu nome de batismo.

– Estava nos votos – ela explicou. – Ou prefere que eu o chame de Morland?

– Eu preferiria que você me chamasse de Vossa Graça, caso queira uma anulação. É isso o que você quer?

– Eu só quero respostas. E gostaria de saber que sei algo sobre você antes de permitir que... – Ela corou. – Que tome certas liberdades.

– Eu me ofereci para responder suas perguntas quando a pedi em casamento. – O olhar dele era impiedoso e afrontado. – Você me perguntou a respeito de gatos.

Amelia entrelaçou os dedos no colo. Era verdade, aceitara o pedido com muita facilidade, sem questionar muito mais além das contas bancárias. Ela não havia considerado que sua falta de curiosidade pudesse um insulto. Para falar a verdade, a moça não acreditava que o duque tivesse emoção nenhuma.

– Me diga o que é que você quer saber, especificamente. – Ele se sentou nos tornozelos.

– Eu quero saber que meu marido não é um assassino. Mas, de forma geral, eu gostaria de entender por que o cavalo é tão importante para você. Por que arruinaria alegremente as esperanças do meu irmão em busca dele, mas traça um limite em assassinar Leo? Eu quero saber por que você passou mal no baile... e você passou mal, não tente negar. Por que insistiu em se casar comigo com tanta rapidez, tão furtivamente? Por que está me arrastando para o interior, longe de minha família e amigos? Sua juventude foi realmente tão selvagem e incivilizada como dizem? E, nesse assunto, qual é a história misteriosa com Lorde Ashworth?

– Essa é uma lista bem grande de perguntas. – Ele piscou.

– Sim, é disso que estou falando.

– Muito bem – ele disse, a voz sombria e intensa. – Então aqui estão as minhas. Eu gostaria de saber se a sarda no seu seio esquerdo é uma marca solitária ou parte de uma vasta constelação. Gostaria de saber se seus mamilos são do mesmo rosa-coral dos seus lábios, ou um tom mais escuro, acastanhado. Quero saber se já se tocou e aprendeu a se dar prazer. E... – Ele se inclinou para a frente e o coração dela saltou no peito. – Tenho uma necessidade profunda, quase desesperada, de ouvir os sons que você faz quando goza. Especificamente.

Céus! Amelia ficou zonza em silêncio. A ideia de um homem – aquele homem – tendo pensamentos tão lascivos a respeito dela...

A respeito dela? *Sim, ela mesma.*

– Bem? – Ele arqueou uma sobrancelha.

– Você primeiro. – Amelia rezou para que sua voz não estremecesse tão violentamente quanto suas coxas.

Ele xingou e se afastou, claramente exasperado.

– Nós chegamos a um acordo. Eu te dou segurança e você me dá um herdeiro. Seu corpo foi parte do acordo. Uma inquisição sobre a minha vida não foi. Não tenho costume de me explicar para ninguém.

– Nem mesmo para sua esposa?

– Especialmente para minha esposa. – Ele atiçou o fogo. – Minha nossa, Amelia! Quando eu a pedi em casamento foi porque achei que as coisas entre nós seriam fáceis.

As palavras dele a fizeram murchar por dentro. Sim, era claro. Ele a queria porque ela era fácil, conveniente e desesperada. Uma mulher que ele não precisaria se dar ao trabalho de cortejar ou seduzir. Uma esposa que não seria um fardo de levar para a cama. Um receptáculo para sua semente. Mas o duque acreditava honestamente que Amelia iria entregar seu corpo para ele quando nem sequer conseguia fazê-la acreditar que ele era capaz de decência humana básica? Se ele tinha o direito de questioná-la sobre suas atividades privadas embaixo das cobertas em noites solitárias, certamente ela estava no direito de ter a garantia de que o marido não era um assassino.

– Sim, bem. Sem dúvida você deve acreditar que eu sou uma solteirona boba e desiludida, mas decidi que sou digna de um mínimo de esforço.

– Esforço? Você acha que foi fácil organizar nosso casamento e a partida da cidade em menos de um dia?

– Para um homem de seus meios e influências? Sim. – Quando ele não respondeu, ela se abraçou e adicionou: – Parecemos estar num impasse.

– Um impasse – o duque repetiu. – Permita-me que eu me certifique de que a entendo completamente. Você se recusa a consumar o casamento até que esteja convencida da minha inocência? A investigação de Bellamy deve descobrir essa prova em breve. É melhor que o faça, considerando os fundos que provi.

– Bem, é isso. É um pedido tão inconcebível, alguns dias de atraso? – Amelia fechou os olhos e expirou vagarosamente. Foi necessária muita coragem para colocar um obstáculo para ele assim. Mas, se não se posicionasse agora, sabia que nunca teria alguma chance. – A morte de Leo, nosso noivado e agora o casamento... tudo aconteceu rapidamente. Mais rápido do que é confortável para mim. Vejo que o irrita o fato de eu não conseguir acreditar em sua palavra. Também me sinto desapontada. Uma esposa *deveria* ser capaz de confiar em seu marido. Se você me desse algum tempo, permitisse que eu o compreendesse melhor... – Ela mordeu o lábio. – Talvez hoje pudéssemos só conversar.

– Conversar – ele ecoou.

– Sim. Sabe, falar?

– *Falar.* – Pelo desdém na voz dele, alguém pensaria que ela havia sugerido que costurassem ou polissem prata. Pelo amor de Deus, o que era tão revolucionário no conceito?

Talvez fosse apenas uma questão de escolher o assunto adequado. Até Michael, o homem d'Orsay mais quieto, poderia tagarelar sobre navegação usando as estrelas até que elas desaparecessem na alvorada.

– Para começar, por que não falamos sobre cavalos? Por que ter Osiris é tão importante para você?

– Eu não quero conversar. – Ele trancou a caixa com as fichas e a colocou de lado. – Não quero falar. Seja sobre cavalos, assassinato ou qualquer outra coisa. Eu quero levar minha esposa para cama e então dormir.

O duque se inclinou para frente, se aproximando como um predador, atravessando as almofadas que os separavam até prendê-la entre seus braços largos e musculosos. Com um gesto rápido, ele puxou a coberta que Amelia segurava. Seus dedos longos seguraram a coxa dela bruscamente, marcando a pele dela através da camisola fina.

– Como seu esposo, eu tenho direito a algumas coisas.

– Sim. – O pulso dela se acelerou em sua garganta e ela engoliu em seco. – E certamente me diria algo sobre seu caráter se você as tomasse à força.

– Da mesma forma que eu a "forcei" a me abraçar no estúdio dos Beauvale?

O toque dele em sua perna ficou mais suave, mas ele não a soltou. Em vez disso, o duque começou a desenhar arcos provocantes com o dedão, acariciando o lado de dentro da coxa de Amelia. Sua pele queimava sob o toque.

– Você realmente deseja me conhecer, Amelia? – Quando falou, sua voz era firme, mas grave. Profundamente excitante.

Ela assentiu com a cabeça.

– Então saiba isso. – Ele levantou a mão da coxa dela e, com ela, traçou o desenho da clavícula com a ponta dos dedos, deslizando para tocar o decote da camisola dela. – Eu estive esperando para beijá-la o dia todo.

Só aquelas palavras já a deixaram sem ar. E então a boca dele tomou a sua em um beijo atordoante.

Amelia o beijou de volta, imprudentemente, sem vergonha alguma. Tola e cheia de paixão.

Esse era o paradoxo que a levara até aquela situação. Ela nunca concordaria em se casar com ele se não fossem os beijos. Todas as vezes que o duque falava, ele usava aquela boca larga e sensual para diminuí-la e insultá-la. Mas, quando os lábios dele encontravam os dela, o duque se transformava num homem diferente. Solícito e atencioso. Ele lhe dava respeito, nunca subjugando-a com sua força. Encorajava sua cooperação com as carícias gentis de sua língua.

E ele tornava fácil demais imaginar que havia algo além de pura luxúria atrás dos seus beijos.

Não pense sobre isso, Amelia disse a si mesma. Nas próprias palavras dele, essa era uma transação de negócios. A segurança dela pelo herdeiro.

Mas, quando o duque aprofundou o beijo, ela suspirou. Sua mão subiu para segurá-lo pelo pescoço.

Amelia deslizou seus dedos nus pelas curvas molhadas e luxuosas, e ele a recompensou com um gemido gutural que ecoou e cresceu nos lugares mais secretos de seu corpo. Seus seios doloridos. A fenda úmida entre suas pernas. Seu coração.

O duque poderia tomar todos eles com muita facilidade. Amelia se conhecia bem o suficiente para não ser tola ao ponto de achar o contrário. O sangue dela já pulsava, cheio de desejo por ele, com a força arrebatadora de um exército marchando para a guerra. Com o mínimo incentivo, seus afetos iriam, sem dúvida, segui-lo alegremente, como uma coitada de uma vila. Como a única mulher numa família de cinco irmãos, devoção irracional a homens que não mereciam vinham naturalmente para ela.

Ela percebeu a imensidão dos eventos do dia com toda a força. Ela se casara com um homem que era quase um desconhecido, dera autorização para que ele possuísse seu corpo, mas não tomara precaução alguma para proteger sua alma. Com um noivado de 27 horas, ela simplesmente não tivera tempo para se preparar. Para delinear os limites que a protegeriam desse acordo frio e impessoal que fizeram. *Dentro dessas fronteiras está o essencial de Amelia: você pode vir até aqui, mas não passar.*

– Amelia. – Ele suspirou o nome dela contra a sua orelha. – Eu preciso tê-la.

A dama começou a tremer, e um chorinho ficou preso em sua garganta.

O som o assustou, e ele se afastou, encarando intensamente a curva do ombro dela, onde sua pele estremecia sob seu toque.

– Você realmente está assustada.

– Sim – ela respondeu com honestidade. – Você me assusta.

– Maldição, eu não matei ninguém. Você não tem motivo para me temer.

– Ah, eu tenho, sim. Tenho todos os motivos.

E nenhum deles tinha a ver com a morte de Leo. Seus medos surgiram ali, no calor entre os dois e a emoção escondida nos olhos dele. Amelia ousaria colocá-los em palavras?

Estou com medo de imaginar que você sente coisas por mim que não sente de fato. Medo de querer demais, de precisar de você mais do que terá disponível para mim. Tenho medo de que haja mais em você do que suspeitei, mas que você nunca vá me deixar ver tudo. Que eu darei tudo o que tenho, mas não vai me dar nem algumas respostas em troca. E eu preciso de algum tempo, só um tempinho, para aprender como eu vou te oferecer meu corpo sem arriscar meu coração tolo e frágil.

– A ficha de Leo – ela sussurrou. – Quando for encontrada, eu saberei que você não tem culpa.

Os olhos do duque se endureceram, e ele puxou a mão.

– Muito bem. Enquanto os assassinos de Leo andarem livremente, eu não virei até você. Mas, assim que a ficha for recuperada e houver prova de minha inocência, não haverá mais atrasos. E, quando eu a tomar, eu a terei por inteiro. Tocarei você inteira e sentirei o seu gosto. Você não vai me negar nada.

Ela olhou para cima, paralisada com desejo e medo.

– Diga que sim, Amelia.

– Sim – ela conseguiu dizer. Que barganha com o diabo ela acabara de fechar.

Ele se levantou para sair do quarto. Amelia se deitou nos travesseiros e pressionou suas coxas uma na outra, tentando aliviar a dor doce e enlouquecedora em seu ventre.

Na porta, o duque parou.

– E, Amelia? Mesmo que eu tenha prometido não vir até você, não há nada para impedi-la de vir até mim. – Com um último olhar ardente, ele segurou a maçaneta. – A porta está destrancada caso precise de algo.

Capítulo 9

Os cascos de Juno dançaram enquanto Spencer subia na sela. Ele trocou um cumprimento com seu cavalariço. Estivera caminhando com a égua na maior parte da manhã, mas agora ela atingira o fim de sua paciência, assim como ele. Uma cavalgada longa e árdua era o que ambos precisavam. Haviam se afastado das carruagens nesta última etapa da viagem de um dia, e ele iria procurar acomodações numa estalagem.

Com o relinchado impaciente de Juno, o duque a incentivou a galopar. Quando a égua encontrou o ritmo, a brisa fresca soprou por seus cabelos, uma lufada refrescante naquela tarde quente. Spencer supunha que deveria estar prestando atenção no campo agradável ao seu redor, mas, em vez disso, ele só conseguia pensar em Amelia, na noite anterior. O dourado suave de seu cabelo solto, polido pela luz do fogo. O rosa sedutor das suas curvas, cobertas pela musselina fina.

Seus olhos azuis, claros e apavorados.

Que o diabo o carregasse! Aquele medo tinha sido como uma facada no peito. A coragem e a razoabilidade natural dela foram o que o atraíram à primeira vista. De sua provocação naquela valsa maldita ao beijo que exigira antes de aceitar o pedido em casamento, ela o enfurecia, intrigava e o excitava, tudo por se recusar a se sentir intimidada. Exatamente como Amelia dissera naquela manhã após a morte de Leo, na carruagem: quando estavam sozinhos, eram apenas uma mulher e um homem.

Não mais, evidentemente.

Agora, graças à sua estimada participação no Clube do Garanhão, eles eram uma mulher e um acusado de assassinato. Aquela manhã deveria ter sido uma satisfação, mas acabou com ele frustrado de todas as maneiras possíveis. Tudo porque Julian Bellamy tinha um ódio irracional pela aristocracia, Rhys St. Maur fora um jovem de temperamento beligerante e Leo Chatwick tivera o mau discernimento de andar sozinho em Whitechapel durante a noite. E, agora, Amelia o temia.

E então ela sugerira que, para remediar o problema, ambos se sentassem e conversassem, dentre todas as ideias femininas equivocadas. A esposa gostaria de submetê-lo à sua versão pessoal da Inquisição Espanhola, examinando seus pecados, suas falhas, sua história familiar e seus princípios morais.

Deus do céu! Ele não conseguia pensar em uma estratégia pior para conseguir a confiança dela. Como exatamente aquele interrogatório se sairia?

Muito bem, Amelia. Eu responderei às suas perguntas. Sim, minha infância no sul do Canadá foi selvagem, e eu desaparecia no mato por semanas com pessoas que você consideraria pagãos selvagens, o que atormentava meu pai sem limites. Sim, no meu primeiro ano na Inglaterra eu quase agredi Rhys St. Maur até a morte em Eton. Sim, eu destruí a fortuna do seu irmão em busca de um cavalo, por motivos que você vai achar inexplicáveis e imperdoáveis. Pronto, agora. Consegue ver como não sou o vilão?

Ah, ele se sairia de forma esplêndida!

E se Amelia pensou que ele discutiria os verdadeiros motivos para ele tirá-la daquele baile em *algum momento de sua vida...* ela podia esperar sentada. Havia uma vantagem indisputável em ser um duque, que era nunca se explicar para ninguém.

Aquilo não significava que os dois não poderiam se conhecer. Desde a valsa, o homem fora tomado por um desejo imenso de saber tudo sobre Amelia Claire d'Orsay. Inferno, ele se casara com ela em parte para garantir aquilo. Apenas não conseguia entender por que palavras precisavam estar envolvidas. Spencer queria conhecer sua esposa de dentro para fora, começando com a sua suave dobra feminina, explorando até a ponta dos seus dedos delicados, que ele descobrira na noite anterior serem cheios de calos que ela ganhara com o bordado.

Se fosse para se tornarem íntimos, Spencer não conseguia pensar em um início mais lógico do que se conhecerem no sentido bíblico, como Deus e a Natureza pretendiam.

Felizmente, ele tinha uma experiência considerável em se aproximar de criaturas desconfiadas, desfazendo o dano que outros homens tinham feito. Fazia quase duas décadas desde a primeira vez que domara seu primeiro mustangue e, em sua fazenda de cavalos, ele amansara incontáveis animais desde então – o mais notável deles sendo Juno, a égua que o carregava. O segredo era saber quando se afastar. Ele dava alguns minutos de carinho para um cavalo medroso, uma carícia atrás de uma orelha, um sussurro de encorajamento e um tapinha reconfortante. Nada muito ousado. Apenas atenção suficiente para fazê-lo querer mais. Assim que o cavalo começava a relaxar e a gostar do seu toque, Spencer se afastava. Na próxima vez que voltava para a baia, o cavalo que um dia estivera assustado iria se aproximar dele, animado e destemido. A técnica nunca falhava.

É claro que ele nunca havia aplicado em uma mulher antes. Ele nunca pretendera fazer algo do tipo. Sabia que alguns homens tinham um prazer perverso em conquistar uma amante relutante, mas não era desse tipo. Gostava que suas parceiras fossem só aquilo – parceiras. Cheias de desejo, participando ativamente e cientes de si mesmas. Queria Amelia não só porque ela tinha a virtude e a linhagem que exigia numa esposa, mas também porque a moça preenchia seus requerimentos para uma amante. Quando ele a beijava, ela respondia com uma paixão instintiva e inventiva que o deixava fraco.

Até aquelas acusações malditas plantarem dúvidas na mente dela, e então Amelia tremera. Não de prazer, mas de medo. Ah, Spencer poderia tê-la convencido a consumar o casamento se quisesse, mas ela o desprezaria ainda mais e ele também não gostaria tanto de si mesmo.

Ele a conquistaria. Poderia demorar alguns dias – tempo que ele realmente não queria perder –, mas ele era um homem disciplinado. Com jogos de cartas, cavalos e negociações... sabia como ser paciente quando a situação exigia e como obter a resposta que desejava. No fim daquela semana, sua esposa viria até ele de bom grado, ansiosa para ir para a cama.

A chave era saber quando se afastar.

Amelia analisou o quarto que Spencer arranjara, se é que aquela acomodação poderia ser chamada de "quarto". A melhor suíte da pousada consistia num pequeno quarto e numa antessala ainda menor. A antessala tinha uma mesa, duas cadeiras e um colchão, provavelmente destinada a serviçais. No entanto, tanto seus baús quanto os de Spencer foram carregados até a suíte, então supôs que ele iria se juntar a ela.

O que o duque pretendia fazer então, ela tinha medo de imaginar.

Uma das garotas da pousada trouxera uma bandeja com o jantar. Depois de um dia difícil de viagem de carruagem, o mero cheiro da carne cozida fez o estômago de Amelia se revirar. Ela conseguiu engolir um pouco de chá e de pão. Seu próximo pensamento foi o de se despir rapidamente e entrar na cama antes de o duque retornar. Com certeza, ele não a perturbaria se ela já estivesse dormindo. Só para garantir, ela colocaria o seu baú para prender a porta.

No entanto, antes que ela pudesse agir, a porta abriu com um ruído e lá veio o duque. Ele quase teve que se dobrar ao meio para evitar bater a cabeça na soleira da porta, e, com a adição de sua presença imponente, o "quarto" ficou ainda menor.

Um pequeno aceno foi o único cumprimento que veio dele. E, como ele a flagrara enquanto Amelia bebia chá, sua resposta foi engolir com um som alto.

Céus, ele era tão bonito! Ela não entendia, mas de alguma maneira tinha se esquecido de como ele era bonito nos momentos em que ficaram separados. Todas as vezes que ela o reencontrava, a beleza dele a espantava novamente com uma força renovada.

Esse homem é meu *marido*.
Esse homem é *meu* marido.

A novidade deveria passar em algum momento ou, ao menos, ela aprenderia a se ajustar com maior rapidez; assim, toda vez que se cruzassem pelos corredores, ela não ficaria ali apenas parada, de boca aberta parecendo uma idiota.

Do jeito que estava fazendo naquele momento.

Ele removeu o casaco, desfez o punho da camisa e dobrou as mangas antes de ensaboar as mãos no pequeno lavatório. O duque realmente era autossuficiente para um homem de sua estatura. Amelia deduziu que ele provavelmente não crescera com um valete.

– Você não precisa sentar comigo se preferir ficar lá embaixo – ela falou, nervosa. Homens não preferiam ficar numa taverna, bebendo e farreando?

– Você acha que eu a deixaria sozinha numa hospedaria pública? – Ele lançou um olhar de descrença para ela. – Sem chance. Esse é um dos melhores estabelecimentos, mas ainda assim... – O duque balançou a cabeça. – De qualquer maneira, cervejarias cheias não são minha opção favorita para uma noite agradável.

– Por que paramos numa hospedaria? Cambridgeshire não é tão longe. Não poderíamos continuar até chegar em sua propriedade?

– Dividir a jornada cria um ritmo melhor para os cavalos.

Bem, certamente, ela pensou consigo mesma, amarga. *Deus nos proteja se botarmos a conveniência humana na frente do conforto dos cavalos.*

Ele começou a desabotoar seu colete. Até onde pretendia se despir na frente dela?

– Bem, estou um tanto cansada. Acho que vou me retirar mais cedo. – Ela se levantou da cadeira.

– Excelente ideia. – Para o desalento de Amelia, ele também se levantou.

Certamente ele não estava querendo dizer que iria dormir *com* ela. Aquele homem não prometera deixá-la em paz?

– Pensando melhor, eu não estou com sono agora. Acho que vou trabalhar no meu bordado.

Amelia foi para seu menor baú e desfez as amarras, sabendo que sua cesta de bordado estava bem em cima. Imaginou sentir o olhar dele em seu traseiro quando ela se inclinou para pegar suas coisas e se ajeitou tão rápido que todo o sangue desceu da sua cabeça.

Ela tropeçou, e o duque a segurou pelo cotovelo para firmá-la. Seu toque firme e excitante não ajudava em nada enquanto Amelia tentava reorganizar a mente. Maldita fosse essa paixonite desgraçada que a fazia ficar tão desconcertada todas as vezes que ficava perto demais do cheiro quente e masculino dele. Fazia com que ela quisesse se jogar nos braços do marido, sem se importar que ele fosse um assassino ou o próprio diabo.

Estava acostumada a ficar perto de homens fortes e protetores – seus irmãos – e de ser abraçada e confortada por eles. Agora ela estava a milhas de todos eles: com saudade de casa e exausta, e precisando muito de um abraço. Amelia percebeu que o duque era sua única fonte potencial de abraços masculinos fortes e envolventes por perto, e aquele pensamento a deixou bem triste. Por um momento, a moça teve uma impressão forte de que ele a levaria para a cama naquela noite se ela lhe desse o mínimo de encorajamento, então soube que nunca poderia pedir por um abraço.

Amelia se encolheu pensando na resposta dele se ela ousasse pedir. Ele provavelmente nem saberia como fazer aquilo.

O duque a soltou enquanto ela voltou a sentar-se na cadeira. Aproximando-se da luz, Amelia se ocupou em arrumar a linha, o tecido e a tesoura.

– Qual é seu costume noturno, Vossa Graça? Você mantém a rotina do campo?

– Eu tenho minha própria rotina, onde quer que esteja. Eu, em geral, me recolho perto da meia-noite.

A palavra "meia-noite" a fez se arrepiar.

– E até essa hora?

– Até essa hora? – O olhar dele capturou o dela com um toque de humor seco em suas profundezas envolventes. – Você quer dizer, na ausência de outras atividades noturnas? – Ele parou, dando a ela tempo suficiente para preencher a lacuna com outras atividades extremamente noturnas. – Quando não estou planejando meu próximo ato de traição?

O duque se inclinou na direção dela, e o calor queimou a pele de Amelia.

– Eu leio – ele falou finalmente, a voz grave.

Ela o encarou, incapaz de responder qualquer coisa.

– Livros – ele adicionou, como se precisasse explicar.

– Ah – ela respondeu, como se realmente fosse estúpida o suficiente para precisar de uma explicação.

Ele abriu uma pequena valise, que se revelou cheia de livros de todos os tamanhos e encadernações. A visão causou uma dorzinha súbita em seu peito.

– Nossa – ela notou. – Você deve ser um grande leitor.

– Sempre que estou em Londres, aproveito a oportunidade de adicionar obras à minha biblioteca pessoal. – Ele tirou alguns livros e os virou, lendo as laterais. – Eu não fui para a universidade, veja bem. A leitura extensiva foi minha única educação.

– Você não quis ir para a universidade?

– Não exatamente. E, mesmo se eu quisesse, meu tio achou melhor não me enviar.

– Pelo que aconteceu em Eton? Quando foi castigado pela briga com Lorde Ashworth? – Ela estava tentando adivinhar, mas parecia a explicação lógica para ambos os rumores que ouvira e a tensão estranha que ela observara entre os homens.

O duque lhe lançou um olhar longo e penetrante. Bem, ali estava a resposta de uma de suas perguntas.

– Porque... – ele falou friamente, selecionando um livro e guardando os outros. – A saúde de meu tio já estava precária, e eu era seu herdeiro. A administração de propriedades era mais urgente do que aprender latim ou matemática. E continuei meus estudos de forma independente.

– Ah. Sim, é desse jeito para muitos de nós.

Ele franziu a testa, confuso.

– Ah, não quero dizer *nós*, como eu e você. – Olhando para o buraco da agulha, ela colocou uma linha azul. – Eu quero dizer que é assim para várias de nós, mulheres. – Ela bateu uma mão contra o peito. – Não vamos para a universidade, também, mas várias buscam melhorar a própria mente através dos livros.

Ficou claro que o duque não tinha a mínima ideia de como reagir àquela comparação. Franzindo ainda mais a testa, ele se sentou com o livro. Amelia sorriu para seus pontos, sentindo-se muito feliz consigo mesma.

– O que você está lendo? – ela perguntou, achando-se ousada e um tanto coquete.

Ele segurou o livro para que ela pudesse ler.

– *Waverley?* Achei que você se considerava um grande leitor. Vossa Graça deve ser a última pessoa da Inglaterra a ler esse livro.

– Não sou. Já li mais de uma vez. – Ele folheou as páginas. – Não tenho concentração para filosofia ou alemão hoje.

Amelia ficou em silêncio por um instante para se focar em endireitar os pontos. Depois de um tempo, ela falou:

– *Waverley.* Preciso dizer que estou surpresa em saber que é um dos seus favoritos.

– Não consigo entender por quê. Como você bem observou, é um livro popular.

– Ah, sim. – Ela lhe lançou um olhar recatado. – Mas é um romance de amor.

– Não é não. – Spencer levantou o livro encadernado em verde a um braço de distância e o encarou, como se ela tivesse acabado de dizer que ele era um abacaxi. – É um romance histórico sobre a revolta escocesa. Tem batalhas.

– Tem um triângulo amoroso.

Ele bufou, ofendido.

– Escuta aqui, será que eu posso ler este negócio em paz?

Amelia prendeu uma risada e se forçou a ficar quieta e bordar. Ela logo se perdeu no trabalho – no ritmo preciso e conhecido dos pontos, a seleção cuidadosa das cores dos fios. O cômodo ficou quieto, exceto pelo crepitar baixinho da lareira e o som de uma página sendo virada ocasionalmente. Enquanto ela trabalhava, o sono aumentava. Quando sentiu que seus pontos estavam cada vez menos retos, a moça deu um nó no último fio azul e o cortou antes de virar o quadrado para cima e inspecionar seu trabalho.

– Como conseguiu fazer isso? – Spencer perguntou, se inclinando em cima do braço dela para indicar o canto mais à direita do tecido.

Surpresa com a proximidade súbita, Amelia saltou em sua cadeira. Quando ele se movera para o lado dela? Há quanto tempo estava olhando por cima de seu ombro?

— Bem aqui – ele disse, apontando para o pequeno riacho que ela bordara, caindo por um vale. – Parece água de verdade. Como conseguiu isso?

— Ah, isso. – Uma pontada de orgulho escorregou para sua voz. Ela estava realmente feliz com aquele pedaço. – São pedaços bem finos de fita em diferentes tons de azul, penteados com uma linha prata. Eu giro a agulha conforme costuro e, dessa forma, cada ponto captura a luz de um modo diferente, da mesma forma que a luz do sol dança num córrego caudaloso.

Ele não falou nada. Provavelmente não estava tão interessado assim ao ponto de querer uma aula de costura. Mas, bem, ele que havia perguntado.

Porém, quanto mais o duque a encarava silenciosamente por cima do ombro, mais autoconsciente ela ficava.

— Eu ia transformar numa almofada para sofá, ou talvez usar como o centro de uma capa para cadeira.

Ela mexeu o tecido de um lado para o outro, analisando a sua arte de vários ângulos diferentes. Talvez pudesse emoldurá-la com pedaços de veludo e usar para um travesseiro maior, ou...

— Uma almofada? – ele falou de forma abrupta, pronunciando a palavra como se queimasse sua língua. – Que ideia abominável.

Amelia piscou. *Abominável?*

— P-por quê? – ela gaguejou, surpresa. – Eu vou manter no meu quarto se você não gosta. Não precisa olhar para ela.

— Definitivamente não. Isso... – ele apontou para o bordado dela. – Nunca vai enfeitar uma cadeira ou um sofá na minha casa.

— Mas...

— Me dê aqui.

Antes que pudesse protestar, Spencer tirou o tecido da mão dela, abriu sua valise novamente e o colocou ali dentro antes de fechá-lo com um movimento decisivo. A ousadia do homem! Em vez de discutir, Amelia rapidamente guardou o resto de suas agulhas e linhas, preocupada que Vossa Graça pudesse decidir jogar suas coisas no fogo. Ela poderia pegar o bordado de volta depois, assim ela esperava.

— Chega de ler e bordar. Nós vamos jogar cartas – ele disse, tirando um baralho e sentando-se. – *Piquet*.

Ele dividiu o baralho ao meio, embaralhando as cartas. Seus dedos se moviam tão rapidamente que se confundiam com as cartas em um borrão colorido. O efeito era fascinante e ligeiramente erótico.

Spencer percebeu que ela o olhava e arqueou uma sobrancelha, em uma pergunta.

– Você é bem habilidoso nisso.

– Eu sou bom com as mãos. – Ele deu de ombros.

O duque era de fato bom com as mãos, mas Amelia já sabia daquilo. Ela se lembrava, com uma claridade quase dolorosa, do lampejo de desejo que sentira quando ele tirara as luvas no escritório de Laurent. Lembrava-se da forma com que aqueles dedos fortes haviam tirado os grampos de seu cabelo e então virado seu rosto para que ela recebesse seu beijo. E, alguns momentos depois, apertara seu traseiro, trazendo o corpo dela para mais perto...

TUM. Ele bateu o baralho contra a mesa para endireitar os cantos, fazendo-a se sobressaltar.

– Talvez uma partida só – ela disse.

– Você sabe como jogar *piquet*? – ele perguntou, começando a distribuir as cartas.

– Sim, é claro. Embora eu não possa afirmar que sou uma especialista.

– Espero que não. Se fosse, você deveria ter ensinado a seu irmão uma estratégia melhor.

A raiva de Amelia aumentou com a menção a Jack e sua dívida de jogo, afastando qualquer fadiga que restava.

– Eu achei que vocês haviam jogado *brag*.

– Foi, sim, na noite que ele perdeu as quatrocentas libras. – Ele juntou as cartas.

– Então não foi só uma vez? Vocês jogaram juntos várias vezes? – Ela o imitou e começou a organizá-las em sua mão.

– Não diria várias. Apenas algumas situações espaçadas. – Ele selecionou quatro cartas de sua mão e as descartou.

Ela trocou três delas. Spencer declarou imediatamente que sua pontuação era 41, sinalizando que segurava uma das cartadas mais fortes possíveis no *piquet*.

– Porcaria... – ela murmurou.

– Vejo que não gosta de perder que nem seu irmão.

– Ninguém gosta de perder.

Quando se tratava de jogos e esportes, Amelia tinha mesmo uma veia competitiva. Perder sempre a deixava com um humor horrível. Logo, ela ficou cada vez mais irritadiça conforme a partida avançava, porque Spencer, depois de conseguir uma vantagem insuperável na conta de pontos, começou a usar todo tipo de truque. Mas não era só perder que a deixava frustrada. Não, era todo o resto que perdera por causa daquele homem. Se não fosse pela obsessão equina do duque e a sorte no carteado, ela poderia estar fazendo sua mala para o verão em Briarbank numa hora como aquela. E Jack a acompanharia.

Uma vez que a derrota estava confirmada – confirmada e sublinhada –, Amelia juntou as cartas silenciosamente e começou a embaralhá-las de novo.

– Achei que só queria jogar uma partida – ele disse, secamente.

Amelia não gastou palavras com ele, apenas lhe lançou um olhar afiado. Como se o orgulho dela não permitisse que fosse embora depois da lavada que levara.

– Você deveria ter descartado o valete de copas – ele lhe disse enquanto ela distribuía as cartas. – Não busque colecionar as cartas, vise ganhar os truques.

Descartar o valete, de fato.

Mas, apesar de odiar aceitar conselhos, Amelia os seguiu. Mais uma vez, tinha dois valetes na mão, e desta vez ela descartou ambos para pegar um rei em troca. Spencer ainda vencera a partida, para seu desgosto, mas com muito menos vantagem.

– Melhor – ele disse, enquanto juntava as cartas para a sua vez de embaralhar. – Mas, da próxima vez, comece com seu ás.

E assim foi, por várias partidas. Ela cobriu a diferença entre eles devagar, se aproximando cada vez mais da vitória, mas todas as vezes ainda perdendo por pouco. Depois de cada distribuição, o duque lhe sugeria mais uma estratégia, que Amelia incorporava de forma relutante em seu jogo. Por fim, numa das vezes que Spencer distribuía as cartas, Amelia pegou uma mão muito sortuda, incluindo dois ases e um sete. Ficou em silêncio para reunir todo o seu poder de concentração e descartou de forma estratégica, jogando suas cartas na sequência mais vantajosa, teve um raio de sorte quando ele não tinha nenhum rei vermelho... e venceu.

– Eu ganhei – ela falou, encarando com descrença as cartas na mesa.

– Sim, só esta vez.

– Veja enquanto faço de novo. – Ela sorriu e esticou a mão para juntar as cartas para a sua vez de distribuir, mas ele colocou uma mão em cima da dela e a prendeu contra a mesa.

– Quer deixar mais interessante?

A mão de Spencer era pesada em cima da dela, e quente. O coração de Amelia se acelerou.

– Você quer dizer fazer apostas?

Ele assentiu.

– Quatrocentas libras – ela falou de forma impulsiva. Se pudesse ganhar o dinheiro e pagar a dívida de Jack, seu irmão não precisaria mais evitar Spencer. Talvez pudesse até vir para Braxton Hall para férias estendidas e sadias no campo, longe dos seus amigos vagabundos de Londres.

— Muito bem. Se você ganhar, eu te pago quatrocentas libras. — Ele soltou a mão dela. — E, se eu ganhar, você vai se sentar no meu colo e abaixar seu corpete.

Meu Deus! As mãos de Amelia se fecharam em punhos, uma ainda na mesa, a outra no colo.

— Eu... Desculpa?

— Você me ouviu. Se eu ganhar esta partida, você vem se sentar no meu colo, abaixar seu corpete e me mostrar seus seios.

— E então o que você vai fazer?

Ele arqueou uma de suas sobrancelhas escuras como um sinal claro de sua intenção.

— O que eu desejar.

A mente de Amelia girou. Ousaria aceitar aquela aposta? A sorte estava contra ela. Ele claramente era um jogador melhor, apesar dos ganhos dela na última hora e de sua vitória pífia. Mas a moça queria pagar a dívida de Jack sozinha.

Mais do que aquilo, ela queria superar Spencer no próprio jogo e ver aquele olhar de soberba desaparecer de seu rosto barbeado.

Mas outra parte dela — uma parte quente, cheia de desejo e profundamente feminina — perversamente desejava perder. Desejava sentar-se no colo dele, tirar o vestido e sentir suas mãos fortes e esculpidas envolvendo seus seios nus. E aquilo deveria ser o maior argumento para ela se levantar e ir embora naquele mesmo instante.

— Você vai continuar vestido? — ela perguntou. Era uma tola.

— Mas é claro.

— Deve haver um limite.

Ele assentiu.

— Vinte e cinco minutos.

— Cinco minutos.

— Dez. — Ele tirou o relógio do bolso do colete e o colocou na mesa.

Amelia abriu as mãos e correu uma mão suada pelas saias antes de buscar as cartas.

— Fechado.

Com os dedos trêmulos, Amelia começou a juntar as cartas. A pequena pilha de descarte do duque estava espalhada para um lado, e, por isso, a moça a pegou por último e a adicionou no fundo da pilha. Conforme ela partia o baralho ao meio para embaralhar, a carta que viu lhe deixou sobressaltada.

O ás de espadas.

Escondendo sua surpresa rapidamente, Amelia dividiu as cartas e as embaralhou vigorosamente. O duque descartara o ás de espadas. Não fazia sentido. Ninguém descartava um ás no *piquet*. Só havia uma forma de compreender aquilo.

Ele se sabotara e permitira que ela vencesse. Amelia achou que estava ganhando dele em habilidade, melhorando até chegar ao nível do marido. Mas, na realidade, ele estava controlando o jogo de ambos desde o início, manipulando os resultados. E agora...

Ela olhou para cima, e o intenso olhar do duque, que estava cheio de desejo, capturou o dela.

Agora Amelia tinha sido jogada diretamente para onde ele queria.

Com uma estranha sensação no peito dividindo partes iguais de receio e de antecipação, Amelia distribuiu as cartas. Ela jogou o melhor que podia. E perdeu feio.

Nunca tivera uma chance.

– Um lance de sorte – ele disse.

Em questão de segundos, Spencer havia guardado o baralho e colocado a mesa para o lado, e então dera tapinhas no próprio joelho. Era próximo suficiente ao gesto que alguém faria para chamar um cachorro para ser desconfortável.

Amelia não precisava obedecer. Ele não poderia fazer nenhuma reinvindicação de honra, quando conseguira a aposta com um truque.

Ah, mas ela queria...

Ela *desejava*.

– Dez minutos – ele falou. – Não mais que isso. Sou um homem de palavra, lembra? Então venha cá.

Ele esticou a mão para ela em um gesto quase galante.

E Amelia aceitou. Ansiava por aprender a aproveitar a paixão física sem arriscar seu coração. Aquela não era a oportunidade perfeita? Eram só dez minutos.

Ela se levantou da cadeira e cruzou a curta distância até a cadeira onde ele estava sentado antes de se virar de lado e empoleirar-se nos joelhos do duque.

– Não assim – Spencer falou, impaciente. Segurando-a pelos quadris, ele a levantou e ficou quase de pé, reposicionando ambos quando voltou a se sentar.

Amelia descobriu, com certo horror, que estava montada no colo dele. O tecido grosso de suas saias se amassava entre eles.

– Muito melhor – Spencer falou, ainda segurando-a pelos quadris com suas mãos grandes e fortes. Ele arqueou as sobrancelhas em expectativa. – Você se lembra da pena. Abaixe o corpete.

– Sozinha? Mas os botões...

– Ouso dizer que você consegue dar um jeito neles.

Para o inferno com aquele homem, ele estava certo. Uma dama não crescia numa família nobre empobrecida como os d'Orsay sem aprender a desfazer os próprios botões. Ela levantou lentamente os braços e os dobrou, buscando o botão mais alto nas suas costas, bem abaixo da nuca.

Spencer apertou os quadris dela com mais força e soltou um gemido suave.

Bastou apenas uma olhadela rápida para entender o motivo. Com os braços levantados daquela forma, o corpete havia ficado apertado ao mesmo tempo em que os seios dela se levantaram, quase transbordando do decote.

Os olhos dele se fixaram na parte desnuda de seus seios e Amelia se sentiu extremamente saliente. Os dedos dela estremeceram quando soltaram o primeiro botão. Depois outro e mais outro. Quando chegou ao quarto botão, seu peito se levantava e abaixava rapidamente por causa da respiração nervosa, e a do duque havia atingido uma rouquidão audível. Ela parou, incapaz de alcançar o quinto botão.

– Mais – ele sussurrou, rouco. O desejo estava óbvio em sua voz. – Continue.

Amelia abaixou os braços lentamente e os dobrou nas costas, unindo as escápulas e esticando os dedos para alcançar o vale entre elas. Spencer ficou ofegante outra vez. Se a postura anterior havia exibido os seios de Amelia, esta praticamente os oferecia numa bandeja. O rosto dele estava a centímetros do decote que transbordava quando ela desfez o quinto e o sexto botão. Apesar do seu vestido estar folgado, o seu espartilho apertado mantinha os seios redondos e atrevidos.

Sete. Oito.

Quantos botões tinha aquele corpete? Dez? Doze? Mesmo que fossem vinte, não seria o suficiente. Ela amava a forma como o duque a olhava e o poder que exercia sobre ele conforme se despia. Amelia não se sentia mais saliente, ela se sentia erótica, sensual e lasciva... e alguém completamente diferente, porque aquelas certamente não eram palavras que se aplicavam a Lady d'Orsay.

Mas ela não era mais Lady Amelia d'Orsay, era? Ela era Amelia Dumarque, a Duquesa de Morland.

Ela era a esposa daquele homem à sua frente.

Quando os dedos da moça chegaram ao meio das costas, o corpete começou a cair de seu corpo. As pupilas de Spencer se dilataram com a antecipação.

Com um pequeno gesto, ela desprendeu uma manga da posição precária que mantinha em seu ombro. O tecido deslizou, levando metade do corpete com ele. Amelia soltou aquele braço e desnudou o outro. Um *chemise* e o espartilho ainda a cobriam, mas ela nunca se sentiu tão nua. Incerta do que fazer com as mãos, deixou-as pender ao seu lado.

Com um prazer possessivo, os olhos de Spencer investigaram cada curva de seu corpo. O suor formava gotículas no vale entre os seios de Amelia, e o cômodo estava denso com o remanescente do calor da tarde, e mesmo se não estivesse... a apreciação ousada a esquentava de dentro para fora. Nenhum homem a tinha olhado daquela maneira. Ah, o Sr. Poste certamente a olhara e uma quantia razoável de homens além dele. Quando usava o decote certo, seu colo nunca falhava em atrair a atenção masculina. Infelizmente, nenhum dos outros atributos de Amelia chamava alguma atenção além daquele olhar breve e cobiçoso.

O duque a olhava de forma diferente, no entanto. Não era malicioso, mas apreciativo. Havia mais do que a mera admiração em seu olhar. Havia planejamento bem pensado e estratégia inteligente. Os olhos de Spencer desenhavam arcos em cima da transparência de seu *chemise*, como se estivesse mapeando cada possibilidade de aproximação.

Ser o alvo de uma estratégia era uma sensação incrível. Como seria a sensação de ser desejada por esse homem com uma fração da determinação e dos recursos que ele empenhara para ter aquele maldito garanhão? O calor a consumiu com aquela ideia e ela sentiu-se derreter entre as pernas.

– Meu Deus – ele a segurou com mais força pela cintura e a puxou para frente, levantando as saias dela, trazendo os quadris dela em contato com os dele de forma súbita e surpreendente.

Amelia arfou. Estava óbvio que homens não se derretiam entre as pernas. Pelo contrário, eles cresciam e endureciam de forma exigente. Em resposta, o corpo dela se suavizou ainda mais.

– Seu espartilho – ele grunhiu. – Tire-o.

Sem ar, ela balançou a cabeça.

– Só o corpete. Foi essa a aposta.

Com um gemido, Spencer a soltou. Amelia fechou os olhos, subitamente amedrontada. Não estava com medo de tê-lo irritado, mas de que aquele momento acabasse.

Um toque suave roçou a mão de Amelia que estava solta ao seu lado. Logo a sensação se ecoou na outra mão – não só combinando, mas multiplicada. Spencer a acariciava suavemente nas costas das mãos, nas palmas sensíveis e na pele delicada de seu pulso. Amelia queria gemer. O toque dele era doce, insuportavelmente doce.

Lenta e gentilmente, com um cuidado excruciante, os dedos de Spencer subiram pelos braços dela, se demorando na curva de seu cotovelo e deslizando pela extensão da parte de cima de seu braço. Ele acariciou as planícies expostas logo abaixo da nuca, e ela estremeceu de prazer quando as pontas dos dedos do duque subiram por sua espinha e traçaram a curva dos ossos da sua clavícula. Ele desceu um único dedo no vale suave do decote dela, e o tirou tão rápido quanto o colocou.

Amelia sentiu Spencer se mover, diminuindo o espaço entre eles. A respiração dele aqueceu o pescoço dela e, logo depois, os lábios dele se pressionaram contra seu pulso.

Ela abriu os olhos. Se ele estava beijando seu pescoço, Spencer não podia ver para onde ela olhava... e, naquele cenário, Amelia queria ver tudo. Quando ele mordiscou levemente o queixo dela, a moça estudou o papel de parede descascando com concentração. *Isto é real*, falou para si mesma. *O Duque de Morland está provando meu pescoço como se fosse a fruta mais deliciosa e suculenta fora do Jardim do Éden, e tudo é real. Aqui está o papel de parede para me provar.*

Segurando-a pelos ombros, Spencer lhe deu um colar de beijos – beijos que ficavam cada vez mais famintos e vorazes. Ao alcançar o outro lado do pescoço de Amelia, ele roçava os dentes contra a pele dela.

E então ele realmente a mordeu. Com gentileza, mas ainda assim a surpreendendo.

– *Shhh* – ele a acalmou, lambendo sua orelha. – Eu quero fazer isso desde aquela maldita valsa. – Antes que ela pudesse pensar em uma resposta, o duque acrescentou: – Isto aqui também.

As mãos dele envolveram os seios de Amelia, com cobiça e posse. Ele os acariciou e os apertou, os dedos se moldando ao bojo macio do espartilho dela. Então, Spencer apoiou a testa no ombro da esposa, soltou um suspiro cheio de luxúria e enfiou os dedos largos na bainha do *chemise*, curvando-os abaixo dos seios dela e os levantando, libertando-os de forma quase explosiva.

– Meu Deus, sim. – Spencer se reclinou, segurando os seios dela para admirá-los. Os mamilos de Amelia se contraíram em picos rígidos, e ela sentiu vontade de fechar os olhos novamente, mas não conseguia.

Um dedo dele cobriu a pequena sarda na curva interna do seio esquerdo.

– Só ela – ele falou suavemente e traçou um caminho com o dedo até a aréola, desenhando um círculo largo ao redor dela. – E é acastanhado, como uma especiaria.

Isso é real. O Duque de Morland está olhando para meu seio nu com uma luxúria crua e absoluta, e aqui estão seus olhos escuros e inabaláveis para provar.

Se Amelia precisava de mais alguma evidência do desejo dele, ela pulsava de forma quente contra seu centro. Um prazer esplendoroso a tomou. Então o dedão dele passou pelo mamilo endurecido dela e a moça pensou que explodiria.

Spencer uniu os seios dela e se inclinou para afundar o rosto neles, encostando o nariz em cada lado por vez e então dando lambidas provocativas no osso de seu peito. Então ele se afastou e tomou o mamilo esquerdo dela nos lábios.

Amelia não conseguiria se conter nem um segundo a mais. Ela gemeu. Mas, felizmente, ele também, então não foi tão embaraçoso.

Lamentando entre dentes, ela levou uma mão à cabeça dele, passando os dedos em seus cachos suaves enquanto Spencer a chupava e lambia. Ele mudou sua atenção para o outro seio, e as sensações recomeçaram – primeiro, cortantes e aguçadas, e então doces, sombrias e profundas. Sem sequer pensar no que fazia, Amelia roçou os quadris contra os dele, se esfregando contra a excitação do duque.

– Isso – ele falou, se afastando do seio dela e beijando o caminho até o pescoço dela. Spencer deslizou as mãos para os quadris de Amelia, e a moveu contra ele mais uma vez. E mais outra. Alimentando o prazer dela até um nível quase insuportável.

– Isso. – Ele estava ofegante contra o nariz dela. – É assim que eu te queria, naquela manhã na carruagem. Desse jeitinho.

De verdade? Naquela manhã em que brigaram na carruagem, o duque tinha imaginado os dois fazendo *aquilo*? Ele a arrastou contra a sua rigidez mais uma vez, lançando uma nova onda de prazer por ela.

Os lábios dela se abriram e o nome dele escapou junto com sua respiração. Um pedido desesperado por misericórdia, mas que ele entendeu como um incentivo.

– Amelia. – Ele apertou os quadris dela com mais força, o nariz contra a orelha da mulher. – Meu Deus, nós vamos ser bons juntos. Eu soube desde o início.

Não, não. Que palavras perigosas. Ela tentou bloqueá-las, mas suas defesas fraquejaram e, por um momento, Amelia se deixou imaginar como seria se houvesse mais do que luxúria entre os dois. Em seus ouvidos, as palavras dele ecoavam e a alteravam, se moldando a todas as suas fantasias de infância e sonhos românticos. *Nós vamos ser bons juntos. Eu soube desde o início. Eu soube que era você desde o início. Meu Deus, Amelia. Eu te amei desde o início.* O desejo tolo e inútil por afeição borbulhava no sangue dela e deixava o vale entre suas pernas em chamas. E o coração...

Amelia não achava que seu coração aguentaria se ele falasse novamente, então o beijou, partindo de um sentimento de autopreservação. Mas que erro tolo. As emoções que se libertaram quando sua boca encontrou a dele... ah, eram mil vezes piores. O gosto dele era familiar demais agora. Spencer explorou a boca dela com afinco e tudo era tão insuportavelmente íntimo que a fazia sentir uma dorzinha no peito. Ela separou o beijo, querendo se afastar de vez.

Mas então as mãos dele estavam em seus seios outra vez e a boca em seu mamilo... O prazer afogou a sua última tentativa de resistência. Ela estava perdida. Os seus quadris se moviam sozinhos, roçando contra ele em um ritmo constante.

Uma sensação quente aumentou entre as coxas dela, se espalhando de forma incrível por seu corpo. E Amelia ainda queria mais. Nunca imaginara que poderia ter prazer tão fácil assim – praticamente vestida, seu corpo ainda não conectado ao toque áspero e masculino dele. Mas, ah, estava muito perto. Tão perto. Aquele pináculo brilhante de deleite estava quase ao seu alcance e ela estava se aproximando dele. Subindo, subindo...

Ploft.

Ela caiu de volta para a realidade.

Spencer a levantou pela cintura, quebrando de forma abrupta o contato entre seus ventres.

– Chega – ele falou com a voz áspera.

Chega? Amelia consultou o próprio corpo. Não. Não, definitivamente ela não *chegara* a lugar nenhum.

Afastando-a mais para longe, ele se ajeitou na cadeira.

– Dez minutos. – Com as faces vermelhas, ele apontou para o relógio com a cabeça. – Acabou. A aposta foi paga.

Ele estava maluco? Talvez os dez minutos houvessem passado, mas Amelia não estava nem um pouco satisfeita. Nem ele, julgando pela forma como sua calça estava apertada.

Mesmo assim, Spencer se levantou da cadeira e a carregou até o quarto, soltando-a abruptamente. Ele recuou, deixando vários passos de distância e, entre eles, a porta que conectava os cômodos.

– Vá dormir, Amelia.

Cambaleante, ela se apoiou na cabeceira da cama. Todo o corpo dela parecia um manjar branco, macio e trêmulo. E ela desejava... ah, desejava estar completa. Ele com certeza sabia o quanto ela ficara excitada, pelo jeito que o cavalgara libertinamente. Minha nossa, pelos *sons* que ela fizera. Ele havia derrubado qualquer resistência com seus toques sedutores e aquela boca quente e imoral. Presa naquela névoa de luxúria, Amelia teria oferecido sua virtude facilmente.

– Nós concordamos que seriam dez minutos – ele disse, se virando para fazer ajustes discretos na braguilha de sua calça. – E eu prometi.

Era para ela acreditar que ele estava sendo honrado? Do momento em que Spencer tirara aquele baralho, ele a atraíra direto para suas garras. E agora estava indo embora, deixando-a frustrada, trêmula e cheia de desejo não resolvido.

– Você precisa de ajuda com suas roupas? – ele perguntou.

Ela balançou a cabeça, atordoada.

– Boa noite então. – Ele começou a fechar a porta que conectava os cômodos e então parou, lançando um olhar enigmático. – Eu estou bem aqui se precisar de alguma coisa.

Capítulo 10

Sozinho na antessala, Spencer abriu sua garrafa com os dedos trêmulos. Ele a virou e o gole desceu queimando. Então a virou mais uma vez.

Seus movimentos estavam trêmulos e agitados, e ele se despiu até ficar apenas de colete. Abriu uma mala, tirou um conjunto de lençóis limpos e os abriu para cobrir o colchão estreito. Como se fosse conseguir dormir.

Caminhou até a mesa para acender uma vela nova. Quando seus dedos se recusaram a operar a pederneira apropriadamente, ele jogou o maldito objeto para longe. Spencer xingou baixinho no cômodo escurecido e abriu os botões da sua braguilha, puxou a camisa e parou de adiar o inevitável. Com uma mão apoiada na mesa, ele libertou sua ereção dolorida com a outra. Ele ainda estava duro como pedra e pronto para se livrar daquilo.

Minha nossa!

Os seios de Amelia. Os quadris. A boca da esposa na sua, a pele macia e o calor. Os pequenos gemidos de prazer, o som do nome dele saindo dos lábios dela. O gosto da pele de Amelia. Os seios novamente, porque eles mereciam destaque, e aqueles mamilos... a mulher tinha os mamilos mais atrevidos e deliciosos que ele já vira, tocara ou provara. E a expressão que fez quando ele a carregara até o quarto. Aturdida e bagunçada. Seminua e completamente excitada. Ela estava lá, naquele instante, na cama. Ele poderia se juntar a ela. Poderia tê-la sob si, ao seu redor, segurando-o com força. Ofegante e se contorcendo e...

Doce. Sagrada. Misericordiosa...

Sob suas pálpebras, o mundo pareceu incendiar. Ele rangeu os dentes para prender um gemido e gozou num furor de movimentos rápidos e apertados, liberando jato após jato na dobra folgada da camisa. Sua respiração saía ríspida, e ele se segurou no canto da mesa para se apoiar.

Depois de um minuto, ele se endireitou, puxou a camisa suja pela cabeça e a jogou num canto, e então se atirou no colchão para aproveitar a sensação entorpecente e relaxante do orgasmo.

Apesar disso, não havia alívio algum, pois Amelia ainda estava a menos de seis passos de distância e ele conseguiria ficar excitado para ela outra vez em cerca de três minutos. Talvez dois. *Não pense muito nisso*, uma pulsação em sua virilha o avisou.

A noite definitivamente não correra conforme o planejado. Bem, havia corrido como o planejado até certo ponto. As cartas, a aposta, os seios dela em suas mãos... Spencer esperara por tudo isso. Ele só pretendia acariciá-la um pouquinho, mas não demais. Só o suficiente para diminuir a tensão no corpo dela e oferecer um gostinho do prazer que poderiam compartilhar. Só o suficiente para provar que ela podia confiar nele e deixá-la querendo mais.

Bem. Claramente aquilo era bem diferente de amansar um cavalo.

Nem em seus sonhos mais loucos, ele teria imaginado que Amelia responderia de forma tão passional. E não conseguiria imaginar como ele responderia tão intensamente a *ela*. Quando mais jovem, Spencer teria muito prazer no fato de que levara uma amante inexperiente de vestida e incerta para seminua e próxima do clímax – tudo isso em menos de dez minutos. Mas o triunfo parecia um pouco vazio naquela noite conforme percebia que sua vitória trazia uma concessão.

O duque também ficara desejando por mais.

Não só mais prazer, mais calor e mais pele, apesar de querer todas essas coisas desesperadamente, mas por mais *Amelia*. Ele queria sentar-se à mesa e observá-la mordiscar o lábio inferior enquanto bordava. Queria que ela o provocasse por suas escolhas de leitura. Acima de tudo, queria flagrá-la olhando para ele quando achava que ele não estava vendo.

E ele queria que o olhar dela fosse de carinho, não de medo.

Spencer encarou a porta que conectava os cômodos como se pudesse girá-la nas dobradiças enferrujadas com sua força de vontade.

Venha até mim, Amelia. Você cruzou um salão de baile para me confrontar enquanto centenas nos olhavam. Abra essa porta hoje.

Mas, quando a manhã veio, ele acordou sozinho.

Deus tinha um senso de humor cruel.

Lá estava Amelia, recém-titulada Duquesa de Morland, chegando a Braxton Hall em todo o esplendor de início de verão. Através da janela quadrada da carruagem, ela via centenas de hectares de uma fazenda rica, pontuada por estábulos arrumados e cabanas, e então uma grande expansão de verde e, conforme se aproximavam, uma parede de sebes altas e bem cuidadas que deveria esconder jardins igualmente bem cuidados. Agora, ela era a senhora dessa adorável propriedade verdejante e cheia de prestígio.

Mas ela estava destruída.

Amelia nunca viajara bem. O movimento da carruagem sempre a deixara enjoada e ela sentia os efeitos com mais intensidade num clima quente. O primeiro dia de viagem não fora tão ruim, mas, quanto mais se afastavam de Londres, pior as estradas ficavam. As chuvas do fim da primavera deixaram aquela estrada em particular acidentada e irregular, então, além do movimento normal, ainda tinha que lidar com as sacolejadas. Sentia-se toda dolorida, os músculos rígidos das longas horas que passou se segurando no assento, a cabeça latejando com uma dor persistente e contínua. Seu vestido de viagem – cor de chocolate e prático, feito dois anos antes – estava amassado e coberto por uma fina camada de poeira.

Ela era a duquesa mais patética que já existiu, tinha certeza.

Ao virarem para uma estrada mais uniforme, Amelia viu de relance a fachada de calcário e tijolos de Braxton Hall a distância. Ela logo se deu tapinhas no rosto e arrumou o cabelo, ansiosa para ficar apresentável antes de encarar Spencer de novo.

Minha nossa, *como* ela iria encará-lo? Sentiu as bochechas queimarem só de pensar. O que acontecera na noite anterior, na pousada... Aqueles dez minutos no colo dele tinham sido excitantes e sensuais de uma forma que nunca pensou que experimentaria. E havia uma evidência abundante e incontestável de que o desejo de Spencer por ela não fora fabricado. Ela não tinha se sentido patética nos braços dele na noite anterior, mas atraente e ousada. Até o duque interromper a noite, deixando-a confusa e frustrada. Ele realmente pretendia respeitar os limites que haviam acordado ou queria puni-la por colocá-los?

A porta da carruagem se abriu e uma luz forte invadiu seu interior aveludado. A dor de cabeça de Amelia se renovou com força redobrada. Ela não esperava que o sol estivesse tão forte no fim da tarde, mas, quando aceitou a mão do valete e saiu do veículo, Amelia percebeu que não eram os raios solares que quase a cegaram, mas sim o reflexo deles no mármore branco da entrada para Braxton Hall.

Piscando, a moça levantou uma mão para se proteger da selvageria daquela grandeza. Briarbank era coberta por hera e musgo, e nunca a fizera se encolher. Em um movimento de autodefesa, Amelia virou a cabeça para a esquerda. Não havia mármore ali, apenas uma fachada infinita de tijolos carmim, o calcário brilhante e as janelas de vidro que desapareciam a distância, provavelmente em algum lugar próximo de Cambridge. Ela girou a cabeça para a direita, em que uma fachada igualmente impressionante e longa apresentava a ala leste de Braxton Hall, parecendo se estender pela metade da distância até o mar.

E era dela. Tudo dela, para que Amelia administrasse, para fazer dali um lugar de exibição e um lar. Amelia batalhou contra a vontade de pular com o deleite.

Permitiu-se apenas um giro discreto, virando-se a tempo de ver Spencer desmontando do cavalo num movimento elegante e uniforme. Um pouco de poeira diminuía o brilho de suas botas, mas só aumentava seu apelo, assim como a aura saudável de cansaço físico e o bronzeado em sua pele após dois dias sob o sol. Ele entregou as rédeas para um cavalariço que aguardava e trocou algumas palavras com o homem, e ela percebeu que o marido estava mais relaxado e tranquilo. Estava até sorrindo.

Então ele se virou e a viu, e o sorriso dele desapareceu.

– Minha nossa. – As botas dele fizeram barulho contra a pedra conforme ele cobria a distância entre os dois e enquanto Amelia estava tentando entender o que esperar, o duque pegou o que poderia ser apenas uma situação constrangedora e a piorou dez vezes. – Sua aparência está horrível.

– Sinto muito. A carruagem... – Ela se contorceu sob o olhar dele.

– Sim, é claro. Entre e descanse. – Apoiando a mão nas costas dela, ele a guiou pelos degraus de mármore até a porta aberta. Os músculos ao redor de sua coluna estavam rígidos e tensos. O dedão dele encontrou o pior dos nós e traçou círculos firmes acima dele e Amelia fechou os lábios, prendendo um gemido de gratidão.

– Por que não me disse nada? – ele a repreendeu. – Você poderia ter ido a cavalo uma parte da viagem, se quisesse.

– Eu não ando a cavalo.

Ele parou, encarando-a.

– Você não anda a cavalo? – ele repetiu com descrença. – De jeito nenhum?

– Não – respondeu ela, constrangida.

– Com certeza está brincando comigo. Sei que sua família é a epítome da nobreza empobrecida, mas os d'Orsay não têm nenhuma montaria em seu nome?

– Claro que temos. Mas eu nunca quis aprender.

Spencer apenas assentiu e continuou a guiá-la pelas escadas, para dentro da casa. O mordomo e a governanta se aproximaram para cumprimentá-los.

– Bem-vindo ao lar, Vossa Graça. – O mordomo grisalho fez uma reverência para o duque e então se virou para Amelia e fez o mesmo gesto. – Vossa Graça.

– Percebo que recebeu minha mensagem expressa – disse Spencer.

– Ontem pela manhã, Vossa Graça. – A governanta fez uma reverência. – Parabéns pelo casamento. Os aposentos de Vossa Graça, a duquesa, estão abertos e prontos.

– Muito bem. A duquesa não está se sentindo bem. Deixe-a descansar. – Com rispidez, ele apresentou os serviçais como Clarke e Sra. Bodkin.

– Que hall de entrada adorável – Amelia disse, como um cumprimento indireto. Esperava que rapidamente pudesse fazer da governanta uma aliada. Ao espiar uma da dúzia de pinturas emolduradas em dourado na janela mais distante, ela se perguntou em voz alta: – Este é um Tintoretto?

– Sim – respondeu Spencer.

– Suspeitei que fosse. – A família dela tinha um muito parecido com aquele, antigamente. Tinha valido o suficiente para sustentá-los por um ano num leilão.

– Spencer!

O olhar de Amelia se direcionou ao topo da escadaria, onde uma jovem estava em pé, segurando a balaustrada.

– Spencer, você chegou!

E essa deve ser Claudia. Spencer não tinha dito que sua tutelada estava visitando parentes em York? Mas não poderia ser mais ninguém. A semelhança entre eles era sutil, mas clara. Os primos tinham o mesmo cabelo cacheado e escuro e as bochechas bonitas – traços que devem remontar ao lado paterno da família de ambos. As feições inocentes de Claudia contrastavam com uma figura desenvolvida. Ela estava naquele ápice entre menina e mulher.

– O que está fazendo em casa? – Spencer perguntou a ela. – Você deveria ficar em York por mais uma semana.

– Ah, eu implorei para que me mandassem de volta mais cedo. E, quando aquela velhota se recusou, eu só me comportei mal até que ela se sentisse grata por se livrar de mim. Nós mandamos uma carta, mas deve ter passado por você em sua jornada. – A jovem desceu a cascata de mármore que formava as escadas do hall de entrada, a musselina rosa-clara flutuando atrás dela. Ao se aproximar do duque, tudo nela – dos punhos, fechados em animação, à sua feição brilhante e corada – falava de alegria e afeição. A garota claramente o adorava.

– Sua pirralha incorrigível! – As palavras poderiam ter sido uma reprovação, mas Amelia não deixou de perceber o carinho que suavizava o olhar de Spencer. De sua própria forma reservada, ele claramente a adorava também.

A percepção atingiu Amelia de forma estranha. Era encorajador, ela supunha, descobrir que seu marido era capaz de uma afeição genuína e gentil. Mas também era desanimador contrapor aquela profundidade de emoção com a forma como ele a tratava.

Quando Claudia chegou ao fim das escadas, ela correu para seu guardião numa velocidade impressionante. No último segundo, no entanto, a menina parou e olhou de soslaio para Amelia.

– Essa é minha nova acompanhante?

O estômago já embrulhado de Amelia se revirou outra vez. Isso não parecia nada bom.

– Não – Spencer disse lentamente. – Não, ela não é sua nova acompanhante.

– Claro que não. – Claudia sorriu. – Só de olhar para ela, eu já sabia que só podia ser a criada da nova acompanhante, mas queria ter certeza primeiro. Seria grosseiro presumir o contrário, não seria?

Amelia girou para encarar Spencer tão devagar que ouviu suas próprias vértebras estralarem. Então arqueou as sobrancelhas. Foi a única reação que ela conseguiu ter.

Sem fazer ideia, Claudia continuou:

– Minha nova acompanhante está viajando separadamente?

– Não há uma nova acompanhante. – Spencer tensionou o maxilar.

– Mas... – Ela franziu a testa. – Mas você prometeu que, quando voltasse da cidade, você traria....

– *Claudia*. – Com o tom ríspido de autoridade na voz do primo, a garota se assustou e olhou para cima, para Amelia, com os olhos surpresos como um filhote que acabou de ser chutado. Pelos céus, só ficava pior.

Spencer levantou a mão de Amelia, apoiando-a na dobra de seu braço. A moça encarou de forma estúpida os próprios dedos, repousando pesados e dormentes no braço dele.

— Lady Claudia — ele falou com firmeza, claramente esperando uma retribuição no decoro. — Deixe-me apresentá-la à Amelia Claire d'Orsay Dumarque, a Duquesa de Morland. Ela não é sua nova acompanhante, ela é minha esposa.

— Sua... — Claudia ficou em pé, piscando, olhando para Amelia. Então se virou para Spencer e piscou mais algumas vezes. — Sua...

— Esposa. A duquesa. Sua nova prima. — Ele lhe lançou um olhar pontual. — A dama para quem você deve fazer reverência e pedir desculpas. Agora.

A garota se afundou numa reverência, gaguejando um pedido de desculpas. Então olhou para o primo com os olhos ressentidos de um filhote que foi chutado não só uma, mas inúmeras vezes.

— Eu estou... — Amelia limpou a garganta. — Estou tão feliz por conhecê-la, Claudia. O duque me contou muitas coisas incríveis a seu respeito.

— Que curioso — ela disse. — Nenhuma das cartas dele sequer mencionava você.

— Claudia! — Spencer avisou.

Amelia apertou o braço dele e então puxou sua mão.

— Espero que possamos ser amigas — ela disse com alegria, movendo a mesma mão para encostar no pulso de Claudia. Provavelmente era inútil, mas precisava tentar.

Um silêncio longo e esquisito se sucedeu. Justo quando Amelia pensou que a tensão não poderia piorar, ela piorou.

Claudia começou a chorar.

— Você se *casou*? — Ignorando Amelia por completo, a garota virou seu olhar cheio de lágrimas para o primo. — Sem nem me contar? Como pôde...

— *Shhh* — ele sussurrou, puxando sua tutelada para o lado. — Não faça um escândalo.

Amelia quase gargalhou. Tarde demais para aquele conselho. Mas, pensando bem, ela não conseguia culpar a menina. Em qualquer noivado normal, as duas teriam se conhecido muito antes do casamento. Claudia teria semanas ou meses para se acostumar à ideia de uma nova duquesa em Braxton Hall, em vez de ter Amelia jogada na sua vida numa tarde qualquer sem que soubesse com antecedência. Não, a dama não podia culpar a garota pelo ressentimento. Ela culpava Spencer. Era só mais um exemplo do duque tomando uma decisão impulsiva e arrogante sem considerar os sentimentos de quem ele afetava.

— Muito bem — Amelia disse. — Vocês devem ter muito para conversar. — Ela deu as costas ao marido. — Sra. Bodkin, será que poderia me mostrar meus aposentos? Nós podemos discutir os detalhes do jantar no caminho.

A governanta pareceu brilhar.

– Ah, sim, Vossa Graça. O cozinheiro vai ficar tão satisfeito por receber suas orientações. Você tem receitas especiais ou menus?

– Tenho, sim. – Amelia abriu um sorriso genuíno. Ali estava algum consolo. – Um livro inteiro com eles.

As horas entre a chegada de Amelia em Braxton Hall e o jantar passaram como um furacão. Sentindo-se mal ou não, tinha pouco tempo para descansar. Aquela seria sua primeira noite na residência como a Duquesa de Morland. E pode ser que ela tenha chegado à mansão parecendo um desastre, mas tinha decidido que teria a aparência digna para o seu papel como duquesa até a hora em que devesse descer as escadarias de mármore para o jantar.

Ninguém a confundiria com uma dama de companhia, ou, pior, uma criada.

Planejar o jantar não fora uma tarefa simples. Amelia precisou confiar nas estimativas da Sra. Bodkin sobre o que tinha na despensa da cozinha para elaborar um menu elegante, embora simples, que pudesse ser preparado com os alimentos disponíveis e dentro do prazo. Felizmente, a governanta pareceu bem contente por ajudá-la de qualquer forma. Assim que dispensou a mulher mais velha para a cozinha, com uma lista de pratos, algumas receitas customizadas e várias instruções para o cozinheiro, Amelia se permitiu dez minutos de repouso numa *chaise longue* coberta por um brocado suntuoso. Sua suíte inteira – composta por pelo menos seis cômodos, pelo que contara até então – era decorada em tons nítidos de azul real, creme e dourado. De onde ela estava, conseguia estudar o padrão de chave grego que emoldurava o teto de gesso. Se deixasse a cabeça pender para um lado, podia ver quatro pernas de madeira curvadas e feitas com todo o requinte apoiando um tampo de mesa de pedra, que continha um vaso chinês azul e branco, que, por sua vez, acomodava um grande arranjo de flores frescas.

Orquídeas. Pelo menos, tinha suas orquídeas.

Todo o cenário era de beleza, elegância e harmonia. Só de olhar para tudo aquilo lhe dava uma alegria silenciosa. Após anos vivendo com a extravagância cor-de-rosa de Winifred, cheia de conchas rosadas e querubins rechonchudos, Amelia se deleitava com o evidente bom gosto e controle de sua antecessora.

Mas só dez minutos. E então ela voltaria ao trabalho.

Uma vez que uma criada preparou seu banho, Amelia a enviou para passar o novo vestido de seda cinza-perolado que usara no casamento. A vestimenta era sem dúvida a melhor coisa que possuía e aquela ocasião exigia seu melhor.

Amelia conseguia se banhar sozinha – fizera isso por anos –, mas o tempo era curto e ela não podia se atrasar para o jantar. Ela esperou por aquilo durante toda a sua vida, chefiar a própria casa. E mostraria tanto para Spencer quanto para Claudia que era capaz. Logo ambos a adorariam. E se perguntariam como sobreviveram tanto tempo sem ela. Uma refeição bem planejada e satisfatória, e o duque perceberia a sorte que tivera por casar-se com uma solteirona insípida e modesta. Ele até poderia se levantar de seu assento, vencer toda a distância da mesa e ajoelhar-se humildemente aos pés dela, olhando-a com veneração. *Amelia*, ele diria, naquela voz rouca e excitante que tinha, *eu não sei como vivi sem você até agora. Você transformou nossa casa em um lar. Eu farei qualquer coisa, direi qualquer coisa. Só me prometa que jamais irá embora.*

Era um sonho divertido.

Amelia se apressou antes que a água esfriasse, desvencilhando-se do vestido de viagem. Só de camisola e ligas, ela parou no centro do cômodo, sem saber o que fazer com o vestido. Ela não queria jogá-lo empoeirado em cima de uma cama limpa. Outra dama largaria as roupas numa pilha no chão, mas o senso de organização de Amelia e seu respeito por um bom tecido não permitiam que fizesse isso. Certamente aquele cômodo tinha um armário com um cabide ou dois.

Virando-se lentamente, sem sair do lugar, ela percebeu um painel de madeira deslizante de um dos lados da cama. Ele se camuflava perfeitamente nos lambris e ela não percebera o armário durante a primeira inspeção.

Ela se aproximou da porta, gostando da forma como o tapete grosso se moldava a seus dedões. A madeira era mais pesada do que esperava, mas, ao apoiar todo seu peso nela, conseguiu abri-la.

Do outro lado estava Spencer.

Ao vê-la, ele ficou paralisado – a meio caminho de tirar sua camisa.

– Ah! – Morta de vergonha, Amelia soltou o vestido que carregava, o que aumentou ainda mais seu embaraço porque agora estava parada na frente dele apenas de camisola e liga. – Eu sinto muito – ela gaguejou. Os olhos dela se desviaram para as dobras que os músculos faziam no abdômen dele e a linha de pelos que as cobriam. – Eu... pensei que fosse um armário.

– Não. Não é um armário. – Spencer abaixou a camisa e olhou com diversão para o cômodo atrás dele.

– Óbvio que não. – O rosto dela parecia queimar. Claro que era o quarto do duque, um espelho exato do dela, mas feito em cores e tecidos masculinos e intensos, e a porta deslizante conectava as duas suítes. – Eu só não esperava... bem, esse arranjo é muito...

– Conveniente?

– Incomum. É o que eu queria dizer.

Ela alternou o peso nas pernas, sem jeito. O olhar dele desceu para os seios dela.

– Quero dizer, eu nunca vi esse tipo de papel de parede antes – ela acrescentou. – Feito em cores complementares. É tão inteligente, a forma como o dourado no meu quarto é espelhado em azul no seu, mas os dois tapetes têm o mesmo padrão de...

– Uhum. – Ele balançou a cabeça pensativo e admirando o decote dela. Spencer não ouvira uma palavra do que ela dissera.

– O mesmo padrão de unicórnios. Alternados com bolas de queijo.

– De fato. – Ele assentiu mais uma vez, um gesto vazio.

A face de Amelia pegou fogo. Lá estava ela, sonhando com menus elaborados e tagarelando sobre decoração de quartos e ele não se importava. O duque se casara com ela apenas por um motivo e, se Amelia se esquecera daquilo por um momento, a intensidade com a qual ele encarava os seios dela certamente era uma lembrança. Spencer queria levá-la para a cama e conseguir um herdeiro. Aquilo era tudo. Apesar de suas garantias do contrário quando ele a pedira em casamento, ela estava ali, na casa dele, como uma égua de reprodução glorificada.

Não, esqueça o "glorificada". Ele provavelmente tratava as éguas com mais afeição.

Amelia deu um passo para trás, quase tropeçando na pilha de roupa aos seus pés. Não tinha como pegá-la sem exibir ainda mais seu decote. Discretamente, chutou a roupa para o lado e colocou um ombro no painel, pronta para fechá-lo.

– Eu o vejo no jantar então.

Spencer estendeu a mão para segurar a porta. Amelia empurrou de toda forma, mas o carvalho não parecia ceder.

– Sobre Claudia... – ele falou. – Ela é muito... jovem. – Spencer suspirou. – Queria que as coisas tivessem sido diferentes lá embaixo.

Era aquilo que constituía um pedido de desculpas no mundo dele? Não merecia o perdão de Amelia. Ela assentiu.

– Eu também.

O olhar dele pareceu descer até os quadris da esposa, os lábios se curvando em aprovação. Sim, sim. Eles eram largos e fortes. Excelentes para reprodução, como Amelia ouvira de várias matronas com boa vontade na sua vida.

Amelia limpou a garganta. A mensagem no som era clara: *Oi? Olha para cima.*

Spencer ergueu o olhar, mas se demorou no caminho, apreciando o corpo dela e fazendo com que ela sentisse um calor agradável. Oh céus, que situação sem futuro. Apreciava ser desejada, não havia como fingir que não, mas também não podia se impedir de desejar afeição no acordo – mesmo que ele nunca tivesse oferecido e ela o tivesse aceitado sabendo muito bem daquilo. Spencer era um homem. Não apenas um homem, mas um duque poderoso e atraente. Conseguia separar suas necessidades físicas de suas emoções, mas, para Amelia, as duas coisas estavam desesperadamente conectadas. Aquilo significava que ele tinha todo o poder.

Sem contar a força física. Ao ficarem parados ali, toda a força dela utilizada para fechar a porta e uma única mão dele a impedindo, Amelia percebeu a facilidade com a qual ele poderia subjugá-la, se quisesse. Minha nossa, ele a levantara 15 centímetros no ar naquele salão de baile, e ela não era leve.

Amelia olhou para a fechadura da porta.

– Só há uma fechadura – ele falou, adivinhando os pensamentos dela. – E é do meu lado.

– Entendo. – Ela engoliu em seco.

– Não se preocupe. – Com um sorriso arrogante, ele soltou a porta e deu um passo para trás. – Eu nunca vou trancá-la.

Amelia apoiou seu peso e a porta se fechou com um som satisfatório. Ela pensou ter ouvido Spencer gargalhar.

Capítulo 11

O jantar foi extremamente infeliz.

Contra toda a sua racionalidade, Spencer tinha esperado por uma mudança súbita no comportamento de Claudia. Estava claro que seu casamento havia tomado sua tutelada de surpresa, mas, com algumas horas para se acostumar com a ideia, talvez ela aceitasse Amelia como uma adição bem-vinda para a casa.

Não. Não havia aceitação alguma naquela noite.

Spencer estava sentado na ponta da mesa. Amelia e Claudia se encaravam acima da expansão gélida de linho branco e cristal chanfrado, mas os olhos delas nunca se encontravam. Parecia até que o peixe que fora servido estava vivo e se contorcendo, considerando a violência com a qual Claudia o esfaqueou.

— Como foi em York? — Spencer perguntou a ela. — Posso esperar elogios de seus tutores?

— Eu não sei. — Ela atingiu o filé de pregado. — Eu fui um tanto decepcionante para o professor de alemão.

— E quanto à música?

— O professor de música foi um tanto decepcionante para mim. — Fungando, ela abaixou seu garfo. — As lojas eram bonitas, apesar disso.

— Eu a enviei para York para que melhorasse sua mente, e não para você redistribuir sua mesada no comércio local. Por que deveria me importar em lhe arrumar tutores se não vai aprender nada com eles?

– Talvez não devesse se importar. – Os olhos cheios de ressentimento dela encontraram-se com os dele.

– Não está com fome, minha querida? – Amelia interveio num tom suave e conciliatório. Ela apontou para o peixe que Claudia abandonara. – Você também não tocou na sopa.

A garota ainda se recusava a olhar para ela.

– Com licença. – Os pés da cadeira se arrastaram pelo chão quando Claudia se levantou. – Não estou com muito apetite esta noite.

Com isso, ela saiu do cômodo. Spencer segurou nos braços da cadeira e começou a se levantar, congelando no meio do caminho. Ele deveria ir atrás dela ou só tornaria tudo pior?

– Não, não vá. – Amelia disse, lendo seus pensamentos. – Ela precisa de tempo.

O duque voltou a sentar-se.

Com um suspiro, Amelia fez um gesto para que os serviçais removessem o peixe.

– Spencer, o que você planeja fazer a respeito dela?

Cansado demais para responder algo além da verdade, ele disse:

– Eu não sei.

Há tempos que o duque não sabia o que fazer com sua prima.

– Com quantos anos ela perdeu os pais?

Spencer começou a responder e então hesitou quando os criados de libré posicionaram um cordeiro assado no centro da mesa. Ele fez um gesto impaciente pedindo a faca e o garfo para cortar. Talvez duques não cortassem seus próprios assados, mas julgava mais fácil falar se estivesse com as mãos ocupadas.

E, surpreendentemente, ele queria falar sobre aquele assunto.

– Ela era recém-nascida quando a mãe morreu. Foi um pouco antes de o meu tio pedir que eu voltasse do Canadá. Ele não desejava se casar outra vez e ter um herdeiro, então ele e meu pai concordaram que eu deveria vir para cá e me preparar para assumir os deveres do título. Claudia tinha 9 anos quando o falecido duque se foi. E, como meu pai já havia morrido, eu herdei o ducado e virei o guardião dela.

E começara a falhar com a menina quase que imediatamente. Pelo menos era como ele se sentia. Spencer *tinha* tentado. Ele a mantivera por perto por um ano ou dois depois da morte do pai. Permitiu que Claudia viajasse com ele, a ensinou a cavalgar, lia Shakespeare, Homero, Milton para ela em voz alta, nunca deixando-a saber que clássicos também eram novidade para ele. A prima era uma criança inteligente e ávida por afeição. Spencer oferecera tanta atenção quanto poderia, considerando as demandas de seu novo título, mas sempre soube que ela merecia mais. E, quanto mais velha ficava, menos ele sabia o que fazer com ela. A menina precisava se educar, se refinar, precisava de alguém para guiá-la e apresentá-la para a sociedade – e ele não poderia prover nenhuma dessas coisas adequadamente.

– É claro – ele contou, jogando para o lado um ramo de alecrim enquanto cortava a carne, – que contratei governantas ao longo desses anos. Nos últimos invernos, eu a tenho enviado para a casa da tia-avó em York. Teoricamente, Claudia deveria se aproveitar da presença de alguns mestres por lá.

– Não me admira que ela se ressinta de mim. Coitadinha. – Amelia bebericou o vinho.

– Por que ela deveria se ressentir de você?

Amelia arregalou os olhos atrás da taça de vinho, mas Spencer realmente não conseguia compreender. Ele esperava que Claudia ficasse feliz de receber uma influência feminina na casa, já que nunca conhecera a própria mãe.

– Spencer, você é o único adulto com o qual ela conviveu a vida inteira. Para ela, você é como um primo, um irmão, um guardião e o Próprio Deus, tudo numa pessoa só. Ficou claro só de olhar o quanto ela o adora, e você a mandou embora. Claudia veio para casa mais cedo só para vê-lo e descobriu que você se casou sem nenhum aviso. Pela primeira vez na vida dela, sua prima tem uma rival da sua atenção. É claro que ela se ressente de mim.

Spencer teve a vaga impressão de que colocara Amelia numa situação constrangedora. O pedaço de carne que ele colocou no prato dela parecia uma compensação muito pequena.

– Você já pensou que Claudia pudesse ter cogitado se casar com você? – Amelia indagou, cutucando o cordeiro com um lado do garfo.

Spencer largou a faca com um estrondo.

– Minha nossa, não. Somos primos. Eu sou o guardião dela. Ela tem 15 anos, pelo amor de Deus. Praticamente uma criança. – Ele suprimiu um tremor. Casar-se com Claudia? A ideia o deixava doente.

– Eu sei, mas... – Amelia deu de ombros e cortou a carne. – Tais coisas acontecem. E ela não é tão nova assim. Quando fiquei noiva pela primeira vez, eu era um pouco mais velha do que sua prima é agora. – Ela comeu um pedaço do cordeiro.

– Você foi noiva? De quem?

Demorou uma eternidade para ela mastigar aquele maldito pedaço de carne.

– Ninguém que você conheça – ela disse após finalmente conseguir engolir. – Um fidalgo rico em Gloucestershire.

– O que aconteceu?

– Ele era muito velho e... bem, eu só não consegui continuar. – Amelia voltou a mexer na carne em seu prato outra vez, parecendo tensa e frágil. Spencer já sentia um ódio crescente por esse fidalgo de Gloucestershire e não fazia ideia de como continuar perguntando sem... quebrar algo. E aquilo não o ajudaria a garantir para a esposa que sua natureza não era violenta.

– Você não vai comer? – ela perguntou subitamente.

– Eu não gosto de cordeiro. – Ele balançou a cabeça em negativa.

– Isso é absurdo. Quem não gosta de cordeiro?

– Eu.

Amelia suspirou.

– Ela precisa da sua atenção. Claudia. Nós deveríamos fazer um alvoroço em cima dela.

– Um *alvoroço?* – Apesar de estar grato pela mudança súbita de assunto, Spencer não tinha certeza de que gostava daquela ideia. Tinha um preconceito persistente contra alvoroços, em todas as formas possíveis. – O que você quer dizer?

– Passe algum tempo com ela, para começar. Converse com Claudia. Escute o que ela tem a dizer. Toda garota da idade dela precisa de alguém que a escute. Tentarei me aproximar dela também, mas deve demorar algum tempo. Ela precisa de um círculo social maior. Se vai debutar na cidade, já é hora de começar a circular em eventos menos formais. Será que poderíamos levá-la para Bath ou Brighton?

– Acabamos de chegar aqui. Minha mesa está repleta de papéis que se acumularam durante a minha ausência, parece uma avalanche. E, além disso, é a época de reprodução dos garanhões e tenho éguas que...

– Tudo bem, tudo bem. Foi só uma ideia. Sem viagem. Uma festa, então. – Ela bateu palmas. – Eu posso dar uma festa adorável e Claudia pode me ajudar com...

– Não, sem festas.

– Não precisa ser algo grande. Sem dança. Vamos apenas convidar algumas boas famílias, com jovens da idade dela... talvez fazer um recital. Você disse que ela toca. Isso talvez lhe dê uma oportunidade de se apresentar na frente de...

– Não – ele bradou, dando um urro estrondoso na mesa. Precisava encerrar aquela conversa imediatamente. Braxton Hall, sua casa e refúgio, cheio de garotas frívolas com parentes obsequiosos? O cérebro do duque ficou atordoado com a ideia. Seria como se Dante tivesse criado um décimo círculo do inferno com a elite. – Escuta. Claudia é minha tutelada. É minha responsabilidade e lidarei com ela como julgar melhor. Ela não está pronta para circular na sociedade.

– Mas pensei que se ela...

– O que você pensa não é requisitado. Não neste assunto.

– Entendo. – Amelia abaixou os olhos. Ela parecia completamente convencida.

Desgraça, maldição, porcaria... Spencer pegou sua taça e bebeu todo o vinho.

– Bem, eu não estou com tanta fome hoje. Acho que estou cansada da viagem. – Com uma precisão silenciosa, Amelia posicionou os talheres no prato e então dobrou o guardanapo e o deixou de lado. Quando ela se levantou da cadeira, o duque a imitou.

– Pode me mostrar o caminho até meus aposentos? – ela perguntou num tom baixinho. – Ou devo perguntar para uma criada? Eu ainda não aprendi a andar nesses corredores.

Spencer ofereceu um braço a ela e juntos caminharam em silêncio. Através do hall de entrada, subindo as escadas, pelo corredor na direção do quarto dela. Quando tinham quase chegado à suíte de Amelia, ela parou abruptamente.

– O que foi? – Ele parou ao lado dela.

– Agora que estamos sozinhos... – Amelia analisou o corredor vazio e então soltou o braço do marido, virando-se para ele. Os olhos dela brilhavam de raiva. – Você nunca mais fará aquilo comigo. Esperei a vida inteira para chefiar minha própria casa. Como se ser confundida com uma serviçal na minha chegada não fosse ruim o suficiente, agora você precisa me humilhar na frente deles? No meu primeiro dia na residência? Se vai me diminuir e censurar, pelo menos tenha a gentileza de o fazer no privado.

Ele não sabia como responder. Pelo menos não verbalmente. O corpo dele, no entanto, estava respondendo com uma eloquência fundamental. O pulso acelerou, o sangue foi parar na virilha. Finalmente, Amelia estava ali de novo, a mulher ousada e espirituosa que o provocava de todas as formas.

– E você pode não "requisitar" o que eu penso sobre um assunto – ela continuou. – Mas saberá do mesmo jeito. Desde que nos conhecemos, eu soube como você é arrogante e egocêntrico, mas esta é a primeira vez que o vejo ser estúpido. Essa menina o adora. Com um pouco de esforço da sua parte, poderia deixá-la feliz! Em vez disso, você a está afastando, devastando-a com sua inação. Assim que julgar que o relacionamento vale o seu esforço, pode ser tarde demais. Além do mais, eu poderia ajudá-lo. Já fui uma garota e compreendo como Claudia se sente. Agora sou uma mulher e entendo como manter uma casa, receber convidados e cuidar de quem precisa. Sei que se casou comigo apenas para ganhar algumas crianças, mas, se você se importasse em prestar atenção, talvez visse algo além do meu potencial reprodutivo.

Amelia levou uma das mãos às têmporas.

– Você não faz ideia do que eu poderia lhe oferecer.

– Me *oferecer*? Você soa como uma mulher se apresentando numa entrevista de emprego. Achei que se sentisse ofendida com a ideia de ser uma dama de companhia.

– Eu me ofendo – ela respondeu, arrepiada. – Foi você mesmo que disse que o motivo para se casar era proteger o futuro de Claudia. É óbvio o quanto se importa com a menina. Mas quando foi a última vez que disse isso para ela?

– Se é tão óbvio, por que eu preciso dizer? – Spencer questionou. – Provejo todas as necessidades materiais dela e sua educação. Eu determino limites para protegê-la.

– Ah, sim. Você é tão generoso. Dá tudo para ela menos o seu afeto.

– Bem, se esse é o remédio para tudo, me explique por que seu irmão é um canalha irreparável?

Amelia o encarou, o peito ofegante. O silêncio se estendeu.

– Nós vamos jogar cartas esta noite ou não?

Nada que a mulher pudesse ter dito o teria chocado tanto. Ou o excitado mais. Ele olhou para a porta da suíte dela.

– Você está me convidando para entrar?

– Só para a antessala. Não mais do que isso.

– Se é sua vontade... – Ele esticou o braço além dela e abriu a porta.

Amelia entrou e se acomodou no divã. Spencer encontrou o baralho numa gaveta e então puxou uma mesa e uma cadeira para si.

– Será *piquet* novamente? – perguntou, tentando atingir um tom entediado conforme dividia e embaralhava as cartas.

– Como quiser.

Na noite passada, Spencer ficara agradavelmente surpreso com a rapidez com a qual a mulher melhorava no jogo. Ela se adaptava a cada rodada, integrando novos pontos de estratégia à jogada. Com mais prática, Amelia se tornaria uma oponente desafiadora para ele. Como de costume, Spencer tinha que se podar descartando as melhores cartas para manter as coisas remotamente interessantes.

Mas, se Amelia pensava que poderia vencê-lo naquela noite, estava iludindo a si mesma. A única forma de ganhar seria se ele perdesse de propósito.

Talvez o duque devesse deixá-la ganhar. Pelo menos a primeira rodada.

Assim que ele estava se preparando para distribuir as cartas, ela o impediu.

– Acho que só uma rodada esta noite é o suficiente. Vamos combinar a aposta agora?

– Muito bem – ele respondeu, sua surpresa renovada. – E qual será o preço? Quatrocentas libras novamente?

– Quatrocentas libras *e* você me permitirá planejar e dar um recital para Claudia.

– Concordo – ele falou. – Mas, se eu vencer, você se sentará no meu colo e vai me despir até a cintura.

Amelia respirou fundo. Seu olhar arregalado desviou-se para um dos botões do colete dele.

– E... e o que você espera que eu faça?

– O que você quiser.

– Dez minutos, como da última vez?

Ele assentiu.

– Muito bem.

A culpa envolveu o peito de Spencer conforme ele distribuía as cartas. Tinha planejado deixá-la ganhar aquela primeira rodada. A vitória a deixara animada na noite anterior e tinha melhorado sua confiança. Vencer combinava com ela, corando suas bochechas com um adorável tom rosado.

Mas o duque não poderia deixá-la conquistar essa vitória. Abrir a casa para um grupo de pirralhas que *achavam* que conseguiam cantar e tocar? Ser forçado a ouvir suas tentativas? Não, ele não tinha desejo algum de fazer um recital, mas queria sentir as mãos de Amelia em sua pele. Queria muito, com uma intensidade que o preocupava.

Amelia juntou suas cartas. Ela franziu a testa, suas sobrancelhas claras se aproximando, enquanto as estudava. É claro que a satisfação dos desejos da carne não era o que estava em mente. A moça queria salvar o irmão e animar Claudia, e talvez a si mesma. Maldição, ela só queria ajudar e ele estava lhe negando aquilo.

Spencer pegou as cartas que tinha distribuído. Incluía três ases e um quarteto real. Sua vitória era certa.

Antes que pudesse pensar melhor, Spencer descartou o ás de copas. Pronto. Ele ainda jogaria para ganhar, mas pelo menos Amelia teria alguma chance.

Conforme a rodada progredia, o jogo dela estava distraído e ríspido. A mulher cometeu erros bobos. Mesmo se Spencer estivesse tentando perder, ele teria muita dificuldade com aquilo. No final, venceu por uma grande vantagem.

Amelia juntou as mãos no colo e lhe lançou um olhar de reprimenda, como se dissesse *Pois bem, seu canalha, espero que esteja satisfeito.*

Mas ele não estava. Subitamente toda a partida tinha deixado um gosto amargo na sua boca. Ele a manipulara na noite anterior, na pousada, com toda a certeza. Mas, se Amelia não tivesse se tornado uma participante entusiasta do ato, ele nunca deixaria que fosse tão longe. Se ele quisesse uma amante temerosa e tímida, Spencer a teria tomado na noite de núpcias.

– Amelia – ele disse lentamente, sabendo que logo iria se arrepender. – Está tarde e estamos cansados. Podemos esquecer a aposta.

– Ah, não. – Ela se levantou e deu a volta na mesa. – Que nunca seja dito que um membro da família d'Orsay não honra suas dívidas. – Ela estendeu a mão. – Acredito que você precisa se levantar, se eu for tirar seu casaco.

Spencer ficou em pé. Ele era um homem, não um santo.

Começando pela barriga, ela subiu as mãos pelo peito dele, separando os lados do seu casaco do colete de baixo. Aquele toque altivo e consciente quase o desfez ali, mesmo com as várias camadas de roupa entre os dois. As mãos dela passaram pelo seu ombro, folgando a peça de roupa. Ele esticou os braços e o casaco escorregou com facilidade. Amelia o puxou e o colocou de lado com cuidado, para que não amassasse. Ele ficou ali, parado, impacientemente. Ela poderia ter pisoteado a roupa, Spencer não se importava.

A próxima vítima foi a gravata, e Amelia puxou o linho engomado do pescoço dele com gestos firmes. Pequenos gestos de seus dedos libertaram os botões do colete, e logo a seda cuidadosamente dobrada se uniu ao casaco.

A respiração de Spencer estava irregular. Ele estava dolorosamente duro. Não havia nada tímido ou sedutor na forma como Amelia o despia, mas certamente era feminino e muito excitante. O toque dela não era de uma amante, era o toque possessivo e eficiente de uma esposa.

A esposa *dele*.

Quando Amelia libertou a camisa dele de dentro das calças com um puxão fluido, ela se desequilibrou um pouco. Spencer a segurou pela cintura e então deslizou suas mãos pelos quadris e para baixo, envolvendo as curvas firmes e redondas de seu traseiro. Ele não mandara que elas fizessem aquilo, as mãos foram por vontade própria.

Arqueando uma sobrancelha para repreendê-lo, ela segurou as mãos do duque e as forçou a se retirarem.

– Não foi parte da aposta. – Amelia apoiou as mãos no peito dele e pressionou um pouco, antes de acrescentar: – Sente-se.

Ele obedeceu, com felicidade.

Amelia levantou as sedas de sua saia e se sentou em cima dele da mesma forma que fizera na noite passada. Da mesma forma, mas havia menos tecido entre eles. O duque já conseguia sentir o calor da pele dela queimando através da anágua fina.

A ereção de Spencer pulsava contra sua braguilha. Com certeza, a esposa não conseguiria deixar de perceber a excitação dele, e, virgem ou não, ela parecia ser uma mulher inteligente demais para não entender o que isso significava. Em vez de pressionar o quadril contra o dele, no entanto, Amelia se sentou mais próxima dos joelhos, negando qualquer contato direto com o seu desejo. Ela apoiou as mãos na cintura dele e juntou um pouco do linho requintado de sua camisa nos seus dedos trêmulos, puxando-o para cima lentamente.

Ao expor o peito nu de Spencer, ela lambeu os lábios.

– Levante os braços. – As palavras dela eram pouco mais do que um sussurro rouco.

Ele obedeceu em silêncio e ela se esticou, puxando a camisa pela cabeça dele. Amelia não a dobrou desta vez, apenas a jogou de lado com cuidado.

A pele de Spencer queimava conforme a mulher inspecionava seu peito. A respiração dela estava curta, a garganta e o peito pulsando. Não importava como tinha se sentido quanto a pagar aquela aposta há alguns instantes, agora ela estava mais do que disposta a participar. Seu evidente desejo multiplicava o dele.

Mesmo assim, ela só ficou lá sentada, hesitante.

– O que você quiser. – A voz dele saiu rouca. – Faça o que quiser.

As mãos dela cobriram as do duque. Ela desenhou cada dedo individualmente e sorriu, claramente se divertindo com a forma como ele segurava o encosto acolchoado da cadeira. Bom. Deixá-la descobrir o que causou nele. *Sim, Amelia. Eu estou me contendo por um fio. E, se não a levar para a cama logo, eu talvez perca meu juízo para sempre.*

Ela continuou a tocá-lo suavemente pelo pulso e antebraços, traçando seus músculos proeminentes. Continuou pelos braços, pressionando as mãos contra as curvas sólidas de seu bíceps. Apenas para provocá-la, ele dobrou o braço e ganhou um pequeno suspiro de surpresa como recompensa.

As mulheres normalmente gostavam de explorar os contornos do seu braço e do seu peito – ao contrário de vários cavalheiros de sua classe, Spencer era forte e tonificado devido à sua dedicação aos cavalos.

Amelia pausou, apoiando as mãos nos ombros dele. Uma nova onda de sangue alimentou a virilha de Spencer, como se aquela parte ainda precisasse de mais reforço.

Ela levou a ponta dos dedos à nuca de Spencer e um lampejo de excitação desceu até a base da coluna dele e se alojou por ali. Amelia estava retribuindo a noite anterior, imitando o que o marido fizera, carícia a carícia – exatamente como esperava que ela fizesse. Era tortura sentar-se de forma tão passiva e receber aquelas atenções, mas a situação exigia a sua inação. Ele tinha que ser paciente, tão paciente... mesmo que aquilo o matasse.

O olhar dela desceu para o peito dele.

Sim. Sim. Me toque aí. Minha nossa, me beije aí.

Spencer lutou contra a vontade de segurar os dedos dela e direcioná-los, contra o desejo de entrelaçar os dedos no penteado dela e arrastar o beijo da mulher para todos os lugares que ele tanto queria. Seus lábios, seu pescoço, seu peito, seu...

– Você disse, na noite passada, que desejava... me lamber. Me morder. – Ela se inclinou para sussurrar no ouvido dele.

– Sim. – Essas palavras carnais vindas dos lábios inocentes da mulher... a imagem de seus dentes retos e delicados, fechando-se contra o lóbulo de sua orelha, a língua dela deslizando por sua pele... Céus! Os quadris dele se levantaram um pouco, buscando fricção para aliviar a excitação. Sua ereção roçou só um pouco contra a barriga dela, mas não foi nem perto do suficiente. O contato leve e provocante, só aumentava seu desespero.

– Bem... – A respiração quente e uniforme dela acariciava seu pescoço. – Eu também quero algo.

Minha nossa! Era demais esperar que o que ela desejava exigiria nudez total e um colchão firme? Porque ele estava pronto para ceder. Quando Amelia hesitou, o duque não conseguiu ficar em silêncio.

– O quê? – ele perguntou contra o cabelo dela. – O que é que você quer?

– Você vai rir.

– Eu não vou, prometo.

– Jura mesmo?

– Sim, é claro. – Cada músculo do seu corpo ficou tenso com o esforço de ficar parado. Em sua mente, as fantasias depravadas apareciam aos montes. Que tipo de ato carnal surgiria da imaginação de uma virgem que pudesse deixá-la tão envergonhada? Seja lá o que fosse, era bom que fosse bom. Muito, muito bom.

– Isso – ela sussurrou por fim. – Só isso aqui.

As mãos dela deslizaram pelos ombros dele e se juntaram na nuca. Ela abaixou a cabeça, seus seios se encontrando contra o peitoral dele. A excitação cobriu a pele de Spencer. Cada centímetro daquele homem desejava a sensação iminente e deliciosa do beijo dela.

Mas Amelia não o beijou. Em vez disso, encostou a bochecha contra a clavícula dele, afundando o rosto na curva do pescoço de Spencer. E então ela soltou um suspiro pesado, com o corpo inteiro, e ficou parada.

Spencer estava confuso. Ela mudara de ideia? Talvez a vergonha tivesse dominado seu desejo. Maldição!

– Você não vai me abraçar? – ela murmurou, se afundando mais no pescoço dele. – Por favor? Eu estou com saudades de casa e cansada, e foi um dia horrível.

Ah.

Ah, doce donzela. Que tolo dominado pela luxúria ele era. Amelia não desistira de alguma fantasia lasciva, era *aquilo* que ela queria. Ser envolvida e confortada, de forma casta. Um abraço.

Ele seria um desgraçado se ousasse recusar.

Os braços dele a envolveram pela cintura, puxando-a mais para perto. Ela era tão macia e quente, Amelia quase derreteu contra seu peito nu. Como algum consolo para seu desejo frustrado, o abraço a aproximou, até a coxa dela encostar na rigidez de sua excitação. A mulher não se sobressaltou ou se afastou. De sua parte, Spencer resistiu à urgência de mexer os quadris. E então ficaram ali, abraçados. Ele na cadeira, ela em seu colo, e a ereção mais insistente do mundo entre ambos. Se Spencer desejava uma doce tortura, era o que ele estava tendo. Aos montes.

No entanto, quanto mais a abraçava, mais ciente ele ficava das sensações que não tinham origem em seu colo. Os contornos macios dos seios dela acalmavam seu coração acelerado. Os cílios dela roçavam suavemente contra o seu pescoço. Amelia cheirava tão bem. Seu perfume sedutor misturava o aroma de lavanda comum com toques de baunilha e algum tipo de especiaria... talvez fosse cravo? Talvez ela tivesse ido para a cozinha naquele dia.

Ele acariciou as costas dela uma vez. Ronronando, Amelia se ajeitou ainda mais no colo dele. Uma ternura pouco familiar preencheu o coração de Spencer. O duque repetiu o toque, encorajado e passando os dedos pelo caminho delicado da coluna dela. Para cima e então para baixo. Deslizando os dedos por cada vértebra, como quem conta pérolas num colar. O pulmão de cada um pareceu chegar a algum tipo de acordo instintivo e seus peitos pararam de brigar um com o outro. Em vez disso, respiravam no mesmo ritmo, trocando o ar entre eles. Quente. Cheiroso. Íntimo.

Mais excitante do que qualquer coisa que o duque já conhecera.

– Seus pais... – ela murmurou. – Eles se amavam?

– Eu... eu não tenho certeza.

Que pergunta. Spencer não conseguia se lembrar muito de sua mãe, mas recordava que seu pai tinha chorado quando ela falecera. Os dois choraram juntos, o garotinho confuso e o soldado endurecido. E então nunca mais falaram sobre o assunto. Quando soube da morte do pai, anos depois, ele não derramara uma lágrima. Reagiu com os punhos em vez disso, porque a mera ideia de prantear sozinho era devastadora demais.

– Os meus pais se amavam. – Ela falou. – Eram dedicados um ao outro. Eu sempre achei que fui sortuda de ter crescido com o exemplo deles. – Amelia estremeceu em seus braços. – Agora não tenho tanta certeza. Talvez só tenha me preparado para a decepção.

Spencer a trouxe para si até que o calor da pele dela queimasse seu peito. A respiração que os dois trocavam ficou mais quente e acelerada. Zonas dentro do duque estavam se abrandando, derretendo. Ele se lembrou do que Amelia tinha lhe dito no corredor: *Você não faz ideia do que eu poderia lhe oferecer.* Ah, Spencer fazia ideia, sim. Ele definitivamente fazia. Veria alguém arrancar suas entranhas pelo umbigo antes de admitir, mas, num nível básico, ele sabia por que não tinha sido capaz de deixá-la partir naquela noite. O motivo pelo qual a carregara para fora daquele baile, porque a pedira em casamento tarde da noite. Era porque essa mulher mostrava tanta lealdade para um irmão imprestável, que era apenas um entre cinco. Certamente, em algum lugar daquela reserva ilimitada, ela seria capaz de encontrar só um pouquinho de dedicação para ele. O duque não merecia, mas queria mesmo assim.

– Amelia, olhe para mim.

Ainda o abraçando pelo pescoço, a mulher ergueu o olhar e ficou perfeita e absolutamente parada nos seus braços. Ela parecia ter parado de respirar.

Ele a beijou. Sem aviso e sem permissão. Sem nem tomar uma decisão, só porque não havia outra coisa a se fazer. Spencer precisava daquele ar que ela estava segurando. Pertencia a ele e o homem o queria de volta.

Os lábios dela eram macios e quentes, sua língua fria e escorregadia contra a dele. Envolvendo o rosto de Amelia em suas mãos, Spencer moveu a cabeça dela para aprofundar o beijo. Amelia se contorceu em seus braços, mas ele a segurou mais forte, tomando-a mais. E mais um pouquinho. Acariciando profundamente com sua língua, batendo dente contra dente. Ele precisava sentir esse gosto, essa maciez, esse calor, e, maldição, ele sabia que iria arruinar tudo se a assustasse, mas não conseguiu parar.

Spencer deslizou a mão para um seio dela e o apertou com força, porque uma parte dele queria puni-la. Dentro dele, tudo parecia se quebrar e se mover com o ruído profundo e assustador de gelo se desprendendo de uma geleira. Velhos bolsões de vazio estavam sendo preenchidos e renovados, abismos de desejo se despedaçando. Doía. Lugares profundos e esquecidos dentro dele estavam sendo reorganizados e a culpa era daquela mulher em seus braços. Ele a acariciou com mais força, beliscando o mamilo dela, porque também queria que Amelia sentisse dor. Era imperdoável e injusto. De alguma maneira, ela havia conseguido entrar nele antes que ele pudesse adentrar nela.

Amelia soltou um grito assustado contra a sua boca, trazendo-o de volta à consciência. O duque congelou no lugar, quebrando o beijo.

– Dez minutos – ela disse, ofegante. – Você precisa me soltar.

– Não consigo.

Debatendo-se contra ele, Amelia se engasgou com o choro.

– Spencer, por favor.

– Se eu a soltar, você virá até mim mais tarde?

O duque sentiu a cabeça dela balançar antes de ouvir sua resposta.

– Não.

– Não me diga que ainda está com medo.

– Eu estou mais assustada do que nunca.

Spencer engoliu um rugido de frustração. Desgraça, ele não exibira para a esposa uma quantidade sobre-humana de controle? Além daquele pequeno momento instantes antes? Como ela podia ficar nos braços dele daquela forma se achava que ele era capaz de assassinato?

Xingando suavemente, ele tirou as mãos do corpo dela. Amelia mal conseguia encontrar o olhar dele. Os seus cílios tremiam contra sua bochecha.

– Vá! – Ele fechou os olhos e tentou controlar a respiração. Segurando os apoios da cadeira tão forte que seus dedos ficaram brancos, ele grunhiu: – Vá embora. Maldição, saia do meu colo neste instante ou não me responsabilizarei por minhas ações.

Ela obedeceu rapidamente, pressionando as palmas das mãos contra as coxas dele para se equilibrar conforme se levantava. O peito dele murchou com alívio quando ela se levantou, Spencer se inclinou para a frente, apoiando os cotovelos nos joelhos e deixando sua cabeça pender em suas mãos. A própria respiração ofegante era um rugido em seus ouvidos.

– Boa noite, Spencer – ela falou baixinho.

O duque ouviu a porta bater, mas não olhou para cima. Havia três portas saindo daquele cômodo e, se ele soubesse por qual delas a mulher saíra, havia uma chance muito grande de que ele a derrubaria um segundo depois.

Após um tempo batalhando para controlar o desejo, Spencer levantou a cabeça. Esfregou o rosto e olhou para a mesa, onde a partida de *piquet* ainda estava aberta à sua frente. Não importava como olhasse para as cartas, elas não faziam sentido algum. Uma vez que descartara seu ás, Amelia tinha uma chance real de vencer. Ela negligenciara a contagem dos pontos e jogara abaixo de sua habilidade. Por impulso, o duque abriu a pilha de descarte dela e a virou.

Um valete caolho piscava para ele e, abaixo dele, dois reis.

Ela não poderia ter sido estúpida ao ponto de descartar aquelas cartas. Só tinha uma explicação: Amelia sequer tinha tentado ganhar. Toda aquela conversa sobre dar uma festa, de se aproximar de Claudia – o que ela queria, mais do que qualquer outra coisa, era ser abraçada pelo marido. E, é claro, ele a assustara até que ela saísse correndo.

A emoção ficou presa em sua garganta, espinhosa e crua. Sua paciência já tinha se esgotado e Spencer sentia-se miserável. Uma coisa era certa, da próxima vez que ele tivesse Amelia em seus braços...

Ele não a soltaria.

Capítulo 12

No verão de seus 12 anos, Amelia cometeu o grave erro de gritar ao ver um sapo malhado quando estava próxima aos irmãos. Como seria natural, eles logo passaram a colocar sapos em seu caminho durante toda a estação. Os irmãos escondiam os anfíbios nos armários, na caixa de costura dela e até mesmo debaixo de seu travesseiro... As pragas do Egito tinham menos sapos do que a quantidade que Amelia expulsara de seu quarto naquele verão. Detestava animais olhudos, mas ela seria prática e pegaria o sapo que estava ali, parado em seu penico, e o jogaria pela janela? Não. Amelia teria que segurar aquele bicho horroroso em suas mãos, carregá-lo para o lado de fora no meio da noite e soltá-lo no jardim, são e salvo. Porque era aquilo que fazia. Ela cuidava das coisas. Não conseguia evitar cuidar de criaturas, mesmo as terríveis e indesejadas.

Especialmente as terríveis e indesejadas.

Era perverso e irracional, talvez também fosse sinal de alguma falha grave –, mas, quanto mais Spencer parecia um completo incompetente em ser um humano sensível, mais ganhava sua simpatia. Quanto mais o marido destruía todas as oportunidades de acalmá-la, mais ela sentia o desejo de consolá-lo. E, quanto mais ele a mantinha longe – emocionalmente falando –, mais Amelia desejava abraçá-lo com força.

Quando acordou sozinha na manhã seguinte, encarando o teto de gesso, Amelia precisou ser sincera consigo mesma. Adiara a consumação de seu casamento na esperança de que antes pudesse controlar seu coração.

Mas, após a noite passada, ela sabia que era uma causa perdida. Aquele abraço mexera profundamente com ela. Era verdade que Spencer havia deixado de lado o abraço casto entre os dois para estender suas liberdades, e sua agressão cheia de desejo deveria ter dissipado sua vontade de ternura. Mas, quando o duque despertara o desejo dela com aqueles beijos exigentes e mãos habilidosas, o anseio ardente não ficara restrito ao lugar entre suas pernas. Ele a preenchera e a consumira. Quanto mais negava seu corpo a ele, mais ela arriscava seu coração.

Tudo bem, então. Era assim que seria. Amelia iria até ele naquele dia.

Sentando-se de uma só vez na cama, Amelia jogou sua coberta para longe. Então enrolou um lençol ao redor dos ombros e se moveu para o canto do colchão, buscando seus chinelos que estavam no chão.

Dentro de si, Amelia resolveu banir todo o desejo por romance. E mesmo se fraquejasse em sua decisão, de verdade, o que de pior poderia acontecer? A moça perderia alguns meses de afeição não correspondida por ele, e o marido continuaria indiferente a ela. O mundo já vira injustiças piores. Antes que pudesse perceber, um bebê preencheria o vazio. E, quanto antes ela fosse para a cama dele, antes esse bebê iria aparecer.

Suavemente, ela atravessou o tapete. Agora que tomara essa decisão, não queria esperar. Encontros noturnos eram muito pessoais e íntimos. Com toda a certeza o ato pareceria tudo menos romântico à luz do dia. Amelia nem sequer pentearia o cabelo.

Ela deslizou a porta que conectava seu quarto ao do marido com alguma força.

Ele não estava lá.

Em vez disso, tinha uma mulher ali. Duas, na verdade, um par de camareiras, arrumando a cama com rapidez. As duas pararam no mesmo instante, segurando o travesseiro, para olhar para Amelia com a boca aberta. Atrás delas, uma cortina esvoaçava pela janela aberta, fazendo uma troça silenciosa da surpresa de Amelia.

– Bom dia, Vossa Graça – as camareiras disseram com uma breve reverência antes de voltar à arrumação.

– Meu marido... – Amelia falou depois de se endireitar e limpar a garganta.

– Ah, ele não está aqui, senhora. O Sr. Fletcher nos disse que os negócios levaram Sua Graça para longe nesta manhã – a criada mais nova contara. – Antes mesmo do amanhecer.

O tecido engomado estalou. A criada mais velha lançou um olhar rigoroso para sua parceira, mas a jovem continuou tagarelando:

– O duque não é esperado de volta até tarde da noite, pelo que soube.

– Sim, eu sei disso – Amelia disse com firmeza, mesmo sem fazer ideia. Ela fez uma nota mental para conversar com a Sra. Bodkin sobre a fofoca entre a criadagem, e para questionar por que o Sr. Fletcher estava conversando, antes mesmo do amanhecer, com uma camareira tão jovem.
– O que eu quero dizer é que os lençóis de meu marido não devem ser engomados. Retirem esses e recomecem.

Amelia fez a saída tão graciosa quanto podia, considerando as circunstâncias. Pelo menos não tinha prendido seu roupão na porta. Não fora uma mentira, aquela fala sobre a goma. Na noite passada, quando tirara a camisa de Spencer, ela notou a irritação na pele da garganta e no pulso, sem dúvida, era um sinal de que ele era sensível à goma que estava sendo utilizada em sua gola e punho. Ela conversaria com o valete dele mais tarde para usar um preparo alternativo.

Se fosse ser a senhora daquela casa, Amelia iria fazer tudo direito.

Como já tinha trajado seu vestido de seda cinza na noite anterior, ela foi forçada a escolher uma roupa de seu guarda-roupas gasto e descolorido. Mesmo o melhor de seus vestidos veranis, um listrado feito de musselina e que fora encomendado no ano anterior, com uma bainha de fita de gorgorão verde, parecia um farrapo em Braxton Hall. Indigno para uma duquesa.

Não a ajudou chegar à sala de desjejum e se deparar Claudia trajando um vestido de cintura alta em musselina listrada surpreendentemente similar ao que ela usava, com a diferença de que o da menina tinha frufrus rendados. Dois deles. Ela era uma garota bonita, com a promessa de virar uma grande beleza. Mas precisava que alguém guiasse com gentileza o seu comportamento e estava claro que Spencer não estava disposto àquilo.

– Bom dia – Amelia sorriu e colocou um prato de arenque e ovos na mesa, se preparando para sentar.

Claudia encarou o próprio prato, contorcendo-se em desgosto. Antes mesmo de Amelia encostar na cadeira, a garota se levantou de supetão e foi até a porta, os babados de renda balançando atrevidamente.

– Claudia, espere.

A garota parou, uma mão na maçaneta.

– Posso não ter o direito de falar, mas esteja você comendo com a família ou com estranhos, é inaceitável sair da mesa sem pedir licença. – Amelia se endireitou.

– Estou me sentindo mal – ela disse, obstinadamente. – E você não tem mesmo esse direito.

Amelia suspirou. A garota era tão... como alguém de *15 anos*. E precisava desesperadamente de um abraço.

– Você parece muito bem, a meu ver. Por que não se senta? Nós precisamos conversar, com honestidade, de mulher para mulher.

Claudia largou a maçaneta e se virou lentamente.

– Sobre o quê?

– Eu sei que você se ressente de mim.

– Eu... – A garota ficou corada. – Como assim, tenho certeza de que não...

– Você se ressente de mim. É claro que sim. Sou uma estranha que invadiu sua casa sem aviso e tomou o lugar de sua falecida mãe. Desempenhando o papel que algum dia você gostaria de assumir?

– Eu não sei o que você quer dizer. – Claudia corou ainda mais enquanto olhava para o tapete.

– Não posso culpá-la por sentir raiva – Amelia disse com calma. – Eu me sentiria igual se estivesse no seu lugar. E, para ser honesta, não posso dizer que sou muito melhor. Se ajudar em algo, também me ressinto um pouco de você.

Claudia ergueu o olhar.

– Você? Se ressente de *mim*? O que eu fiz para você?

– Nada. Nada mesmo. Mas é jovem e bonita, e você fica melhor em listras do que eu jamais fiquei ou ficarei. – Ela sorriu de forma resoluta. – Quando olho para você, não consigo evitar de me ver com 15 anos, quando o mundo era todo feito de possibilidades maravilhosas e românticas.

– Você não me conhece, não fale como se soubesse algo sobre mim.

– Justíssimo. Agora, eu concordo que somos um pouco mais do que desconhecidas. E gostaria de, em algum momento, me tornar sua amiga. Mas sei que é muito a se esperar, dadas as circunstâncias. Eu não vou interferir na sua rotina diária. Vou deixá-la em paz. – Amelia esticou para pegar uma bandeja de doces de uma mesa lateral e a estendeu. – Mas você não pode fugir a cada refeição, eu insisto que coma algo.

– Você *insiste* que eu coma algo? – A jovem olhou a comida. Em vez de pegar uma, Claudia pegou toda a bandeja e a tirou das mãos de Amelia. – Muito bem – disse, enfiando uma torta na boca. – Vou comer.

– E então ela e os doces sumiram do cômodo.

Bem, Amelia consideraria aquilo um progresso. Pelo menos a menina não morreria de fome. Acomodando-se para tomar seu próprio desjejum, ela abriu o caderno de receitas mental e adicionou uma página em branco: Claudia. Embaixo daquilo, fez a observação "Tortas de geleia, nada de arenque".

Conforme comia, se perguntou aonde Spencer tinha ido passar o dia. Não deveria ser tão surpreendente que tivesse negócios a resolver. Depois de passar meses na cidade, certamente ele teria muitos assuntos das propriedades que exigiam sua atenção. Mas seja lá para onde fora, Amelia se perguntou se o marido estaria com raiva dela, depois da noite passada. Ou desapontado. Ou com saudades.

Amelia se beliscou. O homem estava ocupado, provavelmente não estava pensando nem um pouco nela.

Ela também se manteve ocupada. Entrevistou cada membro da criadagem e se familiarizou com cada canto de Braxton Hall – da parte interna, pelo menos. Os jardins teriam que aguardar outra ocasião. Ao se mover pelos cômodos com a governanta ao seu lado, a dama anotou com todo o cuidado tudo o que precisava ser consertado ou trocado e qualquer arranjo de mobiliário que achava que fosse desagradável ou ineficiente. Após quinze anos sem uma senhora, a casa ainda estava bem mantida, mas começava a ficar fora de moda. Amelia se limitou aos aposentos públicos e comuns, sem querer invadir a privacidade de Claudia ou de Spencer.

A tarefa tomou o dia inteiro, até a noite – de tal modo que ela estava grata pelo duque não ter retornado ainda e por Claudia continuar escondida com as tortas, porque não teve tempo de planejar o jantar. Em vez disso, ela e a Sra. Bodkin compartilharam um jantar frio enquanto discutiam como modernizar a cozinha. Depois, começaram a fazer um inventário da prataria da casa. Horas depois, toda a mesa de jantar estava coberta por colunas brilhantes de garfos, colheres, facas, conchas, pegadores...

Todos começaram a se agitar em uníssono quando o relógio se aproximava das doze badaladas.

Amelia segurou o canto da mesa, assustada. Abaixo do tilintar da prataria, a trovoada de cascos de cavalos aumentava.

– Deve ser Vossa Graça – explicou a governanta, os cantos da sua boca se enrugando quando segurou um bocejo.

Spencer. O coração de Amelia acelerou num ritmo furioso. Até aquele momento, não tinha percebido o quanto aguardava o retorno dele. Mas ela o estava esperando, o dia inteiro, a cada segundo. Por qual outro motivo ficaria o dia todo trabalhando até ganhar calos nos dedos em vez de se permitir devanear por um momento? Por qual outro motivo estaria em pé, contando a prataria no meio da noite? E a pobre Sra. Bodkin, forçada a ficar de vigília ao seu lado.

– Você está dispensada – disse para a governanta. – Trancaremos este cômodo e vamos terminar amanhã. Muito obrigada por sua ajuda.

Amelia saiu apressada do cômodo, arrumando o cabelo desgrenhado e desamassando seu vestido. Quanto tempo tinha antes de Spencer entrar na casa? Com certeza ele só iria entregar seu cavalo ao cavalariço e entraria. Parou no corredor para verificar sua aparência no vidro que cobria o relógio – não dava para ver direito, mas pelo menos a luz fraca confirmou que seu rosto não tinha sofrido nenhuma mudança radical – e foi até o hall de entrada e o esperou.

E esperou. Vários minutos se passaram sem sinal do duque. Será que ele entrara por outra porta? Talvez pelas cozinhas... deveria estar com fome, depois de uma longa cavalgada.

Ela caminhou até os fundos da mansão, cruzando por uma galeria estreita que conectava a residência principal à ala de serviços. O chão era coberto por mármore e janelas ladeavam ambos os lados, o que tornava o lugar um tanto frio. Amelia se abraçou e acelerou o passo. Talvez devesse apenas ter subido para seus aposentos e aguardado o marido por lá, mas aquilo significaria escolher entre o quarto dela e o dele, e a dama preferia encontrá-lo num território neutro. Ela iria se manter calma e tranquila, com o mínimo de emoção possível.

Primeira etapa: uma declaração segura, sem paixão dizendo "Vossa Graça, agradeço por sua paciência. Agora estou pronta para consumar nosso casamento".

Segunda etapa: deitar-se e pensar em Briarbank.

Pelas janelas escurecidas da galeria, o brilho de uma tocha atraiu seu olhar. Ela parou e se virou na direção de onde vinha a luz, caminhando até uma janela e envolvendo os olhos com suas mãos para investigar a escuridão. Após uma estrada de cascalho ladeada por lamparinas alternadas havia um edifício baixo e largo, com um telhado inclinado. A luz dourada que saía da edificação delineava uma porta larga e quadrada e homens caminhando lá dentro. A casa das carruagens e os estábulos, ela percebeu. Talvez Spencer tivesse levado o cavalo até lá ele mesmo.

Ainda forçando a vista para enxergar à noite, Amelia deu alguns passos para o lado e descobriu que no fim da galeria uma das janelas altas não era uma janela de fato, mas sim uma porta. Ainda tinha um conjunto das chaves da casa em sua cintura e tentou cada uma delas até que uma barra fina de metal virou a fechadura. A porta se abriu com um gemido e ela saiu.

Não seguiu a estrada, mas atravessou a grama, sem se importar se chamava atenção ou não. As plantas estavam úmidas com o orvalho noturno e precisavam ser aparadas, encostando nos tornozelos dela conforme avançava, geladas e fazendo cócegas. Mariposas fugiam da sua frente.

Os estábulos se aproximaram como um ímã. Amelia queria muito ver este lugar que merecia tanto da atenção e do esforço do marido.

Certamente era o estábulo mais largo que ela já vira em uma casa, tanto na construção quanto na aparência externa, que parecia mais elegante do que a maioria das casas.

Alguns cavalariços se acumulavam na entrada, conversando. Não a notaram quando ela se desviou da entrada principal e se escondeu nas sombras da lateral do prédio. Estábulos sempre tinham mais de uma entrada. Logo Amelia encontrou uma porta menor, do tamanho de uma pessoa e entrou, vendo-se num quarto de arreios organizado meticulosamente e mal iluminado. O cheiro de couro e de cavalo limpo se misturavam no ar com a poeira do feno. Ela pressionou as mãos no rosto e espirrou nelas.

Com o silêncio que seguiu, ela ficou paralisada – aguardando alguém que a tivesse ouvido vir à sua procura. Ninguém o fez. No entanto, a dama ouviu uma voz ecoando pelos caibros, um murmúrio calmo e baixo como o som de água corrente, vindo de algum lugar próximo.

Amelia saiu da área de arreios para um corredor largo alinhado com baias, tomando cuidado para pisar levemente no chão. Um cavalo deitado relinchou suavemente quando ela se aproximou da voz baixa e hipnotizante e da luz bruxuleante no fim do corredor. Amelia parou na beirada da última baia, longe da aura dourada que a lamparina de carruagem emanava, pendurada ali. Com cuidado, esticou o pescoço para ver além da pilastra.

Havia ali uma área mais larga, aberta, feita para cuidar dos cavalos. No centro estava Spencer, penteando uma potranca escura de postura nobre. Amelia observou a dupla em silêncio, afundando os dedos na pilastra de madeira para manter o equilíbrio.

A égua estava sem sela e arreio, presa apenas por uma corda amarrada num anel próximo. Spencer usava uma blusa com a gola aberta, botas na altura dos joelhos e calças apertadas de camurça. O suor formava uma camada brilhante nos flancos do animal, da mesma forma que umedecia os cachos na nuca do duque. As costuras das calças dele também estavam escuras com o suor. A visão causou fenômenos estranhos em Amelia, em lugares semelhantes.

A respiração da potranca era audível e Spencer esfregou uma toalha nas cernelhas dela, limpando a espuma do pelo da égua num ritmo confiante e uniforme. Enquanto trabalhava, ele falava. Murmurava, na verdade. Amelia mal conseguia entender suas palavras, mas eram afetuosas e brandas. Carinhosas.

– Devagar, então – ele disse, parando na frente da égua e limpando o nariz e as orelhas com cuidado, usando um lado da toalha. – Espere só um momento, meu docinho. – A égua bufou e Spencer deu uma risada fácil e bem-humorada que pareceu ressoar nos ossos de Amelia.

Ele continuou com as palavras constantes e pendurou a toalha num gancho, se abaixando para checar as ferraduras do animal. Cada vez que pedia para que a potranca levantasse uma perna, ele o fazia com mais paciência do que Amelia já o vira lidar com uma pessoa por qualquer coisa, com *Essa aqui, se você puder* e *Muito obrigado, meu bem.*

O coração dela doía. Estava vendo um lado inteiramente novo dele – um lado carinhoso, gentil e cuidadoso que nunca pensou que ele teria. Criada com cinco irmãos, Amelia entendia aquele paradoxo dos homens. Achavam mais fácil expor suas emoções quando se tratava de animais. Laurent tinha sido uma pedra no enterro do pai e da mãe, mas quando, aos 14 anos, seu cão pastor de infância passou desta para a melhor, Amelia vira o irmão prantear como uma criança.

E ver o marido cuidar da égua com tanta paciência e cuidado, mesmo quando ele acreditava estar só, apenas confirmava o que Amelia sabia em seu coração, desde o casamento: esse homem nunca seria capaz de cometer um assassinato.

– Quase lá, docinho.

Ele penteou a pelagem do animal, retirando suavemente a sujeira das pernas e murmurando mais palavras gentis. Enquanto assistia, Amelia sentiu náusea. Sabia desde o início que, nas prioridades do duque, as pessoas vinham depois dos cavalos. Afinal, fora aquela a razão de terem se encontrado para início de conversa. Ele basicamente destruíra a felicidade de Jack e, por tabela, a de Amelia, na busca por um garanhão. Mas, de certa forma, ver aquela cena dava uma nova luz à realidade. Não havia mais como negar que esse homem tinha a capacidade de ser gentil e cuidadoso. Ele só não conseguia – ou não iria – revelar aquilo para ela.

Céus! Damas supostamente deveriam virar esposas amargas quando os maridos se afastassem para a cama de outras mulheres. Amelia iria passar a vida inteira com ciúmes de *cavalos*. O absurdo da situação a fez estremecer.

Ela precisava sair dali imediatamente. Em breve, Spencer terminaria de cuidar de sua montaria e a última coisa que Amelia queria era ser pega e forçada a explicar não só porque estava ali, mas também as lágrimas que queimavam seus olhos. Recuou lentamente, tateando pelo caminho de volta enquanto caminhava de costas pelo chão de tijolo em vez de fazer barulho ao se virar. Mas a escuridão se grudou ao chão, obscurecendo seus passos, e seus chinelos ainda estavam molhados de orvalho. Ela escorregou.

Maldição, maldição, maldição.

Esticando os braços largamente, ela tentou se segurar na porta da baia mais próxima. Seus dedos se fecharam no canto e, de alguma forma, ela conseguiu impedir a queda antes de se espatifar no chão. Amelia ficou paralisada, a pulsação acelerada na garganta e a coluna contorcida de forma que a faria sofrer no dia seguinte. A qualquer instante, esperava que Spencer aparecesse e coroasse sua humilhação.

Mas não aconteceu. Nada ocorreu após vários instantes de silêncio, então Amelia lutou para se endireitar e ficar em pé. Ao menos uma vez na vida a sorte estava ao lado dela. A sua batalha silenciosa havia passado despercebida.

Pelo menos para Spencer. O mesmo não poderia ser dito do cavalo cuja porta ela pegara emprestada como uma muleta. Um relinchar ofendido veio da baia escura, e Amelia ouviu o animal se levantar.

Ela tentou acalmar o cavalo freneticamente, murmurando e sibilando o tanto quanto podia naquela situação. Não queria que Spencer ouvisse o bicho, e tampouco que ele a ouvisse. Talvez devesse apenas ter se virado e fugido, mas seu instinto era acalmar o animal primeiro em vez de acordar todo o estábulo.

Pelas sombras, ela conseguiu entender que o cavalo estava balançando a cabeça de um lado para o outro. A respiração dele ficou mais pesada e barulhenta. Agora a agitação do cavalo não só era inconveniente, mas também uma ameaça. Era por isso que ela nunca aprendera a cavalgar. Cavalos sempre a assustavam. Toda aquela força intimidante e eles nunca faziam o que ela queria, jamais. Exatamente como naquele momento.

– Por favor – Amelia implorou entre dentes. – Por favor, quietinho, por favor.

Boom.

O cavalo chutou a parte de baixo da porta, lançando uma vibração intensa pela soleira e pelos braços de Amelia. Com um grito assustado, ela soltou a porta e pulou para longe, apenas para colidir contra um obstáculo desconhecido. Ela se virou para se defender e mãos fortes a seguraram pelos ombros. Amelia lutou instintivamente contra o toque, se debatendo e tentando bater em quem a segurava até que a racionalidade e a lamparina da carruagem iluminaram o óbvio: eram as mãos de Spencer que a seguravam.

A onda de alívio que se seguiu dissolveu o que restava de sua força.

– Oh, céus. – Ela respirou profundamente, tentando achar coragem para encará-lo. – Spencer, eu sinto muito.

– Você deveria sentir mesmo. O que diabos está fazendo aqui? – Spencer a examinou de cima a baixo, como normalmente fazia, mas desta vez o olhar dele buscou seus ângulos em vez de suas curvas.

– Não estou ferida – disse para ele na esperança de que fosse aquilo que estivesse querendo entender. Atrás dela, o cavalo deu mais um coice na baia e ela se sobressaltou, assustada.

Com um xingamento grosseiro, Spencer soltou Amelia, praticamente empurrando-a da sua frente enquanto caminhava até a porta e estendia a mão para o cavalo. O animal encostou o nariz na mão dele, como se o repreendesse, e pisoteou o chão. Implacável, o duque murmurou uma torrente constante de palavras apaziguadoras. Eventualmente a égua – o que ficou claro com os apelidos carinhosos no feminino – jogou a cabeça para trás e ofereceu seu flanco esquerdo para o toque. Ele obedeceu, acariciando-a atrás da orelha.

E Amelia ficou ali, desajeitada, com os braços cruzados, se perguntando por que ela ainda se surpreendia com o fato de que, quando confrontado com a escolha entre uma égua e uma esposa assustadas, Spencer escolheria acalmar o animal.

Ele se virou para ela e falou com um desdém gélido:

– Quem a deixou entrar?

– Ninguém.

– Maldição, me conte... – Com seu tom ríspido, a égua voltou a se exaltar. Spencer tomou um minuto para acalmá-la outra vez e então fez um esforço visível para manter a voz regular antes de falar de novo, com calma: – Me diga quem a deixou entrar. Seja lá quem for, acabou de perder o emprego.

– Eu já disse, ninguém me deixou entrar. Eu vim sozinha, entrei pela área de arreios. – Se comparada ao carinho com que ele ainda acariciava as orelhas da égua, a raiva nos olhos de Spencer eram só... demais para aguentar. Insultante demais, desanimador.

– Minha nossa, Amelia. – Ele balançou a cabeça. – Que diabos você estava pensando?

– Eu não sei. Ouvi você se aproximando da casa. Achei que entraria logo, mas você não apareceu. Fiquei cansada de esperar e cansada como um todo, eu queria conversar com você e pensei... – Amelia cobriu a boca para prender uma gargalhada súbita. Se apenas ele soubesse o assunto que ela queria conversar.

Spencer franziu a testa, e ela gargalhou novamente. Subitamente toda aquela situação se tornou hilária. O ciúme absurdo de uma égua, a capacidade certeira dele de sempre fazer a coisa errada em toda e qualquer ocasião. Toda aquela porcaria de casamento.

– Eu estava pensando em você, seu insuportável. – Ela riu na palma da mão e então enxugou os olhos com as costas dela. – O dia inteiro, eu só pensei em você.

Spencer a encarou, mexendo o queixo enquanto considerava o que dizer. Se dissesse para a mulher que também só pensara nela o dia inteiro, iria soar banal e falso? Será que sequer chegaria perto da verdade? Dizer que só estava "pensando" nela parecia inadequado. Qual era a palavra que descrevia a situação em que, ao longo de um dia inteiro que parecia inacabável, completamente exaustivo e inútil, cada ação, pensamento, intenção e respiração eram direcionadas para um só propósito – para uma só pessoa? Spencer supunha que poderia dizer que estivera "pensando" nela com tanta força durante todo o dia que, quando a viu em pé ali, nas sombras, segurando a porta da baia de Juno, ele se perguntou por um instante se não era uma alucinação induzida por fadiga e saudades. E, quando Amelia se assustou e ele a segurara, não restava mais dúvidas de que a carne trêmula e macia sob seus dedos era decididamente real – e ele não fazia ideia de como continuar a tocando sem perder o controle por completo.

Mas, antes que pudesse dizer qualquer coisa, Amelia se virou e fugiu.

Uma perfeita desgraça!

Depois de limpar as mãos e dar algumas ordens para o cavalariço na entrada, ele se apressou atrás dela. Sua esposa estava no meio do caminho, na grama, quando ele a alcançou. Estava com a cabeça abaixada, se abraçando pela cintura e caminhando com passos largos. A bainha de seu vestido estava úmida e translúcida, pendendo ao redor de seus tornozelos. A visão o deixava sedento.

– Escuta aqui – ele disse, acompanhando-a passo a passo. – É bem-vinda para visitar os estábulos a hora que quiser, mas nunca entre sorrateiramente e sozinha como fez hoje. A égua que você assustou pode ser bem perigosa quando provocada. Ela não só dá coices, como também morde. Já arrancou alguns dedos quando era mais nova.

– Ah, então essa é a chave para ganhar sua afeição? Talvez eu devesse atacá-lo e assim ganhar um melhor tratamento.

Foi a vez do duque rir.

– Você tem me atacado desde a noite que nos conhecemos.

– Bom, então não funcionou.

– O que quer dizer? Eu me casei com você, não foi?

Ela parou, mas logo voltou a caminhar vigorosamente. Então parou mais uma vez.

– Você se casou comigo, sim. E, quando me pediu em casamento, disse que queria uma duquesa, e não uma égua reprodutora. Que tola eu fui em achar que a primeira ficaria na frente da última em sua taxonomia.

Spencer segurou sua resposta porque só a irritaria ainda mais. Seria um erro, sem sombra de dúvidas, dizer a ela que a sua pronúncia de "taxonomia" era extremamente excitante.

Bufando com o silêncio do marido, Amelia se virou e continuou a jornada. Agora, Spencer começava a achar toda aquela conversa muito gratificante.

Ela estava com ciúmes. Inveja era a coisa mais distante do medo. Significava que Amelia queria mais dele, não menos. Viera até os estábulos atrás dele. Pela própria admissão dela, a mulher pensara nele o dia inteiro.

– Para pessoas que estão casadas há exatos quatro dias, nós parecemos discutir muito – ele observou, alcançando-a novamente.

– Você espera que eu peça desculpas?

– Não, eu até gosto. – E era verdade. Spencer amava a troca que tinham, como a inteligência dos dois era compatível, as respostas que ela provocava. Amelia o tirava de dentro de sua própria cabeça e o forçava a interagir de uma forma que pouquíssimas pessoas conseguiam. E então havia o adorável rosado das bochechas dela, a forma como sua postura desafiadora enfatizava os seios. Ele também gostava daquelas coisas. – Mas acho que estamos só usando isso como um substituto.

– Um substituto? Para o quê?

– Para o que não estamos fazendo. – Ele ergueu uma sobrancelha e deixou seu olhar correr pelo corpo dela.

– É só nisso que você pensa? Me levar para a cama?

– Ultimamente? Sim. É só nisso.

Amelia lhe lançou um olhar fuzilante que não disfarçava muito bem como tinha ficado corada. Ele se permitiu ficar alguns passos para trás para poder aproveitar o movimento dos quadris dela enquanto andava. Talvez aquele dia não tenha sido tão inútil assim.

Spencer a seguiu para os fundos da ala de serviço, onde a esposa se aproximou da pequena porta ali, a entrada mais próxima. Amelia tirou uma chave do chaveiro e a encaixou na fechadura. Como ela já conhecia a casa tão bem, tão rapidamente? Maldição, Spencer vivera em Braxton Hall por quase quinze anos e nunca nem usara aquela porta.

– Para onde estamos indo? – ele questionou enquanto atravessavam o corredor estreito e mal iluminado.

– Para a cozinha, é claro. – Ela se virou e o encarou.

– Ah, é claro. – Spencer assentiu e a seguiu até a cozinha. Observou enquanto Amelia se aproximava de um armário e puxava dois pratos cobertos e os apoiava na tábua de carne que ficava no centro do cômodo, puxando um prato e talheres de uma prateleira.

– Está com fome? – Spencer perguntou, vendo-a botar um lugar na mesa e servir uma taça de vinho.

– Não, você está.

Amelia tirou a cobertura de um prato de carne fria. Spencer identificou presunto, rosbife, coxas de frango, língua...

– Sem cordeiro – ela disse. – E há pão.

Ele encarou o crescente banquete à sua frente.

– O que você gostaria de conversar comigo?

– Dá para esperar até amanhã. Aqui tem picles.

– Não – ele retrucou, apoiando as mãos na madeira. – Não, eu acho que não dá para esperar. Foi importante o suficiente para fazê-la esperar acordada e sair da casa atrás de mim. O que foi?

– Manteiga. – Amelia ignorou a pergunta e colocou uma manteigueira em cima da mesa.

– Pelo amor de Deus, eu não quero saber de manteiga!

– Pois bem. – Ela tirou o recipiente de cima da mesa.

– Maldição, Amelia, o que está acontecendo? – Spencer passou a mão pelo cabelo.

– Por que você não come alguma coisa?

– Por que você se importa?

– Por que não me trata como trata seus cavalos?

Ele só conseguiu encará-la.

Um pouco envergonhada, Amelia cruzou os braços e olhou para o teto.

– Por que eu não a trato... – Spencer balançou a cabeça em busca de clareza. – Aqui vai uma hipótese: talvez seja porque você não é um cavalo?

– Não sou mesmo. Na sua visão, parece que sou uma criatura muito inferior. Pelo menos os cavalos são cuidados uma vez ou outra.

Ela segurou a manteigueira novamente e a colocou em cima da mesa com um estrondo, buscando uma faca. Com a outra mão, ela abriu um pãozinho.

– Ninguém come nesta casa – ela murmurou e afundou a faca na manteiga, passando-a no pão com gestos curtos e tensos. – Posso não ser uma mulher com feitos extraordinários nem possuir uma beleza ou graça consideráveis. Mas eu sou boa nisso. – Ela apontou a faca para ele. – Planejar menus, cuidar de uma casa e receber convidados. Cuidar das pessoas. E você me nega a oportunidade de fazer qualquer uma dessas coisas.

– Eu não te neguei nada. – Bom Deus. Se alguém tinha algo negado naquele casamento, era ele.

– Você me nega tudo! Eu fui removida para o interior, longe da minha família e amigos. Minhas refeições são desprezadas, assim como minhas tentativas de amizade. Não posso receber convidados. Você nem me deixou fazer uma almofadinha. – Amelia jogou a faca na mesa e ela caiu com um som alto. – O que isso significa para você, de qualquer forma?

— Amelia...

— E essa é ainda outra questão. Os cavalos são "minha querida", "meu docinho", "meu bichinho", eu sou apenas *Amelia* — ela pronunciou o próprio nome de forma arrastada, imitando a voz grossa de Spencer.

O queixo dele estremeceu. Ela o ouvira nos estábulos? Por quanto tempo ficara parada ali? A mera ideia de ela ter bisbilhotado inflamava sua irritação.

— *Apenas* Amelia — ele repetiu. — Muito bem, admito a notória ofensa que é chamá-la por seu nome de batismo. Mas, tendo Deus como minha testemunha, eu nunca me referi a você em fala ou pensamento como "apenas" qualquer coisa.

Ela tensionou o maxilar.

— Você quer que eu use apelidos, então? Realmente deseja ser conhecida como "minha querida", "meu amor" ou "meu docinho"? Eu ainda não consigo chamá-la de minha esposa com sinceridade.

— Não — ela disse. — Você está certo. Apelidos ditos de forma pouco sincera são piores do que nenhum. Por favor, esqueça que eu reclamei. — Ela tomou um gole raivoso de vinho. E mais outro. — Cansei de discutir.

— Eu também. — Dando a volta na mesa, ele parou na frente dela. O calor entre o corpo dos dois aumentou e Spencer tirou a taça das mãos dela, roçando os dedos nos dela. Aquele toque simples parecia um raio. Céus, ele estava mais do que fascinado por ela. Estava praticamente se consumindo.

Sem quebrar o contato visual, o duque virou o resto do vinho. Amelia lambeu os lábios enquanto o observava e Spencer deixou a taça de lado casualmente, sentindo a tensão quase estalar entre eles. Considerou que poderiam ser as últimas gotas de sua paciência evaporando no ar.

— E então? — ele indagou, de forma sombria.

Amelia não deixou a alteração no tom dele passar despercebida. Sua expressão foi tomada pela ansiedade e ela piscou furiosamente, olhando para todo canto menos para ele. Buscando a manteigueira, ela disse:

— Eu deveria limpar isso aqui.

— Deixa isso aí. — Ele segurou seu punho.

Ela arfou e o som áspero alimentou seu desejo. Spencer queria fazê-la ofegar de novo. E de novo. Gemer, soluçar e chamar seu nome.

— Então eu vou me deitar. — Ela arregalou os olhos e puxou a mão para desvencilhá-la de seu toque.

Bastou apenas um instante para botá-la no colo. Ah, e o arquejo que ela soltou fez o sangue dele ferver.

— Sem mim você não vai, não.

Capítulo 13

— Você não pode fazer isso — Amelia protestou enquanto Spencer a carregava pelas escadas, mostrando que ele podia, sim, fazer aquilo e com muita facilidade.

No topo da escada, o duque se virou na direção dos aposentos da mulher.

— Você me deu sua palavra — ela disse, sem ar. — Se a quebrar agora, nunca mais serei capaz de confiar em você.

— Para o inferno com isso — ele grunhiu, abrindo a porta para a saleta do quarto dela com o ombro. — Pare de fingir que não quer. Você está tão molhada por mim embaixo dessa saia que eu consigo sentir o gosto daqui.

Oh, céus! Se já não estivesse úmida entre as coxas, agora ela certamente ficaria.

— Eu não quero desse jeito — protestou com menos firmeza do que gostaria. Sim, tinha intenção de dividir a cama com ele, mas não no auge da paixão.

Quando Spencer passou pela porta, Amelia se encolheu contra o peito dele para evitar bater a cabeça na soleira da porta. Sentiu o lugar entre suas pernas latejar, pulsando no mesmo ritmo do coração dele. Ela pressionou a bochecha no peito forte do marido, sentindo-se ameaçada e protegida, desejada e conquistada. Excitada de dezena de maneiras diferentes.

Ele atravessou a saleta e a antecâmara com ela no colo, direto para o quarto da mulher. Oh, céus! Spencer realmente queria possuí-la naquela noite.

O duque parou próximo à cama e a colocou em pé.

Tonta, ela cambaleou.

– Eu... eu acho que você deveria ir embora.

– Amelia, olhe para mim. – Ele fez um som exasperado.

Ela se virou e imediatamente se castigou por isso. Por que obedecera ao comando arrogante dele de forma tão instintiva? Spencer dizia "sente-se", ela se sentava. Dizia "levante-se", e ela se levantava. Falava para tirar o corpete, e ela se despia até a cintura mais rápido do que um chefe de cozinha limpava uma enguia. Sorte a dela que o marido não a mandara deitar-se na cama, levantar as saias e ficar calada.

Sorte a dela, de fato. Ou um ato atencioso da parte dele. Ou até um ato paciente, generoso e honrado?

Agora Amelia estava mais confusa do que nunca.

– Olhe para a direita – ele pediu. – O que você vê ali, ao lado da cabeceira?

– Uma cadeira? – Ela levantou as mãos, surpresa.

– Entre a cabeceira e a cadeira.

– Ah. – Havia uma pequena moldura pendurada ali que ela não se lembrava de ter visto antes. Amelia pegou uma vela de sua penteadeira e se aproximou, encarando-a. – É... – *Minha nossa*. Era o trabalho dela, a pequena cena campestre que bordara no outro dia, bem esticada embaixo de um vidro límpido. A moldura prateada combinava com os fios prateados que entrelaçara no córrego, e todo o efeito... até dito por ela mesma, era realmente charmoso.

– Mandou emoldurar? – ela perguntou, ainda encarando o bordado. – Eu entendi que você disse que nunca o permitiria nesta casa.

– Eu disse que nunca enfeitaria uma poltrona nesta casa. – A voz dele ficou mais grave quando se aproximou e parou atrás dela.

– Mas... você tomou de mim.

– Claro que tomei. Você ameaçou transformar numa almofada. – Spencer apoiou as mãos nos ombros dela e o seu peso parecia uma repreensão. – Uma almofada, pelo amor de Deus. Por que esse bordado tem que justificar sua existência com uma função mundana? Ele é lindo. É arte. Nesta casa, não nos sentamos em arte, nós a penduramos na parede para admirar.

Amelia não sabia o que dizer. Um agradecimento subiu para seus lábios, mas ela não tinha certeza se ele a estava elogiando. Na verdade, sentia-se estranhamente perturbada com aquilo.

Spencer a girou para que a mulher o encarasse.

– Você sempre se precipita para se definir em referência aos outros. Irmã de Jack, apoiadora de Claudia, senhora da casa. Você me repreende por não a tratar como eu trataria meus cavalos e minhas posses. Por não medir seu valor pela comida que serve ou pelos recitais que poderia oferecer. – Ele fez um gesto impaciente na direção do quadro. – Do momento em que nos conhecemos, você resistiu a mim, me provocou e exigiu meu respeito. Então viemos para Braxton Hall, e aqui... É como se você desejasse ser uma almofada numa poltrona e estivesse achando ruim que eu não me sento em você.

Amelia se desvencilhou do toque dele em seu ombro

– Você não tem o direito...

– Ah, eu tenho todo o direito. – Ele venceu a distância entre ambos, tomando o castiçal das mãos dela e colocando em cima da lareira. – Eu sou seu lorde e marido, e tenho toda a sorte de direitos que escolhi não exercer. Pelo menos não ainda.

As últimas palavras lhe causaram arrepio.

O olhar faminto e perigoso de Spencer capturou o dela.

– Há muito por trás destes belos olhos azuis, mas, em algum lugar entre suas deliciosas orelhas e seu cérebro impressionante, há uma conexão muito falha se quando eu a chamo de Amelia você escuta um "apenas" na frente. Acredite, se minha esposa fosse "apenas" uma garota, eu poderia ter me casado anos atrás.

Será que ainda tinha joelhos? Se tivesse, ela não conseguia senti-los. Spencer dissera para acreditar nele? Acreditar que tinha olhos bonitos e orelhas deliciosas e um cérebro impressionante? Deliciosa? Ela? Acreditar que um duque rico e atraente que evitara o casamento por anos havia encontrado algo nela – uma solteirona empobrecida e impertinente – que o fizera mudar de ideia de uma hora para a outra.

Agora as palavras dele eram mais do que perturbadoras. Elas ameaçavam tudo o que Amelia acreditava sobre si mesma e tudo o que sabia a respeito dele.

O que era quase nada, quando ela parava para pensar.

– Que arrogância previsível – ela falou, enfiando o dedo no peito dele. Era um gesto juvenil, mas, por alguma razão, precisava tocá-lo. – Que hipocrisia tremenda! Você para na minha frente e... analisa minha personalidade e finge entender o funcionamento mais secreto da minha mente? Isso do homem que exibe afeição por cavalos, mas não sabe nem abraçar sua esposa.

Apenas uma fagulha no olhar dele indicou sua surpresa.

– Você não tem direito de me jugar. – Ela fechou a mão em punho e bateu contra o peito do marido. Era o coração dele, batendo contra a mão dela? – Não me diminua por valorizar minha família, as minhas amizades e a hospitalidade só porque você não consegue se importar. E como ousa me repreender por buscar formas de ser útil quando me trouxe até aqui só para te dar um herdeiro? Você se casou comigo pelo motivo mais mundano possível.

– Ah, acredite em mim. Quando dividirmos a cama, será qualquer coisa menos mundano. – Ele esticou a mão e a segurou pelo queixo. – Sabe como passei meu dia, Amelia?

Ela balançou a cabeça, mas só um pouco, porque ele segurou sua mandíbula com força.

– Com prostitutas.

– Com...? – A voz dela morreu um pouquinho na garganta. *Minha nossa!*

– Sim, prostitutas. Eu me levantei antes do amanhecer e fui até Londres a toda velocidade, exaurindo três cavalos no caminho. Passei a tarde revirando os estabelecimentos mais indignos de Whitechapel, procurando pela prostituta que encontrou o corpo de Leo. Conversei com prostitutas de todos os tamanhos e formas. Morenas, loiras, gordas, magras, feias, bonitas... poucas delas tinham uma beleza desmedida. E, por um xelim, qualquer uma delas teria se ajoelhado ou levantado as saias para mim com alegria, mas eu não queria nenhuma delas. O dia inteiro, eu só pensei em você.

Spencer a encarou.

– Eu só pensei em você enquanto voltava para casa, sem trocar os cavalos em Cambridge como deveria. Usei aquela égua mais do que tinha direito, e por isso, sim, ela merecia um pouco de carinho e um pedido de desculpas. Eu nunca abuso dos meus animais, mas cheguei bem perto disso hoje. E não fiz isso porque queria algo "mundano". Tampouco fiz porque queria voltar para casa e encontrar rosbife e pão com manteiga. Eu fiz tudo isso só para achar aquela maldita ficha, para lhe provar que não sou um assassino. Conseguir sua confiança, convencê-la de que não há nada a temer.

Com uma risada amarga, ele soltou o queixo dela.

– E o pior de tudo é que, neste momento, você *deveria* estar com medo. Aterrorizada.

Spencer avançou na direção dela, prendendo-a contra a parede. O chanfro na parede estava pressionado contra a espinha de Amelia e seu olhar de desejo percorreu todo o corpo dela, deixando-a rígida em alguns lugares e relaxada em outros.

– Você deveria estar estremecendo em seus chinelos porque estou cansado e frustrado, e a dois passos de jogá-la na cama, arrancar seu vestido e fazê-la minha, queira você ou não.

– Você não faria isso.

Ele apoiou as mãos na parede, prendendo-a contra seus braços. O seu calor e aroma a rodeavam.

– Você tem razão, eu não faria. Eu a possuiria aqui, esqueça a cama.

Os olhos de Spencer estavam escuros, selvagens e famintos, e a intensidade neles era o suficiente para fazê-la se sentir invadida. Lá se fora o homem que a beijara no estúdio de Laurent com tanta paciência e habilidade. Não havia nada de sedução em sua postura agora – apenas posse, nua e crua.

Apesar de Amelia estar tremendo até a raiz do cabelo, ela se forçou a sustentar o olhar e ficar absolutamente parada, até que o calor que emanava do corpo de ambos derretesse ferro.

Por fim, a paciência dela foi recompensada. Ele suspirou e os braços dele relaxaram. Estava claro que Spencer estava exausto, no corpo e na mente.

– Pelo amor de Deus, Amelia...

Ela aproveitou-se daquele momento para se desvencilhar dos braços dele, se abaixar e correr até o outro lado do cômodo.

Spencer xingou e foi em sua direção. Em vez de dar a volta na cama como ela fizera, ele pulou por cima dela, tentando bloquear o caminho de fuga da mulher. Ele se ajoelhou no colchão, se inclinando para a frente quando ela passou, mas só conseguiu pegar um pouco da saia dela e o tecido se rasgou quando Amelia se afastou.

Ela se apressou na direção da porta que conectava os cômodos e olhou por cima do ombro só para vê-lo estatelado na cama, segurando o pedaço de musselina como se estivesse prestes a cometer um assassinato.

– Maldição, não fuja de mim!

Juntando toda a sua força, ela deslizou o painel. O som da madeira foi seguido pelo som do colchão estalando quando o duque se levantou de uma vez e voltou a persegui-la. Com um gritinho de susto, ela atravessou a porta e começou a fechá-la. Quando o painel estava quase fechado, a mão dele se colocou no vão cada vez menor. Mas o movimento da porta e a energia desesperada de Amelia eram fortes demais para ele naquele momento. A porta bateu no batente, esmagando os dedos do homem.

Urrando de dor, Spencer puxou a mão e o peso do corpo de Amelia levou o painel até seu lugar de descanso. Trêmula, ela fechou a única tranca da porta, se prendendo no quarto de Spencer.

Amelia respirava pesadamente e encostou na porta, de costas, e derreteu de alívio.

Bang.

Ela deu um salto. Ele bateu na porta novamente, e então mais uma vez.

– Me deixe entrar – ele exigiu, sua voz abafada pela madeira grossa.

Ela engoliu em seco.

– Não.

– O que me impede de dar a volta e entrar pela outra porta?

– Também a tranquei – Amelia mentiu, balançando as chaves de seu chaveiro.

Mais xingamentos abafados. Então o som de algo quebrando contra a parede.

Amelia se abraçou com força, tentando parar de tremer. Subitamente a porta se moveu nas costas dela, como se ele tivesse se apoiado do outro lado.

E tudo ficou quieto.

Do lado de fora, ao menos. Por dentro, Amelia tinha uma sinfonia inteira tocando. Um violinista fantasma tocava melodias frenéticas nas cordas rígidas que eram seus nervos. E, em seu coração, um coro de milhares cantava: "hosana, aleluia, glória a Deus nas alturas!".

Spencer a queria. Ele a desejava de verdade, desesperadamente. Ela, Amelia. Ela não era "apenas" uma esposa para ele, a mãe de seus herdeiros. Ele mesmo dissera aquilo, poderia ter se casado com "apenas" uma garota anos antes. Ela era o motivo de um duque se rebaixar e rondar os distritos mais infames de Londres. Motivo suficiente para o cavalheiro que mais amava cavalos no mundo arriscasse a saúde de uma montaria valiosa e preferida.

Os olhos dela eram bonitos. Orelhas deliciosas. Amelia levou os dedos aos lóbulos de suas orelhas, desejando, de forma absurda, que pudesse experimentar para julgar por conta própria.

Ele a chamara de artista. Ela possuía um cérebro impressionante, Spencer dissera. Ele gostava de discutir com ela. E pensava nela o dia todo.

Minha nossa. Minha nossa.

Amelia esperara a vida inteira para se sentir daquela maneira, verdadeiramente desejada. Não ser só alguém agradável de se ter por perto ou alvo de uma luxúria fraca, mas *desejada* por seu corpo e mente. A alegria gritava de cada corpúsculo de seu corpo – e ela precisava ficar só com esse sentimento um pouquinho mais, ou...

Ou ela se apaixonaria por ele com tanta força, tão rápido, que iria se espatifar.

– Amelia? – A voz dele estava muito próxima e rouca com a fadiga. Ela pressionou a orelha na porta para conseguir ouvi-lo. Ele disse: – Espero que você não goste muito daquela pastorinha de porcelana.

Amelia abriu um sorriso largo, secreto. Aquele era um típico pedido de desculpas do marido.

– Estou cansado para caramba – ele falou, soando derrotado. – E vou dormir na sua cama agora.

A porta não se moveu. Então Amelia sabia que ele também não se movera.

Ela virou a cabeça e disse suavemente, numa altura que ele só poderia escutar se estivesse com o ouvido grudado na madeira e ouvindo com atenção:

– Sua mão está bem?

Alguns instantes se passaram.

– Acho que sim.

– Vou dar uma olhada nela pela manhã.

– Pensando melhor, talvez esteja quebrada.

Amelia sorriu de novo e desencostou da porta, ficando em pé sozinha. Com um pequeno chacoalhão, o painel se moveu quando ele removeu seu peso do outro lado. Ela abriu a tranca e empurrou a porta para encontrá-lo esperando por ela.

– Deixe-me ver – ela disse, estendendo o braço.

Spencer colocou a mão ferida na dela, com a palma para cima. A respiração dele era audível, lenta e sedutora, conforme Amelia o examinava. A pele de Spencer estava seca e quente e um pouco grossa pelas atividades que fazia, mas cada dedo se moveu facilmente. Ela não percebeu nenhum inchaço nem sangue.

– Está ótima – ela falou.

– Eu sei.

Os dois ficaram parados ali em silêncio, apenas se tocando, ambos encarando a mão dele, como se ela fosse uma vidente, encarando a palma para adivinhar o futuro.

– Eu não sou um assassino, Amelia – ele falou baixinho. – Sei que derrubei um homem na sua frente e me comportei como um bruto desde a noite em que nos conhecemos. Não sei que diabos fez comigo, mas você me faz perder o controle. Você me faz rir. E me deixa *tagarela*. Você me deixa excitado com uma palavra ou um olhar e há poucas coisas que eu não faria agora para estar dentro de você. Mas não fuja de mim como se eu fosse um patife e nunca me deixe trancado para fora. Eu não matei Leo, juro.

Amelia levantou a cabeça, e os dois trocaram olhares. Ele sequer tentou disfarçar a vulnerabilidade em seus olhos. Enfim algo que ele precisava dela. A moça era uma cuidadora, e ele não queria ser cuidado. Ela era zelosa, mas ele não queria ser zelado. Mas a alma dela confiava e Spencer precisava daquilo, de alguém que acreditasse nele.

Não era de seu feitio recusar.

– Eu sei. Ah, Spencer, eu sei que você não é culpado. – Amelia levantou a mão dele e deu um beijinho no centro da sua palma, antes de pressioná-la contra sua bochecha. – No meu coração, nunca acreditei que era culpado.

Spencer sorveu o ar, trêmulo.

– Então por quê...

– Estava com medo de me machucar de outras formas. Para falar a verdade, ainda estou.

– Eu nunca a machucaria. – Ele roçou o dedão na bochecha dela.

– Não acho que você pode me prometer algo assim. – Ela apertou os dedos machucados dele. – Mas fica mais igualitário saber que também posso machucá-lo.

O olhar dele pousou nos lábios dela e Spencer disse, simplesmente, sem nenhuma ironia:

– Você está me matando.

Ele atravessou a porta, pegando-a no colo num gesto só. Juntos, os dois caíram na cama e os lábios dele encontraram os dela. Sem nenhuma preliminar, Spencer puxou o queixo dela e invadiu sua boca com a língua, profunda e incansavelmente. Ela se segurou contra ele, se rendendo à paixão do beijo, seu único objetivo sendo tirar dele na mesma medida em que cedia.

Ele levantou a cabeça e a encarou.

– Nós vamos fazer isso.

– Sim – ela sussurrou.

– Sem medo hoje. Sem arrependimento amanhã.

– Nenhum.

Ele se sentou e a ajudou a se levantar até que ambos estivessem de joelhos no centro da cama. Depois de batalhar contra a fileira de botões nas costas de Amelia, Spencer retirou o corpete dela, que ajudou balançando os braços para libertar as mangas. Ele encontrou os laços de seu espartilho e os abriu com impaciência, jogando a peça de vestimenta para o lado e tomando os seios dela com ansiedade em suas mãos, por cima do chemise fino de verão.

Amelia engoliu em seco enquanto ele os admirava, levantando-os e acariciando-os com os dedos. Spencer parecia perdido naquelas curvas, seu toque sem pressa, sua respiração quente e pesada. Os mamilos dela ficaram dolorosamente endurecidos, tornando-se picos proeminentes que roçavam contra o tecido fino.

Ele puxou o decote dela, que não era generoso o suficiente para oferecer acesso ao mamilo de Amelia. Em vez disso, o duque abaixou a cabeça e a chupou por cima da roupa. Céus! A sensação da língua macia lambendo-a através do tecido áspero... era prazeroso com tal intensidade que ela não conseguia não gemer.

Ela buscou a barra da blusa dele, puxando-a para fora da calça e deslizando suas mãos por baixo, passando as palmas pelos músculos rígidos do abdômen dele e o caminho que levava até a virilha dele. Encorajada pelo som áspero de aprovação de Spencer, Amelia levou a mão para baixo, envolvendo a rigidez que pressionava a calça dele.

– Você vai ter que me dizer o que fazer – ela pediu, desenhando o formato dele suavemente.

Spencer levantou a cabeça do seio dela e terminou de afrouxar sua blusa, parecendo abandonar os esforços de despi-la.

– Não existem regras para nada disso. Se eu fizer algo com você de que goste... – Ele puxou a blusa por cima da cabeça e a jogou para longe. – Há uma grande chance de que eu também vou gostar se fizer o mesmo comigo.

– Oh, muito bem.

Quando ele abaixou as mãos para abrir a calça, Amelia se inclinou para frente e tomou o mamilo dele na boca.

Ele soltou a respiração pesadamente e ela se afastou.

– Não é bom?

– É, sim – ele garantiu, deslizando uma mão pela nuca dela. – É muito bom.

Amelia sorriu para si mesma e se inclinou para tentar novamente. Desta vez, ela lambeu primeiro, provocando o pequeno círculo até virar um botão de rosas. Ele grunhiu quando ela envolveu os lábios ao redor, chupando gentilmente e então roçando os dentes.

– Isso mesmo, meu bem – ele sussurrou.

Um fogo surgiu entre as coxas de Amelia. Ela nunca se sentira tão sensual e poderosa. Com algumas lambidas ela o enlouquecera, então envolveu com a mão a prova do desejo exuberante que ele sentia. Quando transferiu suas atenções para o outro mamilo, ela moveu a mão, testando.

– Chega! – Ele envolveu a mão dela na sua, pressionando a palma dela firmemente contra sua virilha.

– Não está bom? – Ela levantou a cabeça.

– Bom até demais. – Com uma expressão dolorosa, ele afastou a mão dela. – E esperei tempo demais para tudo terminar antes mesmo de começar. Deite-se.

Ela obedeceu, sorrindo para si mesma. Ele dizia "sente-se", e ela se sentava. Ele dizia "fique em pé" e ela se levantava. Ele falava "deite-se" e ela se deitava... porque no seu âmago, ela confiava nele institivamente. Ela sempre confiara, desde a primeira noite.

Livrando-se de seus chinelos, ela puxou a coberta antes de se reclinar contra os travesseiros. Com uma concentração focada, ele a livrou das meias, anáguas e roupas de baixo, até Amelia estar em cima dos lençóis apenas de chemise. O tecido úmido se agarrava aos mamilos dela com sua respiração afogueada. Spencer sentou-se na beirada da cama, lutando rapidamente com suas botas e então ficando em pé apenas o suficiente para sua calça e roupas de baixo escorregarem pelos quadris.

Totalmente nu, Spencer montou nas coxas da mulher, sem se esforçar para esconder a ereção da vista dela. Por dois segundos, um vestígio de pudor a fez desviar o olhar, mas logo Amelia cedeu à tentação e olhou. Seu membro orgulhoso e grosso erguia-se de um ninho de pelos pretos, contrastando dramaticamente com o branco da roupa dela. Ela não tinha como comparar, mas julgou o tamanho impressionante e sua avidez intimidadora.

– Não seja tímida. – Havia um tom de diversão na voz dele que a fez corar. – Estarei dentro de você em breve. É bom que o veja primeiro. – Ele pegou a mão dela de onde estava repousada e sussurrou: – Me toque.

Spencer envolveu os dedos de Amelia ao redor do membro, guiando a mão dela para cima e para baixo, lentamente, por todo o comprimento. A pele macia como uma pétala acompanhou sua mão, deslizando em cima das veias grossas e um desejo duro como pedra. Essa maciez, essa força, tudo estaria dentro dela em breve. Seus lugares mais íntimos doíam de prazer com o pensamento.

Ela o acariciou outra vez e uma gota de umidade clara brilhou na ponta. Intrigada, ela tocou com a pontinha de um dedo.

A mão dele se enrijeceu, imobilizando a dela.

– Chega disso.

Spencer tirou a mão de Amelia e se afastou para pegar a barra do chemise. Acariciando-a pelas curvas do tornozelo e então das coxas, ele puxou o tecido até a cintura da mulher. Depois de pausar brevemente para ajustar o peso, o duque levantou o chemise ainda mais, deixando expostos a barriga arredondada e macia e os seios. O tecido se juntou abaixo de seus braços. Ela deveria se sentar para que ele pudesse tirar a roupa?

Spencer estava impaciente demais para se importar. As mãos dele percorriam o corpo de Amelia com avidez, agarrando seios, quadris e coxas. Com uma mão, o duque alcançou o lugar entre as pernas dela, dividindo seu sexo. Ela já estava molhada ali, e os dedos dele deslizaram facilmente entre as dobras da jovem. Ele a explorou com gentileza, e a sua respiração ficou mais ofegante. A mulher ficou um pouco autoconsciente, desejando que ele pelo menos a beijasse enquanto a tocava daquela forma. Mas, quando o dedão dele achou aquele botão sensível no centro do sexo dela, ela parou de se importar. As costas dela arquearam, levantando seus seios e com um gemido baixo, ele se inclinou e tomou um mamilo na sua boca, chupando com firmeza enquanto circulava aquele lugar desejoso com o dedão. Spencer deslizou um dedo para dentro dela e os músculos íntimos de Amelia se contraíram contra ele.

– Inferno. – Quando ele falou novamente, sua voz estava trêmula. – Você é tão apertada.

– Isso é ruim? – Ela gemeu conforme ele mexia o dedo para frente e para trás, se demorando contra a pele extremamente sensível dela.

– É injusto. Será incrível para mim, mas provavelmente muito desconfortável para você. – Ele aumentou o ritmo dos movimentos circulares e os quadris dela se contorceram com o prazer intenso. – Consegue gozar para mim? Se você gozar primeiro, vai ser mais fácil.

Que pedido! Era a cara dele ser tão direto. Será que conseguiria? Amelia não tinha certeza. Ela definitivamente desejava. O toque de Spencer incitava uma sensação insuportável nela e, a cada carícia, ele a levava cada vez mais perto do clímax. Mas havia confiar nele, e "confiar" nele. Nunca gozara para ninguém além dela mesmo. Era como se estivesse flutuando na beira do abismo do prazer, mas uma fina corda de inibição a impedisse.

Então as palavras dele começaram a desenredá-la.

– Eu quero vê-la gozar. Sonho com isso, sabia?

Não, ela não sabia. Nunca conseguiria imaginar, nem em um milhão de anos, que o marido sonhava com aquilo.

– Acordado ou dormindo, eu sonho com isso. Como será seu rosto. Quão rígidos ficarão seus mamilos. Qual o tom exato de rosa que você vai ficar e em quais lugares.

Abalada por uma nova onda de prazer, ela deixou a cabeça pender e cobriu os olhos com um dos pulsos.

Spencer tirou o braço dela do caminho, continuando a acariciá-la num ritmo firme e rápido.

– Ah, não. Não se esconda de mim. Eu sou egoísta e quero ver. Poderia me afundar entre suas coxas e lhe dar prazer com a minha mão, mas não vou porque quero vê-la gozando para mim.

Amelia mal conseguia compreender a imagem carnal que as palavras dele desenhavam, mas seu corpo respondeu entusiasmado. Estava tão excitada que seu corpo fazia sons molhados e eróticos conforme ele enfiava o dedo nela vez após outra.

Ele a tinha tão, tão perto. Ela gemeu, desesperada pelo clímax.

– Me diga – o duque falou. – Me diga o que precisa.

Havia palavras para descrever o que ela queria? Não conseguia encontrá-las. Ele tinha dizimado seu vocabulário.

– Suavemente – ela conseguiu falar. – Suavemente.

Ele aliviou a pressão do dedão, deslizando-o levemente pelo seu botão excitado.

– Assim?

– Isso. – Ela ofegou e se arqueou, mordendo os lábios e segurando os lençóis.

Assim, não para... Assim.

O último fio da resistência de Amelia se partiu. Ela gozou com tanta força que o clímax levantou seus quadris da cama. Spencer deslizou um segundo dedo para dentro dela, duplicando a intensidade do orgasmo. O prazer contínuo, onda após onda. Os últimos tremores ainda a atravessavam quando ele tirou a mão e se posicionou entre as pernas dela.

– Eu preciso tê-la – ele murmurou, abrindo as coxas dela e se empurrando para dentro do seu centro trêmulo. – Agora.

Ela arfou com a pontada de dor que se misturou à onda de prazer.

Ele murmurou, enfiando-se mais profundamente.

– Não consigo parar. – Ele estocou mais uma vez. – Bom demais.

Com pequenos movimentos dos quadris, ele se afundou cada vez mais dentro dela. A sua pele sensível doeu e se esticou. Quando Amelia achou que não conseguiria tomar mais dele, Spencer a segurou pelo traseiro com as mãos, mudou o ângulo de seus quadris e se afundou ainda mais profundamente. O pescoço dela se arqueou quando buscou ar. Estava tão preenchida por ele que o sentia em todos os lugares.

Finalmente acomodado, o duque parou acima dela por um momento, ofegante contra a curva do pescoço dela. Onde os dois se uniam estava dolorido, mas parecia indescritivelmente certo. Ela era uma mulher, feita para aquilo. Amava o fato de que conseguia tomá-lo dentro de si e o segurar ali, tão apertado que não havia outro lugar no mundo em que Spencer desejasse estar.

– Você me fez passar pelo inferno para conseguir isso – ele disse, punindo-a com uma estocada penetrante contra o seu útero. – E eu quero que saiba que valeu cada instante.

Ela gargalhou, e o pequeno espasmo piorou a dor. Mas melhorou ao mesmo tempo.

Spencer a calou com um beijo, voltando a se mover. Gentilmente agora. O corpo dela se ajustara ao dele, que se movia com facilidade, deslizando com estocadas fortes e poderosas. Em segundos, a dor se foi e tudo começou a ficar quente e prazeroso. Amelia relaxou as coxas, abrindo as pernas para tomá-lo ainda mais profundamente. Deliciando-se com o peso dele em cima dela, a firmeza dos ombros e braços musculosos, a suavidade das costas dele. Quando o duque acelerou, ela correu as mãos de forma possessiva pelos ângulos agudos e as planícies, ousando cobrir os músculos rígidos das nádegas dele.

Spencer fez um som áspero e ela sentiu uma mudança nele. Toda a delicadeza se fora e o desejo cru tomou seu lugar. O homem se ajoelhou, levantando os quadris dela da cama em suas mãos fortes e esculpidas. Os tendões do pescoço dele se destacavam como cordas. Os seios de Amelia balançavam intensamente conforme ele movia os quadris, possuindo-a forte e rapidamente numa busca implacável pelo próprio prazer.

Agora Amelia entendia por que ele insistia em vê-la em seu clímax. Mesmo com os olhos fechados, mesmo no escuro da noite... o rosto dele lhe dizia que o marido preferia morrer a se afastar do corpo dela naquele instante. Era isso, aquela era a melhor parte. Sentir-se tão desejada, tão necessária. Mais essencial para ele do que o ar.

Spencer soltou algo entre um gemido e um grunhido e desabou em cima dela, trêmulo e desamparado no ápice de sua paixão. Ela o abraçou nos ombros, arrumando o cabelo úmido da testa dele. Ele usou os seios dela como travesseiro e suspirou o nome de Amelia contra sua pele.

Talvez ela tivesse se precipitado. Talvez aquela fosse a melhor parte, envolvê-lo de todas as formas possíveis, o mais próximo que duas pessoas poderiam ficar.

Não durou o suficiente.

Cedo demais, o duque se afastou dela.

– Você está muito dolorida?

– Não muito, eu vou ficar bem.

– Bom. – Ele rolou e se deitou de costas. – Falhei miseravelmente na parte da gentileza.

– Eu percebi. – Amelia puxou o tecido da sua camisola para voltar a se cobrir. – Está tudo bem.

Com um braço, Spencer a puxou para perto, encaixando o corpo dela contra o dele. A mulher repousou sua cabeça no peito dele, encantada com as batidas distantes e fortes do coração do marido. Eventualmente elas se acalmaram, assim como a respiração dele.

– Vai ficar melhor – ele murmurou, sonolento. – Você vai ver. Só dói uma vez.

A mão dele que segurava seu braço relaxou quando Spencer caiu no sono e um ronco suave trovejou no peito dele.

Amelia o abraçou pela cintura, tremendo apesar do calor que ele irradiava. Será que Spencer tinha alguma ideia do que a mulher acabara de lhe dar? Não foi apenas seu corpo, mas também sua confiança, seu coração e seu futuro. Ela o amaria em breve, isso se já não o amasse. Daquele momento em diante, o marido tinha a habilidade de deixá-la indescritivelmente feliz e o poder de devastá-la por completo. Aquele homem revelara a Amelia vislumbres de emoção verdadeira e de vulnerabilidade naquela noite, mas até aí... ele estava extremamente frustrado de desejo acumulado. O que a manhã traria? Ela só podia se agarrar a um fio de otimismo e esperança de que o desejo dele... ou sua consideração, ou fosse lá o que sentisse por ela... não tivesse sido exorcizada com a força do seu clímax.

Você vai ver. Só dói uma vez.

Ela rezava para que fosse verdade.

Capítulo 14

Amelia despertou aos primeiros raios do amanhecer, desesperada com o desejo – de usar o penico.

Assim que a situação urgente foi resolvida, ela foi pé ante pé até o lavatório e lavou o rosto em silêncio, limpou a boca e penteou o cabelo. Saber que Spencer estava deitado ali perto a deixava animada, mesmo que ele estivesse no décimo quinto sono. O simples fato de estar no quarto de um homem belo e viril lhe dava uma empolgação silenciosa. Conforme penteava o cabelo, a dama imaginou que o duque estava acordado, observando-a com intensidade, ficando excitado com os movimentos dos seios dela, que estavam soltos debaixo de sua camisola, e com a silhueta de suas coxas através da musselina transparente.

Depois de terminar sua toalete, ela se virou e viu que Spencer ainda dormia. No entanto, enquanto observava, ele gemeu baixinho e se moveu, deitando virado para cima. Pelo menos a parte da excitação de sua fantasia tinha sido verdade. Os lençóis que se embolavam nos quadris dele delineavam a rigidez impressionante. Apenas de olhar para ele e relembrar a força da paixão de Spencer na noite passada, ela ficava quente e úmida.

Mas Amelia não queria acordá-lo, não ainda. Não quando tinha toda a suíte dele para si e a oportunidade de explorar.

E foi o que fez. Ah, ela não bisbilhotou, aquilo seria baixo e humilharia a ambos. A mulher não abriu uma gaveta ou armário. Mas o que já estava aberto para ser observado, ela absorvera – profundamente, com um pouco de cobiça.

Observou todas as pinturas nas paredes e imaginou que conseguia distinguir quais estavam ali por gerações e quais Spencer tinha trazido. Ficava óbvio o motivo de ele ter apreciado tanto o bordado dela. O duque preferia paisagens – selvagens e escarpadas, em particular. Praias, cordilheiras, florestas e vastas planícies.

Adjacente ao quarto, tinha um pequeno cômodo como um escritório, com uma mesa que ele claramente nunca usava. Amelia supunha que a biblioteca no andar de baixo era de onde conduzia seus negócios. Mas tinha um lado do cômodo que parecia ser proibido para as criadas. Uma poltrona generosa de couro estava próxima à lareira e uma mesa baixa tinha uma pilha perigosamente grande de jornais esportivos, livros contábeis, cartões e livros. Muitos livros.

Minha nossa, o homem tinha uma quantidade considerável de livros.

Eram seis aposentos ao todo e em cada cômodo havia livros. Mesmo o quarto de vestir tinha um nicho de prateleiras embutidas que estava cheio de livros. E nenhum dos volumes estava organizado em alguma ordem, não em uma que ela conseguisse discernir.

Amelia deslizou os dedos pelos encadernados de couro. Conhecia diversos títulos, mas desconhecia muitos mais. Ainda assim, ela se sentiu entre amigos. Nunca teria se considerado uma acadêmica ou uma erudita, era apenas uma boa leitora. Uma amante de livros. E encontrara evidências amplas de que Spencer compartilhava de sua afeição. Encontrou romances, peças, livros de filosofia, agricultura, alguns tratados científicos perdidos e volumes e mais volumes de poesia. As marcas nas laterais davam conta de que a maioria dos livros tinha sido lida pelo menos uma vez, e a variedade de conteúdos sugeria que seu colecionador tinha não só uma mente afiada, mas também aberta.

Se já estava excitada antes, agora sentia-se desesperada por ele. Amelia sorriu, se perguntando o que Spencer diria se soubesse que essa coleção gasta e desconjuntada de livros era um afrodisíaco tão poderoso.

Ela se moveu em silêncio para o quarto e sentou-se no canto do colchão, com cuidado para não perturbar o sono dele.

A luz suave do início da manhã era muito gentil com o duque. Ele era sempre bonito, em qualquer luz, mas a aurora iluminava as feições dele de uma forma uniforme, sem fazer sombras rígidas e críticas em seus olhos profundos e nas bochechas angulares. Spencer parecia tão jovem. A forma como os cílios dele repousavam contra sua bochecha – longos e espessos, do jeito que apenas os cílios de homens que não mereciam cresciam – dava uma intensidade doce e aguda à pulsação do desejo. Como ela imaginara que seria menos íntimo na manhã?

Um início de barba cobria seu queixo e garganta. Amelia esticou uma mão aberta, puxando os dedos para trás conforme abaixava a mão na direção do rosto dele, até sentir o pelo pinicando contra sua pele sensível.

Quando Spencer se virou, colocou um braço em cima da barriga. O bíceps rígido, os tendões proeminentes do antebraço... tantas linhas que levavam o olhar de Amelia mais para baixo. Com um toque de pena, ela traçou uma veia saltada do punho dele. Ele se moveu, murmurou algo incoerente e ficou quieto novamente.

Foi por pouco, mas Amelia não se conteve e tentou a sorte novamente. O corpo dele era tão intrigante, tão diferente e masculino. Sem vergonha alguma, ela desceu um dedo para baixo, desenhando a sua ereção por cima dos lençóis.

– O quê...

A mão dele a segurou pelo pulso. Spencer se sentou de uma vez, sobressaltado, jogando-a de costas na cama e a prendendo contra o colchão. A confusão e o susto lutavam em seu olhar quando ele piscou algumas vezes.

– Sou eu – ela disse, sem ar e tonta pela inversão súbita. – Sou eu. Amelia. *Por favor*, ela rezou, *por favor, que ele ainda me queira*.

– Amelia. – Reconhecê-la suavizou a expressão de Spencer.

A forma como o duque falou seu nome, num suspiro, com uma mistura tão intoxicante de reverência e luxúria, a fez se perguntar por que, em algum momento, ela quisera que ele a chamasse de qualquer outra coisa. Nenhum apelido carinhoso conseguiria ser murmurado com tanto carinho ou potência. A voz dele alcançava lugares profundos de Amelia e tocava uma corda que conectava seu coração e seu ventre.

– Sim – ela sussurrou, tirando do caminho o cabelo que caíra na frente dos olhos de Spencer. – Sua esposa.

Eles se encararam, as respirações pesadas. Os mamilos de Amelia se endureceram embaixo de sua camisola e a ansiedade corria em suas veias. Soltando seu pulso, ele apoiou o peso entre as pernas dela, abrindo suas coxas. Com mãos gentis, ele envolveu o rosto dela e pressionou os quadris contra os dela até se encaixarem. O prazer a tomou, mesmo quando se encolheu.

– Que inferno – ele falou, se afastando. – Você está dolorida, é cedo demais.

Amelia se perguntava como convencê-lo do contrário – com palavras ou ações? – quando um ruído baixo chamou sua atenção. Primeiro pensou que seria seu estômago ou o dele. Ambos tinham ido se deitar com mais de um tipo de fome. Mas ficou cada vez mais alta, até ficar claro que o som vinha de fora do quarto. Talvez de fora da casa.

Ele notou a distração dela.

– Uma carruagem no caminho de entrada – ele explicou. – Provavelmente uma entrega que aguardo.

– Algo para os cavalos, suponho?

Em resposta, ele só deu um pequeno beliscão na sua orelha e sentou-se. Bem, tinha sorte de ter conseguido manter a atenção dele por tanto tempo.

– Você realmente tem que ir recebê-la? – ela perguntou, correndo um dedo pelas costas nuas dele.

– Não. Eu realmente não preciso. Mas acho que deveria.

Antes que ela pudesse protestar, Spencer se levantou da cama. Nu, ele atravessou o cômodo e desapareceu no quarto de vestir. Bem. Agora ela estava completamente sem palavras.

– Amelia? – ele a chamou do outro cômodo.

Ela assentiu estupidamente, e então percebeu que ele não conseguia vê-la.

– Sim, o que foi?

– Vá embora. Entre na sua suíte e feche a porta.

Consternada, ela sentou-se na cama.

Spencer colocou a cabeça e os ombros para fora do cômodo.

– Pode ir. Ou vou voltar e a possuirei como um bárbaro mais uma vez, e eu esperava que a próxima vez fosse um pouco mais elegante.

Ele desapareceu de novo, deixando-a com um sorriso gigante. Ela não achava a ideia de ser possuída tão desagradável como ele fazia parecer –, mas, na promessa de elegância, Amelia poderia ser convencida a ir tomar um banho longo e quente.

Ela se levantou da cama e foi até a porta pela qual ele acabara de sair. Ainda do lado do quarto, Amelia encostou um ombro contra o batente e disse, timidamente:

– Eu vou, mas com uma condição.

– Ah, e o que é? – A voz dele ficou mais grave, como se coberta por tecido. Talvez estivesse colocando sua camisa.

– Quero aprender a cavalgar.

Ele ficou em silêncio por um momento. As palavras surpreenderam até a Amelia. Odiava cavalos, ou os temia, para ser mais específica. Mas, depois da noite anterior, ela não conseguia lidar com o pensamento de ficar de fora dessa parte da vida do marido para sempre. Ela queria compreendê-lo, o que parecia significar que precisaria entender de cavalos também.

Subitamente, a cabeça dele voltou a aparecer. De fato, ele estava com uma blusa limpa, mas o cabelo estava mais bagunçado do que nunca e Spencer ainda cheirava... a eles. O duque estava perto o suficiente para ser beijado, mas Amelia se controlou, com dificuldade. A expressão no rosto dele era boa demais para ela estragar.

– Você falou aprender a cavalgar? – ele indagou intensamente, arqueando uma sobrancelha. O olhar dele desceu pelo corpo da mulher.

Amelia enrubesceu quando percebeu a outra interpretação, a mais carnal, de suas palavras.

– Um cavalo! – ela protestou, mesmo com seus mamilos enrijecendo.

Ele segurou no batente com tanta força que ela achou que deixaria marca.

– Mulher, suas chances de elegância estão cada vez menores. Vá embora. Agora.

E Amelia se foi, com um sorriso e uma ginga no passo, porque sabia que ele estava a observando.

Adentrou seus aposentos, fechou a porta, chamou uma criada e ordenou seu banho. Então se jogou contente na cama, se enfiando embaixo das cobertas enquanto esperava a água ser tirada e aquecida. Seu cérebro zumbia com uma energia nervosa. Ela se percebeu desejando que pudesse se esgueirar de volta para os cômodos de Spencer e pegar emprestado um dos livros dele para se distrair. Ou para se sentir mais próxima dele.

Ah, não. Ela já estava perdida.

Quando a porta se abriu meia hora depois, Amelia esperava ser chamada para o banho. Em vez disso, uma procissão de criadas entrou, cada uma carregando pacotes em papel pardo e caixas de chapéu.

– O que é isso? – ela perguntou para sua criada pessoal.

– Seu novo guarda-roupa, Vossa Graça. Acabou de chegar de Londres.

Aquela era a entrega?

Amelia inspecionou um dos pacotes e imediatamente reconheceu o laço lavanda. Esses pacotes tinham vindo da costureira londrina que fizera seu vestido de casamento. Spencer deve ter pedido um guarda-roupa inteiro para ela, mas é claro que não teria ficado pronto em um dia. Era um pequeno milagre que tivesse ficado pronto em uma semana. A duquesa analisou a pilha crescente de caixas, que deviam conter pelo menos uma dúzia de vestidos. E, se seus novos trajes tivessem um décimo da beleza e da elegância do vestido cinza-perolado com o qual se casara, ela agora provavelmente se enquadraria como a dama mais bem-vestida de Cambridgeshire.

A empolgação aumentou quando desfez o primeiro laço. Ela iria abrir cada pacote sozinha e o faria lentamente. Aquilo era melhor do que uma vida inteira de aniversários.

— Vossa Graça? — Uma criada interrompeu sua pequena festa, com um tom de desculpa. Ela estendeu uma nota dobrada.

Amelia a abriu e leu:

Em alguma dessas, você vai encontrar uma roupa de montaria. Encontre-me nos estábulos às 10.
— S.

Amelia encarou o papel por um longo tempo. A letra cursiva de Spencer a enfeitiçava, exatamente da mesma forma que fizera na primeira vez que a vira, no registro paroquial que assinaram depois de trocar os votos. Ele não seguia nenhuma das regras que professores e governantas ensinavam às crianças inglesas de boa estirpe. Ainda assim, sua escrita era eminentemente legível, mas também forte e vigorosa, sem vergonha alguma. Cada traço exibia confiança. Era estranhamente excitante, nas duas ocasiões.

Mas o mais envolvente era um traço perdido logo antes da palavra "Encontre-me", como se ele tivesse começado a escrever uma palavra e decidido que era melhor não. Amelia estudou o traço diagonal, com o começo de uma curva... para ela, parecia um "p" que tinha sido deixado de lado. E, mesmo que soubesse que havia milhares de palavras que começavam com "p", ela não conseguia evitar de considerar se algo impensável havia ocorrido.

Spencer quase escrevera "por favor".

— Oh, ela está quase pronta, Vossa Graça. Um pouco nervosa, já que ainda é uma donzela. — Com um relinchar abrupto, a égua dançou para o lado. O cavalariço a corrigiu com uma palavra e uma puxada das rédeas. — Ela é um pouco ansiosa.

Spencer assentiu. Seus animais eram treinados meticulosamente e o incomodava por demais quando cavalheiros enviavam cavalos despreparados para seus estábulos. Se algum animal tinha um instinto natural de agradar, era o cavalo. Que um dono falhasse em garantir a confiança e a cooperação de um cavalo era, para o duque, tão impensável quanto não conseguir alimentar ou dar água para a criatura.

Ele estendeu a mão e deu tapinhas nas cernelhas marrons do animal, murmurando baixo:

– Você fez o teste com um garanhão? – ele perguntou ao cavalariço.

– Sim – o cavalariço respondeu. – Ela foi receptiva o suficiente, mas se afastou quando ele tentou cobri-la. Nós vamos ter que prendê-la ou ela vai dar coice.

Spencer assentiu, coçando atrás de uma orelha com ponta escura da égua. Os garanhões de teste eram usados para ver se uma égua estava pronta para procriar, para não fatigar ou deixar em risco um garanhão valioso. O de teste iria segui-la no padoque, passar por todas as etapas do cortejo equino e testar a receptividade da égua a ser montada – e então os cavalariços iriam puxá-lo para longe antes que o feito pudesse ser consumado. Era uma operação-padrão numa fazenda de reprodução, e Spencer nunca pensou muito sobre o assunto. Mas, naquela manhã em particular, estava particularmente contemplativo.

Por um lado, Spencer se perguntava se tal prática poderia deteriorar a saúde ou a sanidade de seus cavalos. Sua própria constituição estava notavelmente melhorada, agora que ele mesmo não era um garanhão de teste. Por outro lado, sentia que era uma repreensão silenciosa, mas rígida, e que as acusações de Amelia estavam corretas. Ele tinha mais consideração ao conforto de suas éguas de reprodução do que ao de sua própria esposa. Relembrar a forma como estocara contra o colchão na noite passada, na primeira vez deles... o fazia se encolher com culpa. Também o deixava semiereto em segundos.

Ele suspirou, mudando seus pensamentos para algo diferente.

O cavalariço levou a égua embora e Spencer se encostou contra a parede, fazendo uma cena ao chutar a palha de sua bota e tentando não parecer que estava esperando. O mundo esperava pelo duque, não o contrário.

– Spencer?

A bota dele bateu contra o chão de tijolo. Ele olhou para cima e ali, emoldurada pelo portal alto e quadrado, estava Amelia. Ou uma nova versão luminosa dela.

– Você... – A voz dele morreu quando se lembrou de que ele não era o tipo de homem que falava *Por Deus, você está linda* no meio de um estábulo. Ou em qualquer lugar. Ele limpou a garganta. – Você veio.

– Você parece surpreso. – Amelia arqueou as sobrancelhas e lhe deu um sorriso tímido. – Obrigada – adicionou, descendo uma mão pela saia. – Por isso.

Spencer dispensou o agradecimento dela com um aceno de mão. Na verdade, ele é que deveria estar agradecendo a *ela*. O homem não se lembrava de ter especificado uma cor para a roupa de montaria dela, mas não poderia ter escolhido melhor. A saia de veludo azul-escuro tinha um corte e um drapeado com um efeito estonteante. A jaqueta tinha um padrão como um mosaico de madrepérolas, angular e costurada para que a parte penteada de cada painel refletisse a luz de forma diferente, e, como resultado, Amelia brilhava. Cintilava, na verdade, como uma safira polida cuidadosamente, destacada pelas curvas em filigrana dourada do cabelo dela e...

E que inferno. Quando tinha começado a pensar daquela forma? Sobre qualquer coisa?

Quanto mais ficava ali parado, encarando-a e sem falar, mais o sorriso dela se abria.

– Estou pronta para a primeira aula – ela disse. – Você também está?

– Sim. – Apesar de seus lábios formarem as palavras com facilidade, suas botas pareciam grudadas no chão.

Conforme Amelia se aproximava, Spencer percebeu que estava redondamente enganado – não era nada do vestido novo que a fazia parecer tão atraente. O fascínio vinha da maneira com a qual a peça a vestia. Com a forma que aqueles quadris curvilíneos moviam a saia para frente e para trás conforme a mulher andava. Ela estava envolta numa confiança sensual, e, por Deus, a roupa a vestia muito bem.

O duque limpou a garganta.

– Nós vamos devagar. É claro que não pretendo colocá-la numa sela, não depois... – Ele limpou a garganta outra vez, seu rosto afogueado. Minha nossa, será que ele estava *corando*?

– Essa é uma má ideia? – ela perguntou, subitamente ficando consciente de si mesma e incerta. – Talvez devêssemos esperar por outro dia.

– Não, não. É uma ótima ideia. Toda dama deveria saber lidar com cavalos, para sua própria segurança, se não por outro motivo.

E era uma boa ideia por outros motivos, ele admitiu para si mesmo. Estava ansioso para passar algum tempo com ela, fora da cama. Para mostrar a ela essa parte importante de sua vida, para que Amelia pudesse entender o que a fazenda de reprodução significava para ele e o que não significava. Havia sido gratificante ver o ciúme dela na noite anterior, mas ele não queria acordar com o ressentimento dela todas as manhãs.

Ela olhou para cima, observando o telhado arqueado.

– Esse lugar é bem diferente de dia. Você gostaria de me mostrar o lugar?

– Certamente. – Ele soltou a respiração que estava segurando.

Spencer ofereceu o braço, e ela o tomou. Os dois perambularam lentamente pelos estábulos e os prédios externos conforme Spencer lhe contava a história da estrutura – construída por seu avô, expandida por seu tio, melhorada ainda mais por ele – e explicou as operações da fazenda. Os comentários e perguntas dela eram poucos, mas demonstravam interesse genuíno e apreciação. Não eram respostas educadas como "entendo" ou dissimulados "que interessante", mas sim "esse tijolo é feito na região?" (sim), e "você faz suas éguas se reproduzirem todo ano?" (não), e "você tem potrinhos? Por favor, podemos ir ver os potrinhos?".

Bem, é claro. Ele deveria ter começado com os potros. Deus do céu, a forma que ela acolheu e fez festa com as criaturinhas magricelas e desengonçadas... Quando Amelia se ajoelhou na grama para acariciar uma potranca pela cerca, Spencer considerou colocar o animal numa fita e deixar que ela o seguisse por Braxton Hall. Pelo menos assim, ele teria a certeza de que receberia uma recepção calorosa da esposa quando entrasse em um cômodo.

– Quanto tempo ela tem? – Amelia bateu palmas em deleite quando a pequena égua correu de forma desengonçada para longe no padoque.

– Quase três meses, e já está toda exibida.

– Ela é tão linda. Ela pode ser minha? – Amelia se virou para ele e sorriu. – Para minhas aulas de cavalgada, posso escolhê-la?

– Absolutamente não.

Ela franziu a testa em desgosto.

– Como uma égua nova, de 1 ano de idade, ela vai custar mil guinéus, no mínimo – ele protestou. – Ela não pode ser selada por um ano, além disso não seria uma montaria segura para você. Ela é de uma raça de corrida, feita para ímpetos curtos e descuidados de velocidade. O último potro da mãe dela ganhou em Newmarket. O que você precisa é de um cavalo capão maduro e estável.

– Pelo menos ele pode ser bonito?

Ele deu uma risadinha.

– Escolha o que quiser e eu farei com que os cavalariços trancem fitas na crina dele.

– Mil guinéus – ela falou, pensativa, apoiando um punho na cerca. – Por um potro... Minha nossa, essa fazenda deve fazer uma fortuna por ano.

– Nós vamos bem, bem o suficiente para que eu não precise aumentar o aluguel de meus inquilinos em seis anos. – Spencer não conseguiu impedir a pontinha de orgulho de transparecer em sua voz. Seu tio tinha discordado dele a respeito de expandir a fazenda. O falecido duque acreditava que os pastos vastos eram um desperdício de terra agricultável, terras que poderiam render aluguéis. Spencer insistia que criar cavalos iria mais do que pagar o investimento e o tempo o provara correto. – Também emprego um pequeno exército de homens locais, e vários fazendeiros fazem sua renda anual apenas por nos fornecer aveia e feno. Mas nada disso seria lucrativo se não produzíssemos os melhores cavalos de corrida do país. Eles não admitem em voz alta nos encontros do Jóquei Clube, mas todos os entusiastas de corrida mais ricos trazem suas montarias até mim.

– Mas você não é um membro do Jóquei Clube? Não corre com nenhum dos cavalos?

– Não.

– Por que não? Você já está a um passo de Newmarket.

Ele deu de ombros.

– Eu nunca quis. Não gosto de ir às corridas. – Quando Amelia pareceu prestes a questioná-lo sobre o assunto, ele adicionou rapidamente: – Não me interesso pela glória.

– E você não precisa do dinheiro. Então por que fazer?

– Porque sou bom nisso. E eu gosto.

Amelia apoiou o queixo na mão, reflexiva.

– Duas formas de falar a mesma coisa.

– Suponho que sim.

Ao observarem os potros por mais tempo, ele se aqueceu por dentro. De certa forma, Spencer soubera que ela entenderia aquilo assim que pressionara aquele lenço cuidadosamente bordado nas mãos. A satisfação profunda que vinha de fazer algo excepcionalmente bem, com cuidado e habilidade, independentemente do reconhecimento público. Ele compreendeu, subitamente, por que Amelia continuava tentando planejar refeições, receber convidados e cuidar de todos ao seu redor. Era o que ela fazia bem, as coisas que lhe traziam verdadeiro prazer.

– E Osiris? – ela perguntou. – Você está tão determinado em fazê-lo ser seu... ou pelo menos em diminuir o tamanho do clube. É para proteger a superioridade do seu rebanho, é isso? Se ele for muito disponível, a demanda pelos seus cavalos poderia diminuir.

Ele amava como a mente dela trabalhava rápido. Amelia entendera a racionalidade do negócio institivamente. Em geral, Spencer comprava cavalos de corrida aposentados que ele não tinha intenção de usar para reprodução apenas para que sua cria não diluísse o valor de seu próprio rebanho. E ele lhes oferecia uma aposentadoria idílica em pastagens abertas, então era muito bom para os cavalos também.

– Sim – ele disse. – Limitar sua capacidade de reproduzir será um dos benefícios.

— Mas não é o real motivo para você o querer. Ele sozinho não pode valer dezenas de milhares de libras.

Subitamente Spencer percebeu que a conversa fora longe demais e agora estava prestes a colidir com segredos muito bem guardados há anos. Ele ficou tenso, como se estivesse dentro de uma armadura.

— E o que isso tem a ver com as aulas de montaria?

— Não tem nada a ver, mas eu não estou aqui pelos cavalos. Eu só quero conhecê-lo, Spencer. Quero entender você.

Amelia apoiou uma mão ao lado da dele na cerca. O dedo mindinho dela mal tocava o dele, mas o calor daquele toque fez muito para derreter a resistência de Spencer. A sua consciência se livrou do resto.

Muito antes do falecimento de seu tio, ele fizera uma aposta consigo mesmo. Sim, tomaria o título e cumpriria seu dever, mas o faria em seus próprios termos. Para o inferno o que as pessoas pensassem ou falassem. Ele não iria se explicar para ninguém. Mas, fora dos jogos de carta, Spencer tinha um sentimento apurado de justiça. Na noite do casamento deles, exigira dela seu corpo, sua lealdade e sua confiança. Em troca, ela lhe pedira apenas algumas respostas. Agora que Amelia tinha lhe dado tudo livremente, parecia errado não as dar por mais tempo.

— Muito bem. — Spencer ofereceu o braço para ela e a mulher o segurou. — Eu só consigo explicar melhor lá dentro.

Mantendo-a por perto, ele a guiou de volta para os estábulos, até a ponta mais distante deles. Amelia ficou tensa ao lado dele conforme se aproximavam da baia de Juno, e ele sabia que ela estava se lembrando de suas palavras duras da noite anterior.

— Eu me arrependo de ter gritado com você — ele falou, parando a alguns metros de distância da baia. — Mas estava preocupado com sua segurança. Como eu disse, Juno morde. E dá coice, como você mesma viu ontem à noite. Ela não gosta de desconhecidos. Ou da maior parte das pessoas, para falar a verdade. — Ele suspirou pesadamente. — Juno seria capaz de importunar até o diabo, isso sim.

Amelia lançou um olhar receoso para a égua, e Juno relinchou grosseiramente, como se para confirmar.

— Então por que ainda a tem?

— Porque ninguém mais a queria. Ela é o primeiro cavalo que comprei neste país. Meu pai me deixou uma pequena herança e, quando atingi a maioridade, peguei os recursos, fui para um leilão e voltei para casa com essa criatura. Eu era jovem e estúpido e tomei minha decisão baseado apenas no *pedigree*, sem considerar o temperamento. Juno tinha 4 anos e uma linhagem nobre, e um sucesso modesto nas corridas. Pensei que tinha feito um bom negócio. O que eu não sabia era que ela sempre trotava na linha entre danada e verdadeiramente perigosa, dependendo de quem a montava, e passara o ano inteiro numa propriedade do interior, sendo cuidada por um cavalariço incompetente. Ela foi mantida amarrada numa baia úmida, malcuidada e apanhando com frequência.

Spencer parou e respirou profundamente. Mesmo naquele momento, ele sentia a fúria antiga subindo em seu peito. Quando controlou a voz, continuou:

– Quando a comprei, sua confiança em humanos tinha sido completamente destruída. Ninguém conseguia selá-la. Ninguém conseguia sequer se aproximar sem arriscar os dedos. Nunca fomos capazes de usá-la na reprodução. Meu tio queria sacrificá-la, mas não permiti.

– Não permitiu? – Amelia acariciou seu braço com simpatia.

– Ah, não foi tão nobre como parece – ele contou para ela. – Minha real motivação foi o orgulho. Eu comprei a maldita égua e não queria perder o investimento. Ou admitir que perdi. – Spencer soltou Amelia e avançou para estender uma mão para Juno. A égua cheirou seus dedos com um carinho grosseiro e então virou a cabeça para oferecer a ele o lugar que ela mais gostava de ser coçada, abaixo da orelha esquerda. Ele atendeu um pouquinho ao pedido dela.

– Tomei uma responsabilidade pessoal por ela e então a soltei nos pastos por um ano – ele falou. – Não tentei nenhuma vez treiná-la, não pedi nada a ela. Eu a alimentei, dei água, cuidei dela o máximo que Juno permitia. Mesmo depois que eu ganhei sua confiança, demorou um ano de treinamento lento para eu conseguir montá-la. Com o tempo, consegui fazê-la usar arreios, rédeas, até uma sela... Estranhamente, foram as cavalgadas que melhoraram seu temperamento. Como se o que estivesse esperando e o que precisara era a chance de carregar alguém e galopar num parque aberto. Então comecei a cavalgá-la regularmente, e seu humor melhorou. Agora é nosso hábito. Ela deixa os auxiliares do estábulo a alimentarem e limparem, mas até hoje, eu sou o único cavaleiro que Juno aceita.

Ele olhou para Amelia e ela lhe deu um pequeno sorriso que o desarmou. Spencer percebeu que falara por um tempo longo demais, atípico para ele, e Amelia estivera parada ali por muito tempo também, notadamente em silêncio, não querendo interrompê-lo até que ele terminasse de falar.

– Ela está ficando velha – ele continuou. – Velha demais para ser a montaria de alguém, muito menos de um homem do meu tamanho. Sempre fui mais pesado do que ela deveria carregar. Mas, se tento diminuir a frequência de nossos passeios, ela fica melindrosa outra vez. Começa a se recusar a comer e chuta a baia. Odeio ter que continuar cavalgando-a, mas estou mais preocupado com o que vai acontecer se eu parar de vez. – Ele esfregou as cernelhas da égua com vigor e então se afastou, cruzando os braços. – E é aqui que entra Osiris.

– Osiris? – ela perguntou, claramente perplexa.

– É difícil de explicar.

Mais uma vez, Amelia ofereceu aquele silêncio amigável e paciente a ele.

– Tentei descobrir mais sobre os primeiros anos de Juno, para ver se teria alguma outra coisa que a acalmasse ou alguém em quem ela confiasse. Um cavalariço, um jóquei, talvez. Não foi fácil, tantos anos depois. Mas encontrei a fazenda na qual ela nasceu e foi criada até a idade de corrida, e o cavalariço mestre já estava aposentado, mas ainda vivia ali perto. Ele se lembrava dela, é claro. Me contou que Juno sempre fora difícil, o que não foi uma surpresa, mas que, em seu segundo ano, formara um laço forte com um potrinho órfão. Cavalos são bem parecidos com pessoas, entende. Eles formam amizades e muitas vezes lembram-se uns dos outros, mesmo se separados – Spencer explicou e descobriu que não foi tão difícil assim. – Uma vez tivemos uma dupla de potros que foi separada por anos, mas uma vez que...

Ele parou, absorvendo o fato de que ela arregalara os olhos azuis. Deus do céu, ele sabia que ia soar ridículo quando falado em voz alta.

– Então esse potro com o qual ela se conectou... era Osiris?

– Sim. – Ele bateu o tornozelo no chão, defensivamente. – Sei que parece absurdo, mas foi a única possibilidade que consegui pensar. Juno nunca se sociabilizou bem com outros cavalos daqui. Mas eu achei que, se ela se conectou com Osiris quando nova, antes do abuso terrível que passou, talvez ela fosse receptiva a ele novamente e teria alguma companhia para... acalmá-la.

Eles se encararam por um tempo.

– Entããão... – Ela franziu os lábios ao redor da palavra alongada. – É por isso que você está atrás de Osiris. Estava disposto a gastar dezenas de milhares de libras, reorganizar sua vida e arriscar a fortuna de outras pessoas, incluindo meu próprio irmão, só para que sua égua malcriada pudesse reencontrar o amiguinho de infância dela?

– Sim.

A surpresa na expressão de Amelia sugeriu que estivera esperando que ele protestasse, mas sinceramente... ela era uma mulher inteligente. E acertara com exatidão. Não havia mais nada a dizer.

– Sim – ele repetiu. – Sim, eu fiz seu irmão ficar com uma dívida imensa só para comprar um consorte para minha égua velha e rabugenta. Pense o que quiser disso.

– Ah, eu vou falar o que eu penso sobre isso. – Ela diminuiu a distância entre eles passo após passo, lenta e deliberadamente. – Spencer... Philip... St. Alban... Dumarque. Você – ela o cutucou no meio do peito – é um romântico.

O ar se esvaiu dos pulmões dele, o que era um maldito inconveniente, já que ele... maldição, se havia uma acusação que ele *precisava* da respiração para negar...

– Ah, sim – ela disse. – Você é sim. Eu vi suas estantes e todas aquelas pinturas tempestuosas. Primeiro *Waverley*, agora isso...

– Não é romantismo, pelo amor de Deus. É... é só gratidão.

– Gratidão?

– Essa égua me salvou tanto quanto eu a salvei. Eu tinha 19 anos e meu pai acabara de morrer. Passara minha juventude trotando pelas charnecas canadenses e subitamente estava aqui, me preparando para herdar um ducado. Eu estava com raiva e sem foco e fora do meu lugar de conforto, assim como Juno e... e nós domamos um ao outro, de alguma forma. Devo muito a ela por isso.

– Você só está piorando a situação, sabia? – Amelia sorriu. – Continue falando e eu vou chamá-lo de tolo sentimental.

Spencer estava prestes a contestar, mas a mão dela se esticou e deslizou para dentro do casaco dele. A cortina cor de bronze dos cílios dela tremulou conforme Amelia se inclinou para frente. Os seios dela se pressionaram contra o peito dele, o veludo macio na superfície e mais macio abaixo. Talvez ele devesse repensar seu repúdio, porque Spencer realmente não tinha objeção nenhuma àquilo.

Colocou um dedo embaixo do queixo dela e virou o rosto da mulher para cima. E então, porque subitamente pareceu que ele deveria ter um motivo para aquilo, Spencer perguntou a ela:

– Você sabe todos os meus nomes?

– Sim, é claro. Do registro paroquial.

Ele congelou, relembrando da imagem dela parada sobre aquele registro, a pena na mão, olhando para ele por momentos longos e agonizantes. O duque achou que ela estava em dúvida, mas Amelia estava simplesmente decorando seu nome. Alguma emoção inflou dentro dele, quente, atordoante e vasta demais para que seu peito a contivesse. E, por um momento, Spencer se perguntou se realmente era um tolo sentimental, afinal.

– Era só... – A voz dela falhou quando ele deslizou a mão pela pele macia e delicada do pescoço dela. – Você já sabia meu nome do meio.

– Claire – ele murmurou.

A pulsação dela acelerou sob sua palma.

Com um pequeno sorriso, ele abaixou os lábios contra os dela.

– É Claire. Amelia Claire.

Ah, a doçura daquele beijo. A maciez e o calor. A beleza de balançar a alma daquilo tudo. Ele tomou a boca da esposa com carinho, e ela o abraçou debaixo do casaco e... meu Deus! Era tão, tão diferente de qualquer outro beijo que deram desde que se casaram. Os dois não tinham se beijado em pé desde que compartilharam aquele primeiro abraço incendiário no escritório do irmão dela, e ele sabia muito bem por quê. Quando se beijavam daquela forma, a posição enfatizava quão pequena ela era contra ele. Spencer precisava curvar a cabeça para alcançar os lábios de Amelia, apoiá-la com seus braços para que o beijo não a desequilibrasse. Ao abraçá-la daquela maneira, a mulher parecia delicada e frágil nos seus braços. E ele sabia que ela era tudo menos aquilo, mas, por algum motivo profundamente masculino e grosseiro, o duque gostava de fingir que era verdade. Aninhando-a apertado contra si, dando a ela o calor do seu corpo, inclinando a cabeça para adorar os lábios dela com o beijo mais macio, mais carinhoso... como se a boca de Amelia fosse uma flor delicada cujas pétalas rosadas fossem se espalhar se respirasse forte demais. Como se precisasse ser muito, muito cuidadoso.

Porque então se tornava fácil imaginar que ela confiava nele. Não apenas isso, mas também que precisava dele, dependia dele. Spencer gostava de imaginar aquilo porque começava a se preocupar que, em algum lugar da sua mente, as coisas fossem o contrário.

Então algo mudou. Ela enrijeceu nos braços dele, quebrando o beijo.

– Pensando melhor... – Ela focou a visão. – Talvez você seja só um tolo. Já pensou que, talvez, em vez de falir meu irmão em busca desse garanhão, além de sustentar acusações de assassinato, você poderia apenas ser honesto com o Lorde Ashworth e o Sr. Bellamy?

– Eu tentei – ele falou. – Ofereci que eu pararia a busca pelas fichas remanescentes se me deixassem hospedar Osiris aqui. Eles se recusaram.

– Você contou para os dois seus motivos para querer Osiris?

Spencer bufou. Ah, sim, porque era sua ambição de vida ouvir Bellamy e Ashworth chamando-o de tolo romântico e sentimental.

– Eles não se importam. Por que fariam algo por mim, ou, pior ainda, para uma égua velha e maltratada?

– Porque são seus amigos.

– O que exatamente deu a você essa impressão? Quando Bellamy me acusou de assassinato? Ou quando eu o fiz beijar o tapete? E já tive a oportunidade de trocar socos com Ashworth anos atrás, não preciso revisitar essa memória.

– Não – ela falou uniformemente. – Foi quando perguntei se não fariam algo mais importante do que ser um grupo bobo com um bocado de fichas, e os três descobriram um fascínio súbito pelas próprias botas. – Os braços dela se apertaram ao redor da cintura de Spencer. – Talvez vocês ainda não sejam amigos, mas, se gastar tempo e esforço para se *tornar* amigo deles, eles vão dar o que você deseja.

– Você está louca? Eles acham que matei Leo.

– O Lorde Ashworth não acha. E a investigação do Sr. Bellamy logo vai limpar seu nome.

– Pode não limpar. Amelia, eu revirei aquele bairro e o sacudi com vigor. Há uma possibilidade real de que nunca encontrem os assassinos de Leo.

– Então você vai se provar e ganhar a confiança deles. Apenas dê uma oportunidade para que eles o conheçam da mesma forma que fez comigo. – Ela deu um sorriso. – Pode ser que doa fazer isso, mas evitaria um problemão só por revelar o seu segredo mais profundo, o mais escondido de todos.

– Ah, e qual seria?

Amelia encostou na bochecha dele com as costas da mão.

– Que, ao contrário de todos os relatos, você é um homem decente, gentil e surpreendentemente fácil de gostar. Pelo menos... – Ela fez uma pausa. – Eu sei que estou começando a gostar de você um bocado.

Que doçura era ela. Apenas as almas mais generosas poderiam pensar tal coisa – três homens deixando de lado sua classe, fortuna, ódio e suspeitas e se tornando o tipo de amigos que trocavam segredos profundos enquanto tomavam vinho. Até homens que *não* eram divididos por classe, fortuna, ódio e suspeitas não trocavam segredos profundos enquanto tomavam vinho. Era o que fazia deles homens.

Mas, olhando para aqueles olhos azuis, Spencer quase desejou que fosse possível, só para agradá-la.

E, subitamente, o duque teve a melhor ideia desde que pedira aquela mulher em casamento. Por Deus, vez ou outra ele até se assustava com sua própria inteligência.

– Você poderia me fazer um grande favor? – Spencer perguntou, sem conseguir evitar sorrir, satisfeito.

– Peça e descubra.

– Quero dar uma festa aqui. Pequena – ele acrescentou apressado, antes que o suspiro animado de Amelia a levasse longe demais. – Convido tanto Ashworth quanto Bellamy, e nós três vamos resolver esse assunto de uma vez por todas. – Não da forma que Amelia sugerira, mas a esposa não precisava saber daquilo. Mas, para executar seu plano, Spencer precisava que os outros homens estivessem relaxados. Relaxados, bem alimentados, contentes e complacentes. – Preciso de uma anfitriã. Você se importaria?

– Seria um prazer, e você sabe disso. Mas só dois convidados numa casa tão grande quanto Braxton Hall?

– Não, aqui não. Acho que é melhor se nos encontrarmos num território neutro. – E ali estava a parte mais brilhante do plano. – Pensei em alugar uma propriedade para o verão. Soube que há uma casa de campo para alugar, em Gloucestershire.

Segurando-o pelos ombros, ela se afastou para encará-lo.

– O aluguel é terrivelmente inflacionado – ele continuou. – Quatrocentas libras por uma casa de campo de veraneio? Por esse preço, é melhor que não seja fria.

Os dedos dela se entrelaçaram atrás do pescoço dele.

– Briarbank é a casa de campo mais adorável que verá. E só um pouquinho fria. – Ela se jogou nos braços dele. – Oh, Spencer! Você vai amar lá. É um lindo lugar campestre, com um vale e um rio. Você pode levar os homens para pescar. Posso convidar Lily? Ela me disse que estaria retornando à Harcliffe Manor e é bem perto. Tenho certeza de que ficaria grata pela companhia.

– Não consigo ver por que não. – Na verdade, a ideia lhe pareceu fortuita. Se havia alguém que poderia fazer aquele idiota do Bellamy encontrar o juízo, era Lily Chatwick.

– Claudia irá conosco?

– Sim, é claro. – Ele nunca a deixaria para trás.

– Ah, ótimo. Então minha mesa de jantar terá um número igual de damas e cavalheiros. E vai ser tão bom para ela. Para vocês dois. Ninguém consegue ficar infeliz em Briarbank, é impossível. – Ela voltou a ficar em pé. – Quando podemos partir?

Ele gargalhou com a impaciência dela.

– Não por algumas semanas, pelo menos. Preciso fazer alguns arranjos e você também vai precisar, eu imagino. E no meio-tempo... – Ele acariciou as costas dela. – Estaremos ocupados com nossas aulas de montaria. São três dias de carruagem para Gloucestershire e será horrível para você se não conseguir ir parte do caminho a cavalo.

Ela assentiu com um gesto da cabeça, mordendo seu lábio inferior carnudo. Oh, como ele precisava beijar aquela boca.

Mas, antes que Spencer pudesse agir no impulso, ela o beijou primeiro, abraçando-o pelo pescoço para puxá-lo mais para perto. A língua dela provocou a dele, incitando sensações intensas em seu sangue. A luxúria crua circulava por ele, levando embora qualquer vestígio de autocontrole. Juntos eles cambalearam até uma baia vazia e ele colocou um braço para diminuir o controle quando as costas de Amelia colidiram contra a parede.

E ele ainda pensara em fragilidade. O carinho também foi para o inferno. As unhas dela arranhavam o couro cabeludo de Spencer e o beijo havia virado uma série de encontros quentes, ofegantes entre bocas abertas. Ele deslizou as mãos por todas as curvas cobertas por veludo – seios, quadris, traseiro e coxas.

– Amelia, não devemos começar se...

– Eu quero você – ela sussurrou ofegante, esfregando os quadris contra os dele.

Entre a promessa sussurrada das palavras de Amelia e a fricção da pélvis dela, Spencer pensou que se derramaria ali, naquele instante. Ele agarrou o tecido das saias dela, puxando as curvas de veludo até acima dos joelhos e levando os dedos ao amontoado de anáguas. Ela disse que o queria, mas ele queria a prova. Precisava sentir.

Amelia suspirou, mordendo os lábios quando a ponta dos dedos dele roçaram contra a parte interna da coxa.

O diabo dentro dele queria provocá-la, que prolongasse o contato a cada centímetro, mas Spencer já acabara com toda a paciência dias antes. Envolvendo o sexo dela na mão, ele gemeu baixo. Céus, ela estava pronta. Seus recantos femininos estavam quentes, molhados e trêmulos com seu toque, igualmente eróticos e inocentes.

Embora quisesse muito possuí-la naquele instante, Spencer odiava possuí-la *naquele lugar*. Um encontro suado num estábulo fedendo a cavalos no segundo dia verdadeiro do casamento deles? Ele planejava fazer amor com ela apropriadamente na próxima vez, com paciência e cuidado. Passara os últimos dias capturado numa névoa de desejo implacável e começava a perceber, conforme se dissipava, que talvez Amelia tivesse desejos próprios.

– Spencer? – Inclinando-se para frente, ela lambeu o queixo dele e roçou seu calor úmido contra a mão dele. – Na noite passada, quando ameaçou me possuir contra a parede, esquecendo a cama?

Minha nossa!
– Você poderia fazer isso agora?

Sim. Sim, se era o que ela desejava, ele o faria. E, se Amelia o encontrasse no meio do caminho com os botões, eles poderiam entrar em ação em segundos.

– Olá? – uma voz distante ecoou no estábulo. – Alguém aí? Amelia, você está aí?

– Qu... – Os olhos dela brilhavam como velas. Ela arrumou o vestido de montaria, rearranjando as saias e alisando o corpete. Virando a cabeça, respondeu para o teto: – Sim! Estamos bem aqui.

Que diabos? Spencer se virou, passando uma mão apressadamente pelo cabelo e ajustando sua calça com a outra. Ele conhecia aquela voz, mas não sabia de onde.

– Não me diga que esta é a suíte da duquesa. – A voz e os passos que a acompanhavam se aproximavam. – Casamentos de conveniência são bons e tudo o mais, mas esperava que Morland lhe fornecesse acomodações mais elegantes do que esta.

Spencer ainda não sabia quem era, mas, seja lá quem fosse, ele teve vontade de socar o homem. Mas Amelia...

Amelia corou. E riu.

Ela correu para o corredor para cumprimentar o recém-chegado e Spencer a seguiu. Quando o dono dos comentários irreverentes apareceu, o duque compreendeu no mesmo instante. Compreendeu que aquela tarde promissora havia ido para o inferno.

Prendendo um gemido, ele viu sua esposa abraçar o irmão.

– Jack! – Ela disse, com carinho. – Estou muito feliz que tenha vindo.

Capítulo 15

— Devo admitir que é uma surpresa vê-lo — Amelia falou algum tempo depois, direcionando um serviçal a colocar o conjunto de chá na mesa.

— Uma surpresa feliz, espero — respondeu Jack, tirando o cabelo loiro do rosto. Ele compartilhava a compleição clara de Amelia, como os demais irmãos, mas tinha uma parcela maior das feições refinadas da mãe. Sempre fora o "irmão bonitão", muito antes de vestir com tanto afinco o manto de "irresponsável".

— Sim, é claro — ela respondeu. — Claudia, você poderia nos servir?

Até a tutelada de Spencer aparecera, curiosa com a chegada de um convidado inesperado. A jovem dama aceitou o trabalho de servi-los com relutância, mas Amelia não a ajudou. A menina precisava da prática de servir e a duquesa precisava pensar.

Por que diabos Jack estava ali?

Tinha esperanças de que o irmão fosse visitá-la. Ela gastara os últimos meses sonhando com formas de tirá-lo da esbórnia londrina. Foi por isso que lhe enviara um bilhete apressado no dia de seu casamento convidando-o para ficar em Braxton Hall quando Jack quisesse. Mas na mesma semana?

— Eu teria vindo mais cedo se soubesse o cenário adorável que Cambridgeshire tem para oferecer. — Ele deu um sorriso arrojado para Claudia, e a preocupação vibrou na barriga de Amelia. Era o sorriso típico de Jack que funcionava bem demais em jovens impressionáveis.

No entanto, ele não teve muito efeito em Claudia. Os olhos da menina se arregalaram um pouco, mas ela só virou a cabeça.

Bom para ela.

Dando de ombros, Jack pegou um sanduíche e o comeu com vontade.

– Viajar a noite inteira na carruagem postal deixa um homem com uma fome dos diabos. Os cozinheiros dessas hospedarias não são competição para suas habilidades, Amelia.

– É só um pouco de presunto cru. Mas pedi todos os seus favoritos para o almoço.

– Ah, eu sabia que o faria. Mesmo isolada em Cambridgeshire, você é a melhor irmã que alguém poderia ter.

Enquanto Claudia se ocupava com o chá, Amelia se inclinou na direção do irmão num tom baixo, confidente:

– O duque irá se juntar a nós a qualquer momento. Devo esperar que esta visita signifique que você conseguiu os fundos para pagá-lo?

– Ah, isso? – Ele pegou um segundo sanduíche. – Esse débito já foi. Os aluguéis da casa de campo, lembra?

– Ah – Amelia piscou. – É claro. Isso foi... rápido.

Por que Spencer não mencionara aquilo? Supunha que ele ainda não tinha recebido o pagamento. Uma pena para a festa deles. Amelia odiava pensar em Briarbank ocupada por desconhecidos, mas isso tirou um peso de seus ombros, saber que Jack estava sem dívidas. Talvez fosse aquele o motivo de sua frivolidade.

– Quanto tempo ficará? – perguntou.

– Algumas semanas, se puder me receber. Achei que poderia ir até Cambridge um dia destes e retomar meus estudos.

O coração dela subiu para a garganta e Amelia tomou o chá com dificuldade. Primeiro sua conversa com Spencer, em que o marido finalmente começara a lhe revelar que homem impressionante e de bom coração ele era, mesmo que empenhado em esconder aquilo do mundo. E agora a chegada fortuita de Jack, sua intenção de melhorar.

Era tudo perfeito. O irmão poderia ficar várias semanas por lá, longe de seus amigos baderneiros. Talvez pudesse até morar ali quando terminasse os estudos – Cambridge era apenas uma viagem de menos de 15 quilômetros de distância. Com o tempo, Spencer poderia encontrar algum lugar para Jack viver: uma paróquia, algumas centenas de libras ao ano. Não era muito, talvez, mas seria uma boa vida, e o tanto que o quarto filho de uma família de nobreza empobrecida poderia esperar com razoabilidade. Com um verão como aquele, ela mal sentiria falta de Briarbank.

Cheia de otimismo, Amelia colocou um cubo de açúcar no seu chá.

– Quem alugou, afinal? Falo de Briarbank.

Em vez de responder, Jack ficou em pé. Ela levou um instante para entender o motivo.

Spencer estava na entrada do salão, de banho recém-tomado e vestido com um linho impecável e uma lã cor de chocolate.

Céus! Toda a excitação sensual do encontro deles nos estábulos... Amelia voltou num instante. Quando Jack chegara, a jovem tinha cuidadosamente apagado o fogo da sua luxúria, sem outra escolha, mas, sob cada movimento e cada respiração, a brasa do desejo queimava silenciosamente. E, agora que Spencer aparecera, ele era... o atiçador, ou os foles ou aquele acendedor comprido de material inflamável... Minha nossa, qualquer analogia masculina que coubesse na ocasião. Um olhar para a sua figura alta, forte e bonita e o calor a tomava instantaneamente. O suor se acumulava em lugares inconvenientes, a fenda entre seus seios, as costas dos joelhos e dentro das coxas. Até a mão dela se enchia de água. Suas escolhas pareciam ser duas: desviar o olhar ou se liquefazer. Ela escolheu a primeira, esperando salvar o encosto de seda de sua cadeira.

— Vossa Graça — Jack fez uma reverência elegante. Ele tinha boas maneiras, quando escolhia usá-las.

— Sr. d'Orsay.

— Ah, vamos lá, Morland. Por que não me chama de Jack? — Ele sentou-se. — Somos irmãos agora, sabia.

Amelia arriscou olhar para Spencer. O rosto dele não revelava prazer algum com a familiaridade súbita de Jack. Seus olhos estavam duros e imperdoáveis. Magnéticos e sedutores. Exigentes e excitantes.

Desvie o olhar, desvie o olhar. Uma boa anfitriã nunca está sedenta.

— Pois bem, Jack. — Ele atravessou o cômodo a passos largos e se uniu a eles, repousando os músculos numa cadeira estreita, com o encosto reto, que, para a preocupação de Amelia, parecia incapaz do desafio de aguentá-lo. — Vamos dispensar as amenidades então. O que você quer?

— O que quer dizer? — ela questionou. — Ele veio nos visitar.

— Ah, é mesmo?

Amelia não conseguia entender os motivos por trás das feições frias do marido. Mas Jack não pareceu inteiramente surpreso.

— Sim, é claro. — O irmão dela deu uma risadinha, nervoso. — Uma visita. Belas boas-vindas.

Spencer arqueou as sobrancelhas numa expressão clara de ceticismo.

— Talvez eu queira ver como você está tratando minha irmã — disse Jack, ficando cada vez mais na defensiva. — Vossa Graça a tirou de nós bem rápido, não acha? E há fofoca... — Ele se inclinou para frente. — A seu respeito.

– Que tipo de fofoca? – Claudia quis saber.

Todos congelaram, surpresos com a pergunta súbita da jovem. Na aparência, ela estivera rearrumando pedaços de limão nos últimos minutos com pequenas pinças de prata em vez de prestar atenção à conversa.

– A de sempre? – Claudia piscou os olhos com um intenso interesse. – Ou algo novo?

Amelia mordeu os lábios, surpresa pela grosseria de Claudia ao mesmo tempo em que desejava saber a resposta. Estava claro que Claudia não sabia nada sobre o falecimento de Leo e as circunstâncias que a envolviam, mas a duquesa se perguntou se Julian Bellamy estava espalhando suas suspeitas pela cidade. Rezava para que não. Spencer seria inocentado em breve, mas a marca do escândalo seria difícil de limpar. Rumores do envolvimento do duque em um assassinato estragariam os prospectos de todos relacionados a ele, principalmente Claudia.

– Claudia – Spencer a chamou sem nem olhar para ela. – Deixe-nos a sós.

– Mas...

– Eu disse deixe-nos a sós. Agora.

O tom dele era afiado como agulha e, mesmo compreendendo os motivos por trás do desejo de que a prima os deixasse, Amelia se sentia magoada pela garota. Ninguém merecia ser dispensada daquela maneira, especialmente na frente de um convidado.

– Está tudo bem, minha flor – ela sussurrou, colocando com gentileza a mão no punho de Claudia. – Nos vemos no almoço.

Com os olhos cheios de lágrimas, a menina levantou-se da cadeira.

– Não, não vamos nos ver.

Quando Claudia fugiu da sala, Spencer se encolheu um pouco. Amelia guardou o pensamento para depois: *dar algumas aulas para Vossa Graça sobre o cuidado e a alimentação de crianças.* Ele se dava bem com potros, mas era um desastre com pequenos humanos. Ela deveria encontrar uma forma de melhorar aquilo antes de dar à luz um filho dele.

Ah, céus! Ao mero pensamento de carregar o bebê dele... Seu coração deu um salto doce e súbito.

– Agora... – Spencer apoiou os cotovelos nos joelhos e se inclinou para frente, com as mãos conectadas. – Vamos acertar tudo. Veio até aqui para ver como estou tratando Amelia?

– Sim. – Jack ficou inquieto em sua cadeira.

– Você. O irmão devoto que a abandonou num baile sem acompanhante, transporte ou uma moeda sequer no bolso. Que apostou em jogos quantias que não tinha, em detrimento das esperanças e dos prospectos de sua irmã. Que sequer conseguiu aparecer no casamento dela. Você... está questionando como *eu* a trato. É isso mesmo?

Jack piscou.

Spencer se virou para a mulher abruptamente.

– Amelia, como você está sendo tratada? Bem o suficiente?

Depois de um momento atordoada, ela respondeu:

– Muito bem.

– Aqui está sua resposta, Jack. O motivo de sua visita foi preenchido. Ficará aqui como meu convidado esta noite, mas amanhã vai voltar pelo mesmo caminho que chegou.

– Amanhã? – Amelia deixou escapar. – Por quê? Ele viajou toda a noite na carruagem postal para chegar até aqui. Pensei que meu irmão pudesse ficar algumas semanas. Jack quer ir até Cambridge para ver sobre voltar...

– Amanhã. – A palavra era um veredito, não uma sugestão. Fim da discussão. Mas o olhar deles se cruzou e a conversa continuou.

Por quê?, ela se questionou em silêncio. Por que está voltando a ter esse comportamento frio e arrogante depois da manhã adorável que compartilhamos? Se eu realmente significo algo para você, por que não pode estender o mínimo de consideração aos meus parentes?

Havia respostas ali, nos olhos dele. Mas Amelia não conseguia decifrá-las.

E então algo bateu na mesa entre eles, quebrando a comunicação silenciosa com um som claro e metálico.

Instintivamente, Amelia olhou para o objeto e ficou boquiaberta com o que viu. Um disco de bronze, pequeno e arredondado com uma cabeça de cavalo.

A ficha perdida de Leo.

– Minha noss... – Ela estendeu a mão, surpresa.

Jack botou uma mão em cima da ficha.

– Eu tenho o que você quer, Morland. E sei o quanto isso vale para você.

– Eu duvido muito – Spencer disse.

A inimizade emitia faíscas entre ambos, explodindo todas as esperanças de Amelia de um verão feliz e idílico.

– Como é que conseguiu essa ficha? – ela perguntou em voz alta. – Há investigadores por Londres inteira atrás desse pedaço de bronze.

– Sim, bem. Os investigadores não vieram me perguntar nada. – Os lábios de Jack se contorceram num sorriso estranho, e um fiapo de medo atravessou o coração de Amelia.

Meu Deus! Ele não poderia estar envolvido no assassinato de Leo. Não o seu próprio irmão. Não, não, não. Não podia ser.

Não.

Não era possível.

Ela relembrou os eventos daquela tarde, enchendo os pulmões lentamente e com alívio. Jack estivera com ela no baile. Era verdade que tinha ido embora mais cedo, próximo às 23h30. Mas o Sr. Bellamy e o Lorde Ashworth apareceram menos de uma hora depois, e Leo já tinha morrido havia algum tempo. Jack não poderia estar envolvido. Graças a Deus. Mas a pergunta permanecia...

– Como você conseguiu a ficha?

– Foi uma coisa complicadíssima... – Jack contou para Spencer. – Estava passando um tempo na companhia de... – O olhar dele deslizou para Amelia. – Com uma conhecida, alguns dias atrás. Tivemos motivos para trocar uma moeda ou duas e eu vi a ficha na bolsa dela. Ofereci um guinéu por ela e a mulher fez a troca com alegria.

O estômago de Amelia se revirou. Essa "conhecida" só podia ser a prostituta que encontrara o corpo de Leo. Ela sabia que o irmão estava cada vez mais perto do fundo do poço... mas isso era pior do que tinha imaginado.

Como sempre, Spencer não mediu as palavras:

– Então onde está a puta agora? Você conseguiria encontrá-la?

– Olha, irmão. Talvez pudéssemos discutir isso a sós. – Jack gaguejou, ficando em pé.

– Por quê? Amelia não é uma boba. Ela já sabe que você está pegando o dinheiro dela e desperdiçando com mulheres da vida. – Spencer também ficou em pé. – Está tarde demais para poupá-la da vergonha, Jack. Se quer tentar se redimir, comece nos dando informação. Onde você encontrou essa mulher? Para onde ela o levou? Qual é a aparência dela? O que ela contou sobre o ataque, sobre Leo?

– Por que eu deveria contar qualquer coisa para você? Para que a encontre primeiro e a silencie?

O cômodo ficou muito quieto.

– Julian Bellamy pensa que você matou Leo – Jack continuou.

– Eu não podia me importar menos com o que Julian Bellamy pensa.

– Talvez não. Mas muitos se importam. Quando ele fala, a sociedade escuta. E uma suspeita pública dessas é difícil de superar. Sua tutelada bonitinha aqui... – Jack apontou com o queixo na direção em que Claudia saíra. – Pode sofrer com isso. Assim como minha irmã.

– Bem, se está tão preocupado assim com Amelia, você tem a prova para me inocentar bem na sua mão. Julian Bellamy acha que eu matei Leo para conseguir essa ficha. Obviamente eu não a tenho.

– Não, você não tem mesmo. – Jack jogou a moeda no ar e a pegou. – Eu tenho.

O coração de Amelia pareceu afundar. É claro. O irmão precisava de dinheiro. Apesar da sua dívida com Spencer ter sido resolvida, ele provavelmente estava em uma situação pior agora e esperava comprar sua absolvição com aquela ficha.

– Ah, Jack... – ela falou, se adiantando. – Apenas nos diga qual é o problema em que se meteu desta vez. Não há necessidade de extorquir o duque. Como você mesmo disse, todos nós somos família agora. Podemos arrumar alguma forma de livrá-lo da encrenca, eu tenho certeza.

– Ele não vai ganhar um centavo do meu dinheiro – Spencer vociferou.

– Não me leve a mal, Morland – disse Jack. – Não sou um chantagista. Isso sim seria baixo, até para mim. Além disso, as fichas do Clube do Garanhão não podem ser compradas ou vendidas. – Ele jogou a moeda no ar e a pegou novamente. – Todo mundo sabe disso.

– Você quer que eu jogue por ela – disse Spencer.

Jack assentiu.

– Pelo amor de Deus, você realmente é um idiota. Um idiota orgulhoso e teimoso. – Spencer deu de ombros. – Mas se insiste... na minha biblioteca, então.

O duque saiu rapidamente da sala, com Jack logo atrás. Amelia ficou parada ali um momento, atordoada. Então suspendeu um pouco sua saia e os seguiu.

– Jack... – ela falou, segurando a manga da camisa do irmão no meio do corredor. – O que aconteceu? Você está endividado outra vez?

Ele não falou uma palavra, não era necessário.

– Não faça isso – ela implorou. – Eu tenho fundos agora... Vamos arrumar outra forma. Você nunca vencerá o duque.

– Você não sabe disso. – Ele se desvencilhou dela e continuou andando. – É uma jogada de sorte, é isso que faz ser tão excitante – Jack disse secamente.

Não tinha nada a ver com sorte, não contra Spencer.

Amelia abandonou todas as esperanças de argumentar com o irmão, mas se adiantou e alcançou o marido. Pelo menos *ele* tinha uma mente lógica, se não tivesse compaixão. Ela parou abruptamente, impedindo-o de entrar na biblioteca.

– Por favor – ela sussurrou entre dentes. – Por favor, não faça isso.

– Isso não tem nada a ver com você, Amelia.

– Claro que tem. Nós dois sabemos que Jack não tem chance alguma de vencê-lo. E está claro que ele tem problemas com alguém. Se sair daqui triste e derrotado, meu irmão só vai se afundar ainda mais.

— Isso não é problema meu.

— Não, é meu. E se você... — A voz dela falhou, deixando o resto da frase no ar, óbvia. *Se você se importa comigo pelo menos um pouco, não fará isso.*

— Pelo amor de Deus, Amelia. — Jack se colocou entre os dois. — Esse é um assunto de homens. Pare de se meter na minha vida pelo menos uma vez.

Antes que Amelia pudesse responder, Jack não estava mais ali. Ele estava no carpete, gemendo de dor, e Spencer balançava a mão.

— Você... — Ela levou uma mão até a bochecha e olhou boquiaberta para Spencer. — Você deu um soco nele!

— Sim, mas não tão forte quanto gostaria. — Ele passou a mão pelo cabelo. — Maldição, d'Orsay. Isso mal foi um soco. Se levante, isso é vergonhoso.

Jack se levantou, completamente atordoado, esfregando a boca.

— Agora peça desculpa.

— Desculpa — ele murmurou com lábios que ficavam mais inchados a cada segundo que se passava.

— Não para mim, seu ignóbil. Para Amelia.

Encarando o sangue na ponta de seu dedo, Jack xingou de forma incompreensível e então murmurou:

— Desculpa, Amelia.

Spencer abriu a porta da biblioteca.

— Agora vamos acabar com isso de uma vez por todas.

Demorou vinte minutos.

Amelia aguardou no corredor, com os braços cruzados, caminhando no ritmo sombrio dos ponteiros do relógio que ficava no hall. O medo a consumia a cada minuto. Com certeza, Spencer venceria seu irmão na primeira rodada se desejasse. Talvez estivesse brincando com Jack da forma que brincara com ela. Trazendo-o mais para o jogo, construindo uma confiança falsa... e é claro que o irmão não saberia quando ir embora.

Finalmente a porta se abriu e Jack surgiu. Amelia foi até ele, analisando sua expressão atrás de pistas de como ele estava mentalmente.

— Você vai ficar bem? — ela perguntou. Não havia necessidade de perguntar se ele perdera ou não.

Jack encarou vagamente os painéis da parede, esfregando a nuca com a mão. Um hematoma impressionante surgia no lado esquerdo da sua mandíbula.

– Eu não sei. Não sei o que vai acontecer comigo agora. Achei... – Ele respirou lentamente, então se virou e deu um meio-sorriso derrotado. – Desejo-lhe uma sorte melhor do que a minha, Amelia. Receio que vai precisar já que está casada com esse homem.

Ele beijou sua bochecha e então partiu, atravessando o longo corredor coberto de carpete.

– Espera – ela o chamou. – Você já vai embora?

Ele não parou para responder, o que era, ela supunha, uma resposta.

– Jack!

Ele parou, mas não se virou.

– Você tem o valor para a passagem de volta?

– Sim, na conta.

– Quando vou te ver de novo?

– Em breve – ele respondeu, lançando para ela um olhar enigmático por cima do ombro. – Ou nunca mais. – Jack enfiou a mão num bolso e continuou indo embora. Virando à direita, na direção do hall de entrada, ele sumiu de vista.

Amelia deu meia-volta e entrou na biblioteca.

– Como você pôde fazer isso com ele? Como pôde fazer isso comigo?

Com uma calma deliberada, Spencer fechou a gaveta que mantinha aberta e se levantou da cadeira. O linho de sua camisa esticou até o limite dos ombros quando o duque se levantou. Ele tirara seu casaco para o jogo, evidentemente.

– Como eu poderia não fazer? – Os olhos dele foram até a ficha de bronze que pertencera a Leo, ali no centro do mata-borrão. Ele a pegou. – Eu não poderia arriscar deixá-lo sair daqui com ela. Só Deus sabe onde Jack a perderia ou qual dano poderia causar, se caísse nas mãos erradas.

– Sim, mas por que tirar dele dessa forma? Meu irmão está com dificuldades financeiras, você quer essa ficha. Por que não achar uma solução benéfica para ambos?

– Você ouviu o seu irmão. – Spencer fez um gesto na direção da porta. – Ele não queria um preço. O tolo queria jogar. Eu deveria recusar?

– Sim! Você sabe o que é melhor, mesmo que ele não saiba.

– Eu não sei onde você espera que seu irmão arrume juízo, se continua a pensar por ele. – O duque cruzou os braços. – Talvez agora Jack tenha aprendido a lição.

– Ele não aprendeu nada além de não vir mais me visitar.

– Não posso dizer que isso é um grande desgosto. – Ele saiu de trás da mesa.

– Talvez não para você, mas é um desgosto para mim. – Mais do que um desgosto. Uma tragédia. Amelia não queria nem pensar no que aconteceria com Jack se ele voltasse para a cidade.

– Pelo amor de Deus. Jack é um canalha vagabundo. Ele pega seu dinheiro e em troca só lhe dá preocupações. E ainda assim você defende o comportamento horrível de seu irmão. Você o paparica e o recompensa por isso.

– Não, eu não faço isso. – A voz dela estremeceu. – Eu continuo a amá-lo apesar disso. E tenho esperança de que ele vá se ajustar. Não precisava simplesmente jogar dinheiro nele. Jack me contou que quer voltar a estudar em Cambridge, se ordenar. – Ele não tinha dito aquela parte, mas era a extensão lógica. – Você poderia oferecer uma vida como vigário ao meu irmão, ou alguma outra chance para ganhar o dinheiro de suas dívidas.

– Meus inquilinos são minha responsabilidade. Você quer que eu coloque o bem-estar espiritual deles nas mãos de *Jack?* Inconcebível. – Spencer balançou a cabeça. – E ele não veio aqui com intenção alguma de voltar a estudar ou se ordenar, Amelia. Seu irmão veio pelo dinheiro e mudou a história na hora que o desafiei.

– Ele mudou a história na hora que você o expulsou! Sem sequer me consultar, eu devo acrescentar. Pensei que, depois desta manhã, você começaria a ver a virtude de conversar abertamente com sua esposa. Nós poderíamos pelo menos ter discutido o assunto antes que você o enganasse para pegar a ficha e o jogasse na rua da amargura.

Quando a única resposta dele foi um suspiro rabugento, ela levou a mão ao peito.

– Você disse que seus inquilinos são sua responsabilidade. Pois bem, meus irmãos são a minha.

Amelia tinha 10 anos quando o jovem William nascera. Sua mãe estivera tão enfraquecida após o parto que tudo o que conseguia fazer era cuidar do bebê. Hugh e Jack tinham 7 e 6 anos, na época, e o cuidado deles recaiu sobre ela. *Você deve ser a mamãezinha, Amelia. Cuide dos meninos.* E a moça fizera o seu melhor desde então.

– Spencer, por favor. Eu já perdi Hugh. Não posso perder Jack também.

Spencer parou na frente dela. As feições dele estavam atormentadas com emoção, sua postura era de poder e força. Sua intensa proximidade física excitou o corpo de Amelia, e ela se lembrou da forma que tinham entrelaçado as pernas no estábulo, a maneira com a qual ele beijara seu pescoço, acariciara sua coxa nua... Apesar da raiva, a mulher estava a um passo de se jogar nos braços dele e implorar para que o marido a abraçasse, a beijasse, que lhe desse prazer e cuidasse dela.

Que a amasse e a entendesse.

E então Spencer falou, baixinho:

– Jack já está perdido, Amelia.

Não. Amelia olhou para ele boquiaberta, as lágrimas queimando em seus olhos. Casar-se com Spencer era para ser a salvação de seu irmão, não a ruína. Ele iria desperdiçar a fortuna por uma égua rabugenta, mas afastaria o irmão dela com apenas uma observação?

– Não diga isso – ela sussurrou. – Você não o conhece. Hugh e ele só tinham um ano de diferença e eram amigos muito próximos. É como se parte de Jack tivesse morrido com nosso irmão e ele tentasse preencher o vazio com jogatina e bebida. Você não sabe como ele era antes.

– E você está cega para o homem que ele é agora. Já vi isso antes, em jovens descuidados com gosto por apostas altas e cérebros sem senso nenhum. Eu lhe digo, Jack está perdido. Ele ainda pode encontrar o caminho de volta, mas só se descobrir a vontade e a força dentro de si mesmo. Nada que você possa fazer vai mudá-lo. Precisa cortar as rédeas dele, para o bem de ambos. Sem mais consolo, sem o papariçar. Sem dinheiro. Se não é forte o suficiente para cortar os laços, eu o farei por você.

– *Cortar os laços?* Com o meu próprio sangue? – Ela não conseguia acreditar que este era o mesmo Spencer com o qual conversara nos estábulos naquela manhã. Ele sabia o quanto a família era importante para ela. Como poderia sequer sugerir aquilo? – De todas as coisas insensíveis e arrogantes...

– Ah, sim. – Com uma risada sem humor, ele abriu a mão. Entre os dois, a ficha de bronze brilhava na palma da mão de Spencer. – *Eu* que sou o vilão. Jack pode aparecer nesta casa, com dívidas de jogo até o pescoço, tendo pegado esta moeda de uma prostituta de baixíssimo calão. Ele pode contestar minha honra, insultá-la...

– Você o socou!

– ... e eu que sou o vilão. – Ele murmurou uma blasfêmia horrorosa. – Passei uma semana lutando sob suspeitas falsas. Gastei cada milímetro da paciência e da consideração que eu tinha, trabalhei dia e noite para fazer com que comprovassem que as acusações eram falsas. Você disse que acreditava em mim, mesmo quando meus esforços não deram em nada. Agora Jack aparece com a própria evidência de minha inocência em seu bolso e eu sou o vilão. Mesmo sendo o ingrato que ele é, *ele* tem sua lealdade. É a Jack que você defende.

O olhar ferido de Spencer... Deus, ela sentiu como um aperto no peito. Mas o que Amelia poderia falar?

– Ele é meu irmão.

– E eu sou seu marido!

A força na voz dele a fez recuar e tropeçar um passo. O brilho predatório nos olhos dele a fez recuar mais dois passos. O coração dela batia furiosamente no peito.

– Eu sou seu marido. Nós trocamos votos, caso tenha se esquecido. – Ele segurou a ficha entre o dedão e o indicador conforme avançava. – E, naquela mesma noite, você me fez uma promessa. Uma vez que esta ficha fosse encontrada, você seria toda minha. E não me negaria nada.

– Do que você está falando? Acabou de ameaçar me separar da minha família à força! Agora espera que eu me comporte como se nada tivesse mudado? Que me deite na cama como uma esposa boazinha e obediente?

– Não. – Em um arroubo de força, ele a segurou pela cintura e a empurrou para trás até que ela batesse contra a parede. – Eu vou tê-la aqui mesmo, esqueça a cama.

Spencer a levantou um pouco, apoiando suas pernas entre as dela, ele segurou o peso com as coxas e afundou uma mão embaixo das saias dela. Amelia arfou, buscando ar conforme o marido levantava o veludo pesado até a cintura dela, atordoada demais para resistir. Os dedos dele encontraram seu sexo e ela ainda estava molhada de mais cedo, ainda dolorida da noite anterior. A sensação era esmagadora. Sem preliminar alguma, Spencer empurrou dois dedos dentro da mulher, e os músculos internos de Amelia se fecharam ao redor de sua largura.

O duque parou, respirando tão intensamente quanto ela.

– Você queria isso.

Queria o quê? Casar-se com ele, para início de conversa? Ser possuída rapidamente e com força contra uma parede? Ver a dor nos olhos dele e sentir aquela pontada da vingança depois da forma que Spencer a desolara instantes antes?

– Sim... – ela falou, ofegante. Sim. Ela queria tudo aquilo.

Spencer tirou os dedos e Amelia sentiu que o homem abria a calça. Ele trincou os dentes ao lutar para se libertar, suportando o peso dela e de inúmeras dobras de veludo com um braço enquanto soltava os botões com a outra. A mulher deixou o próprio braço pender ao seu lado. Ela não queria ajudá-lo, mas também não queria empurrá-lo para longe. Apesar de toda a raiva e de seus sentimentos feridos, ela ainda desejava o prazer que ele poderia lhe dar. Era como se o seu coração tivesse partido com Jack, mas o corpo dela ainda estivesse ali, com um desejo estúpido.

Quando terminou de lutar contra os botões, ele segurou a mão dela e a colocou entre os dois, atravessando as camadas de roupa. Envolveu os dedos de Amelia ao longo de seu comprimento ereto e rígido. A pele dele estava quente ao toque, queimando contra a palma.

— Me mostre o que quer. — Ele apertou os dedos até ela ter certeza de que o toque duplo de ambos estava machucando-o. — Me guie.

Spencer soltou a mão dela e a deixou segurando o seu membro entre ambos. Ele envolveu as coxas dela com as mãos e a levantou, abrindo as pernas.

Usando o apoio pulsante e duro que ele lhe dera, Amelia o puxou para perto. Não entre as dobras dela, onde ela sabia que Spencer queria estar, onde *ela* o queria. Ela esfregou a excitação dele no lugar sensível no topo da sua fenda. O prazer subiu por Amelia quando ela se massageou com a rigidez e o calor dele.

Ele gemeu e os dedos do duque se afundaram nas coxas dela enquanto Spencer mudava o ângulo da pélvis dela. Os quadris dele cederam e o homem se moveu contra ela, arrastando todo o seu comprimento nas dobras úmidas do sexo dela. Amelia apertou com mais força, empurrando-o para longe. Ele dera o controle a mulher, e ela não abriria mão dele. Era isso o que ela queria — se esfregar contra a ereção dele, roçar o calor aveludado dele contra ela do jeito que gostava. Nunca sonhara que fazer amor poderia ser tão bom quando começava com raiva em vez de carinho... mas era. Ah, como era.

Contorcendo os quadris, Amelia se levou cada vez mais perto do clímax. A doce tensão cresceu e ela soltou a respiração num ronronar baixo e provocante.

— Maldição! — Os quadris dele se moveram novamente. — Me guie para dentro.

E Amelia o fez. Não porque o marido mandara, mas porque era o que ela queria naquele instante, senti-lo dentro dela, preenchendo-a, estocando com um vigor incontrolável.

Ela o segurou pelo pescoço e encarou o teto. Spencer segurou as coxas dela e pressionou o rosto contra a garganta dela. Não havia mais contato visual, nem conversa. Só um ritmo frenético e a sensação crescente e um clímax tão intenso, tão atordoante que a boca de Amelia se abriu num grito silencioso.

O duque grunhiu contra o pescoço da mulher, enchendo-a profundamente quando alcançou seu próprio ápice.

E depois, enquanto ele relaxava sem ar e trêmulo contra ela, aconteceu um milagre. Amelia colocou a mão nos ombros dele. E mulher o empurrou para longe. O êxtase físico de seu clímax quase a partira ao meio, mas sua raiva e confusão permaneciam intactas. Ela não tinha nenhum desejo tolo de abraçá-lo, de aninhá-lo contra si e acariciar seu cabelo. Nenhum desejo profundo e secreto de ouvi-lo murmurar elogios e juras de amor ao pé de seu ouvido. Ela tomara o que queria dele e estava satisfeita.

Finalmente alcançara uma posição de igualdade com o marido dela. Amelia aprendera a dar para ele seu corpo sem arriscar o coração.

Que triunfo gélido e amargo era aquele.

Extenuado e trêmulo, Spencer saiu de dentro do corpo da esposa. Os joelhos dele se firmaram enquanto a colocava de volta no chão.

– Eu achei que você tinha prometido elegância – Amelia disse.

Spencer se encolheu. Ele não estava particularmente orgulhoso daquela performance. Fora bruta, raivosa, rápida... e incrível, o que, de certa forma, deixava tudo pior.

– Eu lhe devo um pedido de desculpas?

– Não seja absurdo. – Os olhos dela eram o azul-claro de um rio congelado. – Nós dois gostamos.

Ele se virou de lado para arrumar suas roupas, precisando fugir do olhar dela. Spencer acabara de ter a experiência sexual mais prazerosa de sua vida, com a participação entusiasmada de sua amante criativa e receptiva. E então caíra mais baixo do que os babados do tapete.

– Quando posso receber meu dinheiro? – ela falou, balançando as saias.

– Quê? – Ela realmente havia pedido dinheiro a ele? Como se fosse uma prostituta comum, levantando as saias num beco escuro por uma rapidinha contra a parede? Havia raivoso, mas incrível, e então havia... grosseiro.

– Como acabou de me lembrar, nós fizemos um acordo quando nos casamos. Eu lhe dou filhos, e você me dá segurança. Essas foram as *suas* palavras, Spencer. Você me prometeu vinte mil libras, especificamente. Gostaria de saber quando é que poderei tê-las. Se você se negar a permitir que eu veja meu irmão, eu o ajudarei sozinha. Eu... Eu vou... – As palavras dela se embaralharam, ficando mais frágeis com a emoção. – Vou fazer *algo*. Talvez possa mandá-lo de volta para a universidade ou comprar um cargo no exército, ou só encontrar um lugar para ele bem longe da cidade...

Spencer levou uma mão às têmporas. A lealdade dela a Jack era admirável, e o motivo pelo qual os dois se conheceram, mas os esforços protetores dela estavam prejudicando mais do que ajudando o irmão. Não tinha possibilidade alguma de que ele daria milhares de libras para ela e deixaria que Amelia gastasse por tabela nos bordéis mais baixos de Londres ou lugares piores.

– O dinheiro está num fundo, e não posso apenas dar para você. Não funciona assim.

– Tenho certeza de que você poderia fazer funcionar assim, se desejasse. É bem liberal com sua cartela de cheques quando lhe cabe. – Ela lançou um olhar para a parede em que estavam recostados instantes antes. – Eu estou mantendo meu lado do acordo.

A bile subiu na garganta de Spencer, dando um tom ácido às palavras dele.

– Você ainda não está grávida. Por essa lógica, não lhe devo nada até que um filho nasça.

– Metade – ela falou, anestesiada. – Quero a metade de entrada. Ou não haverá filho.

– O que te possuiu? Oferecendo seus favores por pagamento como se fosse uma prostituta? Essa conversa é muito baixa para você, Amelia. Muito baixa para nós dois.

– Você me levou a isso! – Uma lágrima escorreu pelo rosto dela. – Você não tem a mínima empatia? Leo foi atacado enquanto caminhava pelos mesmos bairros que Jack está frequentando. Ele poderia facilmente ter sido a vítima. Eu não posso me sentar aqui, sem fazer nada, esperando que meu irmão mude de ideia. Na hora em que ele o fizer, pode ser tarde demais. Sim, eu trocaria meu corpo para salvá-lo. Eu daria a minha vida, se fosse preciso.

Virando-se de costas para ele, Amelia afundou o rosto nas mãos.

Um suspiro pesado saiu de seu peito. Ele venceu a distância entre ambos e deslizou um braço pelos ombros dela. Amelia recuou, mas ele a abraçou com força. Spencer podia não ter talento natural para aquilo, mas sempre aprendera rápido. O duque passou uma mão pelas costas da mulher.

– Jack não merece esse tipo de devoção.

– E quem merece de verdade? – Ela parou de lutar e afundou o rosto no colete dele, e Spencer a envolveu com os braços. – Mas você não pode me pedir para parar de amá-lo. Não é justo.

Spencer a segurou enquanto Amelia chorava, tentando se reconciliar com sua própria conclusão dolorosa: ele não poderia pedir para a esposa parar de amar o tolo do irmão mais do que poderia forçá-la a sentir o mesmo por ele. O duque se deixou imaginar, por um momento traiçoeiro, como seria saber que a mulher faria qualquer coisa por ele. Dar suas últimas posses materiais, o próprio corpo... a própria vida, se precisasse. Se algum dia fosse tão sortudo de ser o receptor de tais afeições, ele certamente não estaria desperdiçando-a para buscar prazeres inúteis em cassinos.

Tudo o que precisava fazer era dar dinheiro a Jack, e ele voltaria à estima dela. Mas todo o ciclo só iria se repetir. Cedo ou tarde (provavelmente cedo), Jack iria reaparecer, tendo gastado tudo, prometendo melhorar se lhe dessem mais dinheiro. Spencer seria forçado a recusar, e Amelia choraria...

Não tinha quantidade de argumentação ou explicação que poderia fazê-la mudar de ideia naquele momento. Amelia tinha compaixão demais, era sensível demais para quebrar o padrão. Ele não tinha escolha a não ser tornar-se o vilão arrogante e insensível e fazer aquilo por ela.

– Spencer, por favor. Se você apenas conversasse com...

– Não – ele falou com firmeza. – Não haverá discussão, Amelia. Minha decisão foi tomada. Eu não posso, em pleno juízo ou de consciência limpa, dar dinheiro ao seu irmão. Agora que ele percebeu isso, acredito que você vai descobrir que será Jack quem cortará os laços.

Amelia chorou um pouco mais. Ele a teria abraçado por mais tempo, mas ela se afastou. Em vez disso, Spencer só ficou parado ali, desajeitado, observando-a chorar. Era uma forma miserável de passar o tempo.

– Bem? – ela falou por fim, abraçando-se. – Para onde vamos daqui?

– Iremos a Briarbank o mais rápido possível. – Pelo menos ele poderia oferecer a ela aquele consolo, férias na casa de campo que a mulher tanto amava. – Agora que a ficha de Leo está comigo, isso não me ajudará em nada aos olhos de Bellamy. Mais do que nunca, eu preciso me reunir com os dois, ele e Ashworth, num lugar e conversar.

Amelia encarou o carpete e ele percebeu duas batalhas dentro dela: o desejo de rever sua casa e o desejo de se rebelar.

Spencer ainda não tinha as chaves do coração dela, mas sabia cinco palavras que iriam melhorar a disposição de Amelia e garantir a sua cooperação. Eram as mesmas que deveriam ter funcionado para Jack, vez após outra. Ele jogou seu trunfo naquele momento.

– Amelia, preciso de sua ajuda.

Os ombros dela relaxaram de imediato. Minha nossa, era tão fácil que Spencer quase se sentia culpado por aquilo. Ela vivia para ser útil às pessoas ao seu redor e até negaria a própria felicidade para garantir a dos outros. Poderia ser baixo dele tirar vantagem, mas era aquilo ou perdê-la de vez...

Amelia limpou os olhos com as costas da mão.

– Jack não te disse? Briarbank já foi alugada pelo verão. Você terá que repensar seu plano de festa.

– Não, eu não vou precisar.

– Não vai precisar? – Ela franziu a testa.

– Eu... – Ele suspirou. Brilhante! Agora estava mentindo para ela. Ele odiava enganação, mas, se contasse para Amelia a verdade naquele instante, ela entenderia tudo errado. Spencer perderia qualquer grão de estima que a mulher ainda tinha por ele. – Farei uma oferta melhor. Você ainda quer aulas de montaria?

Você ainda quer passar tempo comigo?

Ela negou com a cabeça.

– Se vamos partir o mais rápido possível, eu estarei ocupada. – Amelia olhou para a porta. – Devo começar a escrever as cartas agora.

Mas ela não se moveu, apenas ficou ali, encarando a porta como se esperasse que ele dissesse algo. Parecia um teste e Spencer passara sua infância vivendo com terror de tais exames orais. Ele nunca sabia o que deveria dizer.

– Amelia... – Spencer exalou lentamente. – Ainda preciso de um herdeiro. Mas, como você pediu, vou honrar o nosso acordo inicial. Se, uma vez que você me der um filho, não quiser mais viver comigo... – Ele odiava pensar naquilo, mas pelo menos tinha quase um ano para fazê-la mudar de ideia. – E vou liberar todo o seu fundo para você e lhe prover uma casa separada.

O lábio inferior dela tremeu e então afinou. E então se dobrou sob os dentes dela e praticamente desapareceu.

Um erro. Fora um erro falar aquilo, completamente. Maldição, desgraça, porcaria.

Para o meio do dia, durante o verão, o ar no frio ficou estranhamente gélido.

– Sim – ela falou, desviando o olhar. – Esse foi nosso acordo, não foi? Eu nunca deveria ter esperado mais.

– Eu só... – Maldição, como é que essa última meia hora tinha dado tão errado? Naquela manhã, os dois estiveram prestes a viver algo incrível. Proximidade, amizade e intimidade. Agora havia uma parede entre ambos. – Amelia, eu só quero que você seja feliz.

– Ah, eu serei. – Levantando o queixo, ela passou a mão pelo estômago e quadris. – Irei para Briarbank e tenho uma festa para planejar. É claro que escolherei ser feliz. – As bochechas dela se apertaram com um sorriso forçado quando caminhou até a porta. – Bem. Agora que tudo está resolvido, se me der licença, tenho um jantar para planejar.

Capítulo 16

Amelia encontrou uma rotina, então as semanas passaram rapidamente. Ela ficava a maior parte do dia com a Sra. Bodkin, tratando dos assuntos da casa. À tarde, a duquesa tomava algum tempo para tratar de suas correspondências, fazendo arranjos para a jornada e estadia em Briarbank. Às vezes encontrava uma hora ou duas para caminhar nos jardins de Braxton Hall ou no parque.

À noite, ela ia para a cama do duque. Eles não conversavam muito por lá, e quase nunca fora de lá. Era tudo o que um casamento de conveniência deveria ser. Não tinha mais jogos de cartas nem conversas sobre livros. Sem discussões e sem emoções perigosas. A cada dia de relativo silêncio que se passava, o número de coisas não ditas crescia, até que aquela pilha de observações nunca faladas formou uma parede formidável de proteção ao redor do coração de Amelia.

E ela precisava daquela proteção para seu coração ou para os pedaços que ainda restavam dele. Por uma noite apaixonada e uma manhã perfeita, ela cometera o erro de entregá-lo a Spencer, e ele o despedaçara. Se o marido se importava com ela pelo menos um pouco, como poderia afastá-la do próprio irmão? Amelia não conseguia nem começar a entender, e Spencer não parecia disposto a explicar.

Então só restava o silêncio.

Claudia continuava tão distante quanto antes. A presença da menina nas refeições era imprevisível, assim como seu humor em qualquer momento. Ela recusava todas as tentativas de amizade de Amelia, que eventualmente desistiu. Sem dúvida, Claudia cederia com o tempo, mas, até lá, a duquesa tinha assuntos mais urgentes que necessitavam de sua atenção, tais como escrever convites para seus convidados e enviar servos na frente, para Briarbank, com livros contábeis para suprimentos, listas de faxina e pilhas de lençóis novos.

Estava tão ocupada que a data marcada para a partida chegou antes que Amelia esperasse. Em vez de tomar a rota mais longa por Londres, Spencer decidiu que viajariam diretamente para o oeste, para Oxford e então Gloucester. Mas as estradas eram menores e piores, o que tornou a viagem lenta e nauseante. Tanto Amelia quando Claudia passaram a viagem toda sacolejando na carruagem e trocando a bacia entre elas.

Ao cruzarem para Oxfordshire na terceira manhã, Amelia se animou. Escrevera para Lady Grantham, sua prima de segundo grau, e organizara uma parada para o grupo em Grantham Lodge. Amelia nunca fora próxima de Venetia, nem gostava muito dela. Mas a prima tinha uma casa adorável na cidade e um gosto voraz para se socializar com a nobreza, então a nova duquesa esperava uma hospitalidade calorosa.

O sol ainda estava alto no céu quando Grantham Lodge pôde ser avistada. Era um casarão amigável, bem moderno em sua arquitetura. O pequeno lago na frente da casa formava uma imagem reluzente da fachada branca e suas janelas de vidro. Um cisne, ou dois, nadava descuidado por ele. *Sir Russel deveria estar bem*, Amelia pensou. Mas, até aí, os Grantham sempre foram um casal ambicioso.

As carruagens pararam na entrada. Quando Amelia e Claudia desceram, Sir Russel e Lady Grantham estavam aguardando para cumprimentá-las. Venetia vestia uma seda cor de pêssego e o mesmo sorriso fino e estranho de que a duquesa se lembrava. Sua prima tinha teorias elaboradas sobre como sorrisos amplos demais causavam rugas prematuras. Amelia achou que ela preferia parecer enrugada e feliz a com a pele lisa e canforada.

– Amelia, minha criança. Faz tempo demais que não nos vemos.

Mal fazia dois meses nas contas de Amelia, mas ela abraçou a prima e aceitou o beijo na bochecha.

– Oh! – A dama sobressaltou-se e deu uma risadinha. – Mas devo chamá-la de Vossa Graça agora, não é mesmo?

– Claro que não – Amelia lhe assegurou. – Nós somos família.

Por dentro, no entanto, a moça não conseguiu não se perguntar se o escorregão de Lady Grantham fora um acidente de verdade. Estaria Amelia destinada a nunca ser reconhecida como uma duquesa? Sempre confundida com uma parente empobrecida ou uma criada?

Apresentou Claudia, cuja aparência nauseada dava a desculpa perfeita para seu jeito normalmente retraído. Logo Spencer se uniu ao grupo, depois de desmontar e passar as rédeas para um cavalariço.

– Vossa Graça – disse Lady Grantham, numa cortesia cheia de graça. – Estamos honrados em recebê-los em Grantham Lodge.

Ninguém nunca confundia Spencer com algo que não fosse um duque. Mas, bem, por que o fariam? Ele estava magnífico, como sempre. Alto, bonito, nobre, perfeito e apenas melhorado depois de um dia sob o sol. Ele se comportou tão bem quanto poderia ser esperado em apresentações, o que quer dizer que apenas fez um gesto curto com cabeça e se segurou para não fazer observações rudes.

– Entrem, por favor. – O colete de Sir Russel mal conseguia segurar sua animação quando ele fez um gesto amplo com o braço.

Venetia se aproximou de Amelia, tomando o braço dela ao seguirem os homens na direção da porta.

– É tão bom revê-la, minha querida. Quando soubemos de seu casamento, nós ficamos tão decepcionados por ter perdido a oportunidade de celebrar. E sei que também deve ter ficado decepcionada, pelo tanto que aguardou. Mas agora você está aqui e todos estão animados para lhe dar as boas-vindas.

– Todos? – Amelia perguntou quando adentraram o hall de entrada.

Lady Grantham fez um gesto expansivo como resposta e Amelia olhou ao redor para ver...

Todos.

Ou, pelo menos, a maior parte da população de Oxfordshire.

Aplausos romperam dos convidados reunidos, combinados com felicitações. Minha nossa, havia dezenas deles. Alguns Amelia reconheceu como parentes ou velhos conhecidos, mas presumia que a maioria era da nobreza local, todos atraídos pela promessa de um duque e uma duquesa recém-casados.

Amelia cruzou o olhar com Claudia. A garota engoliu em seco, parecendo prestes a vomitar.

Spencer piscou com desdém para a multidão, o que era típico dele.

– Não é maravilhoso? – Venetia sussurrou, agarrando o braço de Amelia. – Eu sei que você nunca teve um baile de noivado ou um café da manhã de casamento apropriado, mas não se desespere. Lady Grantham está aqui para arrumar tudo. Nós temos uma noite inteira planejada. Jantar, música e dança.

– Que... que gentil da sua parte – disse Amelia, permitindo que a prima a levasse até o centro do cômodo, mas ao mesmo tempo tentando manter Claudia por perto. A menina precisava de proteção contra essa horda.

– Venha, você precisa conhecer todos – disse Venetia. – Vai demorar um tempo para que os criados tragam suas malas, de qualquer forma.

De soslaio, Amelia viu Sir Russel dar um tapa caloroso nas costas do duque, empurrando-o para a frente na direção da multidão. As apresentações começaram. E continuaram, uma atrás da outra. Amelia congelou o rosto num sorriso educado e cumprimentou calorosamente cada conhecido novo e antigo. Observou Spencer com atenção, pois ele claramente não estava apreciando a familiaridade ousada de Sir Russel. Amelia não era capaz de discernir o que falavam no burburinho de conversas, mas, pelas aparências, o marido estava tão feliz em cumprimentar os convidados quanto estaria se tivesse que engolir os chapéus deles, com penas e tudo. Amelia suspirou. Sabia que esse tipo de evento não tinha apelo para ele, mas o duque não poderia pelo menos fingir pela etiqueta?

Lady Grantham tomou o braço de Amelia mais uma vez para direcioná-la a outro grupo de damas que aguardavam. Virando o pescoço para continuar de olho no marido, Amelia observou enquanto um homem alto e idoso sorria e mexia a cabeça com as apresentações elaboradas de Sir Russel e então fizera uma reverência elegante que costumava ser moda na Corte. Quando o homem ainda estava dobrado acima de sua perna estendida, Spencer deu meia-volta e saiu do cômodo.

Ah, agora Amelia estava enfurecida. Ele tinha ignorado aquele cavalheiro idoso no meio da reverência? Sem um bom motivo, aquilo era o ápice da grosseria. Eles eram convidados na casa da prima dela... O completo desrespeito de Spencer por sua família era insuportável.

Um burburinho de desânimo ondulou pelos convidados reunidos, apenas aumentando a vergonha de Amelia.

– Lady Grantham... – ela falou. – Poderia, por favor, me dar licença? Percebi que há um pacote importante junto aos nossos pertences que requer atenção especial. Gostaria de ter mencionado para o valete, mas acabei me esquecendo. Só sairei um instante para vê-lo e logo retorno. – Antes que a lady pudesse negar, Amelia se afastou. – Você poderia apresentar Claudia para sua filha, Beatrice? Ela tem 15 anos e está ansiosa para fazer amigos.

Deixando Claudia nas mãos da prima, Amelia se apressou na direção da porta em que Spencer saíra. Não o vendo de imediato, ela virou para a esquerda e seguiu o caminho que levava para a garagem de carruagens e para os estábulos. Sem dúvida, ele desprezara a companhia humana para cuidar de cavalos outra vez.

Ela mal tinha andado vinte passos antes de uma tosse engasgada e feia chamar sua atenção para o jardim lateral. Surpresa, Amelia foi na direção do som, atravessando um caramanchão coberto.

O que encontrou a surpreendeu.

– Spencer, é você?

Por Deus. Ele sabia que deveria ter se afastado mais da casa.

O duque puxou a gravata com força, soltando-a de seu pescoço e limpou a garganta:

– Não é nada. Só precisava de ar fresco – ele falou, buscando um tom calmo e controlado. – Está quente como o inferno lá dentro.

– Sério? Eu não achei que estava quente. – A voz dela era nítida. – Se havia algo intolerável naquele cômodo, foi sua atitude.

Ele abaixou a cabeça nas mãos e exalou devagar, tentando controlar o coração acelerado.

– Você não me disse que haveria uma maldita festa, Amelia.

– Eu não sabia.

– Não? – Ele odiava o tom de acusação na própria voz.

– Não, eu não sabia. – Amelia cruzou os braços. – Mas e daí? Sei que não é bem a nata da sociedade londrina aqui, mas eles são sinceros e bem-intencionados. O que fizeram para ganhar seu desdém?

– Nada. Nada.

Amelia não compreenderia. E, mesmo se quisesse explicar para ela, não tinha condições para isso. A cabeça de Spencer girava. Não achava que conseguiria ficar em pé. Tanta gente num espaço tão pequeno... e ele não estivera preparado. Quando ia aos bailes, na cidade, gastava horas para se preparar de antemão – física e mentalmente. E ele levava conhaque. Céus, o que ele não faria por um pouco de conhaque naquele instante.

– Pode voltar – ele falou. – Retornarei em um minuto.

Só precisava ficar sozinho um pouco para se endireitar. Apesar de que um minuto talvez não fosse suficiente. Algumas horas funcionariam melhor.

Ela se sentou no banco ao lado dele.

– Você realmente está passando mal, não está?

– Não – disse ele rápido demais para parecer verdadeiro.

Maldição, maldição, maldição.

– Você está tremendo. E pálido.

– Eu estou ótimo.

– Spencer...

A voz de Amelia havia mudado de repreensão para a preocupação. Spencer preferia a repreensão. Ele gostava muito da Amelia que brigava com ele. E sentira falta dela nas últimas semanas.

– Seu estado está parecido ao daquela noite – ela comentou. – No terraço dos Bunscombes. O que foi? O que há de errado?

Que desgraça extraordinária. Por que tivera que se casar com uma mulher inteligente e inquisitiva? Ele tinha duas escolhas agora: deixá-la tirar tudo dele lentamente ou se livrar daquilo em seus próprios termos.

– Não há nada de errado – ele contou, afundando o rosto nas mãos. – É só... algo que acontece às vezes, quando há muitas pessoas ao redor. Não gosto de multidões.

– Você não gosta de multidões. – Amelia colocou uma mão no ombro dele.

– Eu não suporto, na verdade. Nunca consegui aguentar. Elas me deixam doente, fisicamente. – Ali, pronto. Ele contara. Nunca dissera aquilo em voz alta para ninguém em sua vida. Spencer nem sequer tinha certeza se admitia para si mesmo. Estranhamente, uma sensação de alívio acompanhou a confissão. Seu pulso começou a desacelerar e ele levantou a cabeça. Nunca fora capaz de compreender sua reação naquelas situações. Era uma pessoa forte, competente e inteligente em todos os outros aspectos, e, em sua vida inteira, aquela única fraqueza o irritava. Talvez Amelia pudesse ajudá-lo a compreendê-la.

– Se eu me preparo com antecedência, fico bem por um tempo – Spencer falou. – Meia hora, no máximo. Se fico mais tempo ou se sou pego de surpresa... alguma coisa acontece comigo. Não sei nem como descrever. Eu fico quente, minha cabeça roda e meu coração se acelera. O ar subitamente parece viscoso demais para respirar. É como se todo o meu corpo insistisse que preciso ir embora, imediatamente.

– E daí é o que você faz.

– Sim.

– Mesmo se precisar carregar uma solteirona e levá-la com você.

Com um pequeno sorriso, Spencer arqueou uma sobrancelha para ela.

– Você pediu por aquilo. – Limpando a garganta, ele continuou: – Desde que eu esteja pronto, consigo frequentar essas coisas. Eu só me certifico de ir embora antes da situação ficar ruim.

– Bom – ela falou. – Eu acho que você me disse isso. A chave é saber quando ir embora. Então é por isso que só ficava para poucas danças? Todo aquele teatro de Duque da Meia-Noite...

– Não foi ideia minha. Só queria manter minhas aparições breves e é mais fácil ir embora depois da dança que acontece após o jantar. Mas tudo cresceu demais e...

Amelia riu suavemente, balançando a cabeça.

– Toda aquela fofoca e os rumores. Toda a especulação, para nada!

– Não é para nada. – Ele coçou a nuca, e a mão de Amelia deslizou de seu ombro. – Não me importo com a fofoca. Nunca me importei com o que as pessoas pensam de mim. É divertido, e às vezes até útil, ser temido.

Ou pelo menos era, até que a história de assassinato fora adicionada à mistura e ele perdera a confiança da esposa antes mesmo de ter a oportunidade de ganhá-la.

– Spencer? – ela tomou uma das mãos dele na sua. – Como estamos revelando nossos segredos, eu sinto que deveria contar algo para você. Eu posso ter sido a responsável por começar o boato mais pernicioso a seu respeito, pior do que qualquer outro.

– É mesmo? – ele perguntou, intrigado.

– Sim. – Mordendo os lábios, ela lhe deu um olhar lúgubre. – Posso ter falado para um grupo de jovens damas impressionadas que na lua cheia você se transforma num porco-espinho feroz.

Spencer lutou para manter um ar de recriminação.

– Bem, se ajuda, eu me arrependo agora... – ela continuou.

– Você se arrepende mesmo?

– Ah, sim. Foi um insulto para porcos-espinhos de todos os lugares.

Uma gargalhada profunda saiu de seu peito e a sensação era boa demais. Ele apertou a mão dela num agradecimento silencioso.

– Então... – ela falou. – Isso acontece a sua vida toda?

– Desde que consigo me lembrar. – Ele assentiu.

– E é só em salões de baile?

– Não. – Como ele desejava que fosse simples assim. – Qualquer lugar com muitas pessoas e sem espaço suficiente. Arenas. Teatros. – Spencer a olhou de forma significativa. – Casamentos. Recitais.

– Oh. – A expressão de Amelia se suavizou. – E salas de aula? Essas também?

Spencer deu de ombros de forma tensa. Maldição, como o irritava perceber o quanto ele sacrificara ao longo dos anos. Feria mais ainda saber que ela também percebera aquilo.

– Eu sei, seu sei. Todo mundo parece lidar com essas situações com facilidade, o que só torna tudo mais irritante. Eu não sei o que diabos está errado comigo. Passei a vida inteira me sentindo... como um peixe sem talento para nadar.

Os dedos de Amelia foram para as têmporas dele, deslizando suavemente pelo seu cabelo.

– Ah, Spencer...

– Não. – Ele tirou a mão dela. – Amelia, não faça isso. Pelo amor de Deus, não tenha pena de mim. Eu aguento qualquer coisa menos isso. É um incômodo, eu garanto, mas não é uma privação. Em vez de ir a festas frívolas, dominei talentos muito úteis. Carteado e cuidado de cavalos.

– Você leu muitos livros.

– Sim, isso também. Sou feliz com a minha vida como ela é.

– Tem certeza? – Amelia parecia incerta.

– Sim – ele falou com sinceridade, pois, naquele momento particular de sua vida, Spencer estava feliz.

As coisas tinham ficado tensas entre o casal, para dizer o mínimo, desde a visita de Jack. Ele quase esquecera de como gostava só de conversar com Amelia. Esquecera como era bom gargalhar. A mulher tinha uma forma de arrastar os demônios dele para fora das sombras e... não os ignorar, ou não os transformar em querubins animados... puxando suas orelhas. Encarava-os no olho com aquela combinação típica de Amelia de racionalidade e humor seco.

– Sim, estou feliz – ele repetiu. – Estou feliz com a minha vida como ela é, neste momento.

Passos se aproximaram no caminho de cascalho mais próximo.

– Acho que alguém está chegando – ela sussurrou. – Talvez nós devêssemos...

Spencer a beijou. Firme, de início, até que o choque se foi e Amelia percebeu que estava sendo beijada. E então de forma doce, carinhosa, porque ela merecia seu cuidado. Segurando o queixo dela entre o dedão e o dedo do meio, ele a puxou mais para perto. Spencer explorou a boca da esposa com sua língua e lábios, pacientemente fazendo-a se abrir para ele. Seduzindo-a para que participasse por completo. Porque Amelia valia o esforço, também. Essa era uma mulher que deveria ter sido cortejada por uma legião de pretendentes. Como é que tinha ficado solteira todos esses anos, parada nas bordas de salões de baile? Como é que ele mesmo nunca a tirara da multidão e a chamara para dançar?

Deus do céu, ele era um tolo. Mas um tolo sortudo.

Cedo demais, Amelia se afastou.

– Acho que partiram. – Ela lançou um olhar por cima do ombro e as bochechas dela se pintaram num tom de rosa encantador. – Pensou rápido. Você realmente é brilhante em disfarçar esse problema. Pessoas em lua de mel sempre são perdoadas por todo tipo de comportamento rude.

– Bem, aqui está a solução. Vamos passar o resto de nossas vidas em uma lua de mel permanente.

Amelia gargalhou como se aquilo fosse uma ideia ridícula. Spencer desejava que não fosse.

– Sinceramente, Spencer. Não consigo não me perguntar... Algo pode ser feito. Você já tentou...

– Sim.

– Mas eu nem terminei de...

– Não importa. Se há algo que você consiga pensar, eu já tentei. Nada funciona. Isso é só parte de quem eu sou, Amelia. E fiz as pazes com isso há muito tempo.

– Ah. – Ela abaixou o queixo, decepcionada. – Entendo.

Frustrado, Spencer esfregou o rosto com a mão. Claro, isso era agora, mas não fazia muito tempo. Ele estava casado. Tinha uma tutelada. E, por mais que tivesse feito as pazes com uma vida sem eventos sociais, era justo que pedisse que Amelia também fizesse as pazes com isso? Hospitalidade e amizade... essas coisas eram partes de quem *ela* era. Sem mencionar as obrigações que teriam com Claudia quando ela debutasse. Um gosto amargo preencheu sua boca e ele fez uma careta.

– Não há nada que eu possa fazer por você? – ela perguntou.

– Não, não, só me deixe no meu canto.

– Eu poderia pedir para...

– Me deixe no meu canto – ele falou com força demais. Os dois se encolheram. Sabia que estava apenas a alienando mais, porque ela vivia para ser útil. Mas, naquele caso, não havia nada que a mulher pudesse fazer. Spencer respirou profundamente e acalmou a voz. – Quando isso acontece, tudo o que preciso é ficar sozinho.

– Pois bem. – Ela ficou em pé. – Irei embora. Fique aqui por quanto tempo precisar e eu inventarei uma desculpa para os nossos anfitriões.

Com isso, Amelia retornou para a entrada da casa. Spencer suspirou, sentindo o peso da culpa se assentar sobre os ombros. Nos últimos minutos, se sentira mais próximo a Amelia do que nas últimas semanas, mas essa condição maldita que ele tinha era uma parede contra a qual passara a vida inteira batendo a cabeça. E, não importava o que ele dissesse ou o que ela fizesse, os dois sempre estariam em lados opostos a ela. Amelia precisava da sociedade para sua vida ficar completa, e o duque só se sentia completo em relativa solidão.

Mas será que Spencer realmente tentara *tudo*? Não de verdade. Em sua juventude, ele tentara superar o maldito problema por um sem-número de estratégias – a maioria das quais envolvia se embebedar e a força de vontade –, mas ele sempre fora motivado pelos próprios desejos e necessidades egoístas. O desejo de frequentar a escola. O desejo de ir atrás de garotas. A pura frustração com sua inaptidão.

Mas havia algo que Spencer ainda não tentara. Ele não tentara conquistá-la por Amelia.

No mínimo, ele devia tentar.

– Tem certeza? – Amelia estudou a expressão de seu marido buscando algum traço de relutância.

Spencer se encostou contra a parede, cruzando um tornozelo na frente do outro.

– Pela quinta vez, Amelia, eu tenho certeza.

– Você realmente não se importa?

– Não me importo.

– Você sabe que não precisamos descer. – Ela puxou as luvas.

– Eu sei.

– Eu sugeriria que esperássemos até depois da dança começar, mas suspeito que estarão nos esperando para começar. Ficaremos só por uma dança ou duas. No momento em que você quiser partir, só me diga. Nem precisa falar nada, podemos criar algum tipo de sinal. Toque o botão de cima de seu colete, talvez.

– Um sinal? – Ele arqueou uma sobrancelha. – O que nós somos, espiões da Coroa? Eu não posso apenas carregá-la para fora do salão? Funcionou muito bem da última vez.

Amelia o olhou com desaprovação. O que era difícil, porque não havia nada na aparência dele que inspirasse aquele sentimento. Mesmo envolta em seda e pérolas, ela se sentia desigual à elegância simples da roupa preto e branca dele. Spencer estava esplêndido.

– Não me olhe assim. Acho que você até gostou. – Os olhos dele ficaram mais escuros. – Eu sei que eu gostei.

Amelia corou. Bem, ela, para falar a verdade, *tinha* até gostado.

– Um sinal discreto servirá hoje. Guarde a vontade de me carregar para mais tarde, em particular.

Eles trocaram um sorriso e uma palpitação animada subiu pela barriga de Amelia.

Algo mudara desde o jardim naquela tarde. O marido se abrira para ela, revelando suas vulnerabilidades como não tinha feito desde a conversa nos estábulos. Spencer era um homem que passara a vida visando ser mal compreendido, mas revelara um pedaço de seu verdadeiro ser para ela. E agora, todas as vezes que seus olhares se cruzavam, era como se uma mensagem silenciosa fosse trocada entre ambos – algumas vezes era uma piada, outras uma observação, outras uma sugestão carnal. Estavam se comportando como um casal em vez de como dois indivíduos que por um acaso estavam casados.

A abertura súbita de Spencer fez com que Amelia ficasse esperançosa de maneira displicente. Seu otimismo tolo só era intensificado pelo fato de que sabia que ele estava fazendo um grande sacrifício ao ir àquela festa com ela. Estava preocupada com seu coração, que estava em sério perigo, mas a duquesa não conseguia se forçar a subir suas barreiras de novo. Só lhe restava esperar por uma mudança de visão de Spencer. Uma vez que chegassem a Briarbank, ele veria o que a casa dela e sua família significavam para a mulher – como isso havia moldado a pessoa que ela era, assim como o passado de Spencer o formara. Talvez aí ele iria compreender o quanto doía se separar de Jack.

Spencer a olhou de cima a baixo e sua expressão de apreciação virou uma careta.

– Há algo errado? – Ela levou uma mão à garganta, consciente de si mesma.

– Não, nada. – Mas, ao encará-la, a ruga de concentração entre as sobrancelhas se aprofundou. A expressão era de confusão, como se esperasse uma imagem diferente da que estava vendo.

– O vestido me caiu bem? – Ela girou um pouquinho, esperando que o marido pelo menos elogiasse o vestido e lhe desse um pouco de confiança quando descessem as escadas.

– Muito – ele falou, pensativo. – Mas, até aí, você sempre fica bem de azul.

Bem, aquilo parecia ser toda a confiança que receberia.

Amelia olhou mais uma vez, rapidamente, para seu reflexo no espelho e encontrou-se com Spencer na porta. Antes de saírem do quarto, ela parou para arrumar as lapelas e o colete com suas mãos enluvadas.

Os olhares dos dois se cruzaram. Ela manteve as mãos esticadas no peito dele. Seria o momento perfeito para um beijo... se ele quisesse beijá-la. No jardim, mais cedo, o marido a abraçara com tanta doçura. Mas talvez tivesse sido mais uma movimentação tática numa campanha da vida inteira de evasão e disfarce.

Depois de olhar nos olhos dela por muito tempo, ele abriu a porta.
– Vamos?

No que se referia a bailes, aquele era uma reunião muito mais complacente do que a confusão londrina. O cenário campestre não só permitia cômodos mais espaçosos, mas também mantinha os convidados em um número razoável.

Ainda assim, quando entraram no hall modesto dos Granthams, Amelia sentiu o braço do marido se tensionar contra o dela. Sentiu vontade de murmurar encorajamentos ou dar um toque para acalmá-lo, mas controlou o impulso, sabendo que só aumentaria o incômodo dele. A última coisa que Spencer desejaria era que ela o paparicasse. Ele só queria ser deixado em paz.

E, é claro, os dois logo estavam rodeados de pessoas. Felizmente, Amelia já tinha conhecido vários dos convidados mais cedo. Ela os apresentou rapidamente e uma vez que Spencer os cumprimentara da sua forma grosseira, a duquesa tomou conta da maior parte do trabalho de manter a conversa fluida. Eles deram uma volta no cômodo inteiro daquela forma, indo de pequeno grupo em pequeno grupo. Spencer os cumprimentava de forma tensa e quase mal-educada, e Amelia fazia o resto com felicidade. Ela perguntava da saúde de parentes distantes, trocava os pêsames com quem conhecera Leo, desviava-se de perguntas impertinentes sobre o casamento rápido deles e aceitava os desejos bem-intencionados de alegria com a mesma graça. Ao se colocar na frente, ela poupava Spencer do peso indevido da curiosidade.

E, conforme a noite avançava, Amelia percebeu que gostava da atenção. Aquela era a primeira aparição pública deles juntos e, realmente, era algo grandioso ser a dama no braço do Duque de Morland. Apesar de sua careta fraca, mas persistente, Spencer ainda não tocara o botão de cima de seu colete, nem a tinha jogado por cima do ombro para carregá-la para fora do cômodo. Tudo corria surpreendentemente bem e Amelia se deleitava com a liberdade de rir, conversar e fazer piadas com tanta ousadia quanto gostaria.

Na verdade, ela nunca se divertira tanto em sua vida.

Quando ergueu a cabeça de uma conversa, ela viu que um velho amigo de seu pai, o Sr. Twither, tinha encurralado Spencer para questioná-lo incansavelmente sobre ferraduras, Amelia até recorreu a uma nova tática: o flerte desavergonhado. Ela foi em direção a ele, elogiou as pernas e fez observações sobre o vigor juvenil do velho, falou bem do formato agradável dos óculos dele e então puxou Spencer para longe discretamente, deixando para trás um Sr. Twither corado, gaguejando e com muito orgulho de si mesmo.

E então, antes que alguém pudesse se aproximar dos dois, ela condenou em voz alta o calor do cômodo e a proximidade das pessoas, recolheu duas taças de licor de um serviçal que passava por ali e acenou para Spencer segui-la.

— Há uma alcova bem ali — sussurrou, fingindo beber e indicando um biombo com painéis.

Spencer tomou a outra taça da mão dela.

— Depois de você.

Os músicos escolheram um momento fortuito para começar as primeiras notas da quadrilha, e, no meio da animação de encontrar parceiros e se enfileirar, Amelia e Spencer fugiram para trás do biombo. O espaço triangular era pequeno e quase todo ocupado por uma palmeira desamparada.

Spencer virou a taça de licor e deu um sorriso amarelo, limpando a boca.

— E então...? — ela perguntou com cuidado, buscando a aparência dele por sinais de inquietação.

— Esse licor é abominável. — Ele encarou a taça antes de colocá-la numa reentrância atrás deles. Desviou o olhar para o painel. — E os músicos não são muito melhores.

— Sim, mas como *você* está? Sinto muito pelo Sr. Twither. Ele é inofensivo, sabe, mas segura uma conversa como um cachorro se agarra num osso. Ah, e aquelas horrendas gêmeas Wexler. — Ela balançou a cabeça. — São umas sem-vergonha. Flora beliscou seu traseiro ou só pareceu que beliscou?

Spencer não respondeu, apenas sorriu um pouquinho daquela forma devastadoramente linda e sedutora que fazia em raras ocasiões. Entre aquele sorriso e o licor, um formigamento agradável a aqueceu por dentro.

— Você está se divertindo — ele falou.

— Estou. — Ela bebericou sua bebida. — Eu sei que você odeia esse tipo de coisa, e esta deve ser a noite mais difícil imaginável...

— Ah, eu não diria isso.

Algo bateu no painel do outro lado, assustando-a. Spencer a envolveu pela cintura, puxando-a para trás. Ela se virou para encará-lo e a mão dele deslizou por sua cintura enquanto Amelia se movia, até que a palma ficasse apoiada na base da coluna. Uma folha da palmeira fez cócegas no pescoço dela. Subitamente, Amelia foi acometida de um nervosismo juvenil e ela encarou a gravata dele com afinco.

– Você realmente está se divertindo esta noite? – ela perguntou.

– Neste momento, sim. Estou.

– Você...

Silêncio, sua boba. Ele está aqui por você. Esta noite está correndo muito melhor do que você tem direito de esperar. Não estrague.

– O quê? – ele questionou, deslizando um dedão delicadamente pelas costas dela.

Amelia forçou-se a levantar o olhar, encontrando o dele, e engoliu em seco. O licor a deixava ousada. Ou estúpida. Provavelmente ambos.

– Você está olhando para mim de uma forma tão esquisita a noite toda. Tenho medo de que esteja decepcionado, de alguma maneira. Decepcionado comigo.

A careta suave que ele vestira a noite toda se transformou numa máscara austera de censura.

– Você é tão lindo, sabe. De forma quase ridícula. Acho que é o homem mais bonito que já vi na vida e eu sei que não tenho a aparência de duquesa. – As palavras só saíam de sua boca, tolas, irracionais e dolorosamente verdadeiras. – Eu sei que fingir afeição não era parte de nosso acordo e sei que você não se importa com o que os outros pensam. Mas eu me importo. Só um pouquinho, não consigo evitar. E parece que eu me importo muito... talvez até demais, temo eu... com o que você pensa, então...

– Shhh. – Spencer colocou um dedo nos lábios dela.

E então ficou em silêncio.

Ele não sabia o que dizer? Que tola ela era.

Minta. Oh, por favor, só minta para mim. Só me diga que sou adorável, e eu vou fingir que acredito em você e poderemos nos esquecer que isso aconteceu.

Spencer inclinou a cabeça na direção do painel e moveu os lábios silenciosamente: *escute.*

– É claro, é claro. – Uma gargalhada matronal ressoou pelo biombo. – Um grande golpe em Lady Grantham. É a primeira aparição deles desde o casamento, pelo que soube.

– Graças a Deus – o companheiro da dama respondeu numa voz áspera. – Agora vocês podem parar de insistir no motivo "real" por trás do casamento.

– Ah, é claro. Claramente uma união por amor. Eu nunca duvidei.

Como resposta, o seu companheiro limpou a garganta audivelmente.

– É verdade! – Veio a queixa. – Amelia sempre foi uma garota encantadora, mas o casamento foi muito gentil com ela. E qualquer um consegue ver que Vossa Graça está completamente apaixonado. Ninguém o tira do lado dela.

Atrás do painel, Amelia quase gargalhou. Spencer cobriu a boca dela com a mão.

– Sim, e qualquer homem com olhos consegue ver exatamente qual é o charme dela que o deixou entorpecido. – O homem bufou. – Eles estão em exibição pública.

Amelia arregalou os olhos. Spencer só lançou um olhar malicioso para seus seios e continuou com a mão pressionada contra os lábios dela.

O homem abaixou o tom da voz, e Amelia segurou a respiração para entender o que ele falara a seguir:

– Eu também a manteria por perto se eu fosse o duque. Se ela flerta sem pudor algum na frente dele, imagina o que fará quando o marido não estiver olhando?

– Ah, que bobagem – a dama disse. – Amelia não é assim. E daí se estão fascinados um com o outro? Não há nada de errado com a alegria de recém-casados.

Depois daquilo, Amelia começou a gargalhar tão forte que os ombros tremiam. Spencer lhe lançou um olhar de reprimenda e ela lutou para retomar sua compostura. E falhou. Sem conseguir evitar, gargalhou na mão dele por quase um minuto, as lágrimas escorrendo por suas bochechas, até os músicos começarem a tocar uma música mais animada e o outro casal voltar para a multidão.

Ela não conseguia parar de rir. Se parasse – parasse de agir como se tudo que ambos acabaram de ouvir fosse ridículo –, Amelia teria que admitir quão desesperada gostaria que tudo fosse verdade. Se parasse de chorar de rir, ela só iria... chorar.

É seguro soltá-la?, a expressão dele a questionou depois de um grande momento.

Ela assentiu.

– Minha nossa... – ela sussurrou, enxugando as bochechas. – Sinto muito, mas aquilo foi tão... – Mais uma risadinha que conteve com um soluço. – Imagina só, se eles soubessem...

– Soubessem o quê? – Ele levantou a mão novamente, mas não pressionou um dedo nos lábios dela. Em vez disso, envolveu a bochecha de Amelia e virou o rosto dela para o seu olhar inquisitivo e intenso. – A verdade?

Subitamente, ela não estava mais rindo. A mulher mal estava respirando.

– Amelia... – ele sussurrou. – Neste momento, eu não acho que você perceberia a verdade nem se ela a beliscasse no traseiro.

Ele deu um beijo firme na testa dela. Amelia não conseguia decidir o que aquele beijo significava, ou mesmo se ela gostara ou não.

– É isso que vamos fazer – Spencer falou. – Quando essa dança acabar, nós vamos nos esgueirar de volta pelo caminho que viemos e vamos nos desenfeitiçar. Eu vou fazer minha ronda de etiqueta e convidar uma daquelas gêmeas Wexler de mão-boba para dançar. Com esperança, Flora. – Amelia conteve a gargalhada, e ele acariciou a bochecha dela. – E, depois disso, eu vou procurar um pouco de conhaque e um lugar quieto, e ninguém vai perceber. Voltarei para você em uma hora e, no meio-tempo, você tem que dançar e aproveitar cada instante.

– Mas...

– Não discuta, só aproveite.

A música terminou, e ele partiu antes que Amelia pudesse contestá-lo. Mal haviam se passado dois segundos e ela já sentia falta dele.

Amelia se lembrou de sua taça de licor pela metade. Depois de virar o que restava de uma vez, ela enxugou as bochechas e saiu de trás do painel. Sem seu acessório mais impressionante – um duque ao seu lado –, estava pronta para passar a próxima hora como "Apenas a Amelia Sem Graça". Passando o tempo de forma agradável, mas não espetacular. Conversando com as damas nas beiradas do baile.

Misturando-se ao papel de parede.

Capítulo 17

A duquesa era o centro da festa.
Da galeria obscurecida acima do hall, Spencer tomava seu conhaque e observava a esposa bailar com o quarto parceiro na quarta dança. Ela viajava alegremente pela quadrilha, sorrindo no caminho. Uma vez que voltou ao seu lugar, Amelia trocou uma observação furtiva com uma dama ao seu lado e várias pessoas ao seu redor gargalharam. Todos os ouvidos se voltaram para ouvi-las. Todos os olhos a observavam — tanto a seda cor de cobalto que abraçava bem apertado as curvas dela quanto o azul ainda mais brilhante dos olhos dela.

Certamente Amelia era uma duquesa agora e, sem dúvida, uma parte do fascínio coletivo dos presentes poderia ser atribuído ao seu novo título. Mas um mero título não iria mantê-los envolvidos. Era apenas Amelia. Extrovertida, vívida e envolvente como o inferno. Lá se fora a solteirona sem graça, prestes a ficar para titia. Naquela noite, a essência dela estava aberta e borbulhando como um bom champanhe. Todo mundo queria ficar perto dela. Rir com ela. Provar um pouco do seu charme irresistível.

E Spencer a queria mais carinhosamente do que qualquer outro. Tomar um conhaque de boa qualidade a sós era uma das melhores graças da vida, sem dúvida, e ele tinha uma reputação sólida como misantropo para manter. Mas não *precisara* partir. Não havia tido nenhuma tontura ou nervosismo naquela noite. Na verdade, o duque mal notara a multidão.

Como todos os outros, ele estava cativo por sua esposa.

– O que está fazendo aqui? – A voz veio de suas costas.

– Eu que deveria perguntar isso. – Ele se virou.

– Estou observando a festa, é claro. Que nem você. – Claudia se aproximou e se uniu ao primo no parapeito da galeria e os dois olharam para os dançarinos. – Estou cansada de Bea Grantham. Ela é muito boba.

– Achei que ela era da sua idade.

– Não das formas que fazem diferença. – Inclinando-se na balaustrada, ela apoiou um queixo numa mão e falou com surpresa: – Amelia está bem bonita esta noite.

– Sim, ela está.

Hum. Agora ele tinha a resposta para sua indagação.

Na noite em que se conheceram, se alguém lhe pedisse para descrever Amelia d'Orsay, o duque a chamaria de simplória. Comum, no máximo. Pela manhã, ele passara a achá-la aceitável, até adorável sob uma luz favorável. Ele sempre a achara atraente, de uma forma voluptuosa e sensual.

Mas, quando Amelia saíra da suíte deles mais cedo, com aquele vestido... Deus do céu! Spencer sentiu como se tivesse levado um chute. Seu coração se descompassara e depois uma dor se acomodou no peito dele. Spencer percebeu, subitamente, que ele agora provavelmente a considerava uma das mulheres mais bonitas que já conhecera. Quando aquilo tinha acontecido? Ele passara a noite se questionando – a mudança era nela ou nele?

Agora ele tinha a resposta. Era ela, tudo ela. Talvez Amelia não tenha mudado, apenas se revelado.

– Ela é muito popular entre os cavalheiros, não é? – A voz de Claudia ficou atrevida. – Talvez eu peça uns conselhos para ela.

Um sentimento desagradável se apossou dele. Desde que Amelia sugerira que Claudia poderia estar com inveja do casamento de Spencer, o duque se sentia desconfortável próximo à sua tutelada. Duvidava que a suposição de Amelia fosse verdadeira, mas estava com medo de perguntar e descobrir. No geral, ele apenas não fazia mais ideia de como conversar com Claudia. Não que já tivesse sido bom naquilo algum dia, mas ultimamente a prima estava espinhosa e difícil. Ele odiava que a menina estivesse crescendo e se afastando dele.

– Já passou da sua hora de dormir – Spencer disse a ela.

Claudia suspirou dramaticamente.

– Você planeja me tratar como uma garotinha para sempre?

– Sim. É isso que guardiões fazem. – Para o muxoxo dela, ele respondeu: – Boa noite.

Uma vez que a prima partira, ele se virou para ver Amelia na multidão novamente. Não era difícil. Tudo o que precisava fazer era procurar pela multidão de homens babões.

Ele não era o único a admirá-la e não conseguia fingir que achava isso agradável. Por mais humilhante que fosse admitir, Spencer gostava de pensar que Amelia não tinha alternativas de casamento melhores do que ele. Que mesmo se estragasse tudo, o que obviamente não faria, ele não precisava se preocupar em perdê-la para outro homem.

Spencer tomou mais um gole do conhaque. Naquela noite, ele ficou preocupado. Muito preocupado. Atrás daquele painel, a esposa olhara para o duque com uma dúvida de partir o coração. Ela não tinha ideia do que significava para ele? Pelo amor de Deus, ele estava ali. Em uma festa. Em Oxfordshire. Por ela. Aquilo deveria significar algo.

Era evidente que não significava o suficiente. Não havia como ter atalhos naquele assunto. Ele teria que explicar algumas coisas para ela. Devagar, e com detalhes. E para um homem que anos atrás jurara nunca se explicar para ninguém...

Spencer estava até ansioso para fazer isso.

Ele desceu as escadas e adentrou o hall quando as primeiras notas de uma valsa se iniciaram. Amelia já estava com outro homem – um nobre fazendeiro nobre cujo nome ele já esquecera –, mas Spencer não se importava.

– Acredito que esta dança seja minha – ele disse, estendendo a mão direita na frente da mão do homem que esperava.

A duquesa lhe lançou um olhar de censura, mas o fazendeiro já tinha desaparecido. Tomando Amelia em seus braços, Spencer levou a esposa para o meio do salão.

– Já é meia-noite? – ela o provocou.

– Perto o suficiente. – Ele a guiou numa série de rodopios rápidos. – Eu lhe devo uma resposta, de mais cedo.

– Ah, não – ela gaguejou. – Por favor, não. Eu fui uma tola de...

– Eu a estou encarando a noite toda, foi o que você disse.

– Só... só um pouquinho.

– Ah, eu estou. Assim como todos os homens daqui. Não me diga que não percebeu.

– Eles só estão atraídos pela novidade.

– É esse o nome que deu para eles hoje? – Spencer olhou para o decote dela.

– Suponho que um vestido bem cortado faz maravilhas para a confiança de uma dama. – Ela corou.

– Hum. – Ele apertou o braço ao redor da cintura dela. – Não, Amelia, não acredito que tenha a ver com o vestido ou com a novidade. É apenas você. Estão atraídos por você. Está chamando atenção hoje, flertando, dançando e gargalhando com todos os homens que passam por seu caminho. E você está gostando da atenção deles, não negue.

– Muito bem, não vou negar. – Ela ficou desconfiada. – Você está irritado?

Uma pergunta excelente. Spencer estivera se perguntando a mesma coisa. Mas não conseguia começar a responder ali.

– Nós precisamos partir – ele falou. – Imediatamente.

Os olhos dela se arregalaram de preocupação.

– Ah, ah, é claro. Você está mal. – Ela abaixou a voz. – Você não consegue aguentar até o fim da valsa? Será menos notável se...

– Imediatamente. – Ele fez com que os dois parassem.

– Muito bem, então. Vá na frente, eu vou dar minhas desculpas para Lady Grantham.

– Você vem comigo.

– Mas eu preciso...

Maldição, quando aprenderia a parar de discutir com ele? Com um suspiro impaciente, Spencer tensionou o braço atrás das costas dela e começou a deslizar o outro atrás dos joelhos, se esticando e a segurando nos braços. Surpresa, a respiração ofegante dela colocou fogo no sangue dele.

Ao redor dele, todos que dançavam pararam abruptamente.

Foi uma batalha não sorrir quando Spencer falou:

– Estamos indo embora. Juntos. Agora.

O homem era um bárbaro.

Amelia conseguia notar isso nos olhos dos convidados. Porque, é claro, todos os olhares do recinto estavam direcionados para o casal ducal. As expressões dos convidados misturavam choque e alegria. Uma exibição como aquela era exatamente o que esperavam ver ali, e a dama tinha pena da pobre Lady Grantham, porque essa animação iria causar o fim abrupto da festa. Os convidados iriam esvaziar o hall imediatamente, desesperados para ir para casa e discutir entre si, escrever cartas e presentear seus serviçais com a história. Rumores da natureza pouco civilizada do duque iriam duplicar poucas horas após a saída deles do salão de baile.

Ele realmente era um gênio.

Quando passaram por Lady Grantham, que estava boquiaberta, Amelia tentou se despedir:

– Muito obrigada pela noite encantadora. Nós nos veremos no café da manhã, então.

Spencer a apertou mais e disse, alto o suficiente para todos ouvirem:
– Não faça promessas.

Amelia não conseguiu evitar: começou a gargalhar.

E, com isso, o marido a levou para fora do cômodo.

Amelia esperou que Spencer a soltasse quando subiram as escadas. Obviamente, se precisava ir embora tão rápido, ele só poderia estar passando mal. Que brilhante da parte dele, no entanto, deixar todos acreditarem que o homem apenas não conseguia ficar nem mais um segundo sem levar a esposa para a cama. Era verdade, recém-casados eram perdoados por todo tipo de comportamento mal-educado. E a mulher contou como uma pequena vitória pessoal que Spencer deixasse um cômodo inteiro de pessoas perplexas acreditarem que *ela* era a fraqueza dele, em vez de parecer arrogante e rude. A cena inteira foi completamente satisfatória.

– É sério – ela sussurrou conforme subiam as escadas. – Consigo andar daqui.

Spencer bufou, ignorando-a, e continuou a carregá-la, pulando dois degraus de cada vez. Amelia parou de discutir. Aquilo também era divertido.

Na entrada da suíte, ele a colocou de volta aos pés, e, depois que chegaram ao quarto e fecharam a porta, Spencer atravessou o quarto, puxando a gravata.

No intuito de dar algum espaço para que ele se recuperasse, Amelia foi até a penteadeira, tirou as luvas e abriu seu bracelete e o colocou em uma bandeja dourada.

– Obrigada por hoje – ela falou calmamente, observando o reflexo do marido enquanto ele tirava o casaco e o jogava de lado. – Eu sei como deve ter sido uma provação.

– Sabe mesmo? – Só de colete e blusa, ele parou atrás dela.

Ambos trocaram olhares no espelho. Os olhos de Spencer estavam escuros e intensos.

Engolindo em seco, Amelia levou uma mão ao brinco.

– Deixe-os – ele falou.

Paralisada com o comando brusco, ela encarou o reflexo do marido. Ele não parecia pálido ou doente de jeito nenhum. Pelo contrário, irradiava força e virilidade. A única que estava suando frio e trêmula era Amélia.

– Deixe as pérolas – ele repetiu, botando as mãos nos quadris dela. – Eu quero que você tenha exatamente a mesma aparência de quando estava no salão, lá embaixo.

Amelia abaixou as mãos, pressionando-as na penteadeira. A postura a colocava apoiada nos dedos dos pés.

– Isso mesmo – As palavras saíram num grunhido rouco. – Mais. Me dê uma visão boa e completa do que você mostrou para os outros homens a noite inteira. – Ele puxou os quadris dela para trás, para que o peso dela se apoiasse nos braços. A postura levou seu colo para frente e, no espelho, os seus seios se destacaram, pedindo por atenção. Até ela não conseguia desviar o olhar.

As mãos de Spencer correram possessivamente pelas curvas do traseiro e dos quadris de Amelia.

– Sabe o que foi mesmo uma provação, Amelia? Ver, a distância, minha esposa flertar, dançar e cativar todo homem daquele recinto. Você realmente entende como é a sensação?

Sim, ela pensou. *Sim, seu ridículo. Claro que conheço a sensação de passar despercebida, enquanto você enfeitiça todas as mulheres do recinto.* Até aquele momento, Amelia não considerara, mas era possível que tivesse gostado daquela noite porque era uma forma de vingança?

O diabinho dentro dela falou:

– Me diga. Me diga como é.

O reflexo de Spencer capturou o olhar dela. Enquanto isso, as mãos dele estavam fazendo coisas escondidas, maliciosas.

– Talvez eu devesse dizer que me deixou imensamente orgulhoso. Não seria uma mentira. Mas também não seria toda a verdade.

Amelia sentiu suas saias se levantarem na parte de trás, se embolando nos calcanhares e provocando a pele sensível de trás dos seus joelhos. O ar subiu pelas pernas expostas, tanto a resfriando quanto a colocando em chamas.

– A verdade é... – A coxa dele abriu as pernas de Amelia. – Que também me deixou irritado.

Os dedos dele roçaram na curva sensível da parte interna da coxa dela, subindo para acariciar seu sexo. Amelia estava pronta para ele, sua pele mais íntima latejante e úmida com a excitação, e a descoberta arrancou um gemido baixo de ambos. A ereção rígida de Spencer fazia marca contra o quadril dela.

– Me fez querer lhe ensinar uma lição.

Spencer abriu as pernas da mulher e se moveu para ficar entre elas de forma grosseira. A excitação correu por Amelia. No vestido, o reflexo dos seios dela subia e descia em um ritmo sugestivo, como se ele já estivesse se movendo dentro dela. A própria respiração de Spencer se acelerara quando ele se inclinou sobre Amelia, prendendo as saias na cintura com seu abdômen enquanto a mão abria a calça.

Em segundos, ela o sentiu se posicionar contra sua entrada. O corpo dela o desejava, transbordava por ele.

– Sim? – ele arfou.

– Sim – ela respondeu.

Sim. Ele a penetrou com um movimento forte e rápido que balançou a penteadeira. O corpo dela se contraiu com a invasão súbita, mas Spencer não lhe deu descanso. Lentamente saiu de dentro dela, quase até a ponta, antes de se afundar novamente, até a base.

– Isso é meu – Spencer falou, segurando os quadris dela. Ele se afundou ainda mais. – Minha.

Spencer estava tão profundamente dentro dela, tão duro e forte, que era tudo o que Amelia conseguia sentir. Dedões do pé, dedos das mãos, lábios, orelha, pele... todas as extremidades de seu corpo reduzidas à insignificância.

Levantando-a pela cintura, ele começou a estocar num ritmo rápido e imperdoável. Em cima da penteadeira, o bracelete dela batia contra a bandeja dourada. O reflexo dos seus seios se movia no mesmo ritmo dos movimentos dele, balançando de forma erótica e ameaçando sair de seu corpete. Conforme a força dos movimentos do duque aumentou, a borda escura de um mamilo apareceu. Agora o decote roçava contra seu mamilo endurecido... para frente e para trás, conforme ele se movia, a bainha da seda esfregando-se contra o pico extremamente sensível.

E dentro dela... Céus, dentro dela, ele estava alcançando lugares que Amelia nem sabia que existiam. O prazer se juntou em seu útero, volátil e intenso. Uma explosão devastadora parecia inevitável e a dama ficou preocupada de que, depois, ela nunca mais seria a mesma. A força deixou seus braços. Ela se inclinou para frente na mesa, apoiando o peso nos cotovelos. A mudança de posição recebeu um grunhido de aprovação de Spencer e ele começou a se mover mais rapidamente. As dobras de sua saia e de suas anáguas se acumulavam entre a pélvis dela e a beirada da mesa, e conforme ele se movia, o conjunto de tecido a acariciava exatamente onde Amelia precisava.

– Spencer – ela ofegou e deixou a cabeça rolar para frente, apoiando a testa febril em um antebraço.

– Não. – Os dedos dele se enrolaram no cabelo dela e a puxaram para cima outra vez. O puxão brusco em milhares de nervos a cobriram de dor e prazer do seu couro cabeludo aos dedões dos pés.

– Olhe para si mesma – ele ordenou. – Olhe para si mesma enquanto goza. Qualquer outro homem pode vê-la como você se apresentou lá embaixo. Inteligente, desejável, charmosa e elegante. – Com cada palavra, ele estocava mais uma vez. – Mas é aqui que você é ainda mais bonita, e essa beleza é minha. É para mim, e só para mim, agora e para sempre. Entendeu?

Amelia não achou que seria possível, mas ele redobrou a força de seus movimentos. Uma garrafa de água de colônia rolou para o chão, quebrando-se numa onda forte de perfume. Os sentidos dela estavam sobrecarregados.

– Minha – ele falou, numa estocada forte e formidável.

– Sim. – Ela observou, hipnotizada, seu reflexo ficar corado. Os lábios inchados se abriram, expondo a ponta de sua língua. Amelia encarou seus olhos azuis como uma joia, chegando cada vez mais perto do ápice com cada movimento delicioso. Spencer estava certo, havia beleza naquilo.

– Sim, Spencer. *Sim*. – Ela fechou os olhos enquanto chegava ao orgasmo. Amelia não conseguiria impedi-los mais do que conseguiria deixar os olhos abertos para espirrar. A força de seu clímax era poderosa e súbita demais. Continuou sem parar, enquanto ele se movia incansavelmente contra ela.

Quando os tremores em seu ventre diminuíram, a dama sentiu a mudança nele – aquele descompasso em seus movimentos que significavam que não havia mais volta.

Agora ela se forçou a olhar. Observou no espelho o queixo dele ficar tenso, os lábios franzidos para revelar dentes cerrados. Seu rosto estava contorcido de prazer, como se fosse tão gostoso que doía. Os olhos dele se fecharam, e Spencer arqueou o pescoço.

Aquela máscara de luxúria crua e primitiva... era tudo para ela. Amelia era a responsável por aquilo.

– Isso – ela o encorajou. – Goze para mim agora.

Ele deu um gemido grave e ficou paralisado enquanto se derramava dentro dela, afundando os dedos nos quadris da esposa. Ela teria marcas arroxeadas ali no dia seguinte, mas as apreciaria.

Ficaram ali, unidos, ofegantes e trêmulos contra a penteadeira que sofrera tanto. Ele apoiou a testa no ombro nu dela e o suor cobria a ambos.

Spencer saiu de dentro dela, e Amelia tremeu, impotente, nos braços dele. Os joelhos dela se recusavam a se solidificar. Ela se perguntou se conseguiria ficar de pé.

– Ah, Amelia – ele falou finalmente, soando fraco e embriagado. – Venha cá.

Spencer a ajudou a deitar na cama e ela se deitou em cima das cobertas, relaxada, enquanto ele fazia as honras de uma criada, tirando o vestido dela, as meias e as roupas de baixo. Ele molhou um pano no lavatório e limpou a testa e o pescoço com água fria antes de descer mais, aliviando a pele sensível entre as pernas da esposa.

– Você está bem? – Ele se deitou ao lado dela na cama.

Amelia conseguiu mover a cabeça para dizer que sim.

Spencer tirou os cabelos rebeldes do rosto dela e a beijou na bochecha. E seu pescoço, e aquela pulsação delicada bem abaixo de sua orelha. Ele a beijou em todos os lugares. Sem mordidinhas ansiosas ou lambidas sedutoras. Apenas toques suaves e reverentes dos lábios dele contra a pele dela, da cabeça aos pés. A exaustão da duquesa era tão completa que ela sequer sentiu cócegas. Spencer beijou o lado interno dos seus cotovelos, sua barriga, seus joelhos, e até o monte alto e largo de um lado do seu quadril. Ela nem titubeou. Ele chegou ao lugar entre suas pernas, abrindo suas coxas para acomodar a extensão dos seus ombros, e a tocou gentilmente, dando um beijo contra o sexo dela.

Os quadris de Amelia se moveram um pouquinho.

– Estive esperando desde sempre por isso. – Ele a lambeu. – Seu gosto é tão bom.

E, com aquilo, qualquer resistência da parte dela foi pelos ares. Amelia ficou ali, deitada, deixando que o belo prazer surgisse e corresse por suas veias. Ela levou a mão ao cabelo dele, acariciando as curvas escuras enquanto Spencer a beijava languidamente. Dentro dela, o desejo cresceu novamente, e ela sabia que em breve ele a levaria a um novo final feliz –, mas a dama não queria apressar as coisas. De certa forma, ela não conseguia imaginar prazer maior do que aquele, de saber que havia uma festa no andar de baixo e uma garrafa de conhaque no cômodo ao lado, mas o que seu marido mais desejava fazer naquele momento era só aquilo: deitar-se entre as pernas dela e idolatrar seu corpo com os lábios e a língua. Amelia lutou contra o clímax crescente o quanto pôde, querendo prolongar aquele momento que compartilhavam.

Mas não conseguia fazer com que aquilo durasse para sempre. Spencer fechou os lábios contra o monte na parte de cima do seu sexo e fez algo indescritível com a língua, e ela estava no ápice antes mesmo de ter tempo de respirar. Primeiro agudo, depois suave e devastador como uma onda.

Ah. Ah.

Ah.

– Senti falta disso. – Ele apoiou a cabeça no ventre dela.

Amelia sorriu, acariciando o cabelo dele. Ambos já haviam dividido a cama várias vezes, mas nunca tinham feito exatamente "isso" antes.

Mas ela sabia o que ele queria dizer. Spencer sentira falta dela. A emoção embargou sua voz.

— Spencer?

Ele ergueu a cabeça com uma pergunta silenciosa nos olhos.

— Por favor, fale — ela implorou. — É um momento adorável e é neste instante que o estraga. É agora que você fala algo arrogante e insensível. Sabe, para me poupar bem a tempo, antes que eu perca meu coração para você por completo.

Spencer sorriu para ela.

— Minha nossa. — Ela deixou a cabeça cair de volta no travesseiro. — Agora é tarde. Eu acabei de me apaixonar por você.

— Só agora? — Com uma risada, ele rolou de cima dela e sentou-se, apoiando um antebraço no joelho dobrado. — Bem, graças às bênçãos tardias. — Ele passou a mão pelo cabelo. — Demorou mais tempo do que foi para mim.

— Quê? — Ela sentou-se de uma vez. — O que você quer dizer? Desde quando?

— Desde o início, Amelia. Desde o início.

— Não, eu não acredito.

— Não? — Ele lançou um olhar cheio de significado para o bolso do colete, de onde a borda de um lenço branco saía.

— Por que é que você ainda está vestido? — ela o provocou e segurou o pedaço de tecido. As mãos dela ficaram inertes, no entanto, depois que tirou o lenço do bolso e o encarou. Era o lenço *dela*. O que Amelia pressionara contra a testa do duque naquela primeira noite, no terraço dos Bunscombes. Bordado com suas iniciais em linha roxa e envolvidas em heras, e decorado com uma única abelhinha. Spencer realmente estivera o carregando desde então? Carregando uma paixão por ela também? A dama nunca acreditaria se não estivesse segurando a evidência em suas mãos.

Amelia olhou para cima, para o marido, impressionada.

— Spencer...

A cor subiu para as bochechas dele e ele se virou, na defensiva.

— Vá em frente, faça o seu pior. Você já me acusou de ser romântico e um tolo sentimental. Não sei mais o que poderia dizer para me desacreditar.

— Você é um homem doce.

— Raios, aí está. — Ele se jogou de volta na cama, como se tivesse sido atingido no peito. — Repita isso para qualquer um e eu a levarei à justiça por calúnia.

— Eu nunca sonharia em contar para ninguém — ela disse, sorrindo enquanto se aninhava nele. — Eu gosto que seja nosso segredo.

Spencer a abraçou pelos ombros e suspirou, contente.

– Posso usar um apelido agora? Ou você vai me acusar de tratá-la como um cavalo?

– Depende do apelido, eu acho. O que você tem em mente?

– Minha querida? Meu amor? Meu docinho? – O ceticismo tomou a voz dele enquanto testava cada frase.

– Não, nenhum deles. Comuns demais para ter algum significado.

Ele rolou para encará-la.

– Que tal minha pérola? Minha flor? Meu tesouro?

– Agora você só está brincando. – Ela gargalhou.

Spencer envolveu o rosto da esposa nas mãos e o que ela viu naqueles sedutores olhos cor de mel a fez perder o fôlego. Uma capacidade para emoção tão forte e leal, que brilhava com o fogo eterno de diamantes. Enterrada profundamente, mas valia o esforço para alcançá-la.

– Minha esposa. Meu coração. – Todo o tom de provocação desaparecera de sua fala. Ele virou a cabeça, considerando. – Minha melhor amiga.

– Oh. – A emoção se apertou docemente no peito de Amelia. – Eu acho que gosto muito da última.

– Eu também, Amelia. – Ele a puxou para um beijo. – Eu também.

Capítulo 18

– Aqui está Briarbank.

A montaria de Amelia dançou para o lado enquanto ela apontava. Spencer incentivou Juno a continuar andando e deixou o olhar seguir na direção para a qual a esposa apontava, descendo um penhasco escarpado e parando na beirada de um rio. Ali, escondida atrás de um píer, havia uma antiga casa de campo. A fumaça saía da chaminé como uma mensagem de boas-vindas, subindo acima das árvores e pairando sobre o rio como uma nuvem em miniatura.

– É adorável, não é? – Os olhos dela cobriram o campo verdejante e o vale sinuoso.

Era mesmo, o duque julgou, avaliando a vista. Adorável mal começava a descrever.

A planície verde em que estavam era onde ficavam as ruínas do Castelo Beauvale. As torres despedaçadas foram bem posicionadas para a defesa, vigiando o vale do Rio Wye e, desse penhasco alto, Spencer podia enxergar milhas em qualquer direção. Milhas de florestas, fazendas, exibindo todo tom de verde existente na paleta da natureza. Vales escuros e cheios de musgos que engoliam o sol, campos de alfafa veranis que brilhavam quando uma brisa provocava a grama.

– "Mais uma vez contemplo essas cercas vivas, mal são cercas; linhas de madeira exultantes que correm, soltas..." – ela recitou calmamente. – "...Essas fazendas pastorais, verdes até a porta".

Amelia lhe lançou um sorriso que foi direto ao coração de Spencer.

Como não a amar? Ele se casara com uma mulher que citava Wordsworth. E não só para impressioná-lo ou parecer bem-educada em poesia moderna, mas porque o verso significava algo para ela, e, assim, Amelia o guardara no coração.

– Você está muito quieto. – Ela o olhou pelos cílios. – No que está pensando?

Com seu tom ansioso, a montaria de Amelia se moveu sob ela. Para a primeira aula, até que estava indo bem, mas ainda lhe faltava a confiança para controlar completamente um cavalo. Demoraria algumas semanas ainda até que o marido permitisse que ela cavalgasse sozinha.

Spencer acalmou o potro de Amelia com alguns estalares de língua e desmontou de Juno, para que ela pudesse descansar. Provavelmente não deveria ter obrigado uma égua da idade dela a fazer uma viagem tão longa, mas ele vira com seus próprios olhos a destruição que Juno causava em sua baia e nela mesma se deixada para trás. Precisava garantir logo a posse de Osiris. Mas aqueles pensamentos eram melhores se mantidos para si mesmo.

– É lindo – ele elogiou, com simplicidade, olhando o vale. Era mesmo uma verdade. Situada entre a paisagem selvagem e desigual que se espalhava abaixo, a floresta virgem às suas costas e o céu azul brilhante acima... Spencer perdeu o fôlego. A visão o fazia sentir saudades de sua própria casa da juventude. A paisagem indômita do Canadá oferecia muitas vistas como aquela e, à época, ele com frequência fugia, remava muito e cavalgava até longe para vê-las. Agora, como um adulto, raramente se permitia sentir o quanto ele sentia falta daquela natureza inspiradora.

A natureza nunca traiu o coração que a ama.

Havia uma alcova obscurecida em seu espírito que nunca examinara de perto, mas Amelia havia entrado em sua vida e puxado as cortinas, iluminando tudo. Ele não era especialmente sentimental, mas *era* um romântico de verdade, na veia de Wordsworth e seus pares. Spencer nunca fora capaz de sentar-se numa igreja lotada e se sentir nada além de desesperançoso e atormentado. Mas a natureza era sua catedral. Em lugares e momentos como estes, ele realmente sentia a presença do divino. Era tanto um exercício de humildade quanto um conforto.

Era algo bom, às vezes, que um duque fizesse o exercício de ser humilde. O mesmo poderia ser dito – ou pelo menos admitido tacitamente nos raros momentos de autorreflexão – que às vezes era algo bem-vindo ser confortado. E Spencer não precisava buscar, nadar em rios ou escalar paisagens selvagens em busca daqueles sentimentos agora. Sortudo como era, ele se casara com uma mulher com a inteligência e a generosidade para prover tanto conforto quanto humildade, e o espírito para mantê-lo incerto do que ele receberia na maioria dos dias.

Ele a amava por aquilo. Era uma empreitada nova para Spencer: amar. E muito intimidante. O duque era um homem que tendia a ser excelente em algumas atividades selecionadas e falhar catastroficamente em todo o resto. Odiava se questionar quanto às consequências se aquela falhasse na última categoria.

– Há quanto tempo este castelo está assim? – ele perguntou, apontando para uma pilha de pedras imensa com a cabeça.

– Não tem tanto tempo – ela falou. – Pelo que meu pai disse, ele estava de pé até algumas gerações atrás. Foi enfraquecido por um incêndio e então caiu em ruínas. A maioria das paredes ainda está de pé, mas não existem telhados ou chãos. – Ela voltou os olhos azuis brilhantes para a entrada do castelo, onde um arco de pedra unia duas torres redondas. – Bem, a exceção é a casa de guarda. Era lá que meus irmãos arrumavam encrenca.

– E você? Onde é que ia arrumar encrenca?

– Eu era uma boa menina – ela falou, arqueando as sobrancelhas. – Não me metia em encrenca alguma.

– Nunca é tarde demais para começar. – Spencer lhe deu uma piscadela sutil.

Para dar um descanso à égua, ele a levou a uma caminhada lenta no perímetro do castelo, com pena da bagunça que o irmão de Amelia herdara. O duque se pegou desejando que pudesse reconstruí-lo por Amelia, transformá-lo na casa que ela desejava. Acordar nessa paisagem verdejante e com aqueles olhos azuis brilhantes todas as manhãs.

Depois de uma volta no castelo, ele retornou para Amelia, observando seu perfil delicado enquanto ela olhava para o rio lá embaixo. Spencer conseguia imaginar os ancestrais dela parados ali, séculos antes. Geração após geração de mulheres fortes e nobres, que se casavam com homens fortes, protegiam os fracos e transformavam a fortaleza em algo que valia a pena defender.

– É muito bem situada – disse, seguindo o olhar dela para Briarbank. Em vez de seu próprio castelo, ele supunha que teriam que se virar com a casa de campo. – Mas é muito pequena.

– Sim, e em breve estará cheia de pessoas. Compreendo se você sentir a necessidade de fugir de vez em quando. – Ela sorriu. – De qualquer modo, a vizinhança implora para ser explorada. Há o rio, a floresta e toda sorte de ruínas. Algum dia podemos ir até Tintern, seria uma excursão excelente para Claudia.

Spencer fez uma careta com a menção de sua tutelada, lançando um olhar de volta para a carruagem. Certamente a abadia medieval seria uma excursão excelente para a menina, se conseguissem convencê-la a ir. Claudia não cavalgara desde seu retorno de York. Ele não sabia se o boicote dela vinha do ressentimento contra Amelia ou contra ele.

– Venha conosco – Amelia o repreendeu, evidentemente confundindo a careta dele com relutância. – Você sabe que quer ver a vista da Abadia Tintern, "Quando a agitação inquieta e inútil..." – ela citou, provocando-o com outro verso do poema de Wordsworth. – "...e a febre do mundo agarraram as batidas do meu coração..."

Amelia arqueou uma sobrancelha, lançando-lhe um desafio:

– "Quantas vezes, em espírito, voltei-me a ti" – ele murmurou o fim, olhando por cima do ombro como se alguém pudesse ouvi-lo.

– Eu sabia. – Ela sorriu. – Romântico!

– Nosso segredo, se lembra? – Ele deixou a voz grave com uma ameaça de brincadeira. – Você não deve contar a ninguém.

Quatro dias depois, Spencer estava sentado na pequena biblioteca de Briarbank, sacudindo o mata-borrão da carta que acabara de terminar. Alguém bateu na porta.

– Pode entrar.

– Sou eu. – Amelia entrou na biblioteca, fechando a porta atrás de si e se aproximando da mesa com um rebolado delicioso nos quadris. Bem promissor, se ele lera os sinais corretamente.

O lugar fazia bem a ela. Spencer percebera a mudança assim que chegaram ali. Amelia estava em seu habitat natural, exultando confiança e alegria, e, de sua parte, Spencer estivera colhendo os presentes aos montes no quarto. E no cômodo de vestir, e no banho, e uma vez até na sala de estar. Mas ainda não naquela biblioteca, e ele esperava muito que aquela interrupção vespertina fosse para remediar esse equívoco.

– Sim? – Ele selou a carta e a deixou de lado.

– Um mensageiro acabou de chegar da Harcliffe Manor. Lily e os cavalheiros estão a caminho, devem chegar em uma hora ou duas.

Spencer recebeu as notícias com uma ambivalência surpreendente. Aquele fora o motivo original da viagem – colocar Bellamy e Ashworth no mesmo lugar e acabar com essa história de Clube do Garanhão. Mas, agora, estava aproveitando muito o seu tempo a sós com Amelia. Ele odiava que a lua de mel tivesse que acabar.

Era óbvio que Amelia se sentia da mesma maneira. Dando meia-volta na mesa, ela caminhou até a mesa dele e fez casa no colo dele.

– Logo este lar estará cheio de pessoas – pontuou. – Estarei ocupada fazendo todo mundo se sentir em casa. Talvez esta seja nossa última vez sozinhos em algum tempo.

Amelia não gastara tempo com timidez, levando a mão direto para a virilha dele.

– Já? – ela provocou, acariciando a ereção dele pelo tecido das calças.

– Desde a hora em que entrou no cômodo. – Ele a puxou mais para o seu colo, tomando sua boca num beijo que era partes iguais de brincadeira e paixão. Céus, ele amava aquela boca. Tão doce e sedutora, como Amelia todinha.

Ela levou a mão entre os dois, desabotoando a calça dele e as roupas de baixo com habilidade. Ele envolveu um dos seios dela, provocando um dos mamilos até montes pela musselina fina e Amelia o libertou da calça. Os dedos gelados e delicados dela se envolveram no comprimento ereto de Spencer, acariciando-o com ousadia. O homem se reclinou na cadeira, se deliciando com a sensação. Aprendia rápido, a sua Amelia. Ela já aprendera como ele gostava de ser tocado.

Outra batida na porta, no entanto, o fez se sobressaltar.

– Fique aqui – ela disse, saindo do colo dele. – Um dos serviçais, certamente. Volto num instante.

Spencer obedeceu. Porque, de verdade, ele não tinha intenção alguma de se levantar e cumprimentar quem estava na porta com sua óbvia ereção. Nem sequer se importou em fechar a calça novamente, apenas se aproximou mais da mesa. Amelia conversou com o intruso em sussurros e então fechou a porta e a trancou. A excitação dele havia diminuído um pouco com a interrupção, mas o som da fechadura virando o fez voltar a latejar outra vez em questão de segundos.

Amelia atravessou de volta o cômodo e ele empurrou a cadeira, analisando a mesa. Será que deveria colocá-la em cima dela ou dobrá-la contra ela? Eram muitas as opções.

No entanto, sua esposa tinha suas próprias ideias. Ela se aproximou de onde o marido estava e tomou-o nas mãos e se ajoelhou.

Ah, inferno!

A boca doce e macia dela se fechou contra a cabeça intumescida do pau de Spencer, que achou que iria entrar em erupção.

– Amelia, espere.

Ela se afastou e olhou para cima, para ele.

Maldição. Por que diabos ele fizera aquilo?

– O que foi? – ela questionou.

– Tem certeza...? – Ele não quisera forçá-la a fazer aquilo cedo demais. Os olhos dela brilharam.

– Você me disse que, se eu gostasse de algo que fazia comigo, havia uma altíssima chance de você também gostar.

– Neste caso, não é uma possibilidade, é uma certeza.

Ela o colocou na boca novamente, desta vez sorrindo. E foi surpreendente, mas a sensação era diferente quando Amelia sorria. Ainda melhor do que antes, se algo assim fosse possível. A língua dela circulou ao redor da sua base, o céu da boca roçou na coroa e uma torrente de profanidades saíram da garganta de Spencer.

O que a fez gargalhar, e deixou tudo ainda melhor.

Amelia estava experimentando, o que era bom porque, se ela tomasse mais liberdades com seus lábios e língua e mãos, ele teria chegado ao clímax vergonhosamente em dez segundos.

Spencer se recostou contra a cadeira, se entregando ao prazer crescente. Com uma mão, tirou uma mecha de cabelo da frente do rosto de Amelia para poder vê-la enquanto o chupava com aqueles lábios carnudos, rosa-coral. Ela olhou para cima e o pegou olhando, dando um suspiro erótico que o fez se agarrar ao encosto.

Minha nossa! Vergonhoso ou não, ele já estava quase lá. Quase, quase lá. Talvez devesse avisá-la, ela nunca fizera aquilo antes. Talvez não percebesse que ela podia escolher, mas... maldição. Por que iria querer lhe dar uma alternativa? Francamente, precisava ser aquele, dentre todos os momentos, a hora de testar a nobreza de um homem?

– Amelia – ele gemeu. Pronto. Ali estava o aviso que ela teria. Sabia que a mulher reconheceria o desespero na sua voz.

Ainda bem que ela só aumentou seus esforços. Seus esforços muito efetivos. Seus esforços brilhantes, incríveis, de tirar a alma do corpo, destruidores, os melhores que ele já vira na vida.

– Minha nossa! – Ele arqueou na cadeira, seu corpo inteiro assomado pelo prazer.

Depois, Spencer encarou com a vista sem foco o reboco craquelado do teto e suas vigas rústicas. Amelia estava certa. Aquela casa de campo friorenta era o paraíso na Terra.

Ela se levantou e se sentou na mesa, virada para ele, empurrando o traseiro para trás e deixando as pernas penderem entre as pernas abertas dele. Sua expressão felina era de uma satisfação tremenda.

A safadinha. Ele iria ensinar a ela o que era satisfação, assim que recuperasse o fôlego. Esticando um braço pesado, Spencer envolveu o tornozelo dela com os dedos.

— Agora é sua vez.

Ela balançou a cabeça.

— Obrigada, mas não. Não quero ficar bagunçada. Eles vão chegar aqui a qualquer instante. As camas estão prontas, mas esperava colher flores frescas para cada quarto. — Ela franziu a testa. — E ainda falta um prato de vegetais para o jantar. Como você se sente quanto a nabos?

— Eu sou completamente indiferente a n... — ele falou, subindo uma mão pelo tornozelo dela. — Mas eu quero muito prová-la.

Com uma gargalhada, Amelia se afastou em cima da mesa, para longe do alcance dele.

— Agora não, eu tenho muito a fazer.

— E, se você não terminar, do que importa? Amelia, você coloca os outros na frente de si muito rápido.

— Você está dizendo que não gostaria que eu... — Ela deu de ombros e lançou um olhar para o colo dele.

— Claro que não. Você enlouqueceu? — Ele sorriu. Arrumando-se dentro da calça, Spencer se endireitou na cadeira e assumiu um tom mais sério. — Mas estava pensando em uma coisa. Naquele dia, nos Granthams, você estava radiante. Encantadora. O centro das atenções. Se você se comportasse dessa forma na capital, não haveria nenhum baile em que não a notasse, imagine as dezenas a que eu fui. Como é que nunca vi essa Amelia em Londres?

Ela mordeu os lábios.

— Estive me questionando sobre a mesma coisa. Obviamente você é um ótimo incentivo para minha confiança. Eu desafio qualquer mulher a continuar sendo invisível com um belo duque ao seu lado. — Amelia encostou o pé no joelho dele. — Mas antes de conhecê-lo... acho que uma vez falei do Sr. Poste para você. O fidalgo que foi meu noivo?

Spencer assentiu.

— Meu pai devia muito dinheiro a ele, entende, e o Sr. Poste se certificou para que eu entendesse que ele iria perdoar as dívidas em troca de... bem, por mim. — A voz dela ficou suave. — Ele estava de olho em mim desde que eu era nova. Bem nova. Eu me desenvolvi antes da maioria das garotas, e, mesmo aos meus 12 anos, eu o pegava olhando para mim, o que fazia eu me sentir impura e eu só era uma criança.

Spencer quis bater em algo, com força.

– Ele tocou em você?

– Uns beliscões aqui e ali, nada além disso. Mas eu não sabia como lidar com esse tipo de atenção e nunca contei para meus pais. Tive medo de que não fossem permitir que me casasse com ele e eu queria muito ajudar. No final, não consegui ir até o fim. Meus motivos foram bem egoístas. Eu sonhava em ter minha oportunidade de um cortejo e romance. Mas, mesmo depois que terminei o noivado, demorou anos até que conseguisse sentir o olhar de um homem e não... murchar onde eu estava.

Que tudo fosse para o inferno. Não havia nada que fazia um homem se sentir mais inútil do que a revelação de uma ferida antiga, já curada, que ele não conseguiria remediar.

– Então, se ninguém me via, suspeito que fosse porque eu não queria ser vista. Talvez não me sentisse digna da atenção. – Amelia lhe lançou um sorriso agridoce. – Sabe, o Sr. Poste morreu um pouco depois do fim de nosso noivado. Se eu tivesse aguentado só um ano de casamento com ele, minha família teria sido poupada de muita coisa e eu seria uma viúva rica agora.

– Certamente você não se sente culpada por isso.

Um dos ombros dela se levantou, uma admissão clara de que, sim, ela se sentia culpada.

Ah, sua querida garota confusa! Carregar aquela culpa mal direcionada – e o peso das dificuldades financeiras da família – por todos esses anos, só porque tinha desistido de se casar com um velhote safado? Pelo menos fazia sentido o motivo pelo qual Amelia se negava tanto sob o pretexto de ajudar seus irmãos.

Spencer segurou a mão dela e apertou.

– Eu sou muito grato por você não ter se casado com ele.

Amelia desviou o olhar.

Ele aguardou, na esperança de que o sentimento fosse recíproco e que ela dissesse que estava feliz com o jeito que a sua vida se desenrolara também. Que ser uma viúva rica não tinha nem comparação a ser a Duquesa de Morland e que ela nunca desistiria dele por nada, nem para quitar as dívidas do pai.

Mas ela não falou nada daquilo.

– Eu te amo – foi o que respondeu.

O coração de Spencer se apertou com a decepção. Sabia que as palavras dela eram sinceras, o problema era que havia muitas pessoas que a esposa amava com sinceridade. E ele nunca se sentira confortável em uma multidão.

Com a necessidade de uma distração, o duque abaixou o olhar para os documentos espalhados em sua mesa.

– Quem era mais cedo, na porta?

– Ah, era Claudia. Eu disse a ela que você apareceria num minuto. Uma previsão surpreendentemente precisa, no final.

Ele deu um tapinha carinhoso no traseiro dela quando Amelia desceu da mesa.

– Ah, outra coisa – ela falou, se virando na porta. – Quando os homens chegarem, você deve levá-los para pescar. Estou contando com salmão fresco para o nosso jantar.

– Aqui está outro. – Com um movimento rápido do pulso, Ashworth puxou um peixe que se debatia de dentro do Wye.

Spencer o parabenizou e jogou seu próprio anzol, mais uma vez maravilhado com a inteligência de sua esposa. Ele planejara aquela viagem com a intenção de desmanchar o Clube do Garanhão de uma vez por todas, mas, para fazê-lo, precisava de uma oportunidade de conversar com Ashworth sem a presença de Bellamy. Amelia lhe dera a desculpa perfeita. É claro que pescar era um esporte de cavalheiros, uma ocupação pastoril. Como filho de uma família privilegiada, criada no campo, Rhys teria crescido pescando nas tardes de verão, como Spencer.

Mas Julian Bellamy... ah. Aquela casa de campo provavelmente era o mais perto que ele chegara de um rio que não fosse o Tâmisa. Quanto mais Spencer sabia sobre o homem, mais se convencia de que a linhagem de Bellamy vinha diretamente das sarjetas londrinas. Suas piadas e roupas da moda eram o suficiente para azeitar seu caminho na capital, mas não ali, em Gloucestershire. Ali, o sujeito se destacava como o impostor que era. Ele desistira na mera menção de pescaria, dando uma desculpa de fazer pena, dizendo que iria afinar o pianoforte.

Spencer se perguntou o quanto Leo sabia da verdadeira história daquele homem. Ao que lhe constava, os dois haviam sido amigos muito próximos.

– Preciso de recursos – Ashworth falou, livrando Spencer do trabalho de introduzir o assunto. – É esse o motivo pelo qual estou aqui. Assim que acabarmos, eu decidi que irei direto para Devonshire e ver o que sobrou de minha propriedade incendiada. Vou precisar de dinheiro.

– Que curioso, eu por acaso tenho dinheiro – Spencer disse com desinteresse.

– E por acaso eu tenho uma ficha. Sugeriria que fizéssemos uma troca simples, mas...

– Mas Bellamy não quer nem saber disso, eu sei. – O escárnio fez sua voz ficar arrastada. – Deus nos perdoe se quebrarmos o Código de Boas Linhagens do Clube do Garanhão.

Os dois riram um pouco, só um pouco, porque a piada era com Leo e o rapaz estava morto.

– Podemos jogar pela ficha... – Spencer disse. Houve um puxão na linha dele, chamando sua atenção, mas, quando começou a puxá-la, o peixe escapou. – Algum dia desses, nós convenceremos Bellamy a sentar para jogar cartas. Não há muito mais o que fazer aqui e não deve demorar. Só me deixe liderar. Sei como desenrolar essas situações lentamente. Quando eu perder dez mil libras para você numa cartada, você perde a ficha para mim na próxima.

– Eu quero vinte mil.

– Quinze, é o meu limite.

– Você ofereceu vinte para Lily.

– Ela está de luto e é bonita. Você é feio e ninguém gosta de você.

– Justo. – Ashworth deu de ombros.

Voltaram a ficar em silêncio por um tempo.

– Enquanto estamos aqui, só nós dois... Acho que temos anos de atraso numa conversa. – Spencer tomou cuidado redobrado para colocar a isca no anzol. – Sobre Eton... eu realmente não estava lutando contra você naquele dia. – Aquilo foi o mais perto de um pedido de desculpas a que poderia chegar. Afinal, não fora ele que começara a briga.

Por fim. Ashworth disse:

– Eu também não estava lutando contra você.

– Não precisamos dizer mais nada. – Deus os livre de entrarem acidentalmente no campo da conversa sincera. Spencer inclinou a cabeça, se perguntando se aquele era o motivo verdadeiro para Amelia tê-los mandado para pescar. A malandrinha.

– Se você não estava lutando contra mim... – Ashworth começou. – Contra o que estava lutando?

Spencer suspirou. É claro que não seria tão fácil. Aquilo poderia ter sido um momento oportuno para um peixe morder sua isca e remover todas as possibilidades de mais discussão.

Mas nenhum mordeu.

– Eu não sei – ele falou finalmente. – O destino.

Spencer fora miserável em Eton. Tinha 17 anos e era um dos estudantes mais velhos de lá, mas seu latim era mais atrasado do que o dos alunos do segundo ano. E havia o seu problema: começar a suar frio em salas de aula cheias. O único garoto que rivalizava com ele em grosseria era Rhys St. Maur – um ano mais novo que Spencer, mas já mais de 10 quilos mais pesado. Os dois competiam silenciosamente pelo título de Pior Aluno da escola. Spencer não tinha ideia de por que Rhys causava tanta encrenca, mas, do lado dele, a agitação era intencional. Se ele se comportasse mal o suficiente, o tio poderia mandá-lo de volta para o Canadá. Ou era assim que esperava.

Então a carta chegou naquele dia. Era fevereiro e estava ensolarado, mas ainda assim fazia muito frio. Ficara feliz, de início, de ser chamado durante a aula de grego para recebê-la. Lá, Spencer descobriu que fazia um mês que seu pai tinha morrido no Canadá. Ele fora órfão por um mês e nem sequer soubera. E então parou de importar o quanto ele se comportava mal, não havia como voltar para casa. Não havia uma casa para voltar.

Ele ficara inconsolável. Com raiva de si mesmo, do seu pai, do tio e de Deus.

E Rhys St. Maur escolhera aquele dia para começar uma briga.

– Lutando contra o destino? – Rhys perguntou. – Você nunca me pareceu insensato assim. Ninguém ganha do destino.

– Talvez não – Spencer falou. – No final não posso dizer que sinto muito por ter perdido.

Seja lá quais arrependimentos ou culpas Amelia ainda cultivasse do passado, ele não tinha nenhuma. Ali estava ele, um duque com todas as vantagens materiais e um negócio que prosperava, casado com uma mulher inteligente e desejável que também era sua melhor amiga. Spencer não mudaria nada. Apenas queria que sua esposa sentisse o mesmo.

Deus do céu, ele era um bastardo avarento. Algumas semanas antes, o duque acharia que nada poderia deixá-lo mais feliz do que ouvir Amelia dizer que o amava da mesma forma altruísta e devotada que dizia amar os irmãos. Agora ele ouvira e não fora o suficiente. Ansiava por ser o primeiro na vida dela. Primeiro, último e tudo no meio.

– Aqui estão três. – Rhys pescou mais um salmão.

– Excelente – respondeu Spencer, puxando sua linha. – Agora podemos voltar para casa e Amelia ficará satisfeita.

– Você vai contar que eu que peguei todos?

— É claro que não. E você também não vai contar se quiser suas quinze mil libras. — Spencer abriu a caixa de equipamentos. — É uma quantia considerável, quinze mil. O suficiente para arrumar uma esposa.

— Uma esposa? — Rhys fez uma careta enquanto ajudava Spencer a desenrolar as linhas. — Você deve deixar a estratégia para a mesa de jogo. Essa é a pior ideia que eu já ouvi.

— Por quê? Por que você começaria a sorrir? — Ele lutou com a fechadura da caixa até ela se fechar. — Bellamy pode ser um idiota, mas também pode estar certo a respeito de algo. Talvez Lily possa se beneficiar da proteção de um marido.

Em retrospecto, aquele fora o único arrependimento de Spencer: a forma grosseira com a qual recusara a ideia de se casar com a irmã de Leo. Naquele tempo, ele apenas rejeitara a ideia no instinto, sem se perguntar por que parecia tão inimaginável. Ninguém conseguiria ver então – ele menos do que todos –, mas já estava meio apaixonado por Amelia.

Rhys bufou.

— Ah, Lily tem um protetor. Deus, foi uma viagem horrenda hoje, com os dois na carruagem. Nunca vi um homem se ocupando tanto em parecer desinteressado e falhando completamente.

Então Spencer estava certo, havia algo entre Bellamy e Lily Chatwick.

— Talvez eu ameace me casar com ela, só para ver a reação de Bellamy. — Rhys lhe lançou um olhar travesso.

Oh, aquilo, sim, seria divertido.

— Faça-me um favor, então — Spencer pediu, pegando as varas numa mão e a caixa de equipamentos na outra. — Tenha certeza de que estarei no cômodo quando você o fizer.

Capítulo 19

— Eu estou imaginando coisa? – Amelia indagou, sovando um pedaço retesado de massa de pão. – Ou as coisas estão tensas entre você e o Sr. Bellamy?

Lily gargalhou, apoiando os cotovelos na mesa da cozinha.

— Tenso nem começa a descrever as questões entre nós dois. Julian não para de me pressionar para que eu me case.

Com uma mão suja de farinha, Amelia tirou uma mecha de cabelo solto.

— Mas mal faz um mês desde... – Ela mordeu a língua.

— Desde que o Leo morreu – Lily terminou. – Eu sei. E o herdeiro de meu irmão ainda não retornou do Egito. Ele provavelmente nem sequer foi notificado. A casa da cidade e a propriedade são minhas para viver por meses, mas Julian insiste que eu preciso de um protetor. – Ela virou a cabeça para o bolinho de massa enfarinhado. – Você faz seu próprio pão?

— Apenas em ocasiões especiais. – Ou, naquele caso, quando um ataque de nervos a fizera consumir acidentalmente um dos pães que o cozinheiro preparara naquela manhã. Tinha um hábito antigo de comer quando estava ansiosa.

Do outro lado da parede, Julian Bellamy atacava o pianoforte da sala de estar com vigor. Acordes sombrios e furiosos estremeciam os pratos nas prateleiras. Amelia desejou que o sujeito tivesse ido pescar com os outros homens, mas ele parecia não querer deixar a casa. Interessante que escolhesse se ocupar com o pianoforte. Isso o deixava perto de Lily, sem que ela soubesse.

– Eu consigo ouvi-lo – Lily falou, como se tivesse lido os pensamentos de Amelia. Ela lançou um olhar para a parede que separava a cozinha e a sala de estar. – Ou melhor, consigo senti-lo. Ele sempre toca com grande paixão, mas costumava tocar músicas mais alegres.

– Como você...

– Consegue saber a diferença? – Ela olhou para as prateleiras. – As músicas alegres não balançam os pratos.

Amelia deu um tapinha pensativo no bolo de massa.

– Lily, você já considerou que o Sr. Bellamy possa estar apaixonado por você?

– Ah, sim. Eu acho que ele pensa que está.

– O que você quer dizer?

– Nós somos amigos há anos, mas nunca foi nada além disso. Então, quando Leo morreu... – Lily encolheu os ombros. – Eu acho que o luto de Julian e sua culpa estão exagerando a profundidade da conexão dele comigo. Ele não pode salvar Leo, agora se sente obrigado a me proteger.

– Você não acha que ele agirá conforme os próprios sentimentos? Ou conforme os sentimentos imaginários?

– Não. – Lily balançou a cabeça.

– Muito bem, então – Amelia disse, esperando que a amiga não retribuísse as afeições do homem. Nada de bom viria de tal união. Lily era uma dama refinada e delicada, e de uma das mais nobres famílias inglesas. Julian Bellamy era um rufião de origens desconhecidas. Apenas isso não o reduziria nas estimas de Amelia, mas ela não confiava muito no homem. O Sr. Bellamy poderia não estar tão apaixonado assim por Lily, se estava levando outra mulher para a cama – uma mulher casada – na noite em que Leo morrera.

– Você sabe que nunca ficará sem lugar para morar – Amelia continuou. – Você sempre é bem-vinda para ficar comigo e Spencer.

– Isso é gentil demais de sua parte. E da de Spencer. – Lily lhe lançou um olhar astuto. – Eu não falei que ele seria um ótimo marido para você?

Amelia corou, virando a massa e a batendo contra a mesa.

– Sim, você falou. E demorou algum tempo, mas ele provou que você estava certa.

– Estou muito feliz por você.

Amelia também estava feliz. Mas parecia grosseria falar animadamente sobre aquilo quando Lily ainda estava de luto pelo irmão.

Ao pensar em irmãos, o seu próprio coração se apertou. Mais do que nunca, Amelia esperava que a viagem pudesse estabelecer uma fundação para que Spencer e Jack se reconciliassem. Apesar de o marido continuar sendo reservado como sempre, ela notara os sinais de que ele estava se abrindo para a bela paisagem de Briarbank e sua atmosfera acolhedora. Entendia agora que seu homem fora criado em uma série de fortes britânicos no Canadá e então transferido diretamente para a grandeza de Braxton Hall. Ele nunca conhecera os confortos de uma casa aconchegante e de uma família afetuosa. Depois da estadia de ambos ali, certamente Spencer compreenderia o motivo de Amelia não poder dar as costas a um membro da própria família.

— Tem certeza de que não se importa em dividir um quarto com Claudia? — Amelia perguntou. — É uma casa tão pequena, só com quatro quartos. Mas, caso se importe, nós podemos colocar alguém em...

— Está tudo bem — Lily interrompeu. — Estou grata pela companhia. Até a de categoria taciturna.

— Ela nunca conversa, não é? — Amelia suspirou. — Eu não sei como me conectar com ela.

Amelia sentiu um pouco de culpa por mandar Claudia embora da biblioteca naquela tarde e se perguntara se Spencer sequer fora falar com a menina para descobrir o que ela queria. As carruagens chegaram um pouco depois, ele pode não ter tido a chance.

— Confesso que é por isso que coloquei vocês duas juntas. Talvez você tenha sucesso onde eu falhei. Tentei várias vezes ficar amiga dela, mas Claudia só fica mais retraída.

Amelia empurrou a massa pra baixo. Sua falha em agradar a menina a frustrava e, sim, a deixava um pouco ressentida. Caminhadas ao longo do rio, duetos de pianoforte e até viagens a lojas — a garota rejeitava todas as sugestões. Ela não sabia mais o que fazer.

Depois de deixar a massa de lado para que crescesse uma última vez, ela limpou as mãos com dois tapinhas e se virou para lavá-las na bacia.

Enquanto estava de costas, ela ouviu Lily dizer:

— Que surpresa! Não sabia que se juntaria a nós.

Os homens haviam retornado do rio tão cedo assim? Não poderia ser o Sr. Bellamy — ela ainda escutava uma melodia assombrosa emanando do pianoforte. Balançando as mãos para secá-las, Amelia se virou.

E o que viu a deixou de joelhos fracos.

— Ei, Amelia.

— *Jack?* — Por um momento, ela achou que estava vendo um fantasma. O fantasma do irmão no seu décimo quarto verão, quando crescera dez centímetros em seis semanas e devorara toda a comida da casa antes de também limpar as maçãs verdes das árvores ao redor. Mas é claro que não estava vendo um garoto, nem um fantasma. Era realmente Jack, parado de forma desajeitada no meio da cozinha, como um estranho em sua própria casa. Ele parecia magro e abatido. Suas roupas pendiam folgadas no corpo, dando-lhe aquela aparência infantil e ossuda. Sombras escuras assombravam seus olhos e a última vez que se barbeara fora pelo menos três dias antes.

Os olhos dela se encheram de lágrimas, que caíram por suas bochechas antes que pudesse segurá-las.

— Ah, vamos lá. Esse é o jeito de cumprimentar seu irmão favorito?

— Jack! — Ela jogou os braços ao redor dele, abraçando-o apertado. *O que aconteceu com você?*, ela quis perguntar. Como chegara tão no fundo do poço? Ela estava falhando com ele miseravelmente. Falhando com a memória da mãe. Falhando com a memória de Hugh. — É tão bom vê-lo. — Ela o apertou ainda mais. Não importava o que Spencer falasse ou fizesse, desta vez não deixaria Jack partir. Não até que lhe contasse tudo e juntos fizessem alguns planos para arrumar a vida dele. Ela já perdera um irmão, não conseguiria aguentar a dor de perder outro.

— Temos uma casa cheia — ela falou, limpando as lágrimas e buscando um tom alegre. — Você consegue se virar com o sótão enquanto está aqui?

— É claro. Presumindo que Morland não...

— Presumindo que Morland não o quê? — Uma voz grave os interrompeu.

Spencer marchou pela cozinha, segurando um conjunto de peixes lustrosos.

— Três salmões, como ordenado. — Ele jogou os peixes na mesa e se virou para Jack.

Amelia sentiu um nó no estômago. Não sabia como Spencer reagiria a Jack aparecer outra vez, sem convite. Apesar de que o irmão não precisava de um convite — não na casa de sua própria família.

Lorde Ashworth seguiu Spencer. Ao ver o gigante, Jack levantou as mãos num gesto de trégua.

— Não estou aqui para criar encrencas. Eu trouxe os papéis de Laurent.

— Papéis? — Amelia perguntou. — Quais papéis?

Ninguém ouvira sua pergunta. Amelia prendeu a respiração com o olhar demorado e cauteloso que Spencer deu a seu irmão, observando as roupas desarrumadas e sua forma angular. Será que ele xingaria Jack? Ou o dispensaria? Daria boas-vindas? Esperar pelo último parecia ser demais, mas ela não conseguia deixar de sonhar.

No final, Spencer nada falou para Jack.

– Ashworth, este é o irmão de Amelia, Jack d'Orsay. – O olhar dele se encontrou com o de Amelia. – Ele ficará conosco algum tempo.

Lágrimas de alívio surgiram nos cantos dos olhos dela. Oh, como ela o amava! Amelia amava *ambos* os homens mais do que amava a própria vida. E adorava Spencer por não a forçar a decidir entre os dois. *Obrigada*, ela agradeceu seu marido silenciosamente.

– Jack, Lorde Ashworth é o Tenente-Coronel St. Maur – Amelia os apresentou, limpando a emoção de sua garganta. – Ele serviu com Hugh no exército.

– Estou duplamente grato por conhecê-lo, milorde. – Jack fez uma reverência e então tirou uma pilha de papéis da bolsa pendurada em seu ombro. – Vossa Graça, podemos discutir isso aqui na biblioteca?

– Do que você está falando? – Amelia questionou, internamente grata pela formalidade súbita de seu irmão. Ela lançou um olhar alegre para Spencer, como se dissesse *Viu? Ele já está se alinhando.* – O jantar estará pronto em breve. Seja lá o que precisam discutir, pode esperar até depois que comerem.

E, até lá, Amelia poderia puxar Spencer de canto e descobrir sobre o que eram aqueles papéis.

– Ademais – ela continuou –, todos vocês precisam desesperadamente de um banho. Vão embora, saiam da minha cozinha. Tomem banho, se arrumem para o jantar e me deixem terminar o meu trabalho. – Ela os expulsou rapidamente.

– Se não se importa, vou descansar um pouco. Estou cansada da viagem. – Lily também se levantou.

– É claro que está. Devo lhe mostrar o caminho lá para cima?

– Não, obrigada. Sei como chegar.

Uma vez sozinha, Amelia apoiou as mãos no tampo da mesa. Respirou profunda e lentamente. E então começou a chorar sem parar. Soluços gigantes e violentos deixaram suas bochechas molhadas e sua garganta ardendo. O que tinha de errado com ela? Não conseguia parar de chorar, e não sabia o motivo. Jack estava lá e Spencer não o expulsara, e aquela era sua oportunidade de arrumar tudo entre os dois. Ela deveria estar se regozijando, não chorando.

Da bacia, um salmão a acusava com um olho vítreo e redondo. Na verdade, o que Amelia deveria estar fazendo era preparar filés para o jantar. Mas, quando caminhou até os peixes, o estômago dela se revirou. Ela deixou as lágrimas de lado, pegou a cumbuca vazia mais próxima e vomitou nela.

Ah, não! Apesar de sua cabeça girar, ela fez uma conta apressada na ponta dos dedos. Subitamente, tudo fez sentido. Suas lágrimas incontroláveis, sua náusea súbita, seus desejos nos últimos dias – por pães e por Spencer. Todos os pensamentos sobre os hóspedes, seu marido e até Jack esfarrapado e com papéis misteriosos fugiram de sua mente.

Ela estava grávida.

No jantar, Spencer se viu sentado na frente de Claudia na mesa. Ele não gostou da forma infantil com a qual ela escolhia a comida. Mas o que realmente o duque odiava era a forma com a qual a menina mudava seu olhar fascinado de um homem flagrantemente inapropriado para o outro: Ashworth, Bellamy e Jack d'Orsay. O último dera para Claudia um sorriso afável junto com uma vasilha de nabos, e Spencer começou a questionar se fora sábio colocar sua tutelada próxima aos três homens que poderiam ser considerados seus inimigos.

Ele tentou chamar a atenção de Amelia, mas a esposa estava muito interessada em sua taça de água. Não era típico dela ficar tão distraída.

– Pelo amor de Deus, este cômodo está quieto – Jack falou. – Nos conte uma piada, Bellamy. Ou uma de suas histórias divertidas. Você sempre é a vida das festas em Londres.

Aquilo era um eufemismo. Pelo que parecia, Jack e Bellamy estavam competindo para ver quem se parecia mais com um fantasma. O primeiro homem a virar vapor venceria.

Amelia aproveitou a deixa, animando-se para arrumar um assunto.

– Lorde Ashworth – ela indagou –, o que achou da paisagem?

– Eu não sou um homem inclinado a descrições elaboradas, mas se pressionado... – As sobrancelhas grossas dele se franziram. – Eu acho que usaria a palavra 'charmosa'.

– Soube que tem uma propriedade em Devonshire – ela falou.

– Sim, no coração de Dartmoor. O campo lá não pode ser chamado de charmoso. Ameaçador provavelmente é a melhor palavra.

– Ah, sim. Eu já passei por lá quando fui visitar uns primos em Plymouth. Que estudo em contrastes é a área. Tanta beleza e tanta desolação. – Amelia se virou para Bellamy. – E você, Sr. Bellamy? Onde foi criado?

Bellamy tomou um vagaroso gole de vinho. Quando colocou a taça na mesa, ele pareceu consternado ao ver que Amelia ainda esperava por uma resposta, o garfo parado no ar.

— Nos recantos mais distantes de Nortúmbria – ele respondeu. – No meio do nada. Não acho que tenha algum primo por lá.
— Na verdade, eu tenho terras na Nortúmbria – Spencer acrescentou.
— Sério? – O tom de Bellamy era entediado.
— Sim, sério. Minas. Sua família trabalhava com mineração?
— O que mais há para fazer na Nortúmbria?
— Carvão, acredito eu.

Bellamy lançou um olhar gélido e cortante e Spencer se inclinou para a frente, ansioso. Ele esperava capturar sua fraude em flagrante.
— Não, cobre.
— Bobagem. Não há sequer um veio de cobre em toda a Nortúmbria. – A faca de Spencer bateu no canto do prato. – E, se o seu sotaque é de lá, eu falo como um rei otomano. Como ousa você, de todas as pessoas, me acusar de crimes? Não é nada além de um vigarista comum e uma fraude.

Bellamy olhou para Lily.

Spencer repetiu as palavras, se certificando de que a mulher de cabelo castanho pudesse ler seus lábios com clareza:
— Você é um bastardo mentiroso, Bellamy.
— Olha, venha cá...
— Como está gastando o meu dinheiro? – Spencer perguntou. – Aquela investigação massiva que estou financiando rendeu pouquíssimos retornos.
— Talvez seja porque o assassino não está na cidade – Bellamy falou, a voz tensa. – Talvez seja porque o culpado se esconde em Cambridgeshire.
— Pelo amor de Deus, será que podemos superar isso? – Ashworth grunhiu. – Morland não é um assassino, não é do feitio dele.
— E como você sabe disso? – Bellamy questionou.
— Porque, se ele fosse, eu não estaria sentado aqui. Eu teria morrido catorze anos atrás.

O cômodo ficou em silêncio.
— Você está falando de Eton? – Spencer encarou o guerreiro gigante e cheio de cicatrizes.

Spencer se lembrava da forma que a briga deles se arrastara, golpe após golpe, enquanto os garotos os rodeavam e torciam, e os professores esperavam passivamente – incapacitados de impedir, já que ele e Rhys eram maiores e mais fortes do que qualquer outro adulto dali. Os dois foram jovens grandes, mas Spencer tinha a vantagem da idade e a força do luto e da raiva atrás de seus socos. Mas não importava quantas vezes derrubasse Rhys no chão, o louco bastardo não ficava no chão. Ele continuava a se levantar, cheio de sangue, e voltar para mais. Até que ele não conseguisse mais dar socos sozinho, apenas esperando em pernas trêmulas para receber o próximo golpe imperdoável de Spencer. Naquela época, interpretara a persistência de Rhys como um orgulho tolo, e ele estava no humor para continuar dando socos... orgulho tolo parecia uma ofensa tão boa quanto qualquer outra.

Mas, quando Rhys ficou em pé novamente, com um olho fechado de tão inchado e seu peito encurvado em cima de costelas quebradas – no soco anterior, Spencer as ouvira partir sob seu punho –, ele não conseguiu aguentar a ideia de bater no idiota mais uma vez. Havia se tornado uma questão de orgulho próprio se afastar.

A expressão de Rhys indicou para Spencer que se lembravam da mesma cena.

– Eu queria que você me matasse – ele falou.

Ao redor da mesa, os olhos se arregalaram. Taças viraram.

– Perdoem a franqueza. – Rhys se dirigiu ao grupo num tom desconfiado, levando outra garfada na boca. – Eu nunca dominei a nobre arte da conversa de jantar.

– Você queria que eu te matasse – Spencer repetiu.

– Foi por isso que continuava me levantando. Eu queria morrer e sabia que, se continuasse colocando meu rosto na frente de seus punhos, você tinha a força e a fúria para acabar comigo. – Ele olhou para Bellamy. – Mas ele não o fez.

– Isso é nojento – Spencer falou. – Você me deixaria culpado por toda a vida, acreditando que eu o matara a sangue-frio? Qual é o seu problema?

Rhys deu de ombros.

– Vários para listar numa única noite. Você foi o primeiro que tentou, mas não o último. Demorou muito tempo para eu desistir da estratégia de entrar em brigas na esperança de ser mandado para o cemitério.

– Quanto tempo?

– Eu não sei. – Rhys inclinou a cabeça. – Até um mês ou dois atrás? Na infantaria, eles continuavam me condecorando por isso. Mas enfim percebi que apenas pessoas boas morrem jovens. De qualquer modo, Bellamy, garanto a você que Vossa Graça não é capaz de assassinato.

– Isso foi anos atrás – Bellamy falou. – Não prova porcaria nenhuma.

– Talvez não. Mas isso aqui prova. – Spencer tirou a ficha de Leo do bolso de seu colete e a jogou na mesa. – É a dele – disse, respondendo à pergunta silenciosa. – Tenho mais sete lá em cima, se quiser contar.

– Eu sabia – disse Bellamy, seu rosto ficando vermelho. – Eu sabia que você...

– Fui eu – Jack contou. – Quer dizer, não fui eu que assassinei Leo. Mas eu achei a ficha. Estava na posse de uma pu...

Spencer deu um soco na mesa.

– Não agora – ele grunhiu, lançando um olhar para Claudia. Pelo amor de Deus, ele subitamente percebeu que estiveram discutindo violência e assassinato bem na frente da menina. Eles não iriam discutir prostitutas também. – Não teremos essa conversa na frente da criança.

– Eu não sou uma criança! – Claudia protestou, batendo o garfo contra o prato. Os olhos dela se encheram de lágrimas. – Quando você vai perceber isso?

– Coma seu salmão – ele falou para ela.

– Eu não vou comer esse maldito salmão! – Ela fincou o garfo na carne e murmurou: – Eu te odeio.

Spencer suspirou. Supunha que o comentário não fora direcionado ao peixe. Olhou para Amelia, esperando que ela interviesse e usasse o charme de anfitriã para salvar aquela desgraça de jantar. Mas sua esposa não encontrava os olhos dele. Ela olhava para baixo, para seu próprio salmão, com uma expressão confusa. Estivera estranhamente preocupada a noite toda.

– Mande a garota para o quarto se precisar – Bellamy desdenhou. – Mas estive trabalhando dia e noite pelo último mês para encontrar os homens que mataram Leo, e, se alguém nesta mesa tem essa informação, eu gostaria de saber agora.

– Eu achei a ficha – Jack falou. – Estava na posse da... – Ele sentiu o olhar cortante de Spencer sobre si. – Da *testemunha* do ataque de Leo. A que chamou a carruagem que o levou até a sua casa.

– Quando você a recuperou?

– Um dia depois da morte dele.

– E você não contou para ninguém?

Jack deu de ombros.

– Na época, eu não sabia que estavam procurando por ela nem que era de Leo. Eu a encontrei em Covent Garden, mas suponho que tenha feito uma excursão especial para Whitechapel naquela noite para a partida de boxe. De todo modo, quando tentei reencontrá-la, ela já tinha desaparecido. Eu lhe dera um guinéu em troca da ficha. Parece que a mulher decidiu tirar umas férias com sua sorte inesperada e ir visitar a mãe em Dover.

– É por isso que nenhum de nós teve a sorte de encontrá-la. – Spencer cruzou o olhar com Bellamy.

– O que significa, nenhum de nós?

– Depois. – Ele definitivamente não iria discutir seu dia de buscas nas tavernas de Whitechapel na frente de Claudia. – Mas pelo menos sabemos isso. Quem matou Leo não estava atrás da ficha. Se fosse o caso, não terminaria nas mãos de uma transeunte. – Ele se virou para Jack. – Mas você a encontrou?

– Eventualmente, sim. – Jack olhou para Spencer. – Achei que poderia ajudar.

Interessante. Então agora Jack queria ajudá-lo? Spencer não tinha dúvida do tipo de favor que Jack pediria em troca.

– E então você só a deixou outra vez? – Bellamy passou as mãos em seu cabelo bagunçado, exasperado. – Onde ela está agora?

– Relaxando nas acomodações mais refinadas que já viu – Jack respondeu. – Não se preocupe, ela não vai a lugar nenhum. Alguém a está vigiando.

– Ela possuía mais informações? Viu os criminosos?

– Só vislumbres, quando estavam partindo. As descrições que ela fez são vagas, na melhor das hipóteses. Alto, ombros largos e vestido numa roupa grosseira. Ela não conseguia descrevê-los com nenhum detalhe que ajudasse. O que foi interessante... – Jack arqueou uma sobrancelha, numa pausa teatral. – Foi a descrição que ela fez do acompanhante de Leo.

Silêncio.

– O quê? – Bellamy finalmente conseguiu dizer. – Mas... mas ele estava sozinho naquela noite.

– Não, não estava. Havia outro homem com Leo quando ele foi atacado. A prostituta se lembrou bem demais da aparência dele: cabelo, altura, roupas e aparência. – Ele se virou, com um olhar de aço para Bellamy. – Pela descrição dela, o homem se parecia muito com você.

Capítulo 20

Julian Bellamy ficou pálido com o choque.
— Ele se parecia *comigo*?

Ah, Spencer estava gostando muito daquilo. Não só ele estava livre de todas as suspeitas, como agora poderia devolver o favor a Bellamy.

— Ora, ora, esta é uma reviravolta interessante.

— Eu não estava com Leo naquela noite — defendeu-se Bellamy. — Queria muito ter estado, mas eu não estava.

— Então é curioso, não é mesmo, que Leo tenha sido visto com um homem cuja descrição bate com a sua?

— Eu dito a moda. Os homens *tentam* ter minha aparência. Todo almofadinha desmiolado de Londres quer ser parecido comigo. — Ele fez um gesto na direção de Jack. — Ele é um deles, pelo amor de Deus. De todo modo, por que consideram a palavra dele?

Spencer tirou a ficha da mesa.

— Talvez porque esse almofadinha desmiolado foi capaz de encontrar em questão de dias a pessoa que você buscou por quase um mês? Ele ter encontrado a ficha de Leo é prova suficiente de que não inventou a história. E certamente explicaria muita coisa se você estivesse envolvido. Como o motivo pelo qual o corpo de Leo foi levado para a *sua* casa naquela noite. Porque sua vasta investigação não deu em lugar algum. E porque esteve tão ansioso para me culpar.

— Eu não estava com Leo — Bellamy falou, nervoso. — Eu tenho um álibi.

– Ah, sim. – Spencer estreitou os olhos. – Qual era o nome dela mesmo? Lady Carnelia? Não acredito que ela virá correndo confirmar sua história. O que o faz pensar que uma nobre casada iria cortejar um escândalo publicamente só para salvar sua pele?

Bellamy lançou um olhar para Lily, como se esperasse que ela não entendesse a observação de Spencer.

Lily abaixou a cabeça rapidamente e se afastou da mesa.

– Lady Claudia – falou, estendendo uma mão –, você poderia, por gentileza, mostrar o caminho para nossos aposentos? A tolinha aqui se esqueceu.

A relutância era clara no rosto de Claudia, mas Lily segurou o pulso da menina e praticamente a arrastou para fora do cômodo. Em uníssono, os homens se levantaram de suas cadeiras. Porque, naturalmente, aquela era a coisa mais educada a se fazer depois de expulsar duas damas inocentes da sala de jantar falando sobre assassinatos e prostitutas.

Amelia permaneceu sentada, pálida, parecendo perplexa.

– Pois bem? – Spencer indagou. Ele percebera o choque de Bellamy naquela noite e podia ver as consequências do peso das últimas semanas. Julian Bellamy não era um ator bom o suficiente para fingir ser o amigo assolado pelo luto de forma tão convincente. Estivesse Leo só ou acompanhado, a explicação mais simples para a morte dele era a mais provável: tinha sido a vítima azarada de um roubo aleatório. Mas que Bellamy soubesse, por um momento, como era viver sob acusações falsas de assassinato. Que visse a mulher com a qual se importava tanto fugir do cômodo.

– Vamos discutir isso a sós, Morland – Bellamy falou. – Em sua biblioteca.

– Ashworth vem também – Spencer disse. – E nós vamos fazer mais do que discutir o assunto. – Ele jogou a ficha de bronze para o ar. O duque não planejara fazer isso tão cedo, mas era a oportunidade perfeita, quando as emoções e a inimizade estavam em alta. – Vamos sentar e jogar cartas. É hora de desfazer o Clube do Garanhão de uma vez por todas.

– Está tudo bem por mim – disse Ashworth.

Spencer virou-se para Bellamy e o encarou de cima a baixo, enchendo o olhar com um desafio silencioso. Era aquele o momento. A menos que o bastardo mentiroso capitulasse, a vitória seria dele naquela noite.

– Certo. – O ódio brilhava nos olhos de Bellamy. – Vamos acabar com tudo. E então você me diz onde essa mulher está e eu volto para Londres pela manhã. Preciso interrogá-la o mais rápido possível.

– Na biblioteca, então. – Spencer saiu do caminho quando Ashworth e Bellamy atravessaram o cômodo e o corredor, entrando na biblioteca.

Ele esticou um braço para evitar que Jack os seguisse.

– Você não.

– Vamos lá, Morland – Jack murmurou. – Me deixe jogar.

– Onde está a prostituta?

– Na Hospedaria Tartaruga Azul, em Hounslow.

– Os papéis?

– Aqui. – Jack os tirou de dentro do casaco e os colocou na mesa. Então abaixou a voz: – Agora me deixe jogar. Eu encontrei aquela ficha. Eu a encontrei. Você me deve um lugar nessa mesa.

– Absolutamente não. – Era só o que Amelia precisava, Jack conseguir uma dívida de milhares de libras quando estava prestes a se alinhar. – Já fez o seu papel hoje, você parte à noite.

– Esta noite? – Amelia finalmente acordou de seu devaneio. – Ele acabou de chegar. E esta é a casa da nossa família. Não pode expulsá-lo.

– Da *nossa* família? – Jack olhou para Spencer de forma acusatória. – Você nem contou para ela, contou?

– Me contou o quê? – Amelia perguntou, levantando-se de sua cadeira.

Spencer suspirou. Esperava que ela recebesse bem aquela notícia, no espírito que ele esperava.

– Eu planejava contar hoje. Eu vou comprar esta casa de campo.

– Comprar a casa de campo? – Ela olhou para as vigas. – Esta casa de campo? Briarbank?

– Sim para as três perguntas.

– Você não pode comprar esta casa, ela é inalienável.

– Não é não. A terra ao redor do castelo, sim. Mas não esta propriedade.

– Então esses papéis... – O olhar dela recaiu sobre a mesa.

– Irão fazer com que a casa seja minha. – *Maldição*. – Nossa.

– Mas... – Ela piscou furiosamente. – Mas esta casa pertenceu à família d'Orsay por séculos.

Maldição. Ela não estava recebendo bem. Nada bem.

– Você realmente deveria ter contado a ela – Jack disse.

– Saia – Spencer estourou. Ele precisava discutir aquilo com Amelia em particular.

– Não, não saia. – Amelia segurou os braços do irmão. – Fique. Não o deixe expulsá-lo desta casa.

– Desgraça, vocês dois são exaustivos em seus pedidos – Jack falou. – Eu vou dormir se assim me for permitido.

Depois que seu cunhado saiu do cômodo, Spencer colocou as mãos nos ombros de Amelia. Em uma tentativa atrasada de gentileza, ele acariciou a clavícula dela com um dedão.

– Amelia, eu fiz várias pesquisas nas últimas semanas. Seu irmão deve muito dinheiro. Milhares. Para um homem muito menos permissivo do que eu. – Ele não disse o nome, ela não o reconheceria de qualquer forma. Mas o homem que emprestara para Jack era o proprietário de vários dos cassinos mais infames de Londres e era conhecido por sua crueldade. Não era um negócio em que um homem que não fosse excelente na crueldade seria bem-sucedido.

As lágrimas começaram a cair dos olhos dela.

– Ele está com uma aparência terrível, atormentado.

– Eu não duvido. Ele provavelmente está vivendo nas ruas e nas tavernas, incapaz de voltar para a própria casa com medo de colocar sua segurança em risco. Se Jack não quitar as dívidas em breve... – Ele deixou que o medo nos olhos dela completasse a frase. – Não consigo tolerar apenas dar o dinheiro para seu irmão, mas eu vou comprar esta casa para você.

– Por que diabos eu iria querê-la para mim?

Uma pequena fagulha de esperança o esquentou por dentro ao saber que Amelia esquecera completamente os termos do acordo original.

– Minha intenção era comprá-la caso você estivesse infeliz comigo, depois que uma criança nascesse. – Ele limpou uma lágrima da bochecha dela. – É claro, agora espero que seja um recanto para nós dois.

– Spencer, este lugar é um pedaço da história dos d'Orsay. Há muito tempo, a nossa casa na cidade já não existe mais, e você viu as ruínas do Castelo Beauvale. Esta casa de campo é tudo o que temos. O orgulho da nossa família é a argamassa que segura essas pedras. Eu não acredito que você a tiraria de nós de forma tão insensível.

– Insensível? Talvez este lugar pertença a Beauvale no nome, mas é você que se importa com ele profundamente. E quanto à *nossa* família? Por que não podemos começar um novo capítulo da história desta casa, juntos?

– Que tipo de capítulo começa ao jogar meu irmão para os lobos?

Que inferno, ele estava cansado de ouvir sobre o irmão dela. Quando conseguiu voltar a falar, a voz dele vibrava com a raiva.

– Por quanto tempo você vai continuar o defendendo? Você ouviu Jack. Ele está prestes a quitar a dívida, uma vez que se complete essa transação. E tudo o que ele quer é voltar para uma mesa de jogos e se afogar outra vez. Ele está no caminho do desastre verdadeiro, e não tem remorso algum em arrastá-la com ele. Se Jack continuar nesta casa, ele vai convencê-la, fazer toda sorte de promessas... e então vai devastá-la mais ainda quando você acordar uma manhã e descobrir que ele fugiu com suas pérolas.

– Ele não faria isso. – Amelia levou uma mão ao pescoço enquanto se encolhia para longe. – E, se realmente pensou que eu ficaria feliz com a compra de Briarbank, por que não me contou? Em vez disso, fez pelas minhas costas, manipulando todo mundo para seu próprio propósito. Mesmo na primeira semana do nosso casamento... você usou a dívida do meu irmão só para me convencer a jogar contra você e colocar suas mãos em meu...

Amelia arfou e parou no meio. Ela fez um gesto na direção da biblioteca e abaixou a voz até um sussurro de acusação.

– Essa foi toda a razão para esta festa, não foi? O jogo que estão prestes a entrar. Você organizou toda a viagem só para ganhar as fichas e aquele maldito cavalo.

Spencer deu de ombros, incapaz de negar.

Aproximando-se, ela enfiou um dedo no peito dele.

– E, ainda assim, me dá uma palestra sobre prioridades trocadas. Você me levou a acreditar que estávamos recebendo essas pessoas como amigos e convidados. Achei que você queria ser aberto e honesto com eles, ganhar a confiança e a cooperação. Mas não. Esqueça sinceridade, voltamos para a jogatina. Tudo o que peço é que dê uma oportunidade a Jack. Converse com ele, ajude-o a ver seus erros, deixe-o aprender com seu exemplo. Mas você não quer saber disso – e, sem surpresa, dada a maneira com a qual trata a própria família. Você nem sequer falou com Claudia hoje, conversou?

– Não. – Ele deu um suspiro culpado. Não, ele não tinha. Spencer poderia ter oferecido alguma desculpa, mas seria uma mentira.

– Não achei que tivesse. Meu irmão pode ter seus problemas, mas você está iludido ao se apresentar como alguém com comportamento exemplar. É tão fechado e insular que é um mistério como consegue ver além do próprio nariz. O duque inteligente e rico que aceita todo tipo de fofoca em vez de admitir que se sente mal em multidões? Que prefere ser acusado de assassinato a receber a suspeita de que tem um coração?

Spencer piscou, ferido. Como ela podia falar aquilo? Talvez *fosse* reservado com todo o resto, mas ele era diferente com ela. Amelia o tirara de sua existência insular, presunçosa, maldita e solitária e o fizera desejar ser uma parte daquilo – daquela família, daquela casa. Por que a esposa não conseguia ver que ele não queria só para ela, mas para eles?

– Amelia... – ele começou, mas sua voz falhou. Spencer limpou a garganta e começou novamente, claro e calmo. Não deveria ser tão difícil falar aquilo. – Você é tudo para mim. E o mundo todo pode saber disso.

– Mas como saberiam? Com você me carregando para fora dos bailes e com sua tendência a socar pessoas quando estou por perto? Está tomando essa casa da minha família. Tirando-a de séculos de história d'Orsay. – Um soluço ficou preso na garganta dela. – Nesse meio-tempo, você tem *usado* a mim e o meu amor por este lugar só para ganhar a custódia de um cavalo. E agora expulsa meu irmão, mais uma vez.

Ele a segurou pelos ombros.

– Maldição, é você que está deixando Jack se colocar entre nós. É tão investida nesse papel de mártir egoísta. Em algum lugar dentro de si está aquela menina de 16 anos que acreditava que merecia a própria felicidade. A mulher que me cativou desde a primeira vez que eu a abracei e descobri que não conseguia deixá-la partir. Eu fiz o meu melhor para ser compreensivo, mas...

– O seu *melhor*? Ah, Spencer. Eu o conheço bem demais para acreditar naquilo. Se você acusa a mim de me preterir, então, por favor, entre na fila para receber sua parcela de culpa. Nunca conheci um homem tão impressionante, tão complexo e carinhoso... e tão determinado a esconder isso do mundo. Se eu fosse sortuda o suficiente para vislumbrar a sua parte mais verdadeira, mais brilhante, a sua melhor parte, eu provavelmente morreria onde estava só com a luz.

Se a intenção era que aquilo parecesse um elogio, estava bem longe disso. As palavras pareciam cacos de vidro.

– Diga o que quiser, Amelia – ele suspirou. – Não pode negar que eu estou me esforçando. Estou cansado de vir em segundo plano, depois de Jack, em minhas dores. Pelo menos estou tentando assegurar sua felicidade.

– A minha felicidade? Como é que posso ser feliz sabendo que o meu irmão está vivendo nas ruas de Londres, cruzando com o perigo a todo momento do dia?

– Eu não sei, mas você terá que aprender. Porque Jack não vai mudar. – Ele levantou o queixo de Amelia e abaixou a voz. – Cedo ou tarde, você terá que decidir onde está a sua lealdade. Comigo ou com ele?

Amelia o encarou como se ele fosse algum tipo de monstro. Maldição, Spencer não era um monstro. Ele era humano. E queria saber que sua esposa o amava acima de qualquer outro homem. Qualquer outro marido não esperaria o mesmo?

– Se você me conhecesse pelo menos um pouco – ela falou, numa voz trêmula –, iria compreender como eu amo a minha família. E me pede para renegá-los... você fez a escolha sozinho. – Ela pegou a pilha de papéis da mesa e a apertou contra o peito. – Eles não foram assinados ainda. Então, enquanto esta casa pertencer aos d'Orsay, meu irmão é bem-vindo. Jack fica.

– Nada bom vai vir disso – ele avisou. – Ele vai machucá-la de novo.

– Não vai ser nem metade do tanto que você está me machucando agora.

– Amelia... – Lentamente, Spencer esticou a mão para a esposa, mas ela se encolheu para longe antes que ele tivesse preenchido metade do espaço entre ambos.

– Vá – ela falou, apontando o queixo para a biblioteca. – Vá ganhar seu maldito cavalo. Nós dois sabemos onde estão suas lealdades.

Ela era tão espinhosa, emotiva e cheia de noções equivocadas... ele não conseguia nem pensar em como argumentar com Amelia.

Então ele obedeceu e partiu.

A biblioteca era pequena e eles se amontoavam ao redor da mesa. O jogo era *brag*. *Piquet* era o forte de Spencer, mas era um jogo para dois.

Demorou um tempo para montar a armadilha, e uma quantidade nada pequena de paciência. A primeira tarefa, e a mais difícil, fora criar a ilusão de que a sorte também estava à mesa. Pela primeira hora, ou um pouco mais, do jogo, Spencer ganhou algumas mãos e perdeu várias outras de propósito. Em poucas ocasiões, as jogadas superiores de seus oponentes realmente o pegaram desprevenido. O duque sabia que deveria usar aquele tempo para observar Bellamy com cuidado. Todo homem, até o melhor dos jogadores, dava dicas físicas inconscientes de qual tipo de cartas segurava. Mas Spencer não conseguia se focar na sobrancelha arqueada de Bellamy ou no tamborilar de seus dedos. Memórias de Amelia o distraíam. Continuava vislumbrando os olhos azuis dela marcados pelo vermelho. Ouvia as palavras amargas sacudindo em seu ouvido. E outras partes dele relembravam a forma como a esposa despejara sua paixão nele mais cedo enquanto se sentava na mesma cadeira em que estava agora. Ela o deixara mais do que distraído, Spencer estava confuso.

Ela estava certa, até certo ponto. Ele a manipulara com aquela viagem, assim como a todos os outros. Comprando a casa em segredo, conspirando com Rhys para fazer Bellamy ir para a mesa de carteado. Mas Amelia realmente achava que a ideia festiva dela iria terminar em sucesso? Na fantasia da esposa, ela abriria a casa, os braços e o coração para todos, e Spencer iria revelar alguns segredos muito bem guardados e ligeiramente embaraçosos. Somam-se uma semana de pescaria e jogos de salão... e conflitos resolvidos. Os três homens terminariam como amigos.

Uma noção inocente e impossível. Não era?

Bellamy embaralhou as cartas e se preparou para distribuir as cartas, e Spencer limpou a garganta, olhando para Rhys.

– Diga, Ashworth... nós não somos amigos, somos?

Uma cicatriz cortava o rosto do soldado e a sobrancelha dele se partiu em duas quando olhou para cima, surpreso.

– Não sei. Não somos inimigos.

– Mais algum incidente traumático de infância que você se sente impelido a discutir?

– Não particularmente. Você?

– Nenhum. – Spencer balançou a cabeça.

Bellamy bateu as cartas para endireitá-las e começou a distribuí-las.

– Enquanto estamos de conversinha, eu vou aproveitar a oportunidade para dizer que desprezo os dois. E, no que concerne a vocês, eu nasci de pastores nômades da Albânia.

Aquilo resolvia tudo. Lá ia embora a amizade. Spencer juntou as cartas. Sem duplas, poucas oportunidades. Era a hora de cumprir sua parte do acordo com Rhys.

– Vamos parar de brincar por aí, então. Dez mil.

Spencer anotou o valor em um pedaço de papel e colocou no meio da mesa.

– Eu não tenho dez mil – Rhys falou na sua vez.

– Eu aceito sua ficha como uma aposta justa contra a minha.

– Dez? – Os olhos dele falavam *achei que tínhamos concordado em quinze*. – Vinte e nós consideramos a troca justa.

Bastardo astuto. Spencer mal tinha energia para discutir, só queria que tudo acabasse. Com um pedaço de carvão, ele mudou o valor no papel.

– Pronto.

Ashworth tirou a ficha de bronze de sua bolsa e a colocou na mesa à sua frente, lançando um olhar enigmático para Spencer.

– Está nas mãos do destino agora.

– Eu faço meu próprio destino, muito obrigado. – Bellamy levantou o canto de suas cartas de onde estavam na mesa. O rosto dele permaneceu impassível. Spencer esperava que o homem saísse do caminho, para ver como as coisas se desenrolariam entre ele e Ashworth antes de arriscar algo seu.

Mas Bellamy não era tão inteligente. Ele levou uma mão ao bolso do peitoral e tirou uma ficha de bronze.

– Vamos lá. Cansei de ficar empurrando moedinhas para lá e para cá. Preciso conversar com aquela prostituta antes que a mulher se esqueça de mais coisas e para descobrir quem estava com Leo naquela noite. Talvez seu acompanhante me leve aos assassinos.

– Talvez o acompanhante tenha morrido também – disse Ashworth.

– Nós saberíamos se outro cavalheiro da sociedade desaparecesse ou surgisse morto na mesma noite. Não faria sentido. – Depois de uma pausa, Bellamy acrescentou, pensativo. – A menos que ele estivesse envolvido com o ataque...

Spencer grunhiu.

– Pelo amor de Deus, pare de procurar vastas conspirações num crime comum. Não, não faz sentido. Por definição, uma tragédia sem sentido nunca vai fazer. Talvez a prostituta tenha mentido ou só estivesse confusa.

– Talvez – Bellamy bateu sua moeda na mesa, como um teste. – Mas, quanto antes eu falar com ela, mais cedo saberei, não é mesmo? – Ele jogou a ficha no meio da mesa. – Uma mão, todas as dez fichas. O vencedor leva tudo.

– Eu já botei vinte mil – Spencer protestou. – Você quer que eu coloque todas as minhas fichas também?

– Você quer o cavalo, não quer? – Os olhos de Bellamy estavam rigorosos. – Esta é sua única oportunidade. Ganhar ou perder, depois desta rodada, eu me levanto da mesa e vou embora.

Spencer encarou intensamente as expressões do homem, buscando em vão por algum tique nervoso no maxilar ou uma dilatação das pupilas. Desgraça, deveria ter se forçado a se concentrar antes. Se tivesse, provavelmente saberia se Bellamy realmente tinha as cartas para apoiar sua aposta ou só queria assustar Spencer, para que saísse da mesa com a sua ficha e sua dignidade.

Independentemente das cartas de Bellamy, Spencer sabia que suas próprias eram inúteis. Era verdade que havia mais cartas a serem trocadas e que ele pudesse ter sorte, mas, se o duque batesse a aposta, a probabilidade é que ele perderia tudo.

Bem, não *tudo*. O drama excessivo do pensamento pareceu extenuante até para ele. O que estava em jogo ali mesmo? Um pouco de bronze e um garanhão envelhecido? Subitamente, nada daquilo parecia valer nada. Sua esposa, por outro lado... Agora, Amelia era insubstituível.

Ele estivera buscando aquele objetivo com tanto foco, por tanto tempo... desistir nunca fora uma opção. Depois de tanto tempo, Spencer praticamente perdeu de vista o motivo pelo qual queria o garanhão. Se renunciasse a Osiris, ele pensou no início, estaria desistindo de Juno. E desistir da égua pareceria muito com desistir de si mesmo. *Pareceria*, no futuro do pretérito. Mas estava ali, no início do futuro do presente. O único motivo de terem se reunido era por causa de Leo Chatwick, seu igual e contemporâneo, que morrera cedo demais. Era aquilo mesmo que Spencer queria escrito em sua lápide? *Brilhante no carteado, bom com cavalos?*

Por um instante, imaginou o que aconteceria se ele perdesse. O duque perderia todas as dez fichas e qualquer participação em Osiris naquela mesa, e então ia subir as escadas e arrumaria tudo com sua esposa. Prometeria fazê-la sua prioridade, esperaria e rezaria para que algum dia Amelia conseguisse ser recíproca com o sentimento. Cobrir seu corpo com beijos, sussurrar palavras de amor contra a pele dela. Fazer amor com ela até que nenhum deles tivesse forças para se levantar.

Como seria perder? Seria bom demais. Ia ser muito parecido com uma vitória.

Aquele era o momento de deixar para lá.

Aparentemente Bellamy decidira o mesmo. Ele pegou a ficha e a colocou no bolso quando se levantou.

– Muito bem, se não tem as bolas...

– Sente-se – Spencer ordenou, jogando a ficha de Leo no centro da mesa. – Nós vamos terminar isso hoje. As outras fichas estão lá em cima, deixe-me pedir que um serviçal pegue a caixa.

Ele se levantou de sua cadeira, mas, antes mesmo que pudesse chegar até a porta, Amelia surgiu por ela. Atrás da mulher veio Lily, vestida com uma camisola e um roupão, seu cabelo solto pendurado até a cintura. As duas mulheres tinham expressões de medo.

– Meu Deus, o que foi? – Spencer se moveu para abraçar Amelia. Para o inferno com cavalos e cartas... naquele momento, abraçá-la era a única coisa que ele queria fazer no mundo. Parecia ser o motivo para o qual ele fora feito. Ela precisava do marido e viera até ele. Não deixaria que nada a ferisse agora.

– Não temos tempo – ela falou, engolindo em seco. – Claudia sumiu.

Capítulo 21

– Sumiu? – O rosto de Spencer ficou cinza. Ele a segurou pelo cotovelo. – Tem certeza? Talvez ela esteja só...

– Não, ela partiu e não está sozinha. – Amelia engoliu em seco, se perguntando como é que poderia contar o resto. Mas precisava. Se havia alguma esperança, dependeria da ação rápida. – Ela foi embora com Jack. Eles deixaram um bilhete.

Amelia levantou o punho no espaço entre ambos e obrigou seus dedos a relaxarem. Na palma de sua mão, havia um papel amassado que encontrara preso na fresta da porta, naquele espaço marcado logo abaixo da verga, onde várias camadas de esmalte tinham sido gastas. Seus irmãos sempre deixavam mensagens lá. O Correio d'Orsay, como chamavam. E, fiel ao formato, a mensagem de Jack era sucinta:

Vamos para Gretna.

O papel estava assinado por ambos.

Spencer encarou as palavras com tanta intensidade que Amelia não ficaria surpresa de ver as letras ali escritas acordarem e se rearrumarem para escrever palavras diferentes só para escapar de sua desaprovação. Ela também desejou que tivesse uma maneira de alterar os fatos.

– Há quanto tempo? – ele perguntou bruscamente.

– Nós... não sabemos. Obviamente em algum momento entre o jantar e agora, então no máximo algumas horas. Os cavalos ainda estão todos aqui, então devem estar a pé. – Entregando o bilhete, ela entrelaçou os dedos com força. – Só consigo imaginar que Jack esteja atrás do dote dela.

– Eu sinto muito – Lily falou, das costas dela. – Eu me retirei mais cedo e é claro que não a ouvi saindo.

– Não peça desculpas – Spencer falou. – Minha tutelada não é sua responsabilidade.

Ele lançou um olhar afiado para Amelia, esfaqueando a consciência dela. Claro, Claudia era parcialmente sua responsabilidade. E Jack... o sujeito sequer estaria ali se ela não tivesse insistido para o irmão ficar.

– Eu sinto muito – ela falou, debilmente. – Ele fugir assim com Claudia, no meio da noite... realmente não consigo acreditar que ele seria capaz.

– É claro que não. Você não acredita em nada que eu falei a respeito dele. Não importa o que seu irmão faça, você defende o patife. Por que parar agora?

– Talvez haja algum mal-entendido, outra explicação – ela continuou, fraca. Fraca, porque mesmo ela sabia que suas palavras eram tolas.

Travando o maxilar, Spencer foi até a mesa.

– Eu disse que nada de bom viria de deixá-lo ficar.

– Sim, você avisou. – Mas Amelia estava disposta a tomar aquele risco, presumindo estupidamente que os sentimentos dela eram os únicos em jogo. Que se Jack aprontasse de novo, ele só estaria machucando a *ela*. Nunca sonhou que suas ações pudessem afetar a Spencer e Claudia também. Céus!

Nesse meio-tempo, Bellamy e Ashworth ficaram em pé.

– O que está acontecendo? – Bellamy perguntou.

– Meu irmão fugiu para se casar com Claudia – Amelia contou para ele. Quando Spencer olhou para a esposa, ela adicionou: – Não é como se pudéssemos esconder deles. Pelo amor de Deus, deixe-os ajudar.

– Para que lado eles devem ter ido, Morland? – Ashworth questionou.

– Então? – Spencer olhou para Amelia. – Você é quem conhece melhor a área.

Ela deu de ombros, impotente, levando a ponta de um dedo entre o seu dedão e o indicador e se beliscando com força.

– Existem muitas maneiras. O mais provável é que tenham ido na direção de Gloucester, pegar uma carruagem-correio que vai para o norte. Mas, para chegar até lá, eles podem ir pelo norte, atravessando Colford, ou para o leste, na direção de Lydney. E há o rio. Eles podem ter ido para o sul, na direção do Severn, com a intenção de pegar a balsa para Aust e seguir para Londres. As carruagens mais rápidas para a Escócia saem de lá. Ou podem ter subido num navio... – A sua voz desapareceu, assim como suas esperanças. As possibilidades pareciam intermináveis, a probabilidade de alcançá-los, baixa. – Em qualquer direção, eles ainda não cobriram mais do que 10 quilômetros do transporte.

– Bem – Ashworth disse. – Nós somos três.

– Vou pedir que meus cavalos mais rápidos sejam selados – Spencer disse, puxando uma gaveta da mesa. – Cada um de nós pegará uma rota diferente.

– Quando foi que eu ofereci minha assistência? – Bellamy questionou.

– Agora mesmo. – Spencer tirou uma pistola da gaveta. Com um pouco de espetáculo, provavelmente por conta de Bellamy, ele botou a arma no cós de suas calças.

Ao ver a arma, as juntas de Amelia ficaram fracas.

– Certo, certo – Bellamy aquiesceu com um puxão impaciente de seu cabelo. – Eu vou para o sul, na direção de Severn e da capital. Se eu os encontrar, você saberá. Mas sigo até Londres se não os achar.

– Justo. Você a encontrará na Tartaruga Azul, em Hounslow. Provavelmente precisará pagar a conta dela.

Amelia não tinha ideia do que a última parte significava, mas Bellamy pareceu compreender.

– Eu vou para o norte – falou Ashworth. – Se pegaram uma rota de carruagens, alguém deve tê-los visto a caminho de Gloucester.

– Eu vou para o leste, pela floresta. – Spencer se pronunciou.

– Vou precisar de botas de verdade. – Bellamy respirou profundamente e bagunçou o cabelo, e então saiu do cômodo, Lily o acompanhou logo depois.

Ashworth foi a seguir, lançando um comentário por cima do ombro:

– Nos encontramos nos estábulos.

A resposta de Spencer fora um gesto curto de cabeça.

Amelia estava a sós com o marido, abraçando-se. Observou enquanto ele abriu uma bolsa e contou as balas na palma da mão e então substituiu as balas de chumbo e fechou a bolsa, apertando-a.

– Sinto muito – ela falou.

– Guarde as desculpas. – Ele exalou pesadamente, puxando seu casaco das costas da cadeira e encolhendo os ombros para colocá-lo. Apoiando as mãos na mesa, Spencer a encarou com uma expressão de concentração profunda. – Dê-me a rota. Nomes de estradas, pontos de referência. Qualquer descrição que conseguir.

Ela fez o melhor, apesar de fazer anos desde a última vez que viajara através da Floresta de Dean. E os detalhes de que se lembrava – as prímulas e as violetas, os tapetes de samambaia entremeados por cogumelos, a vista impressionante de patos fazendo ninhos em árvores de carvalho – provavelmente não o ajudariam naquela noite. Amelia se forçou a focar e deu para ele as informações que podia: passagens por córregos e raízes íngremes.

Até ela ser interrompida por um som constante.

– Inferno... – Spencer murmurou, parando para olhar pelo vidro da janela. – Agora está chovendo.

Aquilo poderia ficar pior? Amelia esperava que fosse só uma chuva rápida de verão. O pensamento de Jack e Claudia a pé, na chuva... sem mencionar os três cavalheiros atrás deles, a cavalo, andando por terrenos escorregadios e desconhecidos... e tudo isso no escuro da noite, sem lua.

Inferno, de fato.

Spencer passou por Amelia a caminho da porta. Ela o segurou pelo braço, virando-o para que ele pudesse encará-la.

– Spencer, espere. Você me culpa por isso?

– Eu não tenho tempo de ficar aqui discutindo culpa, Amelia. Eu preciso encontrá-los e trazer Claudia de volta antes que ela perca sua reputação. Ou pior.

Amelia se encolheu, compreendendo o significado daquilo bem até demais. Jack poderia estar desesperado, mas certamente seu irmão não tocaria numa inocente de 15 anos, não é? Ela queria poder rejeitar a ideia com mais certeza. Naquele ponto, mal sabia o que pensar.

– Há algo que eu possa fazer?

– Fique aqui. – Envolvendo o queixo dela completamente, ele virou o rosto da esposa para si. – Me ouviu? Fique aqui caso eles voltem para casa.

Amelia engoliu em seco e soltou a mão dele.

– O que você vai fazer se os encontrar?

– Farei o que for necessário para proteger Claudia.

O medo correu no peito dela. Spencer queria dizer que lidaria de forma severa, até violenta, com Jack se sentisse que era necessário. Dadas as circunstâncias, ela não teria pedido para ele para mostrar piedade... se o sequestrador de Claudia fosse qualquer outro homem.

– Por favor – ela falou com a voz engasgada. – Por favor, não o mate. Eu não conseguiria aguentar se...

– Se você perdesse seu irmão – ele terminou, amargo. Com um último olhar ferido, ele se virou para partir. – Eu sei o que Jack significa para você, Amelia. Acredite em mim, eu sei bem até demais.

Após duas horas fazendo rondas na sala de estar, Amelia achou que enlouqueceria de preocupação. Por seu irmão, por Claudia, por Spencer... até por Lorde Ashworth e o Sr. Bellamy. Quanto mais o tempo passava, mais difícil ficava imaginar um final feliz. Se Claudia e Jack passassem a noite juntos longe de casa, a garota estaria arruinada. Não importava se fossem encontrados antes de chegar à Escócia ou se Jack realmente a tivesse tocado. Spencer poderia ser forçado a deixar que se casassem com suas bênçãos apenas para preservar um fiapo da reputação dela. Ele *não* consideraria aquilo um resultado feliz, nem Amelia. Jack e Claudia certamente também viveriam para se arrepender daquilo.

Presumindo que Spencer deixasse Jack viver.

A pele dela pinicava com a preocupação. Estivera desolada com a ideia de escolher entre eles. Agora, os eventos da noite ameaçavam fazer as decisões por ela. E Spencer poderia nunca a perdoar se a prima se ferisse.

Lily cochilava de forma turbulenta numa poltrona próxima, mas Amelia sabia que nunca conseguiria dormir. Sua mente zumbia, seus pensamentos pulando de uma possibilidade para a próxima. Nada disso fazia sentido algum para ela, e foi o que a deixou circulando o carpete, desenhando com os dedos na moldura da lareira, pulando para a janela, e então traçando as costas do divã. Ela compreendia por que Jack desejaria fugir com Claudia – era óbvio que a tutelada de um duque viria com um dote significativo. Mas por que Claudia concordaria em ir com ele? Jack era bonito o suficiente e conseguia ser charmoso quando queria... mas ele certamente não estava em seu melhor naquele momento, e a garota mal passara algum tempo na companhia dele. Claudia obviamente se ressentia do casamento de Amelia e Spencer, mas estava tão mergulhada na revolta juvenil que iria tão longe quanto fugir para se casar só por despeito?

E... Escócia? O irmão teria que perdoá-la por dizer aquilo, mas Jack não parecia inteligente o suficiente para planejar uma fuga e um casamento em Gretna Green. Era uma jornada longa e árdua, e cara. Ele obviamente não tinha fundos, e a mesada de Claudia não duraria tanto. Talvez eles tivessem alguns bens que esperavam vender.

Será que haviam tirado coisas da casa?

Movida pelo sentimento de preocupação e o desejo de estar em qualquer lugar que não fosse aquela sala, Amelia pegou uma vela e subiu as escadas para o quarto do casal. Abriu o pequeno armário de canto e olhou o painel abaixo, segurando a vela acima de uma caixa escondida... apertando os olhos na escuridão, buscando...

Ali. Ainda estava ali, o pacote envolvido em tecido das joias de sua mãe. Nada daquilo valia muito, não em dinheiro, pelo menos. Mas os colares de pérolas e os brincos de topázio eram inestimáveis para Amelia.

Depois de substituir o painel secreto, ela se levantou.

E imediatamente voltou para o chão. Precisava se aprumar. Seu coração estava acelerado e ela se sentia aérea.

Ah, Deus! Subitamente tudo fez sentido.

Fique aqui.

Aquelas foram as palavras de Spencer para ela, seu único pedido. *Fique aqui caso ela volte para casa.*

– Perdoe-me, Spencer – Amelia murmurou quando passou pela soleira da porta. Enrolou sua capa para mau tempo nos ombros e fechou a porta atrás de si. A chuva estava mais leve, mas gelada. A lua brilhava por uma fresta nas nuvens, mas Amelia não confiava que duraria. Ela buscou a lamparina da carruagem, que estava pendurada ao lado da porta. Espirrando a água das poças rasas, correu rapidamente para os estábulos.

Apenas não conseguiria ficar na casa de campo e esperar. Se suas suposições estivessem certas – e uma vozinha em sua cabeça dizia que estavam –, Claudia estava num perigo ainda maior do que Spencer percebera. Mas a menina poderia não estar tão longe.

Esgueirou-se pelos estábulos humildes que davam morada temporária a animais com linhagens dignas de reis e viu que seu cavalo capão e estável tinha sido deixado para trás. É claro, os homens levaram as montarias mais rápidas.

– Ei, Capitão. Você gostaria de dar uma volta? – Amelia estendeu a mão e deixou que o cavalo a cheirasse antes de lhe acariciar com cuidado. Ficando na ponta dos pés, ela desamarrou as rédeas do anel. O capão avançou e Amelia percebeu que, logicamente, a sela dela havia sido removida. Assim como os arreios. A dama virou a lamparina e seu olhar na direção dos preguinhos na parede. Ela conseguiria se lembrar como tudo era montado?

– Ah! – Assustada por uma cutucada na cintura, ela quase derrubou sua lamparina. Era apenas Capitão, cheirando seu bolso, procurando por um petisco. Mas isso fez com que a duquesa percebesse que estava completamente fora de sua zona de conforto. Seria estúpido da parte dela tentar selá-lo sozinha, e perigoso para a criança que crescia em seu ventre se ela levasse um coice ou caísse. Amelia teria que ir andando.

Tomada a decisão, ela deixou os estábulos. Evitou a faixa de carruagens nivelada, mas tortuosa, e se apressou na direção da trilha estreita e sinuosa que subia a ribanceira. Poucas árvores cresciam ali e o caminho era pavimentado com pedra calcária e musgo – a chuva não melhorava o atrito em nenhuma das superfícies. Amelia escorregou e tropeçou enquanto avançava, em um ponto fincando as unhas num pouco de relva para impedir que rolasse até o rio. De alguma forma, ela conseguiu chegar à planície da ribanceira com seu corpo e a lamparina intactos.

Permitiu-se alguns momentos de descanso e gratidão. E então se apressou na direção das ruínas do Castelo Beauvale. Era lá onde os garotos d'Orsay sempre foram quando aprontavam alguma. Enquanto cobria os mais de 800 metros entre as muralhas com pedras desmoronadas, ela rezou para que os velhos hábitos permanecessem.

Assim que chegou à casa de guarda, Amelia estava sem ar. Seu coração ficou leve quando viu que a porta já estava entreaberta. Empurrou o carvalho e iluminou o espaço com a lamparina.

Jack estava parado no centro da torre obscurecida. O cabelo grudado em sua testa com mechas grossas e pálidas. Ele mal parecia surpreso ao vê-la.

– Eu não sabia, Amelia. – Ele lançou um olhar por cima do ombro. Atrás dele, Claudia estava trêmula num canto, abraçando os joelhos contra o peito. – Eu juro para você, eu não fazia ideia.

– Você é um tolo – Amelia disse, pendurando a lamparina num candeeiro coberto com séculos de fuligem. Ela passou pelo irmão para ir até a garota. – Pensou mesmo que Claudia concordaria em fugir com você só na base de um sorriso encantador? Você não é tão belo assim.

Apressando-se, Amelia se ajoelhou na frente da menina. Os lábios de Claudia estavam azuis e trêmulos, seus olhos, fora de foco. Lágrimas e chuva manchavam seu rosto.

Amelia desamarrou a capa e rapidamente a arrumou ao redor dos ombros trêmulos de Claudia.

– Está tudo bem, minha querida. Tudo vai ficar bem. *Claudia*. – Ela aguardou que a garota encontrasse seu olhar. – Está tudo bem. Eu sei. Eu sei de tudo.

E então a menina caiu nos braços de Amelia, chorando descontrolada contra o ombro dela. A duquesa a abraçou apertado, murmurando palavras para tranquilizá-la. A coitadinha. Ela precisava daquele abraço há tanto tempo, e Amelia estivera absorta demais em seus próprios problemas para perceber que toda a grosseria de Claudia estava dedicada a afastá-la – não porque se ressentia de Amelia, mas porque estava com medo de que descobrissem seu segredo.

Mesmo Amelia não conseguiria adivinhar a verdade até aquele dia, depois daquela epifania chorosa na cozinha. O comportamento distante da menina, seus humores esquisitos, as flutuações esquisitas no apetite e a náusea na carruagem...

Claudia estava grávida.

– Coitadinha. – Ela acariciou o cabelo molhado da menina. – Eu sinto muito. – Que peso horrível uma garota de 15 anos passar por aquilo sozinha. – Aconteceu em York?

Claudia concordou com a cabeça contra Amelia.

– Meu professor de música. Eu estava tão solitária lá e ele era tão gentil comigo, no começo. E prometeu que eu não iria... – A voz dela falhou, e Amelia a abraçou ainda mais forte. – Ah, Amelia. Eu fui uma tola imensa. E como é que vou contar para ele?

Amelia sabia que Claudia não estava falando do professor de música.

– Não vou aguentar – a menina soluçou. – Ele vai ficar tão furioso comigo.

– *Shhh* – Amelia disse, se movendo para aninhar a garota em seus braços. Ela as embalou suavemente. – Eu conto para ele. E, se Spencer reagir com raiva, não será direcionada a você. Ele se importa tanto com você.

– Eu pensei... que se eu fugisse, me casasse...

– Todo mundo acreditaria que a criança era de Jack – Amelia terminou para ela. – E você nunca teria que contar a verdade.

Ela fez carinho nas costas de Claudia, sentindo a menina se aquecer em seus braços. A musselina molhada se grudava ao corpo dela, claramente delineando uma barriga arredondada, o sinal claro de que os vestidos de cintura alta que usava tinham escondido até então.

– Foi ideia dela – do outro lado do pequeno cômodo, Jack falou. – Eu não sabia que ela estava grávida até a chuva nos encharcar. Você tem que acreditar em mim. Claudia só veio até mim e eu estava tão desesperado... – Ele apoiou as costas na parede de pedra e deslizou até sentar-se no chão. – Eu não toquei nela, eu prometo.

– Sim, mas por que, Jack? Como pôde fazer isso comigo? Você não sabe o quanto o defendi? Vez após outra, eu o ajudei e acreditei em você. E é assim que agradece, fugindo com a tutelada do meu marido?

– Eu estou numa situação horrível, Amelia.

– Sim, Spencer me falou.

– É pior do que o que ele sabe. Exílio ou morte, são essas as minhas opções. – Ele afundou o rosto em seus braços cruzados. – Não sei mais se me importaria com o segundo.

As palavras dele atingiram Amelia como uma pontada no peito, deixando uma abertura entre suas costelas e as separando lentamente.

Ela pensou em ir até o irmão, mas então Claudia choramingou. Em vez disso, ela a abraçou para oferecer mais conforto e calor.

E começou a estremecer de medo. Entre Claudia e Jack, os dois precisavam de tanta coisa. Não só conforto e calor, mas segurança, assistência e redenção. Amelia não tinha certeza se tinha o suficiente dentro dela para dar aos dois, e mesmo se tivesse... talvez não sobrasse nada depois. Talvez ela só desaparecesse.

– Não o culpe – Claudia sussurrou. – Ele tem razão, a ideia foi minha.

– Sim, mas Jack deveria saber melhor. Você tem 15 anos.

– Quase 16. – Ela fungou.

– Dezesseis anos. – Jack levantou a cabeça e encarou o teto, sem foco. – Não se lembra do verão dos seus 16 anos, Amelia? Você estava noiva de Poste. Hugh e eu passamos a estação toda aqui na casa de guarda, planejando como impedir o casamento. Poderíamos ter só 13 e 12 anos, mas fizemos um juramento de sangue de nunca a deixar nas mãos daquele velho decrépito. Nós fizemos granadas de pólvora para criar uma distração, uma catapulta... – Ele deu uma gargalhada vazia. – Havia alguma estratégia envolvendo galinhas furiosas, se me lembro bem.

Os olhos de Amelia se encheram de lágrimas, mesmo enquanto ria, imaginando a confluência de galinhas, pólvora e uma catapulta interrompendo seu casamento. O velho Sr. Poste provavelmente faleceria ali mesmo.

– Que planos valentes. Vocês devem ter ficado muito decepcionados quando eu desisti.

– Não. – O olhar dele encontrou o dela, completamente livre de cinismo ou enganação. – Nós ficamos aliviados, Amelia. Não só eu e Hugh, mas todos nós. Você merecia muito mais. É por isso... – Ele limpou a garganta. – É um mistério, sabendo que eu a levei a se casar com Morland.

– Jack, isso é completamente diferente. Spencer não é nada parecido com o Sr. Poste. Eu o amo.

– Você ama todo mundo, não importa o quanto não mereçam. Ele não é bom o suficiente para você. Ninguém é. – Ele balançou a cabeça. – Se Hugh estivesse vivo, nós teríamos encontrado uma forma de interromper o casamento, também. Galinhas, pólvora ou o que fosse necessário.

Mesmo se tivessem sitiado toda a praça Bryanston, ela duvidava que Spencer fosse convencido do contrário. Se não parara o casamento para responder a acusações de assassinato, uma catapulta artesanal não teria chance alguma.

– É claro – disse Jack – que, se Hugh estivesse vivo, tudo seria diferente, não é? – O irmão de Amelia ergueu a cabeça e a apoiou contra a parede, encarando as goteiras no teto. – Nós passamos nossa infância nessa pilha de ruínas. Não consegui voltar para cá, depois. Achei que ficaria aliviado em vê-la vendida, mas...

O coração de Amelia se apertou. Então era por isso que não fora capaz de levar Jack até ali no ano anterior. As mesmas memórias que a confortavam eram pesadas demais para ele.

– Eu deveria ter ido com ele. Odiava Laurent por comprar um cargo para Hugh e não para mim. Eu sempre o segui para todo canto.

– Eu sei – ela disse. – Mas você não pode segui-lo agora, Jack. Não para o túmulo.

– Não posso?

– Não – ela falou com força.

A água pintava lentamente as vigas do teto. Plim, plim, plim. E então uma percepção explodiu dentro dela.

– Meu Deus! É por isso que está sentado aqui, não é? Você *quer* ser encontrado. Você quer que Spencer o desafie.

Mais uma vez, ele não falou nada.

O irmão dela desejava morrer. Era uma admissão que deveria ter partido seu coração até doer, e o fizera. Mas também a deixava irritada.

– Você pensou em qualquer outra pessoa além de si com esse plano? Eu sei que amava Hugh. Todos nós o amávamos. A morte dele devastou a família inteira. E agora você vai nos fazer passar por tudo isso de novo, induzindo meu marido a um duelo? – A voz dela estremeceu. – Eu lhe digo agora que isso não vai acontecer. Spencer não é um assassino e não permito que o transforme em um.

Ela arrumou o cabelo de Claudia.

– E esta garota tem 15 anos, Jack. Eu não me importo de quem foi a ideia ou o que você estava pensando quando a tirou de casa. Nada justifica.

– Eu sei, eu sei. – Jack abraçou os próprios joelhos e se balançou. Ela achou que o ouviu chorar.

O som apenas a frustrou ainda mais. O irmão dela não era a criança assustada, usada e sem poder naquele cômodo. Aquela era Claudia e, em sua miopia egoísta, Jack não fizera nada para ajudar a menina. Pelo amor de Deus, ela estava grávida, assustada e gelada pela chuva, e Jack a estava mantendo naquela torre fria. Ele nem sequer lhe dera o casaco.

Estranhamente, Amelia estava grata por aquilo. Aquele exemplo pequeno de falta de consideração poderia não ser nada comparado às suas outras desfeitas, mas era a gota d'água. Por muitos meses, ela acreditou que poderia salvar o irmão apenas o amando o bastante. Mas agora via seu erro. Ela acusara Spencer de ser insular, mas era Jack quem era incapaz de ver além do próprio luto. Outros homens perdiam irmãos, amigos e até filhos e esposa, e ainda assim evitavam a completa ruína. Porque Jack caíra nesse abismo enquanto outros conseguiam evitá-lo, ela nunca saberia. Mas compreendera que salvá-lo estava além de suas capacidades.

– Você se sente bem o suficiente para ficar em pé? – ela murmurou para Claudia. Com o gesto de cabeça da menina, Amelia a segurou pelo cotovelo. – Venha, então. Vou levá-la para casa.

– E quanto a mim, Amelia? – Jack perguntou, fracamente. – O que será de mim agora? Você gosta tanto de me dizer o que fazer.

Ela balançou a cabeça enquanto ajudava Claudia a se levantar.

– Eu não sei, Jack. Honestamente não sei.

Capítulo 22

Na última hora da noite, Spencer chegara à floresta do topo da escarpa e tinha começado a descer na direção de Briarbank. A lua brilhava clara, através de uma névoa que ainda permeava a terra, cobrindo o chão com a umidade.

O cheiro de pólvora se impregnava em suas roupas. Suas botas estavam sujas de sangue. Seus membros estavam pesados da fatiga, e o ar da manhã era tão úmido que parecia que estava nadando por ele. Lutando, se debatendo. Afogando.

Spencer só podia rezar para que Bellamy ou Ashworth tivessem sido bem-sucedidos onde ele falhara.

Spencer passou pelos estábulos no caminho até a casa. Estava quase com medo de virar a cabeça enquanto passava pela edificação pequena e humilde, mas se obrigou, se perguntando se iria ver algum dos cavalos de seus companheiros. Não os vira, mas o que percebeu o deixou gélido.

Capitão não estava ali. O capão estável de Amelia tinha partido. Estivera amarrado perto da entrada do estábulo, e, com a lua tão clara, Spencer deveria ter sido capaz de ver algum vislumbre de seu pelo cinza ali. Nada.

As pernas dele, ou melhor, os pedaços de madeira insensíveis que atualmente ocupavam suas botas, rapidamente voltaram a vida, levando-o em direção aos estábulos. Spencer se apressou para dentro, olhando desesperadamente entre as baias. Capitão não estava em lugar algum. Deus! Ela mal sabia como segurar as rédeas, certamente não ousara levar o cavalo para fora sozinha. Com sua falta de experiência e aquelas condições, fazer aquilo seria um convite ao desastre.

A respiração de Spencer estava acelerada e assustada, e a cada inspiração uma dor aguda o afligia na lateral do corpo. Pressionou um braço nas costelas, se perguntando se quebrara uma, como pensara de início, ou várias. Encolhendo-se de dor, ele meio escorregou, meio tropeçou para fora do estábulo, na direção da casa. As janelas estavam escuras salvo por uma fraca luz que vinha da janela da biblioteca. O duque se moveu na direção dela, atraído por aquele brilho quente que parecia ser a personificação da própria esperança. Deixando o caminho pavimentado, ele foi direto para a janela e olhou para dentro.

Ali estava Amelia. Sentada em uma cadeira, ao lado da parede de estantes, com uma pilha de papéis na mão. Sozinha.

A gratidão levou as últimas forças de seus joelhos. Spencer levou uma das mãos à parede para se apoiar, respirando profundamente, aliviado. Se a tivesse perdido, ele não aguentaria.

Bem, Amelia poderia estar perdida para ele, depois daquela noite. E só Deus sabia onde Claudia estava naquele momento. Mas ficou parado ali por um instante, olhando o perfil pálido e adorável da esposa e tentando imaginar que ele não sairia daquela noite como uma falha completa em proteger tudo e todos os que amava.

Spencer foi até a porta e a encontrou destrancada. Em segundos, estava parado na entrada da biblioteca. Seu maxilar se moveu algumas vezes, e ele deslizou sua língua seca pela sede em cima de um dente que estava meio solto. O duque não conseguia pensar em nada para dizer.

— Ela está aqui. — Com dedos trêmulos, Amelia colocou os papéis de lado. — Dormindo lá em cima. Claudia está a salvo.

O alívio preencheu os pulmões de Spencer até seu peito doer. Ainda assim, não conseguia encontrar as melhores palavras. Então cruzou o cômodo, ajoelhou-se perante a esposa, apoiou a cabeça no colo dela e chorou.

— Ah, Spencer. — As mãos de Amelia acariciaram o cabelo na testa do marido. — Deus, você está cheirando a morte. E está todo arranhado e com hematomas. O que aconteceu com você?

— Não foi nada — ele falou, abraçando as pernas dela com um braço. — Capitão não está nos estábulos. Quando eu vi, pensei que você talvez... — Ele a abraçou mais forte, sentindo aquele momento de terror abjeto com mais força ainda. — Meu Deus, Amelia. Você precisa me prometer que nunca me deixará.

Os dedos de Amelia pararam no cabelo de Spencer. O coração dele pareceu parar também.

– Eu tenho notícias – ela falou, de uma vez. – Será difícil de ouvir.

Spencer queria manter o rosto afundado nas saias só de covardia, mas se forçou a sentar nos calcanhares, esfregar os olhos turvos com uma mão e encarar essas "notícias" como um homem.

Amelia juntou os lábios, hesitante.

– Não há uma forma fácil de dizer isso.

– Então fale de uma vez. – Ele apoiou os braços ao lado da saia de Amelia, se preparando para o pior.

– Claudia está grávida.

– *Claudia*. Claudia, grávida? – A emoção o atingiu no peito. Várias emoções, na verdade, atingindo-o uma após a outra numa rápida sucessão, como uma série de golpes impiedosos: choque, descrença, tristeza e culpa. Fúria. Uma dúzia de questões em sua mente, mas só uma era importante.

– Não é do Jack – ela disse precipitadamente. – Não poderia ser. Foi o professor de música dela em York.

– Eu vou matá-lo – Spencer vociferou.

– E que bem isso faria? O homem nem sequer sabe. E, pelo relato de Claudia, parece que o tutor a seduziu, mas não foi... contra a vontade dela.

A mera ideia de um homem tocando sua tutelada o deixou nauseado.

– Ela tem 15 anos. É uma criança.

– Não mais. – Amelia segurou uma das mãos dele e a envolveu com as suas. – Sua prima está tão assustada, Spencer. Ela sabe disso há algum tempo, mas está aterrorizada com sua reação. Mesmo assim, acho que Claudia queria falar com você. Mais cedo.

Mais cedo. Quando ele e Amelia estavam... ocupados com outras coisas naquele mesmo cômodo e a mandaram embora. E, depois, Spencer nunca fora falar com a prima como prometido. Para falar a verdade, ele estava evitando falar com Claudia há semanas.

– Fugir foi ideia dela – Amelia continuou, baixinho. – Mas Jack aceitou a ideia com entusiasmo. Ele está desesperado por dinheiro, e ela, desesperada para esconder a gravidez. Foi um plano ridículo e acho que ambos sabiam. Eles não foram mais longe do que a casa de guarda do castelo, no final. Foi lá que os encontrei, molhados e com frio.

– Você escalou até lá? No meio da noite?

– Bem, a ideia de levar Capitão até passou por minha mente, mas percebi rapidamente que noção estúpida era aquela.

– Graças a Deus. – Ele deitou a cabeça no colo dela novamente. – Eu deveria saber que você era inteligente demais para tentar algo louco assim.

Ela riu um pouquinho.

— Se fosse só a minha segurança em risco, eu até seria tentada a tentar, mas... — Ele sentiu o suspiro dela. — Sei que deve me culpar por isso. Se apenas eu não tivesse insistido que Jack ficasse, ele...

— Não — ele falou, levantando a cabeça para cruzar o olhar com ela. — Não se culpe. Nada desculpa as ações de Jack.

— Eu sei — ela falou de uma vez, apertando a mão dele. — Eu sei.

— É meu direito lidar com seu irmão, Amelia. Ele praticamente sequestrou e arruinou uma garota inocente e deve enfrentar as consequências. Você não pode protegê-lo por mais tempo.

— Eu... eu já o mandei embora.

Ele voltou a sentar nos calcanhares, aturdido.

— Pelo bem dele e pelo seu. Isso não pode acabar em violência. — Desviando o olhar, ela engoliu em seco. — Eu prometi me encontrar com ele em breve. Emprestei Capitão, mas juro que você terá o cavalo de volta.

— Que se lasque o cavalo! — Como se ele se importasse com o cavalo. Ele daria cada garanhão, égua e potro nos seus estábulos instantaneamente para desfazer os eventos da noite. — Para onde Jack foi?

Ela não conseguia olhá-lo nos olhos.

— Spencer, você sabe que não posso te conta...

— Você pode, sim. E vai, porque estou pedindo. — Ele a segurou pelo queixo e a forçou a encará-lo. Que o diabo carregasse tudo, Spencer não podia mais manter aquilo. — Você precisa escolher, Amelia. Estou muito cansado de sempre vir em segundo plano contra aquele bandido, vendo você desperdiçar toda a sua simpatia e gentileza com ele. Desta vez, não pode ser leal a nós dois. Ele sequestrou minha tutelada. Ou você me diz para onde Jack foi e me deixa lidar com ele, ou...

— Ou? — Vermelho emoldurava os olhos dela.

— Ou vai embora. Você vai para ele e me deixa. Eu não posso continuar desse jeito.

Em seu cérebro, alarmes soaram, alardearam e berraram. *Retrate-se, seu idiota. Dê para trás antes que ela perceba o que você disse.* Spencer sabia, racionalmente, que acabara de fazer a aposta mais impulsiva, mal calculada e terrivelmente tola de sua vida, forçando o assunto naquele momento. Pedir a ela que fizesse tal escolha numa manhã em que vidas e futuros pendiam em uma balança. Mas seu cérebro não estava tomando decisões naquele momento. Seu coração estava falando por ele e seu coração estava em pedaços. Ele precisava de Amelia — de *toda* ela. E, se a esposa não pudesse lhe dar tudo, era melhor enfrentar aquilo e começar a aprender a viver com a dor.

Os olhos de Amelia lhe contaram a resposta muito antes dos lábios serem capazes de formar as palavras.

– Eu sinto muito. Devo ir até ele nesta manhã.

Os alarmes no cérebro de Spencer ficaram em silêncio, um a um, deixando apenas uma marcha fúnebre difusa: *É o que você merece, seu tolo estúpido. Agora ela o está deixando, nesta manhã.*

Era quase manhã, não era? Uma luz fraca adentrava o recinto, iluminando as feições doces e familiares do rosto dela. Deus, Amelia sempre fora tão adorável ao nascer do sol. Mesmo naquela primeira manhã, na carruagem. Ele decidira então casar-se com ela, tomá-la e fazê-la sua. E, em algum momento, entre aquela manhã e a em que estavam, Spencer passou a amá-la mais quando ela claramente pertencia a si mesma. Não era de seu feitio forçá-la a ficar. Ele a queria de boa vontade, ou de jeito nenhum.

O sol poderia estar nascendo por cima dos despenhadeiros ao longo do rio, mas uma noite eterna e escura agigantava-se dentro da alma de Spencer. O duque encarou as meias-luas de sangue e sujeira embaixo de suas unhas e as leitosas de Amelia.

– Você deve levar Claudia para casa, para Braxton Hall – ela disse. – A menina deve ser vista por um médico, para começar. Mas, mais do que isso, Claudia precisa de conforto e aconselhamento. Ela precisa de *você*, Spencer.

– Mas... – Ah, inferno. Ele deveria só dizer: – Mas eu preciso de *você*. Não tenho ideia do que fazer com ela, ou como falar com Claudia sobre tal assunto.

Amelia lhe deu um sorriso de esguelha.

– Você é um homem de uma inteligência assustadora. Tenho fé de que irá descobrir. – Amelia buscou os papéis na mesa e os enrolou, mas não antes de ele os reconhecer como o acordo de compra de Briarbank, que ainda não fora assinado. – Vou levar isso aqui comigo.

– Entendo. – Ele piscou furiosamente.

Sim, na luz da manhã era dolorosamente claro. Quando os sentimentos que Amelia tinha por ele se confrontavam com suas obrigações com a família... o orgulho d'Orsay iria ganhar todas as vezes. Ela iria cuidar das necessidades de seu irmão antes das do marido. E não iria permitir que a casa de campo de família *dela* se tornasse *deles*. E, ao se recusar a dividi-la, Spencer a mandara embora. O duque a forçara a escolher entre ele e a família e agora deveria aguentar a escolha dela, não importava o quanto doesse.

E, maldição, aquilo doía. Ele mudou o peso de um joelho para o outro e sentiu uma pontada aguda nas costelas.

O olhar de Amelia abaixou-se para as mãos dele enquanto ela continuava falando:

– Há mais uma coisa que preciso lhe contar. Suspeito que eu também esteja grávida.

– Meu Deus. Ah, Amelia! – Nunca palavras o encheram de tanta alegria e tanto sofrimento ao mesmo tempo. A imagem do corpo dela carregando o filho deles em seu ventre, o pensamento de colocar o bebê nos braços... era como se uma pequena estrela tivesse queimado pela atmosfera e deixado um caminho de fogo até seu coração. Spencer queria uma família com Amelia como nunca quisera nada na vida, e nada deveria deixá-lo mais feliz do que essa notícia. Mas, ao mesmo tempo, suas próprias palavras arrogantes voltaram para assombrá-lo. *Eu lhe dou segurança; e você me dá um herdeiro.* Ela o estava deixando naquela manhã e carregava com ela a desculpa perfeita para nunca mais voltar.

Spencer fez uma prece fervorosa para que Deus lhes mandasse uma menina.

– Você está bem? – ele perguntou, engolindo em seco. – Há algo que você...

– Estou bem – ela garantiu, sorrindo um pouco para seu ventre. – Muito bem, na verdade. As mulheres d'Orsay são feitas para terem filho, sabia? Robustas.

Antes que Spencer pudesse considerar os milhares de adjetivos que a descreviam com mais justiça do que "robusta", o olhar dela se desviou.

– Você nunca terminou seu jogo – ela falou.

Spencer seguiu o olhar dela para a mesa. Em cima do mata-borrão, as cartas e as apostas permaneciam intocadas, paradas no tempo. No centro havia sua nota para as vinte mil libras e duas das fichas do Clube do Garanhão: a de Rhys e a de Leo. Bellamy nunca colocara sua ficha na mesa e Spencer nunca tivera a oportunidade de buscar as sete restantes no andar de cima.

Não que aquilo ainda tivesse importância.

Spencer se levantou lentamente, sentindo as dores em músculos que ele não sabia que tinha machucado. Suspeitava que seus ferimentos se anunciariam em turnos ao longo dos próximos dias. Quando deu um passo, a dor atravessou suas costelas, e ele fez uma careta, apoiando uma mão na mesa para se apoiar.

– Pelo amor de Deus, Spencer. – Ela estava ao lado dele. – O que aconteceu com você?

Com a luz matinal incidindo sobre o cômodo, ela sem dúvida estava observando as abrasões em sua pele, a sujeira em suas botas, a barra esfarrapada da manga de sua camisa.

– Eu caí – ele falou, respirando dolorosamente. – Quebrei uma costela ou duas, eu acho.

– Eu vou chamar um médico imediatamente. Você se cortou em algum lugar? Há tanto sangue...

– Não é meu.

Amelia não pediu por explicações. Infelizmente. Ele poderia ter fugido de uma pergunta, mas o cativante silêncio paciente que ela sempre fazia... Spencer não tinha defesa para aquilo.

– Eu estava em Juno – ele falou, querendo se livrar logo daquilo. – No caminho de volta de Lydney ela pisou num buraco e caiu. Me jogou para longe dela, felizmente. Eu poderia ter me machucado muito mais. Mas a perna dela estava quebrada em mais de um lugar e Juno estava com muita dor. Não havia forma de trazê-la para cá para tratá-la, e, mesmo se tivesse, ela estaria completamente coxa, então...

– Ah, não. – A voz dela falhou. – Você teve que matá-la.

Os olhos dele queimaram quando confirmou as suspeitas dela com um gesto de cabeça.

– Spencer. – Limpando os olhos com as mãos, Amelia analisou o torso dele. – Vai machucá-lo muito se eu lhe der um abraço?

– Provavelmente – ele falou. – Mas eu vou aceitar do mesmo jeito.

Amelia se moveu com cuidado na direção dele e deslizou os braços debaixo do casaco do marido, ao redor de sua cintura. E então, com uma lentidão agonizante, trouxe seu corpo contra o dele e afundou o rosto em seu ombro. Ainda não era o suficiente. Spencer passou um braço pelo ombro dela e a apertou contra o peito. E, sim, doía como um inferno, mas não tanto quanto doeria quando ele inevitavelmente a deixasse partir.

– Eu sinto muito – Amelia falou, chorando contra o casaco arruinado. – Eu sinto tanto, por Jack, por Claudia, por Juno, por tudo. Eu queria que tudo fosse diferente.

– Eu também.

Fungando e enxugando os olhos com o punho, ela se afastou.

– É melhor eu ir me vestir e arrumar minhas coisas.

– Espere. – Ele tirou um lenço do bolso e esticou para ela, sabendo que Amelia o reconheceria mesmo sem abrir para ver o bordado. Se a esposa realmente o estava deixando, ele deveria devolver. De alguma forma, Spencer conseguiu dar a sombra de sorriso irreverente. – Uma duquesa não consegue comprar lenços?

Sem palavras, Amelia o pegou. Encarou por um momento. E então partiu.

O duque ficou parado ali, exausto e dolorido demais para se mover. Pode ter sido pouco tempo ou muito tempo, ele não fazia ideia. Provavelmente ainda estaria em pé ali no meio do dia se Ashworth não tivesse batido na porta.

– Eu espero que eles estejam aqui – ele falou – porque não estão em nenhum lugar entre Colford e Gloucester.

– Claudia está aqui – Spencer respondeu. – Jack se foi.

Ashworth grunhiu.

– Como deveria ser, então. – Os olhos dele se estreitaram quando viu as botas sujas de Spencer. – Agora, quando você disse "se foi", você quis dizer...

– Não.

– Não que eu fosse culpá-lo.

– Não é dele – ele falou, indicando o sangue que sujava suas botas. – Minha égua caiu de mau jeito. Eu tive... – Ele xingou, olhando para o trapezoide crescente de luz que entrava pela janela. – Eu preciso ir embora e enterrá-la.

– Vou com você – disse Ashworth. – Já cavei uma ou duas covas na vida.

– Não, não – Spencer apertou a ponte do nariz. – Você já esteve fora a noite inteira, não posso pedir para...

– Você não pediu, eu ofereci. E já virei uma noite ou duas trabalhando também. – Ele chutou a soleira da porta. – Não é mais do que um amigo faria.

– Nós somos amigos?

– Não somos inimigos.

– Neste caso... – Spencer suspirou, arrastando a mão pelo cabelo. – Eu ficaria grato pela ajuda. – Ele fez um gesto na direção da mesa e do jogo de cartas abandonado. – Não negligencie seus ganhos.

O soldado franziu a testa.

– Nós fomos interrompidos. Eu não me lembro de ninguém ter vencido.

– Eu fui o primeiro a sair do jogo. Abri mão de tudo o que está na mesa. Tecnicamente, Bellamy nunca fez uma aposta. Além disso, minhas cartas eram péssimas. Eu perderia de todo jeito. – Ele balançou a cabeça. – Eu queria terminar essa palhaçada de clube de uma vez por todas, mas parece que Harcliffe ainda não parou de caçoar de nós ainda.

– Você acha que Bellamy vai encontrar o homem responsável pela morte dele?

– Eu acho que ele o encontra todas as vezes que se olha no espelho. É esse o maldito problema. – Spencer pegou a nota, as duas fichas e as estendeu. – Só as pegue, Rhys. Você não é um homem que acredita em destino? Talvez fosse para ser.

Levaram um tempo para retornar a Braxton Hall, viajando num passo lento em consideração ao estômago de Claudia e às costelas em processo curativo de Spencer. Ele foi com ela na carruagem. Parecia o certo fazer companhia para a menina, e ele não precisava mais se preocupar em exercitar Juno.

Deus! Tanto fora perdido na última semana que Spencer mal sabia como começar o luto. Juno, seu casamento, a inocência de Claudia – todas vítimas. A culpa era compartilhada por vários, mas ele só culpava a si mesmo. Amelia estava certa. Se apenas fosse mais aberto com as pessoas ao seu redor, tudo isso poderia ter sido evitado.

Ainda assim, não sabia como recomeçar. Ele e Claudia viajaram o tempo inteiro em silêncio, salvo pelas conversas mais banais. Qual pousada parar e se o tempo ficaria bom. Ele não queria pressioná-la a falar até que estivesse pronta. Ainda tinham meses pela frente, muito tempo para discutir.

Os primos chegaram em casa no quarto dia, um tanto tarde. Mas era verão e os dias ainda estavam longos, e um anoitecer cinza-dourado mantinha a noite distante. Enquanto os servos levavam as malas e preparavam os cômodos dos dois, Spencer pediu um jantar leve para ser levado para sua biblioteca e convidou Claudia a se juntar a ele.

Para sua surpresa, a prima concordou.

Compartilharam uma bandeja de sanduíches e então Spencer a observou enquanto Claudia comia tortas e bebericava o chocolate. Quando ficou tarde o suficiente para que seus cômodos estivessem prontos para se retirarem, ela falou com ele.

– Você leria para mim? Como fazia quando eu era mais nova? – Ela olhou profundamente para o chocolate que esfriava em sua mão. – Eu... eu sinto falta.

Ele limpou a garganta.

– Mas é claro. Você tem algum livro de sua preferência?

– Não, escolha você.

Spencer escolheu Shakespeare – as comédias, naturalmente. Eles já tiveram tragédias demais nos últimos tempos.

Folheando o volume, ele achou o Ato I de A *Tempestade* e começou a ler. Claudia dobrou as pernas debaixo de suas saias e apoiou a cabeça no braço do divã, fechando os olhos. Spencer não sabia dizer se a menina ainda estava ouvindo ou se tinha dormido, então só continuou lendo, para si mesmo. Havia muito tempo desde a última vez que lera Shakespeare. As peças só faziam sentido para ele se lidas em voz alta, e era muito esquisito sentar-se sozinho, lendo para a vela.

O duque leu até o final naquela noite e cobriu a figura adormecida de Claudia e a deixou descansar, sem perturbá-la. Na noite seguinte, ele leu três atos de *Sonhos de uma noite de verão* antes do ronco suave dela interferir. Terminaram a peça na noite seguinte, e então ela pediu um velho favorito: *A história de Rasselas*, de Samuel Johnson. Ele lembrava como, quando criança, Claudia gostava da história do lendário príncipe abissínio viajando o mundo em busca de alegria. Era a aventura que prendia sua atenção e também as princesas e as pirâmides. Spencer se perguntou se a prima se lembrava de que, no fim, o príncipe nunca encontrou a felicidade que buscava.

Quando parou para bebericar seu conhaque e virar uma página, Claudia sentou-se subitamente no divã.

– O que vai acontecer comigo?

Enfim, eles chegaram àquele assunto. Sentindo-se tanto grato quanto apreensivo, Spencer deixou o livro de lado.

– Há algumas alternativas.

– Quais são?

– Como eu vejo, são três. Se desejar se casar, eu poderia encontrar um marido para você. Um homem bom com recursos limitados, que se beneficiaria da conexão. Ele deve concordar em criar a criança como dele e adiar qualquer outra... – ele se moveu em sua cadeira – ... gravidez até você estar ponta.

– Eu não gosto muito dessa alternativa. – Ela estudou a própria mão. Graças a Deus. Ele também não.

– Se deseja preservar sua reputação – ele continuou, – pode dar à luz em segredo. A criança seria criada por uma família local e você estaria livre para debutar, ser cortejada por pretendentes e se casar como quiser. Talvez possa ver a criança ocasionalmente, mas nunca seria capaz de reconhecê-la como sua.

– Eu acho que é uma menina. – Colocando a mão no ventre, ela disse: – Continue. Você disse que há uma terceira.

– A terceira opção – ele falou baixinho – seria dar à luz e ficar com a criança. Você cairia em desgraça e suas chances de conseguir um bom casamento seriam baixas. Certamente nunca conheceria a animação de uma temporada londrina.

– Mas eu teria minha bebê.

– Sim.

Spencer permitiu a ela um momento para pensar.

– Nenhuma delas é uma escolha fácil – ele disse e se inclinou para frente, apoiando os cotovelos nos joelhos. – Sua vida será drasticamente alterada, não importa qual seja. Mas deve saber isso: seja lá qual caminho escolher, você pode ter certeza de que eu a apoiarei, materialmente e de outras maneiras.

– E o de Amelia também?

– Eu... não posso falar por Amelia.

Deus, dizer o nome dela em voz alta depois de tantos dias separados... Ele sentia terrivelmente a falta da esposa. O que ele não daria para tê-la ali. Ela saberia exatamente o que dizer para Claudia, como confortá-la. Como cruzar o cômodo e lhe dar um abraço quente de maneira que não fosse esquisita e forçada. Mas Amelia não estava ali, e ele não poderia culpar ninguém além de si mesmo por sua ausência. Que diabos estivera pensando, forçando-a a escolher entre ele e sua família? O amor dela pela família estava no sangue, era quem ela era. Fora o motivo pelo qual se encontraram. Spencer deveria saber que nunca poderia oferecer nada que pudesse competir com aquilo.

Claudia tirou as palavras da boca dele quando disse:

– Eu fiz uma confusão, não fiz?

– Você cometeu um erro. Eu já cometi minha parcela, também. – Como acreditar que Claudia estava grande demais para aquelas noites de leitura em voz alta, que ele não tinha nada mais para oferecer. – Mas agora você deve decidir como vai viver com esse erro.

– O que você acha que eu deveria fazer?

– Acho que deveria fazer sua própria escolha, no seu próprio tempo. – Spencer hesitou. Não queria fazer a decisão por ela, mas, se a menina pedisse por conselho, não era seu dever dá-lo? – Eu vou falar só isso. Nós dois sabemos como é crescer sem uma mãe. Não é fácil. Não acredito que evitar fofoca é uma forma boa de escolher a direção da vida. E quanto ao casamento... Quanto você se lembra de seu pai?

– Eu lembro que você estava sempre brigando com ele.

Spencer riu.

– Nós tivemos nossos desentendimentos, vários, na verdade. A maioria foi culpa minha. Era diabolicamente difícil agir sob as expectativas dele. Era mais fácil desobedecer de propósito em vez de me esforçar e não ser o suficiente.

– Sim – ela falou com suavidade. – Eu entendo.

Ele se encolheu, se odiando por tê-la feito se sentir daquela forma.

– Não importa quais fossem nossas discussões – ele falou –, eu tinha um respeito tremendo por seu pai e por meu próprio pai, também. Eles foram homens bons e honrados, e excessivamente leais. Quando sua mãe morreu, seu pai poderia ter se casado novamente, com a esperança de arrumar um filho para assumir o título. Mas ele não conseguia nem pensar na ideia de casar-se de novo, ele amava sua mãe tanto assim. Então mandou me buscar no Canadá e eu dei tanto trabalho para ele naqueles primeiros anos que é um milagre que não tenha mudado de ideia. Mas ele nunca voltou a se casar. Assim como meu pai, quando minha mãe morreu. É por isso que nunca gostaria de vê-la presa num casamento infeliz, Claudia. O amor, para um Dumarque, não é algo passageiro. Nós somos devotados até o túmulo.

– Você se sente assim quanto a Amelia?

– Sim – ele falou, simplesmente. Não importava quantas diferenças tivera com o pai e com o tio, havia uma coisa que tinham em comum. Ele era um Dumarque no coração e amaria uma única mulher até a morte e nunca poderia haver outra. Deus o ajudasse se Amelia não se sentisse da mesma forma.

Claudia o olhou de soslaio.

– Se você realmente se sente assim, deveria ter sido melhor em mostrar.

– Você está certa – ele concordou. – Eu poderia ter sido melhor com você também. E planejo melhorar.

– Você planeja começar em breve? – Os olhos dela brilharam.

Quando tinha 17 anos, Spencer passara cinco semanas miseráveis num veleiro com dois mastros para atravessar o Atlântico. Aquela viagem fora um passeio agradável de fim de tarde quando comparado com a jornada árdua que fizera nos últimos tempos. Levantou-se da cadeira e cruzou a vasta extensão de tapete da biblioteca e sentou-se ao lado de sua tutelada.

– Seja lá o que decidir, Claudia... – Ele colocou uma mão no ombro dela. – Você sempre terá uma casa aqui. E sempre será amada.

Ela começou a chorar. Ele esperava que fosse o tipo bom de lágrimas. Ainda assim, Spencer a abraçou pelos ombros.

O duque se sentiu um tanto orgulhoso de si mesmo por isso, mas evidentemente ainda precisava praticar mais para aperfeiçoar a ação. Depois de um momento, Claudia fungou e disse:

– Sinto falta de Amelia.

Ele a abraçou mais forte, porque precisava ser abraçado de volta.

– Também sinto falta dela.

– Quando ela vai voltar?

– Eu não sei. Talvez ela não retorne para Braxton Hall.

Claudia se endireitou, se afastando para encará-lo.

– O que você quer dizer? Vá buscá-la!

– Mas... Eu não tenho certeza de onde ela está agora.

– Você é o Duque de Morland. Encontre-a!

– Não sei se Amelia quer ser encontrada. – Ele mal podia acreditar que estava discutindo aquilo com Claudia... mas, até aí, quem mais ele teria para perguntar? – Eu a perturbei muito desde o início e não quero cometer o mesmo erro outra vez. Sinto falda dela, sim. Mas eu quero fazê-la feliz mais do que qualquer outra coisa. Se ela voltar, quero que volte de boa vontade. Porque quer.

Claudia arregalou os olhos.

– Então a *convença*. Ajoelhe-se e implore. Faça algum gesto grande para pedir desculpas. Conte a ela essa historinha que acabou de me contar e jure seu amor eterno. Francamente, Spencer, você não sabe nada respeito de romance?

Capítulo 23

Era uma boa manhã de verão nas docas de Bristol e, para variar, os raios da fortuna brilhavam sobre os d'Orsay. Um bergantim comercial chamado *Angelica* navegava com a maré, em direção a Boston.

Jack estaria nele.

Amelia franziu o nariz quando apertou os olhos para ver seu irmão pelos fortes raios solares do meio-dia. Ela desejava ter se lembrado de comprar um chapéu com uma aba maior para ele. Com a pele clara, Jack estaria vermelho depois de um dia no mar.

– Bem? – ele falou.

Em um último gesto fraternal, ela limpou a sujeira das mangas do casaco de Jack com suas mãos enluvadas.

– Que grande aventura você terá. Acredito que Hugh sentiria inveja.

– Gosto de pensar que ele está vindo comigo.

– Talvez esteja. – Ela envolveu o irmão com os braços e o abraçou com força. – Eu o amo – ela sussurrou com força. – Nunca pense que não. Mas eu não posso mais tomar conta de você, já passou da hora de aprender a se cuidar.

– Eu sei – Jack falou. – Eu sei.

Amelia se afastou e tirou uma trouxinha de sua retícula. O lenço amarrado tinha um punhado pesado de moedas.

– Sua passagem já está paga. Isso é tudo o que eu tenho para lhe dar para cobrir suas despesas.

– Obrigado – ele falou, segurando a bolsa improvisada cheia de ouro e prata. – Farei o meu melhor para não perder tudo na primeira noite no mar.

Amelia tentou rir, mas sabia que o perigo de ele fazer exatamente aquilo era imenso. Ela manteve a mão no lenço, se recusando a deixá-lo pegar ainda.

– Se você perder, não me escreva pedindo mais. Se voltar para casa, daqui a alguns meses, com problemas novamente e querendo minha ajuda... eu não a darei. – Por mais que doesse nela falar aquilo, ela sabia que precisava ser dito. *Cortar as rédeas*. Talvez, se Jack compreendesse que Amelia não estaria ali para acudi-lo, ele tomasse mais precauções para não cair. – Esta é a última vez que eu o salvo, entendeu? Rezarei por você e sempre vou amá-lo. Mas depois destes, nem um centavo a mais.

Com isso, ela soltou o lenço. Era muito mais fácil soltar aquele pedaço de tecido do que abrir mão de sua responsabilidade sobre Jack. Mas precisava fazer os dois. Ela também merecia ser feliz, e não conseguia imaginar sua felicidade sem Spencer. Ela simplesmente não poderia arriscar que Jack se colocasse entre eles de novo.

Spencer estava certo, Amelia precisava fazer uma escolha. Mas não era entre o irmão e o marido, era entre decidir abraçar a felicidade e se livrar da culpa.

Amelia estava escolhendo a si mesma.

– É melhor eu ir, então. – Jack olhou por cima do ombro para a prancha de embarque do *Angelica*. – Eu odeio deixá-la sozinha aqui. Morland está vindo buscá-la?

Amelia balançou a cabeça.

– Ele levou Claudia para casa, em Cambridgeshire. Mandei uma carta expressa para Laurent. Ele vai me ajudar a fechar a casa de campo e então voltaremos para Londres juntos.

– Amelia? – Ele tentou animá-la. – Quando disse que ninguém era bom o suficiente para você, eu estava falando sério. E me incluo nessa. Sei que não mereço metade da ajuda que me deu, mas... – Os lábios dele estremeceram nos cantos, e Amelia sentiu uma pontada no coração. Todos os homens d'Orsay faziam aquela cara quando estavam lutando para não chorar. – Eu sou muito grato por isso. Obrigado por me amar, mesmo quando eu fiz o máximo possível para me tornar difícil de amar.

O olhar dele, a forma como a voz de Jack estava embargada... o coração dela se apertou. Amelia estava a um triz de jogar os braços ao redor dos ombros do irmão e jurar recebê-lo de volta em casa, resolver todos os problemas por ele.

Talvez dar um passo para trás em vez de fazer aquilo tenha sido a coisa mais corajosa que ela já fizera. Mas Amelia sabia em seu coração que era o melhor para ambos.

– Adeus, Jack – ela falou. – Sentiremos sua falta. Por favor, se cuide.

E então ela se virou. Deu um passo, então dois. Afastar-se de Jack era como caminhar sob pernas frágeis de um potro, mas, conforme suas botas batiam na madeira das docas, Amelia ganhou coordenação e confiança. Demorara muito tempo e muita tristeza, mas finalmente aprendera a lição que Spencer lhe dera na noite em que se conheceram:

Vire a sorte dos d'Orsay a seu favor. Aprenda a ir embora.

– Para onde devo levá-la? – Conforme se aproximavam de Charing Cross, Laurent se virou para a irmã no assento da carruagem. – Para casa?

Casa.

Amelia ponderou sobre a palavra. Ela se perguntou qual era a casa à qual seu irmão se referia: a do Duque de Morland ou a dele? Qual delas era a sua casa? Era uma questão que deveria decidir, ela supunha.

– Eu voltarei com você, se não se importa. – Nenhuma casa parecia um lar sem Spencer. E, apesar de saber que o marido ainda estaria em Braxton Hall, ela não conseguia tolerar o pensamento de ficar perambulando pela casa cavernosa da cidade sozinha.

– É claro que é bem-vinda. Winifred planejou algum tipo de festa hoje à noite. Sorte a minha que estamos retornando a tempo para ela, minha esposa me comeria vivo se eu a deixasse sozinha para receber os convidados.

– É uma festa grande? – Agora aquilo poderia fazer Amelia mudar de ideia. Depois de dois dias de viagem de carruagem e uma semana de melancolia, uma reunião social estava longe de ser como gostaria de passar a noite.

– Não, não. Alguns casais virão para jantar. Talvez um pouco de carteado e dança depois, sabe.

Bem, não soava tão horrendo assim. Na verdade, um jantar parecia uma ideia muito boa. E, quanto às diversões depois, Amelia poderia facilmente dizer que estava com dor de cabeça e fugir para o andar de cima. Nem seria uma mentira. Ela havia ruminado, ponderado e reconsiderado tanto nos últimos dois dias que o cérebro dela doía.

– Eu fiz a coisa certa? – Amelia perguntou ao irmão no que deveria ser a décima vez desde que Jack zarpara no *Angelica*. – Ele vai ficar bem?

– Não sei como ele vai ficar – respondeu Laurent, buscando a mão dela e a apertando, para tranquilizá-la. – Mas você certamente fez a coisa certa.

– Eu só me sinto culpada, deixando-o acreditar que as dívidas dele continuarão sem ser pagas.

– Você sabe que ele nunca partiria se soubesse a verdade.

– Eu sei. – Amelia mordeu os lábios. – Você vai ter muita dificuldade em achar outro comprador?

– Não acho que vá. É uma boa terra, mesmo que a casa de campo seja modesta. O Conde de Vinterre expressou algum interesse nela, quer derrubá-la e construir um palácio italiano com vista para o rio.

– Meu Deus, eu acho que vou vomitar.

Laurent lhe passou a bacia. Não seria a primeira vez que vomitaria naquela viagem. Nem a segunda nem a quinta. Aparentemente a criança em seu ventre não gostava mais de viagens de carruagem do que ela.

Depois disso, Laurent fez carinho nas costas dela.

– Não fique triste. Eu vou arrumar outro comprador.

– Não, não faça isso. – Ela pressionou a manga contra a boca. – Acho que seria mais fácil ver Briarbank destruída do que habitada por outra família. Venda para Vinterre, e rápido.

Quanto mais rápido as negociações fossem feitas, mais rápido as dívidas de Jack seriam pagas. E, quanto antes acontecesse, mais rápido Amelia poderia retornar a Braxton Hall com os bolsos vazios e o coração sem divisões. Ela iria se dedicar a convencer seu marido de que era devotada a ele, acima de tudo.

A carruagem virou para a Bryanston Square com um rangido e logo parou na frente da casa. Laurent ajudou Amelia a descer do veículo.

Na porta, foram cumprimentados por uma Winifred com olhos arregalados. Depois de dar um aceno de cabeça rápido na direção de Amelia, ela segurou o braço de Laurent.

– Ah, graças a Deus você voltou para casa. Eu estou abalada, completamente. Precisamos pedir mais vinho, várias caixas, provavelmente! E destilados para os cavalheiros. – Ela puxou o marido para a casa e Amelia os seguiu, atravessando a soleira.

– O prato de peixe está um dilema horrível. Naturalmente, isso iria acontecer numa segunda, quando não há peixe decente para se comprar por ouro ou prata. – A voz dela subiu meia oitava, perto da histeria. – Eu não posso servir ostras para uma duquesa!

Amelia riu.

– Eu fico bem com ostras, obrigada. Você já as serviu para mim várias vezes antes.

A cunhada de Amelia se virou para ela, confusa.

– Perdoe-me, Amelia, mas é claro que não estou falando de *você*.

Claro que não. Amelia suspirou.

– Sua Graça, a duquesa de Hampstead, irá se juntar a nós para o jantar. – A voz de Winifred se abaixou até virar um sussurro. – Acabei de receber um bilhete de uma das minhas convidadas do jantar, Sra. Nodwell. A prima dela é casada com irmão adotivo do sobrinho de Sua Graça, entende?

Amelia não entendia, mas assentiu polidamente de qualquer modo.

Winifred se virou de volta para Laurent, puxando-o para a sala rosê, onde servos estavam removendo querubins de porcelana das prateleiras e empurrando a mobília para os cantos da sala.

— Obviamente — ela falou — eu não podia recusar. E então a Sra. Petersham mandou um bilhete perguntando se poderia trazer as primas dela que estão de visita, vindas de Bath. Eu não poderia recusar também. E agora esses cartões ficam vindo... — Ela fez um gesto na direção da fileira de cartões de visita na lareira. — Eu acredito que hoje nós vamos ser sobrecarregados com os melhores.

— Mas... — Amelia balançou a cabeça para dissipar a confusão. — A esta altura do verão? Por quê?

— Por sua causa, é claro! Todos acham que você e Morland irão aparecer. Estão desesperados para ver sua primeira aparição pública em Londres desde o casamento. — A cunhada arqueou uma sobrancelha. — Há alguns rumores muito interessantes... — ela pronunciou cada sílaba de forma distinta, IN-TE-RES-SAN-TE. — ...vindos de Oxfordshire, sabia?

Amelia curvou os lábios num sorriso agridoce. Ela sabia que haveria fofoca, depois daquela exibição nos Granthams. A memória daquela noite — a dança, de fazer amor, a conversa e os abraços doces que permaneceram até a manhã — apertava seu coração com uma ferocidade surpreendente. A dor a fez pensar nas costelas quebradas de Spencer. Esperava que estivessem se curando direito.

Deus, ela sentia falta dele com tudo o que tinha.

Movendo-se para o canto do cômodo, Amelia sentou-se num banquinho para pés que havia acabado de ser realocado.

— Bem, temo que seus convidados ficarão decepcionados — ela falou para Winifred. — Eu não estou me sentindo bem o suficiente para socializar esta noite e o duque nem sequer está na cidade.

— Ele está sim!

— Ele está? — Amelia ficou boquiaberta.

— Sim, ele chegou esta manhã a Mayfair e as notícias já apareceram nos jornais da tarde. — Winifred estalou os dedos para um valete. — Não aí, leve para perto da janela.

Amelia titubeou silenciosamente, tentando não exibir a magnitude de seu choque. Spencer estava ali, na cidade? Sabia que ela havia chegado? E Claudia? Onde estava?

Winifred começou a dar um novo conjunto de ordens para os servos e Laurent se abaixou ao lado de Amelia.

– Devo arrumar a carruagem para a Mansão Morland?

– Não, não. – Ela não poderia vê-lo daquele jeito, não ainda. Não estava preparada. Nem sequer estava certa de que o marido gostaria de vê-la. – Eu vou mandar um bilhete para ele.

Após mais um estalar de dedos de Winifred, uma mesa de colo e uma pena se materializaram na frente de Amelia. O papel era uma extensão assustadora de branco. Tinha medo de botar a pena nele, de manchar a perfeição vazia com as palavras erradas e estragar tudo de novo. No final, escreveu apenas:

Estou aqui na cidade, na casa de meu irmão. Você está convidado para o jantar.
– A.

Ali. Se ele quisesse vê-la, saberia onde encontrá-la. Laurent enviou um mensageiro com o bilhete e Amelia passou duas horas ansiosa desfazendo as malas em seu antigo quarto modesto enquanto Winifred reorganizava o andar de baixo. Finalmente, quando o sol estava se pondo, ela vislumbrou o mensageiro indo para a entrada dos fundos da casa pela janela e correu pelas escadas de serviço para encontrar o garoto.

– Bem? – ela perguntou sem fôlego, uma vez que encurralara o jovem. Ele segurava um papel dobrado. – Essa é minha resposta?

Ele negou com a cabeça.

– O duque não estava em casa, senhora. O valete me disse que ele saiu para um jogo de cartas.

Um jogo de *cartas*? Ele voltara para Londres apenas para um jogo de cartas?

– Volte até lá – ela ordenou ao garoto. – Descubra para onde ele foi e encontre Sua Graça para entregar esse bilhete. Não volte até conseguir.

– Sim, senhora.

Ela largou o menino e ele correu pelo mesmo caminho pelo qual tinha vindo.

Circulando a mão pelo ventre, um hábito que já desenvolvera apesar de sua barriga ainda não estar protuberante, ela respirou profundamente e tentou se manter calma.

Horas depois, ela estava em pânico.

A casa de Laurent estava lotada, de parede a parede, com convidados. Eles começaram a chegar um pouco depois do pôr do sol e continuavam chegando até aquele momento. Bryanston Square inteira estava congestionada com carruagens e cavalos. A maior parte dos recém-chegados sequer parecia entender que não tinham sido convidados. Amelia não tinha certeza se sequer sabiam de quem era a casa em que estavam; só seguiam a multidão. A comida de Winifred havia acabado horas antes, para o desespero dela, mas seus reforços de vinho e destilados estavam aguentando bem. Ninguém mostrava propensão alguma de ir embora.

No hall, o quarteto de cordas tocava animadamente acima do burburinho da fofoca e das gargalhadas. Alguns casais abriram espaço suficiente para dançar uma quadrilha apertada.

Amelia não conseguia imaginar por que não tinham desistido e voltado para casa horas antes. A ausência do duque era óbvia, e naquela noite ela não tinha espírito para compensar com flerte e comentários inteligentes. Mesmo com cada janela escancarada no ar da noite e o mínimo de velas queimando, o ar nos cômodos estava abafado, e Amelia fizera o melhor possível para buscar os locais de relativo isolamento. Quando alguém perguntava de Spencer, ela murmurava algumas desculpas. Recém-chegado a Londres, atrasado pelos negócios etc.

Estava prestes a escapulir e alugar um cabriolé para ir para a Mansão Morland, onde talvez pudesse encontrar algum silêncio restaurador e esperar em paz por Spencer. Então os músicos começaram a tocar as primeiras notas de uma valsa e uma voz masculina rouca pediu:

– Ainda não! Ainda não!

Confusa, Amelia observou todas as cabeças do recinto se virarem na direção do relógio antigo, onde o ponteiro menor estava bem próximo da meia-noite. Um silêncio coletivo amplificou o tique-taque do relógio quando o ponteiro maior passou do dez. Amelia subitamente compreendeu por que os convidados não desistiam do duque e voltavam para casa.

Estavam esperando a meia-noite, é claro. Com a antecipação fervorosa de ver se o Duque da Meia-Noite ainda faria jus ao seu nome.

E aquela percepção deu início aos dez minutos mais longos da vida de Amelia.

Ela passou os primeiros cinco pedindo copos de limonada e bebericando.

Ajeitando as costuras de suas luvas, ela conseguiu gastar mais dois.

Então veio um minuto sombrio e infinito em que a culpa e o arrependimento a tomaram, e a dúvida os acompanhou de perto. Talvez Spencer não viesse porque ainda estava com raiva e não queria vê-la. Talvez não tivesse mais uso para ele, agora que já estava grávida.

Mais um minuto se passou, e Amelia se repreendeu. Se o duque não aparecesse naquela noite, não significaria nada, apenas que estava em outro lugar e que ela o veria no dia seguinte. Ou no dia depois.

Todos os convidados passaram o último minuto apenas aguardando, observando, ouvindo o som inexorável do relógio. Quando o ponteiro magricelo dos minutos finalmente se encontrou com o ponteiro largo das horas, o cômodo ficou num silêncio mortal. E o cuco do relógio saiu de sua janelinha e começou a fazer chacota deles.

Cuco! Cuco! Doze. Malditas. Vezes. A criaturinha de madeira desgraçada provavelmente nunca se deleitara tanto com uma audiência tão atenta.

Era meia-noite. E duque nenhum havia chegado.

Bem, era aquilo então.

Agora a festa finalmente chegaria ao fim. Os músicos começaram uma valsa, sem dúvida haviam sido pagos para fazer isso, mas ninguém se importava. Os convidados murmuravam entre si tópicos mundanos e desinteressantes, da forma que pessoas fazem quando estão pensando em ir embora de uma vez.

Uma semana inteira de fadiga pesou nos ombros de Amelia. Pelo amor de Deus, ela precisava descansar. Atravessou a sala de estar lotada, na direção da pequena porta atrás do piano. Levava para um corredor de serviço e ela poderia usá-lo para fugir para o andar de cima.

– Amelia, espere.

A voz grave ressoou acima da multidão, dos músicos, até mesmo do bater frenético do coração de Amelia.

– Espere bem aí, por favor.

Bem, não poderia ser Spencer, ela acabara de ouvir "por favor". Amelia se virou de todo jeito e sentiu-se quase bíblica quando a multidão se abriu como o Mar Vermelho. E ali, parado no outro lado do vale recém-feito de humanidade, estava seu marido. O atrasado Duque da Meia-Noite.

– É meia-noite e dez – ela não conseguiu evitar de dizer. – Você está atrasado.

– Sinto muito – ele falou com honestidade, caminhando na direção dela. – Eu vim assim que pude.

Ela balançou a cabeça chocada. Não só "por favor", mas "sinto muito" também? E em público, ainda por cima? Aquele homem realmente era seu marido?

Mas é claro que era. Não havia homem mais bonito no mundo.

– Fique aí – ele falou novamente. – Estou indo até você.

Spencer deu um passo esquisito e incerto na direção dela e outro. Fez uma careta. Os ferimentos dele claramente ainda doíam e por mais gratificante que fosse vê-lo cruzar um baile na direção *dela* e não de alguma debutante, ela percebeu que demoraria muito tempo.

— Pelo amor de Deus, fique aí — ela falou. O salto dela prendeu na franja do tapete e Amelia se estatelaria no chão se não fosse a ajuda de um cavalheiro bem-vestido. Isso a deixou consciente, quando ela encontrou o marido no meio do caminho e Spencer a abraçou apertado, de que estavam sendo observados por todos. E todos, nesse caso, eram centenas de pessoas.

É claro que não se importava com a atenção, pessoalmente, mas sabia que Spencer odiava multidões. Amelia o puxou o máximo para um canto quanto fora possível, dando as costas para a horda de bisbilhoteiros.

— Pronto — ela falou, mantendo os braços ao redor do pescoço dele. — Finja que estamos dançando.

Ele se encolheu.

— A viagem de Braxton Hall quase me matou. Com essas costelas assim, só consigo fingir mesmo.

— Por que está na cidade? Soube que estava jogando cartas.

— Bem, eu pretendia. Foi o motivo pelo qual vim para Londres, não fazia ideia de que estava aqui. Minha intenção era conseguir quitar a dívida de Jack do dono do jogo. Eu organizei a jogatina, preparei minhas apostas e aprimorei minha estratégia... você sabia que o homem é um dos melhores jogadores de *piquet* da Inglaterra?

— Suspeito que você é ainda melhor.

Os lábios dele se curvaram num sorriso arrogante.

— Suspeito que eu teria provado que você está correta, no final. Demoraria horas, no entanto, e nós tínhamos acabado de nos sentar na mesa quando o seu garoto me encontrou e eu li sua nota. E depois disso... — Ele soltou a respiração. — Depois disso, eu só mandei tudo para o inferno. Fiz uma nota bancária para ele em vez do jogo.

— Não acredito! — Ela arfou.

— Pois acredite. Porque seja lá qual fosse o valor que seu irmão devia, não valia uma hora de atraso para vê-la. — Ele engoliu em seco. — Toda a dívida de Jack está paga, Amelia. Você não precisa mais se preocupar com a segurança dele.

— Oh, Spencer, você é bom demais por ter feito isso. Mas gostaria de ter conversado com você antes. Jack se foi. Ele partiu de Bristol num bergantim, na direção dos Estados Unidos. Você estava certo. Eu fazia mais mal do que bem para ele. Jack é meu irmão e sempre irei amá-lo, mas preciso amá-lo de longe agora. Nosso casamento é mais importante do que qualquer coisa para mim agora. – Ela abaixou a voz e o segurou com força. – *Você* é mais importante do que qualquer coisa. Nunca vou deixar que nada fique entre nós de novo.

– Eu... não acredito. – Ele piscou para longe um brilho de emoção. – E a dívida?

– Laurent tem outro comprador para a casa de campo. – Quando Spencer começou a fazer uma pergunta, ela o interrompeu: – As dívidas são nossa responsabilidade, não sua. Vamos pagá-lo de volta, cada centavo. Jack é nosso problema, é a responsabilidade de nossa família.

– Seus problemas são *meus* problemas. Sua família também, se assim quiser. Eu fui um canalha completo por pedir que escolhesse. E você não pode desistir da casa de campo, é o seu lar.

– É só uma casa. Uma pilha de pedras e argamassa, e em ruínas, ainda por cima. É sem sentido se não houver amor para enchê-la. Meu lar é onde você está. – Ela sentiu o sorriso aquecer seu rosto. – Aqui estamos nós, de volta onde começamos, não é? Meu irmão com uma dívida com você, e eu só com uma casa friorenta em Gloucestershire como garantia.

– É errado que eu peça Briarbank como pagamento de todo jeito? A propriedade não precisa mudar de mãos. Uma licença de uso bem longa basta. Eu amo lá, e amo estar lá com você. E eu a amo. Deus, eu não disse isso para você o suficiente, mas vou compensar agora dizendo cinco vezes por dia. Eu a amo, Amelia. Desde a primeira noite, eu sabia que era a única mulher para mim. Até o dia de minha morte, irei amá-la. Eu a amo...

– *Shh*. – Ela levou um dedo aos lábios dele. Spencer ficara louco ou se esquecera da multidão que era plateia deles? Inclinando-se para frente, Amelia o provocou: – É meia-noite e quinze. Não gaste todas as cinco vezes tão cedo no dia. Eu gosto de ter algo à minha espera, quando voltarmos para casa.

Ele segurou a mão de Amelia e beijou os dedos dela com afinco.

– Não se preocupe com isso. – Ele a puxou mais para perto e sussurrou no ouvido dela. – Deus, como eu senti sua falta. Não só na cama, mas especialmente na cama. Ela é bem grande e é ridiculamente vazia sem você. A vida é vazia sem você.

Sentindo que era prudente mudar de assunto antes de derreter, Amelia limpou a garganta e perguntou:

– Como está Claudia?

– Ela está em Braxton Hall. Prometi que voltaria rapidamente. Ela ainda está considerando suas opções, mas eu disse que ela vai ter meu apoio, não importa o que escolher.

– Ela terá *nosso* apoio.

– Obrigado. – Ele suspirou pesadamente e levou uma mão ao rosto dela, envolvendo sua bochecha na mão. – E você? Está bem? – Ele lançou um olhar para baixo, na direção do ventre dela.

– Sim. – Ela sorriu. – Nós dois.

Os dedos dele acariciaram a bochecha de Amelia, seus olhos aquecidos em tons de dourado e verde. Ele deu um daqueles sorrisos tão raros e devastadores.

– Que mãe linda você vai ser.

Ele inclinou a cabeça, claramente buscando um beijo.

Amelia botou uma mão no peito dele, querendo mantê-lo distante.

– Spencer... – ela sussurrou, lançando um olhar para os lados. – Tem centenas de pessoas aqui.

– Tem? Eu não percebi.

– Seu coração está acelerado.

– É por você.

E então o próprio coração dela deu um salto. Amelia passara a vida inteira amando todos ao seu redor, e ainda assim nunca sonhara que poderia amar alguém tanto assim – tanto que parecia pressionar a sua própria alma. Melhor ainda era o conhecimento de que o amor só cresceria, e que ela teria que crescer com ele.

– Você percebe que tem uma certa reputação... – Amelia murmurou. – Todos aqui estão esperando vê-lo me colocar nos ombros e me levar daqui de uma forma escandalosa e bárbara.

– Então ficarão decepcionados. Eu mal consigo levantar um gatinho no momento, e mesmo se pudesse... – Ele envolveu o rosto dela com ambas as mãos e a olhou tão profundamente que a duquesa sentiu até seus dedões aquecerem. – Nunca foi meu desejo conquistá-la, Amelia. Se você sair desse cômodo comigo, vai ter que ser ao meu lado. Como minha esposa, minha amante e minha parceira... – O dedão dele acariciou os lábios de Amelia. – Minha melhor amiga. Você faria isso?

Ela só conseguiu concordar com a cabeça, chorosa.

– Então posso beijá-la agora, na frente de todas essas pessoas?

Ela assentiu novamente, desta vez sorrindo entre as lágrimas.

– Nos lábios, se puder. E faça direito.

Este livro foi composto com tipografia Electra Std e impresso em papel Off-White 70 g/m² na Formato Artes Gráficas.